DALVA

JIM HARRISON

TRADUCCIÓN DE ESTHER CRUZ SANTAELLA

errata naturae

PRIMERA EDICIÓN: marzo de 2018

TÍTULO ORIGINAL: *Dalva*

© Jim Harrison

All rights reserved including the right of reproduction in whole or in part in any form. This edition published by arrangement with Dutton, an imprint of Penguin Publishing Group, a division of Penguin Random House LLC.

© de la traducción, Esther Cruz Santaella, 2018

© Errata naturae editores, 2018

C/ Doctor Fourquet 11

28012 Madrid

info@erratanaturae.com

www.erratanaturae.com

ISBN: 978-84-16544-61-5

DEPÓSITO LEGAL: M-339-2018

CÓDIGO BIC: FA

IMAGEN DE CUBIERTA: Amy Neunsinger / Getty Images

MAQUETACIÓN: A. S.

IMPRESIÓN: Kadmos

IMPRESO EN ESPAÑA – PRINTED IN SPAIN

«Amábamos la tierra,
pero no podíamos quedarnos».
Proverbio antiguo

LIBRO I
DALVA

DALVA

7 DE ABRIL DE 1986, SANTA MÓNICA
CUATRO DE LA MADRUGADA

Ha sido hoy —más bien ayer, creo— cuando me ha dicho que era importante no aceptar la vida como una inmediación descarnada. Le he respondido que en este barrio la gente no habla así. La mosca que está volando ahora a mi alrededor en la oscuridad son todas las moscas que han volado a mi alrededor. Estoy en el sofá, y cuando me he despertado he creído oír voces junto al río, un ramal del río Niobrara en el que me bautizaron junto a mi hermana con un vestido blanco. Un niño gritó: «¡Serpiente de agua!» y el pastor dijo: «Sal de aquí, serpiente, yo te lo ordeno», y todos nos echamos a reír. La serpiente se dejó llevar por la corriente y empezaron los cantos. Por aquí no hay ríos. Al encender la lámpara de encima del sofá veo que él tampoco está aquí. Oigo un coche rechinar en la carretera de la costa, a pesar de las horas. Siempre hay coches. A la niña del traje de baño verde la golpearon siete veces antes de que el último coche la lanzara a la cuneta. La autopsia determinó sobredosis por revuelto californiano (es decir, mezcla de heroína y coca). El bañador tenía el color del trigo en invierno, según yo lo recuerdo, un verde casi artificial cuando se derretía la nieve. Qué preciosidad tener otro color sobre la tierra aparte de la hierba marrón, la nieve blanca y los árboles negros. Ahora, entre los coches, oigo el océano y la

9

brisa levanta las cortinas de color azul pálido con un aroma a mar, igual que mi piel. Estoy bastante feliz, aunque a lo mejor tengo que mudarme después de todos estos años; siete, en concreto. Tengo una abrasión, casi una leve quemadura, de su bigote en el muslo. Me preguntó si quería que se afeitara el bigote y le dije que estaría perdido sin él. En parte se enfadó, como si su vanidad dependiese únicamente de algo tan frágil como un bigote. Por supuesto no estaba escuchando lo que le decía, sino todas las resonancias imaginadas de lo que le decía. Cuando me reí se enfadó aún más y empezó a marchar con paso muy dramático por la habitación, con los calzoncillos cortos que le quedaban holgados por detrás. En cierto modo era una situación agradable y graciosa, pero cuando trató de agarrarme por los hombros y zarandearme le dije que se volviera a su hotel y se retorciese él solo delante del espejo hasta que sintiera que de verdad quería estar conmigo otra vez. Así que se marchó.

Se me ocurrió escribir esto para mi hijo por si nunca llego a verlo; en caso de que me pase algo, lo que haya escrito aquí le hablará de su madre. Mi amigo de anoche me dijo: ¿Y si *no es alguien que merezca la pena el esfuerzo?* Eso no se me había ocurrido. No sé dónde está y nunca lo he visto, salvo un instante después de nacer. No puedo ir a buscarlo porque no estoy segura de que sepa que existo. Quizá sus padres adoptivos nunca le hayan dicho que era adoptado. Todo esto es menos una cuestión sentimental que un problema por la falta de conclusión, un anhelo por conocer a alguien a quien no tengo el derecho particular de conocer. Pero conocer a este hijo ultimaría la libertad que los hombres de mi círculo parecen considerar un derecho natural. Y aparte de eso, ¿estará buscándome mi hijo? A lo mejor.

Me llamo Dalva. Es un nombre extraño para alguien de la parte alta del Medio Oeste, pero la explicación es sencilla. El hermano mayor de mi padre fue víctima de las revistas de naturaleza y aventura, de cuando en cuando fue marino mercante, buscador de oro y metales preciosos y, finalmente, geólogo. En los últimos tiempos de la Gran Depresión, Paul estuvo en algún lugar del interior de Brasil desde donde, tras despilfarrar la mayoría de sus ganancias en Río, regresó a la granja con algunos regalos, entre los que había un disco de 78 rpm de sambas de la época. Una de ellas —en portugués, claro— era «Estrella Dalva», o «estrella de la mañana», y a mis padres les encantaba. Naomi, mi madre, me contó que, durante las tardes calurosas del verano, mi padre y ella ponían el disco en el gramófono y bailaban por el gran porche delantero. Mi tío Paul les había enseñado lo que él decía que era la samba antes de volver a desaparecer.

Desde hace poco pienso que a un hombre sólo se le puede conocer en función de sus intenciones. Cuando mi padre y mi madre se conocieron y se ennoviaron en los años treinta, las intenciones estaban claras: los dos pertenecían a familias de granjeros de cuarta generación y el objetivo era casarse y continuar con las tradiciones que habían hecho razonablemente felices a sus antecesores. Eso no quiere decir que fuesen gente simplona, siempre ataviada con petos y vestidos confeccionados con las telas a cuadros de los sacos de harina. Tenían varios miles de hectáreas de maíz y trigo, reses hereford, cerdos, e incluso un pequeño matadero que en un

11

tiempo suministró ternera de primera calidad a ciertos restaurantes de las lejanas Chicago, Saint Louis y Kansas City. En los cuadernos de recuerdos que mi madre ha guardado hay registros de sus viajes a Chicago, Nueva Orleans, Miami y, en una ocasión, a Nueva York, su ciudad favorita. Hay una foto de la Segunda Guerra Mundial en la que aparece mi padre —que estuvo destinado en Inglaterra como piloto de combate— junto a tres caballeros delante del Registro de Hereford, en Hereford, Inglaterra. Mi padre lleva un sombrero con garbo, y la foto se parece a las primeras imágenes del famoso aviador Howard Hughes. Como diría, o soltaría, Naomi: «Ya le dará la vena por otra cosa», y le dio por los aeroplanos. Para la Guerra de Corea no lo llamaron a filas, sino que volvió a alistarse porque quería aprender a pilotar un caza. Así pues, conocí a mi padre entre los cinco y los nueve años, y aún no he agotado los recuerdos de ese tiempo. Beryl Markham, también aviadora, contaba que cuando paró en Túnez de regreso a Europa en su avioneta conoció a una prostituta que quería marcharse a casa, pero no sabía dónde estaba su casa porque la habían separado de sus padres con siete años. Sólo sabía que en su tierra natal había árboles altos y a veces hacía frío.

De todos modos, no soy una persona que viva o sobreviva gracias a los recuerdos; los trato como hace la mayoría: vemos el pasado y el futuro como un espacio o nódulo encapsulado en el que entramos, y del que luego salimos, más que como el continuo vital que ya hemos vivido y que vamos a vivir. ¿Qué era en realidad mi padre? Los genes suministran la más frágil de las continuidades.

En la granja teníamos una avioneta Stinson Voyager. Salíamos a volar los domingos, cuando hacía buen tiempo. Si estaba enferma y había faltado a la escuela, mi padre me decía que me sentiría mejor o me pondría bien en cuanto aterrizásemos, y yo le creía. Me gustaba ver las aves acuáticas en los bancos de arena del río Missouri, el modo en el que volaban formando nubes y luego volvían a posarse cuando pasaba nuestra inmensa sombra.

Lo que me desgarra es la aterradora e inconsolable amargura de la vida. En un ámbito cercano, la veo en ciertos amigos y, sobre todo, en mi hermana, que considera su madurez como una prisión ártica pese a vivir en Tucson. Nunca ha sido muy de salir a la calle. Vive en una casa bonita, con el interior en tonos gris y blanco y la sierra de Santa Catalina detrás, pero no se ha dado un paseo por las montañas jamás. Pensé en ella ayer al amanecer, mientras caminaba por la playa. Alguien había pintado con espray la palabra AMENAZA en los bancos del parque Palisades y en las escaleras que bajan a la playa y, no sé cómo, también en un paso elevado. Dejé de contar cuando llevaba veinte. Afortunadamente, la mayoría de los lunáticos no tiene el vigor de Charles Manson. Me despertó interés alguien que se había pasado una noche entera escribiendo AMENAZA junto al océano Pacífico. A lo mejor ese vándalo era la otra cara de mi hermana. En cierto modo, me resulta un misterio que los ricos puedan llegar a sentirse tan extremadamente fatigados y victimizados. Mi hermana cruza sin cesar adelante y atrás la línea de lo que considera un presente soportable, y lo hace sin mostrar gravedad. Sin embargo, este mes de marzo, cuando mi madre y yo fuimos a visitarla en Pascua, me sorprendió. Le pregunté cómo se podía vivir de forma tan normal sin nombrar las cosas. En aquel momento, Ruth estaba esperando la única copa que se permitía tomar al día, a las seis de la tarde.

—¿Por qué no aguantas seis días y te tomas siete copas el domingo? —le preguntó Naomi. Mi madre no se achanta ante ninguna de las formas que adopta la vida—. Podrías montarte una fiesta.

Pero mi hermana se quedó ahí sentada sin más, mirando el martini que alargaría para que le durase una hora, pensando en nombres como si tuviese en la punta de la lengua la frase que mi madre y yo sabíamos que nunca llegaría. Ruth se acercó al piano y tocó una pieza de Mozart adorada por mi madre, que sirvió además como señal para que yo me pusiera a preparar la cena.

—Hoy por hoy, los nombres son una carga para la gente —dijo mi madre—. A lo mejor siempre lo han sido. Háblame de tu último amigo.

—Michael trabaja en el Departamento de Historia de la Universidad de Stanford. Se enteró de la existencia de nuestros diarios hace años, y el otoño pasado me siguió el rastro desde Nebraska hasta que dio conmigo en Santa Mónica. Le sobran unos diez kilos y es un vanidoso. Tiende a sermonear a la gente, así que mientras cena es capaz de ponerse a hablar sobre la historia de la comida, o sobre la historia de la lluvia cuando empieza a llover. Es experto en todo lo horrible que haya pasado a lo largo de la historia universal. Es brillante sin ser muy consciente. Y es un mal amante, pero me gusta tenerlo cerca.

—Pues pinta fantástico. Siempre he preferido a los hombres un poco bobalicones. Cuando intentan ser hombres de película se ponen muy pesados. Yo tuve la aventurilla esa con el ornitólogo porque me gustaba cómo trepaba a los árboles,

14

vadeaba los arroyos y se metía a hacer fotos en los estanques que se usaban de bebederos...

Mi madre tiene sesenta y cinco años.

Pese a que no habíamos oído la música acabarse, Ruth estaba justo detrás de nosotras en la puerta de la cocina. El abuelo, que era medio sioux oglala, la llamaba Ave Tímida Que Sale Volando. Aunque sólo tiene una octava parte de sioux, Ruth había asumido ciertas cualidades de esos indios conforme había ido creciendo, una especie de quietud forzada por ella misma que la envolvía por completo.

—Creo que tienes razón con lo de los nombres. Pensad si no en «coche», «casa», «piano», «comida», «sacerdote». —Estábamos preparadas para la avalancha de palabras que llegaba al menos una vez al día cuando íbamos de visita—. Siempre hemos sido metodistas no practicantes, pero he conocido a un cura, y con él mantengo charlas sobre el amor y la muerte, el arte y Dios, que en cierto modo son todo nombres, creo yo. No es sacerdote en una iglesia, sino que trabaja con indios para una organización benéfica, y sé que en parte me ve como a una donante. Le encanta conducir el coche que Ted me regaló por Navidad.

Ted es el marido de Ruth, de quien se separó hace quince años, el padre de su hijo, un hombre que con veintiocho años descubrió que era definitivamente homosexual. Ruth nació cuatro años antes de que mi padre muriese en Corea. Así pues, había perdido a los dos hombres más importantes de su vida por singularidades de la historia y de la sexualidad. Ted y Ruth se conocieron en la Escuela de Música Eastman, donde los dos trataban de hacerse famosos, ella como pianista y él como compositor. En vez de eso, Ruth crió a un hijo que parece no preocuparse por su madre y que la culpa de haber perdido a su padre. Con la distancia desde la que yo lo veo, el arte siempre me ha parecido algo brutal: las oportunidades de que el trabajo perdure son mucho menores que si el aspirante tratase de ser astronauta. Y los fracasos que conozco están plagados de un anhelo y una melancolía indefinibles, como un florecimiento atrofiado en su gestación misma a causa de una serie de razones evidentes.

Estaba estudiando una receta china sin hacerle caso a Ruth hasta que oí la palabra «novio». Fue como cuando de niña tocaba una valla eléctrica. Me giré y me di cuenta de que mi madre estaba igual de impactada, buscando nerviosa el tabaco que había abandonado hacía años.

—Sí, tengo novio. Amante. El único amante que he tenido en quince años. Es el cura. Muy agraciado no es, la verdad. Me contó incluso que se hizo sacerdote, entre otras cosas, por lo poco agraciado que era. Si los miras uno a uno, sus rasgos no están tan mal, pero en conjunto resulta feo. ¿Os acordáis de nuestro perro pastor, el chucho que teníamos cuando éramos pequeñas que se llamaba Sam? En fin, Ted me mandó unos pañuelos de París y luego, unos días después, un coche caro de un concesionario de la zona, a juego con los pañuelos. Yo había leído sobre una organización benéfica india y le pregunté por ella a mi vecino, el que lleva el periódico. Así que me monté en el coche, fui hasta allí y conocí al cura. Le di la documentación firmada y las llaves y le pedí que me llamara un taxi, pero insistió en traerme a casa. Le preparé té helado y le encantaron los cuadros y las láminas que Ted y yo habíamos ido coleccionando. Entonces me preguntó si me gustaría hacer una excursión a la reserva pápago al día siguiente. Me dijo que el cabeza de la diócesis pasaba unos días en Los Ángeles y que él nunca había conducido un coche tan maravilloso. Yo

16

no estaba segura y le conté que no conocía a indios de Arizona, pero que me había criado entre algunos sioux y les tenía miedo. Eso es porque el abuelo me decía que en realidad él era un fantasma que nunca había nacido y que nunca moriría, y yo no me daba cuenta de que a lo mejor estaba de broma. El cura me preguntó por qué iba a regalarle un coche nuevo de cuarenta mil dólares a una gente a la que tenía miedo. Le dije: «Porque sé leer». ¿Os acordáis de los libros de Edward Curtis[1] del abuelo? Teníamos que lavarnos las manos antes de mirarlos. Así que a la mañana siguiente preparé una cesta de pícnic y el cura vino a recogerme. Era de cerca de Indianápolis y había crecido enamorado de los coches rápidos, como debe de ocurrirles a todos los niños de por allí. Me parece todo un misterio cómo alguien puede sentir tanta emoción por un coche. Fuimos por el camino largo: bajamos hacia Nogales y luego cruzamos la carretera del cañón del Arivaca, a través de las montañas Tumacacori. Es una carretera de tierra estrecha con muchas curvas, y a mi cura le encantó el viaje, aunque me pareció que conducía de manera un tanto alarmante. No habría pasado nada de no haber sido por una tormenta breve y repentina. La arcilla del camino se hizo mantequilla y nos quedamos atrapados en la enorme pendiente de una carretera de montaña. Me dijo que estaríamos bien en cuanto todo se secara, así que hicimos el pícnic en el coche y nos tomamos una botella de vino blanco. Luego dejó de llover y salió el sol, hacía calor y volvió a despejarse. Salí del coche, trepé por una valla y bajé andando un monte hasta un estanque con agua de manantial. Ya sabéis que no me entusiasma

---

[1] Edward Sheriff Curtis (1868-1952) fue un fotógrafo estadounidense cuya carrera se basó principalmente en registrar la vida de las tribus indias. Sus retratos de los grandes jefes indios le otorgaron fama y notoriedad. (Todas las notas al pie son de la traductora).

mucho la naturaleza, así que aquello fue toda una aventura. El cura estaba asustado porque había reses bajo los pinos, cerca del estanque, un toro entre ellas, pero yo le dije que los toros hereford no son peligrosos y se vino conmigo. Me explicó que la carretera tardaría una hora en secarse. Me quité los zapatos y vadeé el estanque para lavarme la cara en el manantial. Me notaba increíblemente excitada, sin un motivo en concreto. Quizá lo que sentía era deseo y no quería admitirlo. Pero no lo creo. Seguramente era sólo que estaba haciendo algo distinto. Entonces el cura me dijo que debía darme un baño, que él tenía cuatro hermanas y la desnudez no le importunaba en absoluto. Así que me quité la falda y la blusa y me sumergí en el agua con el sujetador y las bragas. Él se desvistió hasta quedarse en calzoncillos y me siguió. Era un sitio perfecto para nadar, aunque el cura estaba muy nervioso. Le dije que Dios andaba ocupado con las salas de oncología, con África y América Central, y que no lo estaba mirando. Salí a ponerme al sol sobre una roca caliente, pero él se quedó en el agua. Al final dijo: «Creo que tengo una erección». Yo le respondí que no podía quedarse dentro del agua el resto de su vida, y me contestó que no mirase, y salió del agua y se sentó a mi lado con ojos fijos al frente. Pensé que no iba a dejarlo escapar, así que me levanté y me quité el sujetador y las bragas y los puse a secar en un arbusto. Entonces le dije bastante seria que se tumbara en la hierba bocarriba y cerrara los ojos si quería. Le temblaba todo, tanto que creí que se iba a descuajeringar como un coche viejo. Y le hice el amor.

Ruth empezó a reírse, y luego a llorar y a reírse al mismo tiempo. Nos abrazamos y la acariciamos, alabándola por haber roto su sequía de afecto de esa manera tan única.

—Una historia espléndida —afirmó Naomi.

—Es algo precioso. Estoy orgullosa de ti —le dije—. Yo no podría haber hecho un trabajo mejor.

A Ruth le hizo mucha gracia ese comentario, y es que siempre me está reprendiendo por carta y por teléfono por lo que ella llama «promiscuidad», mientras que yo soy algo crítica con su abstinencia.

—Lo molesto fue que luego el cura no dejaba de llorar y me recordó a Ted y a la noche que me contó lo de sus problemas, así que yo también quise llorar, pero sabía que eso no podía casi ni planteármelo. Lloraba tantísimo que tuve que llevar yo el coche de vuelta a Tucson. Estuvo rechinando los dientes, rezó en latín y luego volvió a sollozar. Me pidió que rezara con él, pero le dije que no sabía rezar porque, como no era católica, no me sabía las oraciones. Eso le chocó y lo calmó al mismo tiempo. ¿Por qué donaba un coche a los católicos si era protestante? Donaba el coche para que pudieran venderlo y usar el dinero para ayudar a los indios. Pero los indios son católicos, me dijo. Los indios son indios antes de ser católicos, le respondí. Me contó que había sentido cómo el alma se le salía del cuerpo y entraba en mi interior y entonces empezó a llorar otra vez porque había traicionado a María y había arruinado su vida. «Joder, por Dios bendito, no seas imbécil», le grité, y se quedó callado hasta que llegamos a casa. Por algún motivo le dije que entrara y que le daría un tranquilizante, pero lo único que tenía era aspirina, y se tomó una. A los pocos minutos aseguró que el tranquilizante le estaba haciendo un efecto raro. Nos tomamos una copa y preparé una bandeja con un picoteo, con la receta de paté que me enviaste, Dalva. Me recitó algunos poemas y me habló de las misiones en las que había trabajado en Brasil y México. Tenía ya treinta y tantos años y quería volver a marcharse del país. Brasil era un sitio complicado para él porque en Río uno no podía evitar estar viendo todos esos culos preciosos. Se sirvió otra copa y me reconoció que una noche le había pagado a una muchacha para que fuese a su habitación de hotel y poder besarle el culo. «Estoy contando esto por culpa del tranquilizante», me dijo. La cuestión fue que le besé el culo y entonces ella se echó a reír porque le hice cosquillas y eso lo fastidió todo. Los ojos se le llenaron otra vez de lágrimas, así que me puse a pensar rápido porque no quería perderlo. «Eso es lo que quieres hacerme, ¿no? Admítelo». Asintió y se quedó mirando por la ventana. A mí me parece una buena idea y es lo que deberías hacer. Me dijo que aún no había anochecido y que quizá no pasara nada porque ya había pecado ese día, que no acabaría hasta medianoche. Es todo un pensador. Me puse en pie y empecé a quitarme la ropa. Se colocó en el suelo. Nos pasamos toda la tarde bien afanados en la tarea y lo mandé a casa antes de medianoche.

En aquel momento nos echamos a reír otra vez y Ruth decidió tomarse otro martini. Volví a los fogones y empecé a cortar ajo y jalapeños frescos.

—¿Y qué vas a hacer con ese hombre, por el amor de Dios? —le preguntó Naomi—. Quizá sea mejor que te busques a una persona normal, ahora que has vuelto a empezar.

—Nunca he conocido a una persona normal, ni tú tampoco. Creo que su obispo lo va a mandar por ahí. Por supuesto, confesó sus pecados, aunque esperó dos semanas para hacerlo, hasta que no pudo soportarlo más. Tú nos dijiste que papá nos quería pero que de todas maneras volvió a la guerra. La historia tiene otra parte graciosa. El cura se presentó en mi casa bastante temprano a la mañana siguiente, mientras yo estaba desmalezando el huerto. Tenía unos libros sobre catolicismo para mí, como si se le hubiera encendido una bombilla y pensara que la situación mejoraría si lograba convertirme. Quería que rezáramos juntos, aunque primero yo tenía que ponerme algo más apropiado que unos pantalones cortos. Así que le pedimos perdón a Dios por nuestras maneras propias de bestias. Utilizó la palabra «bestias», y luego fuimos a la reserva pápago. Los pápagos están en su mayoría bastante gordos, porque les cambiamos la alimentación y más de la mitad tienen diabetes. Cogí en brazos a un bebé pápago y me dieron ganas de tener otro hijo, aunque con cuarenta y tres estoy al límite. A lo mejor lo he dejado por estúpido, pero sabe un montón sobre los indios, América del Sur y un cajón de sastre al que llama «el misterio del cosmos», que incluye astronomía, mitología y antropología. De camino a casa paramos para salir del coche y ver el atardecer. Me dio un abrazo y logró excitarse antes de ponerse demasiado moralista. Le dije que no, al menos si iba a hacerme pedir perdón otra vez por ser una bestia. Y entonces lo hicimos apoyados en un peñasco, y unos pápagos pasaron con una camioneta y nos pitaron gritando: «¡*Padre!*»[2]. Para mi sorpresa, el cura se sentó en el suelo rocoso del desierto con el culo desnudo y se echó a reír, así que yo me reí también.

Una semana después de volverme a Santa Mónica, Ruth me llamó para decirme que al cura lo mandaban a Costa Rica con toda la debida diligencia. Esperaba quedarse embarazada, aunque sus mejores días coincidían con los previos a la marcha del cura, y él no se mostraba nada colaborador a causa de un colapso nervioso. Además, estaban vigilando todos sus

---

[2] En español en el original.

movimientos a través de un sacerdote mayor que era alcohólico en rehabilitación. Ruth me contó que los dos juntos parecían el Gordo y el Flaco. Sonaba anómalamente contenta al teléfono, disfrutando de una extraña sensación de putiferio que sabía que se le pasaría. Además, uno de sus estudiantes ciegos lo había hecho especialmente bien en un concurso de piano. Le dije que me llamara el día que el cura se marchase porque estaba segura de que necesitaría hablar con alguien.

Todos trabajamos. Mi madre tiene una teoría enrevesada sobre el trabajo: asegura que le viene de mi padre, mis tíos y mis abuelos, y que se remonta al pasado, según la cual la gente tiene el instinto de ser útil y no puede soportar la implacable cotidianeidad de la vida si no es trabajando mucho. Es la ociosidad pura la que anestesia el alma y provoca las neurosis. El regusto de esa idea de mi madre no es tan calvinista como puede sonar. El trabajo es cualquier cosa que despierte tu curiosidad: el mundo natural, la música, la antropología, las estrellas o incluso la costura o la jardinería. Cuando éramos niñas nos inventábamos los vestidos que llevaría la reina de Egipto, y teníamos un huerto especial en el que disponíamos semillas de verduras o flores de las que nunca habíamos oído hablar. Cultivábamos berzas que no nos gustaban, pero a nuestros caballos sí. Los caballos no se comían la col china llamada *bok choy*, pero a las reses les encantaba. Teníamos algunas semillas de Nuevo México y cultivábamos maíz indio de espigas azules. Mi madre sacó un libro de la biblioteca de la Universidad de Lincoln para consultar qué hacían los indios con el maíz azul y nos pasamos el día preparando tortitas con él. Es complicado comerse algo azul, así que nos sentamos en nuestra cocina de Nebraska y simplemente nos quedamos mirando las tortitas con ese color azul claro en la bandeja. «A algunas cosas cuesta acostumbrarse», dijo Naomi. Luego nos contó una historia que ya conocíamos: que su abuelo freía saltamontes en grasa de beicon hasta que estaban crujientes y se los comía mientras escuchaba a Fritz Kreisler tocar el violín en el gramófono. A Naomi le gustaban bastante los saltamontes, pero después de que su abuelo muriese nunca se los preparó.

A Ruth se le daban mejor los caballos aunque yo fuese dos años mayor. Los caballos eran nuestra obsesión. A menudo la infancia es un Edén violento, y después de caerse y romperse la muñeca cuando su montura trastabilló en una madriguera de topo, Ruth nunca volvió a montar. Tenía doce años por entonces y se perdió un concurso de piano en Omaha que era importante para ella. Son cosas menores salvo para la niña a la que le ocurren. Nos volvimos locos con sus prácticas a una mano, hasta que mi madre compró unas partituras adaptadas a esa forma de tocar. Nuestros vecinos más cercanos estaban a cinco kilómetros, una pareja mayor sin hijos, así que después de eso montaba yo sola.

¡Querido hijo! Estoy siendo sincera, aunque no lo suficiente. En una ocasión, en Minnesota, vi un gato montés con tres patas, un gato montés no muy entero, con una pata perdida en una trampa. Es como el dicho ese de cortarle las patas al caballo para meterlo en una caja. El año que me lo hicieron a mí la luna nunca estuvo del todo llena. ¿Acaso la historia no versa siempre sobre cómo intentamos continuar con nuestras vidas después de que una vez viviéramos en el Edén? El Edén es la infancia tranquila en el jardín, o al menos la parte de ella que tratamos de conservar allí. Quizá la infancia sea un mito de supervivencia para nosotros. Yo tuve infancia hasta los quince, pero en muchos otros casos se trunca bastante antes.

El invierno pasado trabajé en una clínica para adolescentes que «abusaban» de las drogas y del alcohol. Allí había una mezcla de blancos pobres y latinos del barrio cercano, El Segundo. Un chiquillo —tenía trece años, pero era poca cosa para su edad— me dijo que necesitaba ir al médico muy urgentemente. Estuvimos hablando en mi despacho, un sitio pequeño sin ventanas, y dejé constancia por escrito de su dolencia, que malinterpreté como algo mental. Le hablé en español, pero seguía sin llegar a ninguna parte. Me levanté de la mesa y me senté junto a él en el sofá. Lo abracé y le canté una cancioncita que cantan los niños en Sonora. El niño se vino abajo y me contó que tenía un tío loco que se la había estado metiendo y por eso estaba enfermo. El hecho en sí no me chocó porque yo había lidiado con ese problema antes, aunque los implicados eran casi siempre niñas y sus padres o parientes. Franco (lo llamaré así) empezó a ponerse pálido y a temblar. Le tomé el pulso y lo puse en pie. La sangre estaba empezando a traspasar los trozos de papel de cocina que se había metido en la culera de los pantalones. Como no quería arriesgarme a tener que esperar mucho en las urgencias del hospital público, lo llevé corriendo a la consulta de un ginecólogo amigo mío. Las heridas anales resultaron ser demasiado graves para tratarlas en la consulta, así que el ginecólogo, un hombre compasivo, ingresó al chaval en un hospital privado donde de inmediato lo sometieron a una cirugía de reparación. El médico y yo nos fuimos a tomar una copa y decidimos pagar a medias el tratamiento del niño. El médico es un antiguo amante mío y me sermoneó por cómo me había saltado todas las normas con este caso.

—Lo primero es llamar al médico forense del condado...

Ya lo sé.

—Luego deberías llamar a la policía, por sospecha de delito...

—Después espero a que llegue un médico de Bombay que se sacó el título en Bolonia, Italia, y que se ha pasado toda la noche despierto cosiendo a unos chavales tras una pelea entre bandas. Probablemente esté puesto de *speed*.

—Y la policía necesitará el segundo nombre del niño, su documento nacional de identidad, fotos del culo roto. Querrán saber si está completamente seguro de que su tío le hizo eso.

Etcétera, etcétera. El médico se levantó al sonar la alarma de un reloj japonés que era su busca. Se acercó al teléfono, y confié en que no fuesen malas noticias sobre el niño. Regresó y me dijo que no, que se trataba sólo de otro bebé a punto de llegar del revés al mundo. La pareja era rica, así que le iba a cobrar un extra para ayudar a compensar su descabellada generosidad con el chiquillo. Me tomé otra copa, un margarita, porque hacía calor aquel día. Miré entre los eucaliptos del azúcar y las palmeras de Ocean Avenue hasta el Pacífico. ¿Cómo podía ocurrir todo aquello habiendo un océano? Durante mucho tiempo, cada vez que veía a un niño pensaba que podía ser mi hijo, pero nunca lograba ajustar correctamente las edades. Ahora tengo cuarenta y cinco años, así que mi hijo tendrá veintinueve, una cifra incomprensible si pienso en la criatura colorada, menuda y reseca, que vi sólo durante unos minutos. Mientras estuve en la universidad, mi hijo fue siempre un niño de jardín de infancia. Cuando me licencié, mi hijo había cumplido en realidad nueve años, pero para mí seguía teniendo cinco: era uno de los chiquillos unidos por cuerdas que una mañana fría esperaban a que abriese el museo de Minneapolis. Cuando se enmarañaron ayudé a un paciente maestro a volver a estirar la fila y a limpiar algunas narices. Trabajé en una guardería un día durante unas cuantas horas, pero no pude soportarlo.

Con dos módicas copas se me asentó una perfecta simpleza mental. Salí a la brillante luz del sol, me metí en el coche y busqué una dirección en el expediente del niño, que me había llevado para informar en el hospital. Pensé en razonar con la madre por si acaso no era consciente de las violaciones. Acababa de empezar la hora punta en la autovía de Santa Mónica, momento en el que para abandonar la ciudad hace falta la paciencia de un buda. Normalmente lograba obtener una mínima serenidad poniendo la radio o alguna cinta, pero ese día la música no funcionó.

La rabia es una reacción realmente banal a la que se le concede un sentido inmerecido de virtud purificadora. Pero ¿qué tipo de rabia llevó al tío a abusar del niño? Habría hecho lo posible por verlo entre rejas; aunque mi rabia me venía de dentro, tenía otro origen, mientras que aquí la víctima era el niño. Sólo el más puro de corazón puede convertirse en homicida a causa de otros.

Aparqué en una calle delante de la casa. Un grupo de chavales estaba holgazaneando, apoyados en un murete de estuco delante del pequeño adosado. Se metieron conmigo en español:

—¿Has venido a follarme, gringa?

—Te falta crecer un poco, cagarruta.

—¿Quieres ver lo gorda que la tengo?

—Se me han olvidado las gafas. ¿Y cómo ibas a ser mi amante si te pasas el día pelándotela? ¿Es ésta la casa de Franco? ¿Y su madre?

Los chavales, todos adolescentes, estaban encantados con mi inesperado y vulgar español.

—La madre se ha largado con un chulo. ¿Dónde está nuestro colega?

Los chiquillos se echaron atrás, y al girarme vi a un hombre avanzando a grandes zancadas hacia mí con una mirada de crueldad inverosímil. Aquellos ojos me sobresaltaron porque pertenecían a alguien muerto hacía mucho de quien yo había estado enamorada. Traté de apartarme pero su mirada me ralentizó, y el hombre me agarró por la muñeca.

—¿Qué quieres, zorra?

—Si la madre no está quiero hablar con el tío de Franco. —A esas alturas me estaba retorciendo la muñeca, haciéndome daño—. Quiero impedir que ese hombre siga dándole por culo a su sobrino hasta reventarlo.

Sin soltarme la muñeca, saltó el muro y empezó a abofetearme. Me giré hacia los chavales y dije: «Por favor». Al principio estaban asustados, pero entonces el que se había metido conmigo le arrancó la antena caída a un coche, la alargó todo lo que daba y le azotó con ella en la cara al tío, que gritó y me soltó la muñeca. Se dio la vuelta para atacar a los chavales, pero todos habían cogido ya su propia antena y se pusieron a sacudirle, mientras él corría en círculos tratando de taparse los ojos. Las antenas silbaban en el aire mientras le rajaban la piel y la ropa hasta hacérselas jirones. El tío pasó a ser un amasijo sangriento y espantoso, y entonces traté de parar a los chavales, que sólo se detuvieron ante un coche de policía que avanzaba por la calle hacia nosotros a toda velocidad. Los niños echaron a correr, aunque uno de ellos desaceleró para tirarle una piedra al coche patrulla y romperle el parabrisas. El tío desapareció en el interior de la casa y, evidentemente, luego salió por la puerta trasera, ya que la policía nunca lo encontró.

Como consecuencia, y era de prever, se desencadenó una historia desagradable. Me suspendieron en el trabajo, luego me ofrecieron un puesto de recepcionista y, al rechazarlo, me despidieron. Lo terrible para mí fue que mi impulsividad había permitido al tío escapar, y no la serie de normas del trabajo social que había infringido. La policía hizo un intento somero de seguimiento la tarde siguiente en el hospital. Los acompañé como intérprete, pero el chico se negó a responder a las preguntas, y me dijo que aquél era un asunto privado. Me quedé estupefacta, hasta que en el pasillo la policía me explicó que esos delitos, entre la gente de las zonas rurales de México, no se ponen en manos de la ley. Son cosas que han de tratarse individualmente o dejarse a cargo de un familiar. Les dije que el chico era demasiado joven para lidiar con su tío. La policía me respondió que a lo mejor el chaval tenía que esperar unos años hasta sentirse capaz.

Unos días después, al amanecer, Franco me llamó para decirme que se había escapado del hospital. Insistió en que estaba bien y en que me devolvería el dinero algún día. Yo me sentía fatal porque lo había visitado el día antes y habíamos pasado un rato maravilloso charlando, aunque aún parecía muy enfermo. Me puse histérica y le insistí en que me llamara a cobro revertido todas las semanas, o me escribiese cartas. En caso de que regresara a México, le dije que se pusiera en contacto con mi tío mayor, Paul, el geólogo e ingeniero de minas, que vivía en Mulegé, en Baja California, cuando no estaba en el interior, en Bahía de Kino, visitando a una novia. El chiquillo me respondió que no tenía papel ni boli, pero que a lo mejor se acordaba. Y eso fue todo.

Me hice un café y lo saqué al balconcito. Apenas había luz y llegaba una brisa fuerte y cálida mezclada con el olor del agua salada, el enebro, el eucalipto, la adelfa y la palma. El océano estaba arrugado y gris. Creo que me he quedado tanto tiempo aquí por los árboles y el mar. Hubo un año en el que atravesé circunstancias adversas y particularmente intensas y me sentaba aquí una hora al alba y una hora al atardecer. El paisaje me ayudaba a dejar que los problemas salieran flotando, atravesándome la coronilla, la piel. En aquellos momentos pensaba en un profesor universitario que me había contado que, según Santayana, la religión existe para que podamos llevar otra vida en paralelo al mundo real. Parecía que mi problema era negar esa dualidad y tratar de convertir mi vida en mi religión.

El viento del Pacífico refrescó y la claridad del aire me trajo un débil recuerdo, un perfil de sensaciones borrosas similar a un *déjà-vu*. Ocurrió un año después de la Segunda Guerra Mundial, creo. Yo debía de tener seis o siete años y Ruth tenía tres. A mi padre le gustaba ir de acampada y alejarse de la granja. Los cuatro salimos hacia el río Missouri en el Stinson, y aterrizamos en la franja de hierba de un granjero, un noruego inverosímilmente alto que ayudó a papá a cargarlo todo en un carro de caballos. Nos sentamos sobre las cosas de acampar y de dormir, con Ruth en los brazos de Naomi. Se percibía el olor del trigo maduro, los caballos sudorosos y el tabaco de papá y del granjero. Bajo el asiento del carro podía ver estiércol en las botas del granjero, y a través de una rendija en el suelo del carro la tierra se movía por debajo. Después de recorrer kilómetros por un camino junto a los campos de trigo, bajó una colina empinada a lo largo de un arroyo bordeado por álamos; el torrente desembocaba en el Missouri, un río ancho, lento y plano. La hierba era densa y había ciervos, faisanes y grandes gallos de las praderas que salían ahuyentados por el carro. Mi madre encendió un fuego y preparó café mientras papá y el granjero montaban el campamento. Luego tomaron café con azúcar y un whisky fuerte, de olor acre. El granjero se marchó con el carro y los caballos. Papá cargó la escopeta y paseamos monte arriba y por la linde del campo de trigo, donde disparó a un faisán y a un gallo de las praderas. Yo tuve que cargar con las aves un rato, pero pesaban tanto que me monté a hombros de papá. En el campamento desplumamos las aves entre todos, salvo la pequeña Ruth, que se metía las plumas en la boca. Papá troceó las aves, las saltearon y les añadieron zanahorias, cebollas y patatas. Pusieron la olla al fuego y todos bajamos a la boca del arroyo a nadar. Después de cenar, la puesta de sol tiñó el río de naranja. De noche salió una luna igualmente naranja y escuché a los coyotes. Con la primera luz del día observé a mis padres dormir. La pequeña Ruth abrió los ojos, me sonrió y volvió a dormirse. Bajé sola al río. Se levantó un viento fuerte y un olor crudo y fresco emanaba del agua. Se hizo un gran remolino y vi un banco de arena lleno de aves acuáticas. Había un ave más alta que yo a la que identifiqué como una garza azulada por las tarjetas de Naomi de la Sociedad Audubon. Seguí remontando la ribera hasta que los oí gritar: «¡Dalva!». Vi a mi padre caminando hacia mí con una sonrisa. Señalé la garza y él asintió y me cogió en brazos. Dejé que mi mejilla se rozase contra su rostro sin afeitar. Poco después de aquella excursión lo llevamos hasta el tren una tarde de octubre. Más tarde nos contaron que habían derribado su avión a las afueras de Incheon. No recibimos ningún cadáver, pero enterramos un ataúd vacío de forma simbólica.

Ruth ha vuelto a llamar esta mañana con noticias buenas pero inciertas. El sexo le ha devuelto la guasa. Ya no tiene la voz seca y fatigada, aunque me preocupa un poco que esté en esa fase levemente maniaca a la que nuestra familia es propensa. Lo que hizo fue invitar a cenar al cura, junto a su «guardaespaldas» o carabina, el sacerdote mayor con problemas de alcohol. Ideó una campaña bien planificada para aprovechar su última oportunidad de quedarse embarazada: hirvió langostas de Maine, las enfrió y las sirvió como aperitivo con un Montrachet. Ted es enófilo y, cada tanto, le manda nuevas incorporaciones para la bodega que empezaron a montar juntos. Luego fue el turno de una codorniz que Ruth había marinado y hecho a la parrilla, y después el de un filete de corte grueso con ajo y pimienta, con un Grands Echezeaux y la última botella que le quedaba de Romanée-Conti. El viejo cura era un conversador exquisito y había estudiado en Francia en los años treinta. Siempre había sido pobre y nunca había bebido vinos como aquéllos, aunque había leído sobre ellos, y ni por asomo iba a desperdiciar con setenta años la oportunidad de probarlos. Entonces me burlé de Ruth por sus habituales comentarios sombríos y píos sobre las prostitutas, cuando ella había servido más de mil dólares en vino para poder follar. Me contó que no había manera de que el viejo se quedase dormido, así que tuvo que apañarse con un polvo rápido de pie en el baño, apoyados en el lavabo, y mirándose el uno al otro en el espejo. Lo único que le quedaba era esperar a ver si estaba embarazada mientras el cura se iba a trabajar con los pobres a Costa Rica.

He aquí el cómo me ocurrió, cómo tuve a mi hijo prematuramente, con diecisiete años. A menudo he pensado que a lo mejor era una abuela de cuarenta y cinco. Probaba a mirarme en el espejo susurrando «abuela» en voz baja, pero aquella realidad era demasiado incognoscible para que el gesto resultara efectivo. Sin embargo, ahora me estoy apartando de nuevo de todo eso. Aunque no lo dicen, a Naomi y a Ruth les molesta que las tierras vayan a parar al hijo de Ruth, al no haber más herederos en perspectiva; otro motivo para el apareamiento con el cura. A ninguna de nosotras le importa que el apellido Northridge desaparezca, pero sería una pena ver que las tierras abandonan la familia, y lo cierto es que el hijo de Ruth profesa su odio hacia ellas y no las ha visitado desde su temprana adolescencia. ¡Ya basta!

Se llamaba Duane, aunque era medio sioux y me dio muchas versiones de su nombre, según cómo se sintiera cada día. La casa del abuelo, que se halla en el centro de la finca original, está casi cinco kilómetros al norte de la granja. Aquella finca era una sección completa, doscientas sesenta hectáreas, a la que se habían ido añadiendo las otras tierras desde 1876, hasta formar un total de mil cuatrocientas hectáreas, superficie no mucho mayor que la media de propiedades en esta región. Nuestra suerte fue que el terreno lo atraviesan dos arroyos formando un riachuelo, así que las tierras eran bajas y especialmente fértiles, de riego fácil. No obstante, como colofón está el hecho de que mi bisabuelo estudió botánica y agricultura dos años en el Cornell College antes de irse a luchar a la Guerra de Secesión. A decir verdad, cualquier viajero accidental que pasara por la carretera de gravilla del condado, cerca de las tierras del abuelo, pensaría que dejaba atrás un bosque (aunque es bastante improbable que esto ocurra, ya que la granja está tan alejada de la autovía estatal que no hay apenas viajeros accidentales). Todos los árboles los plantó el bisabuelo para crear abrigos vivos y cortavientos frente al clima violento de las llanuras, y para suministrar combustible y madera en una zona donde ésta escaseaba y era cara. Hay hileras irregulares de pinos de Jeffrey y pinos ponderosa, y la masa densa formada por caraganas de hoja caduca, cerezos del bisonte, árboles del paraíso, cerezos silvestres, amelancheros, albaricoqueros, espinos y sauces. Las hileras finales del interior están compuestas de fresnos verdes más grandes, olmos blancos, arces plateados, nogales negros, alerces europeos, almeces y cerezos. Hace una década más o menos, Naomi, con la ayuda de varios grupos ecologistas, convirtió la zona en una reserva de aves para mantener a raya a los cazadores. Casi nadie va de visita, salvo unos pocos ornitólogos en primavera y otoño. En el perímetro de los árboles hay campos de cultivo y estanques, un arroyo y, rodeada por el círculo central de cuarenta árboles, la casa original de la granja. ¡Ya basta!

Duane llegó a última hora de una tarde calurosa de agosto de 1956. Lo encontré subiendo el largo camino de acceso a casa, arrastrando los pies por la tierra blanda. Yo cabalgaba detrás y no se dio la vuelta en ningún momento. Le dije: «¿Puedo ayudarte en algo?», pero sólo me dio su nombre y el del abuelo. Pensé que tendría más o menos mi edad, catorce, aunque con la piel marcada por las cicatrices y por la erosión del viento, y una ropa vieja y manchada, cargando con sus pertenencias en un saco de patatas atado a la grupa. Percibía su olor desde el caballo sudoroso, y le dije que mejor se subiera a mi montura, porque la manada de perros de raza airedale del abuelo no daba una cálida bienvenida a los extraños. Se limitó a negar con la cabeza, así que lo adelanté al galope para llegar adonde estaba el abuelo. Lo encontré sentado en el porche, como de costumbre. Al principio se quedó perplejo, y luego se emocionó profundamente aunque sin aclararme nada. Tuvo que esperar junto a la camioneta mientras yo les acariciaba la cabeza a todos y cada uno de la media docena de airedales antes de que saltaran a la caja descubierta del vehículo. Si no los acariciaba uno a uno se ponían de malas entre ellos. Me encantaban esos perros tan malhumorados por el modo en el que me recibían, y el desenfreno que les entraba cuando salía a montar y los invitaba a acompañarme. Nunca me los llevaba cuando iba a cabalgar por el territorio de los coyotes, porque en una ocasión se pusieron a escarbar y devoraron una camada de cachorros de coyote pese a mis intentos de espantarlos con la fusta. Después de acabar con los cachorros, los perros fingieron estar avergonzados y abochornados. ¡Ya basta!

Encontramos a Duane sentado en la tierra, con las piernas cruzadas. Los perros lanzaron un aullido aterrador, aunque nunca se atrevían a saltar de la camioneta sin permiso del abuelo. Bajamos, y el abuelo se arrodilló junto a Duane, que permaneció quieto. Hablaron en sioux, y seguidamente el abuelo ayudó a Duane a levantarse y lo abrazó con fuerza. Cuando regresamos a la finca, el abuelo me dijo que debía marcharme y no contar nada en mi casa sobre el visitante. Pese a haber transcurrido unos siete años, aún culpaba en parte a Naomi por dejar que mi padre volviese a la guerra, así que chocaban con frecuencia.

Estoy segura de que, al menos al principio, me enamoré de Duane porque me ninguneaba explícitamente. Era del norte, de cerca de Parmelee, de la reserva india de Rosebud, y aunque por los rasgos parecía sobre todo sioux, tenía unos ojos caucásicos, fríos y verdes como las piedras verdes en una corriente de agua fría. Técnicamente era un vaquero de rodeo: no sabía hacer otra cosa, y la hacía bien. Se negó a vivir en casa del abuelo; por el contrario, se instaló en un cobertizo que había sido en otros tiempos una barraca. Dos de los airedales decidieron irse a vivir con él. Duane no consintió ir a la escuela; le dijo al abuelo que sabía leer y escribir y que eso era lo máximo que necesitaba en ese aspecto. Se pasaba el tiempo ocupándose del ganado hereford que quedaba, reparando las dependencias de la granja, cortando madera, aunque la tarea de más envergadura era el riego. Sólo había otro jornalero, Lundquist, un sueco, viejo amigo de soltero del abuelo. Le enseñó a Duane a regar y estaba todo el día parloteando sobre su propia versión swedenborgiana de la cristiandad. Lundquist perdonaba a diario a Duane por la muerte de un pariente lejano en Minnesota que había sido asesinado durante el levantamiento sioux a mediados del siglo XIX. El trabajo de la granja no era en sí mismo oneroso, dado que el abuelo plantaba principalmente dos cosechas de alfalfa al año en el perímetro de su bosque, y el grueso del resto de las tierras lo tenía arrendado por parcelas a vecinos.

El día de Año Nuevo de aquel primer año, Duane recibió un bayo cuarto de milla, una estirpe de caballos cortadores, además de una silla de montar hecha a mano procedente de Agua Prieta, en la frontera con Arizona. Lo normal habría sido darle el regalo en Navidad, pero el abuelo había perdido la fe durante la Primera Guerra Mundial en Europa y no celebraba las Navidades. Aquel día sobresale con meridiana claridad en mi recuerdo: era una mañana de invierno cálida y despejada, con el redil del granero algo resbaladizo por el barro del deshielo. Yo había hecho todo el camino hasta Chadron con el abuelo el día antes para recoger el caballo, y la silla había llegado por correo. Duane entró montando el appaloosa, de vuelta de dar de comer a las reses, y me vio allí de pie con las riendas del bayo agarradas. Asintió con la cabeza en mi dirección, tan frío como siempre, y luego se acercó caminando y examinó el caballo. Miró al abuelo, que estaba apartado, al sol, apoyado en el granero.

—Creo que es el animal más bonito que he visto nunca —dijo Duane.

El abuelo asintió con la cabeza en mi dirección, así que le expliqué:

—Es para ti, Duane.

Duane nos dio la espalda y permaneció así diez minutos, o lo que pareció un tiempo inconcebiblemente largo dada la situación. Al final me acerqué a él por detrás y, con la mano que sujetaba las riendas, le recorrí el brazo hasta llegarle a la mano. Le susurré: «Te quiero» en la nuca, sin razón alguna. No supe que iba a decirle eso hasta que lo hice.

Aquél fue el primer día que Duane me dejó salir a cabalgar con él. Estuvimos montando hasta el crepúsculo con los dos perros, hasta que oí a Naomi tocar la campana para la cena, en la distancia. Duane atravesó a caballo los rastrojos de trigo y se dio la vuelta a cien metros de nuestra casa. Fue el día más romántico de mi vida, y no hablamos en ningún momento ni nos tocamos, salvo cuando le pasé las riendas.

Una de las cosas más tristes de mi vida, en aquellos tiempos, y a veces aún ahora, es que maduré pronto y los demás me consideraban excesivamente atractiva. No es una queja usual, pero de un modo injusto —a mi parecer— eso me apartó del resto, me hizo destacar cuando yo no lo buscaba. Me volví tímida, y tendía a retraerme en cuanto se mencionaba de algún modo mi físico. En la escuela rural, con Naomi como única profesora y sólo cuatro alumnos en séptimo, no fue para tanto, pero en octavo curso tuve que empezar a coger el autobús escolar hasta la ciudad más cercana de tamaño considerable, cuyo nombre, por diversas razones, no mencionaré. Allí recibía la atención constante de los chicos de la ciudad y no sabía cómo actuar. Tenía trece años y rechazaba todas las citas, con la excusa de que mi madre no me dejaba salir. También rechacé la invitación para ser animadora porque quería coger cuanto antes el autobús escolar de vuelta a casa para estar con mis caballos. Sí que me fiaba de un chico de último curso, el hijo de nuestro médico, que parecía bastante simpático. Un día a finales de abril me llevó a casa en su descapotable, henchido de orgullo porque lo habían aceptado en la remota Universidad de Dartmouth. Intentó por todos los medios violarme, pero yo tenía bastante fuerza gracias a mi trabajo con los caballos y, de hecho, le rompí un dedo, aunque no antes de que me forzase a acercar la cara a su pene y me lo vaciara encima. Aquello me impactó tanto que me eché a reír. Se agarró el dedo roto y empezó a implorar perdón. Fue un momento estúpido y profundamente desagradable. Por supuesto, luego difundió por toda la escuela que yo le había hecho una mamada estupenda, pero el curso casi había acabado y confié en que la gente lo olvidase.

Si en noveno hubo algún cambio fue para peor. Mi madre insistía en que me vistiera bien, pero yo escondía ropa desaliñada en la taquilla de la escuela. Estuve jugando al baloncesto un mes o así, aunque lo dejé después de otro incidente desagradable. El entrenador me hizo quedarme hasta muy tarde, mucho después de que todo el mundo se hubiese marchado, para practicar los tiros libres y jugar un uno contra uno. Mientras me estaba secando después de una ducha entró sin más en el vestuario de las chicas. Me dijo que no me iba a hacer daño, ni a tocarme siquiera, pero que quería verme desnuda. Me asusté bastante cuando se me acercó mientras decía: «Por favor» una y otra y otra vez. No sabía qué hacer, así que dejé caer la toalla y di una vuelta entera. Me dijo: «Otra más», y lo repetí, y entonces se marchó. Estuve a punto de contárselo a Naomi al montarme en el coche, pero sabía que el entrenador tenía tres hijos y no quería buscarle problemas.

Al contrario que otros hombres, Duane no me había mostrado ni un atisbo de afecto durante el año y medio que había transcurrido desde su llegada. Lo único que compartíamos era el amor por los caballos, aunque eso nos unió lo suficiente para darme consuelo y seguir adelante. Sin embargo, llegó un momento en el que estaba tan deprimida que pensé en mutilarme, quemarme la cara o acabar con mi vida. Naomi quería llevarme a un psiquiatra en la capital del estado, pero me negué. Una noche me dio mi primera copa de vino y le dijo a Ruth que saliera de la habitación. Le conté gran parte de lo que me perturbaba, y ella me abrazó y lloró conmigo. Me dijo que lo que me estaba ocurriendo era ley de vida, y que debía comportarme con orgullo y honradez para poder respetarme a mí misma. Cuando encontrase a alguien a quien quisiera y que me quisiera, todo cobraría más sentido e iría a mejor. No le conté que estaba enamorada de Duane porque ella lo consideraba un tipo grosero hasta el punto de verlo como a un enfermo mental.

Un sábado estaba arreando unos cabestros jóvenes para que Duane pudiese practicar el corte con su bayo; el «corte» consiste en que el jinete permite al caballo entrar en la manada, elegir un cabestro y «cortarlo», o apartarlo de la manada. Mi trabajo era evitar que los cabestros se dispersaran y corriesen cada uno en una dirección. El airedale más viejo entendía el juego y me ayudaba a traer de vuelta a los más reacios. Creo que el perro se entregaba a la tarea simplemente por la remota posibilidad de darle un mordisco a uno de ellos.

Aquel día empezó a caer aguanieve, así que nos metimos en el granero y practicamos el lazo con unas astas viejas de cabestros enganchadas a una vara. Cuando hacía buen tiempo practicábamos el lazo en equipo, juntos. Yo era la «enlazadora de cabeza», es decir, que enlazaba las astas, y Duane era el «enlazador de patas», una labor mucho más difícil porque hay que enlazar las pezuñas traseras del cabestro en carrera. Duane parecía especialmente frío y distante aquel día, así que intenté provocarlo burlándome de un collar que llevaba. No quiso decirme lo que significaba el collar por mucha lata que le di.

—En la tienda de piensos he oído a dos *quarterbacks* decir que eres la chica más guapa de la escuela —comentó, sabiendo cuánto me molestaría—. También dijeron que eres la que mejor folla en todo el condado.

—Eso no es verdad, Duane. —Me eché a llorar—. Sabes que eso no es verdad.

—¿Y por qué lo iban a decir si no fuese verdad? —preguntó mientras me agarraba el brazo y me obligaba a mirarlo a la cara—. A mí nunca me has propuesto que lo hagamos porque soy indio.

—Lo haría contigo porque te quiero, Duane.

—Nunca me follaría a una blanca, es igual. No a una que se hubiera follado a esos granjeros.

—Yo soy un poco india y no me he follado a ningún granjero.

—¡No tienes manera de probarlo! —gritó.

—Hazme el amor y así verás que soy virgen. —Empecé a quitarme la ropa—. Venga, bocazas.

Se limitó a mirarme de reojo; entonces se le crispó la cara de la rabia. Salió corriendo del granero y oí el motor de la camioneta arrancar.

Mientras volvía a casa a caballo no podía parar de llorar. Me quería morir, pero no lograba decidir cómo hacerlo. Me detuve junto a una poza grande del arroyo, cubierta entonces por el hielo, que usábamos para nadar en verano. Pensé en ahogarme, y sin embargo no quería disgustar a Naomi ni a Ruth. Además, de repente me sentía muy cansada, tenía frío y hambre. Seguía cayendo aguanieve y esperaba que el hielo dañase el tendido eléctrico y pudiésemos encender las lámparas de aceite. Después de cenar jugaríamos a las cartas en la mesa del salón bajo los retratos del bisabuelo, del abuelo y de papá. Y yo pensaría: ¿por qué nos abandonó para irse a Corea?

Tras la cena apareció el abuelo en el patio con su viejo sedán; nos sorprendió porque siempre cogía la camioneta. Naomi y yo teníamos que ir con él a la ciudad: Duane estaba en la cárcel y hacía falta mi parte de la historia. En la oficina del sheriff dije que no conocía de nada a los *quarterbacks* amoratados y gravemente maltrechos. El abuelo estaba enfurecido y el sheriff se acobardó ante él. El dinero del abuelo y el hecho de que seamos la familia más antigua del condado amedrentó a los padres de los *quarterbacks*, quizá injustamente. Cuando sacamos a Duane de la celda estaba intacto. Los *quarterbacks* trataron de mostrarle desprecio, pero Duane los traspasó con la mirada como si no estuvieran allí. El sheriff dijo que si alguien volvía a calumniarme habría problemas. El abuelo intervino: «Una palabra más y os mando de vuelta a Omaha, so cerdos». Los padres suplicaron perdón pero el abuelo no les hizo ningún caso. Vi que estaba disfrutando de su justificada indignación. Fuera, en el aparcamiento del edificio del condado, le di las gracias a Duane. Me apretó el brazo y me dijo: «No pasa nada, compañera». Casi me vengo abajo cuando me llamó «compañera».

Después de aquello los chicos de la escuela no me molestaron más, aunque me aislaron y por la espalda me llamaban con el mote de *squaw*[3]. El mote en sí no me molestaba; de hecho, me sentía orgullosa, porque significaba que en la mente de los demás yo era de Duane. Sin embargo, cuando Duane se enteró se echó a reír y me dijo que yo nunca podría ser una *squaw* porque había tan poco de india en mí que era imperceptible. Me puse bravucona y le repliqué: «¿Y de dónde has sacado tú esos ojos verdes si eres tan puro?». La rabia pareció querer hablar por él, pero se limitó a responder que más de la mitad de él era sioux y, a los ojos de la ley, eso lo convertía en sioux.

A partir de aquello, ni siquiera nos hablamos durante un mes. Una noche de verano el abuelo había venido a cenar a casa, y en un determinado momento me llevó a un lado y me

---

[3] Término en lengua algonquin que significa «mujer»; ha quedado como forma despectiva de llamar a las mujeres indias o a mujeres casadas con un indio.

dijo que era un error terrible enamorarse de un indio. Me dio vergüenza pero tuve la entereza de preguntarle por qué su padre se había casado con una sioux.

—Quién sabe por qué una persona se casa con otra... —Su propia esposa, a quien nunca vi y que llevaba mucho tiempo muerta, era una muchacha rica de Omaha a la que el alcohol llevó a un final prematuro—. Lo que te digo es que no son como nosotros, y si no te comportas y dejas de perseguir a Duane, lo voy a echar.

Fue la primera vez que le planté cara.

—¿Significa eso que tú no eres como nosotras?

Me abrazó y me respondió:

—Tú y yo sabemos que no me parezco a nadie. Y en ti veo signos similares.

Todo aquello me pareció innecesario, puesto que Duane no dejaba ver ni un indicio de que fuésemos algo más que «compañeros». Traté de ser menos avasalladora y disimular mis ojos de cordero, y a decir verdad eso sirvió para que Duane se mostrase más amable. Me llevó a unos túmulos indios en una zona de matorral frondoso en el rincón más alejado de la hacienda. No le conté que mi padre me había llevado allí poco después de regalarme mi primer poni. No lejos de los túmulos Duane había levantado un tipi pequeño con varas, lonas y pieles. Me dijo que dormía allí a menudo y disertaba con guerreros muertos. Le pregunté de dónde había sacado la palabra «disertar» y admitió haberla aprendido leyendo algunos libros de la biblioteca del abuelo. Era la primera noche fría de septiembre y el aire estaba más limpio de lo que se había visto en todo el verano, con una brisa ligera pero constante del norte. Menciono la brisa porque Duane me preguntó si alguna vez me había dado cuenta de que el viento en los matorrales hacía un sonido diferente según su dirección. La razón era que los árboles se rozaban entre ellos de maneras distintas. Admití que nunca me había percatado y me respondió: «Pues claro, si no eres india». Me puse un poco cabizbaja ante ese recordatorio, así que me apretó el brazo y a continuación me dio la primera esperanza real: me dijo que a lo mejor existía una ceremonia para convertirme en una verdadera sioux, que lo comprobaría si volvía a Parmelee alguna vez. Odié tener que irme, pero mi madre insistía en que cuando estaba con Duane regresara a casa antes de que se hiciera de noche. Fui hasta donde tenía el caballo atado y Duane me dijo: «Si te pidiese que te quedaras toda la noche, ¿lo harías?». Asentí y se me acercó; de hecho, me puso la cara tan cerca que pensé que nos íbamos a dar nuestro primer beso. El último rayo de sol caía en mi hombro y en su cara, y de repente se dio la vuelta.

Aquel verano me hice amiga de una chica llamada Charlene, de diecisiete años, dos más que yo. Vivía en un apartamento pequeño en la ciudad, encima de un café que regentaba su madre. Su padre había muerto en la Segunda Guerra Mundial, y ese infortunio bélico contribuyó a unirnos. Yo apenas la conocía de la escuela, donde tenía mala reputación. Se rumoreaba que a finales de octubre y noviembre, cuando llegaban los cazadores de faisanes, gente rica del Este, Charlene hacía el amor con ellos por dinero. Era muy guapa, pero una marginada; no estaba metida en ninguna iglesia ni en ningún grupo escolar. La única vez que había hablado conmigo en la escuela fue cuando yo estaba en octavo, me dijo: «Sé fuerte», mientras los niños mayores me estaban molestando. No nos llegamos a conocer hasta que empezamos a hablar en la biblioteca de la ciudad.

Los sábados por la tarde, Naomi iba a la ciudad a comprar comida y hacer recados. Ruth se pegaba a mí para ir a la tienda de sillas de montar y arreos, y luego nos tomábamos un refresco y nos reuníamos todas en la biblioteca. Nunca vi a Duane en la ciudad porque él iba a hacer los mandados de la granja entre semana; decía que los sábados había demasiada gente. Aquella ciudad era la capital del condado pese a tener una población de apenas mil personas. Yo había estado leyendo *Servidumbre humana*, *El ángel que nos mira* y también *El árbol de la vida*, de Ross Lockridge. Eran libros maravillosos y me sorprendí al saber por el periódico que el señor Lockridge se había suicidado. Charlene me vio con los libros y empezamos a hablar. Llevaba el uniforme de camarera y me contó que iba a la biblioteca los sábados después de trabajar para coger algo que leer y olvidarse de su horrible vida. Nos vimos y hablamos media docena de sábados, y la invité a venir a cenar un domingo porque sabía que el café estaría cerrado. Me dio las gracias pero me dijo que ella no pertenecía a nuestra misma clase, y entonces Naomi apareció y la convenció.

Charlene empezó a pasar todos los domingos con nosotros. Al abuelo le gustaba muchísimo que la llevase. Charlene no había montado nunca antes a caballo, y se emocionó mucho al hacerlo. Duane se prodigaba poco; le costaba tratar con más de una persona a la vez. Naomi le dio a Charlene clases de costura y le hizo algunas prendas que no podían comprarse sin recorrer el largo camino hasta Omaha. Naomi me dijo en privado que esperaba que Charlene no volviese a venderse a los cazadores de faisanes en otoño. Me contó que más de una mujer honrada de la zona lo había hecho, así que no era una cuestión por la que juzgar injustamente a nadie.

Una noche que se quedó a dormir, Charlene me reconoció que los rumores eran ciertos. Me contó que estaba ahorrando para marcharse de la ciudad e ir a la universidad. Le pregunté qué le hacían todos esos hombres, pero me respondió que si no lo sabía ya, ella no iba a contármelo. Le dije que sí lo sabía, pero que estaba interesada en los detalles. Me explicó que tenía que ser muy selectiva porque todos la querían a ella, y que un hombre de Detroit le pagó cien dólares, que era lo que sacaba en el café en todo un mes. Lo único embarazoso de las visitas de Charlene eran sus muestras de asombro ante nuestra casa y la del abuelo. A ella le salía natural, pero a mí me molestaba. Teníamos pocas visitas, y aunque yo sabía que éramos lo que se dice unos «afortunados», tendía a dar esas cosas por sentadas. El mobiliario y los cuadros de las dos casas los habíamos ido acumulando en sucesivos viajes, primero en los del bisabuelo, pero sobre todo en los del abuelo durante la Primera Guerra Mundial, a París y Londres, y luego en viajes de su esposa y también de mis padres. Yo estaba pasando por esa etapa de la vida en la que quieres ser como todos los demás, aunque hayas empezado a entender que no hay un «todos los demás», y que nunca lo habrá.

Mi mala suerte, muy inocentemente, llegó con la religión. Siempre habíamos ido a una pequeña iglesia metodista wesleyana, a no mucha distancia por la carretera. Todo el mundo en kilómetros a la redonda acudía allí, salvo los escandinavos, que tenían una iglesia luterana igual de pequeña. Una vez al año, en julio, las dos iglesias celebraban juntas una barbacoa y un pícnic. El ambiente era bastante amable y acogedor en nuestra congregación, y a nuestro pastor, pese a ser muy viejo y algo inútil, lo admiraba todo el mundo. Aquel domingo en concreto tuvimos que llegar a la iglesia algo más temprano porque Ruth se encargaba del piano. Charlene venía con nosotros: nunca había ido a la iglesia hasta que empezó a quedarse en casa los sábados por la noche y los domingos, y le resultaba interesante, aunque peculiar.

Recuerdo que era el primer domingo después del Día del Trabajo y hacía mucho calor, tras el breve embrujo de frescor de aquella tarde en el tipi de Duane. Nuestro pastor de siempre estaba de vacaciones en Minneapolis y lo sustituía un predicador joven y apuesto de la escuela teológica, que no paraba quieto y aspiraba, según el anuncio mimeografiado, a ser un evangelizador. Nosotros estábamos acostumbrados a homilías contenidas sobre los aspectos más anodinos del Nuevo Testamento, y el pastor sustituto revolucionó a toda la congregación, salvo a Naomi, que se comportaba con discreta tolerancia. Vociferó, rugió, se paseó con mucha pompa por el pasillo, incluso agarró a algunos: en resumen, nos dio un espectáculo y no estábamos acostumbrados al espectáculo. El meollo de su argumentación estaba en que muchos de los inventores de la bomba atómica y de la bomba de hidrógeno eran judíos, o «hijos de Israel». Dios había recurrido a su pueblo elegido como herramienta para inventar la destrucción del mundo, que invocaría la segunda venida de Cristo. Todos los que estuviesen verdaderamente salvados ascenderían en el rapto antes de la gran tribulación. El resto, fuese lo sincero que fuese, soportaría una tortura inconcebible, con millones y millones de zombis enloquecidos por la radiación que se devorarían la carne unos a otros, y el mundo animal y marino enloquecería, y las tribus primitivas, indios incluidos, se levantarían para asesinar a los blancos. Recuerdo haber pensado durante un momento que Duane me salvaría. A esas alturas, en la iglesia se oían gemidos y llantos. Cuando el sermón se acercó a su fin y el pastor empapado en sudor invitó a dar un paso al frente, hubo

46

un revuelo general en el instante de dar nuestras vidas a Jesucristo, incluidas Ruth, Charlene, yo y más de dos docenas de personas; entre ellas, las más jóvenes.

A continuación, en un momento de confusión, aunque tratando de avanzar hacia la sensatez, se decidió que todos debíamos bautizarnos por si acaso lanzaban bombas de hidrógeno de verdad en nuestra parte del país. En el norte del Medio Oeste, sin duda por el clima, muchas cosas —como funerales, bodas y bautizos— se consideraban quehaceres que debían cumplirse con cierta celeridad. El plan era reunirnos en la poza de nuestra granja en cuanto juntásemos los avíos para un pícnic (nunca se dejaba de lado la comida) y buscásemos la ropa adecuada, es decir, cualquier prenda tirando a blanca.

Volvimos a vernos a media tarde, y la ceremonia salió bien, salvo por la aparición de una serpiente acuática. Hacía tanto calor que el agua parecía especialmente fresca y dulce. Naomi nos miró a Ruth, a Charlene y a mí con los vestidos blancos mojados y dijo que tampoco podía hacernos daño. Mientras me estaba secando la cara con una toalla oí un pájaro silbar y supe que tenía que ser Duane. El resto se marchó a comer, así que me escabullí entre una arboleda hasta que vi a Duane montado en su bayo.

—¿Qué payasada estáis haciendo en el río? —preguntó.

—Bueno, nos estaban bautizando por si llega la guerra y se acaba el mundo.

Me sentí un poco estúpida y muy desnuda con el vestido blanco mojado. Traté de cubrirme, pero me di por vencida.

Me dijo que me subiera con él al caballo, cosa que me sorprendió porque nunca me había pedido algo así. Olía a alcohol, y eso también me sorprendió porque Duane decía que el alcohol era un veneno que estaba matando a los sioux.

Junto al tipi me puso la mano en el trasero desnudo: la ropa mojada se me había subido hasta ahí al bajar del caballo. Me ofreció una botella de licor de ciruelas silvestres que le había dado Lundquist. Bebí un buen trago y me rodeó con los brazos.

—No me gusta la idea de que te bautices. ¿Cómo vas a ser mía si te bautizas y cantas esos cánticos?

Duane tenía los labios cerca de los míos, así que los besé por primera vez. No pude evitarlo. Me sacó el vestido por la cabeza y lo tiró a la hierba. Se retiró, me miró y soltó un grito o un alarido. Entramos en la tienda e hicimos el amor, y fue la sensación más extraña de mi vida: me parecía estar caminando por la portezuela de entrada a una bodega inclinada sobre el suelo y calentada por el sol, y que los pies no lograran mantenerme en equilibrio. Le miré a los ojos entrecerrados, aunque supe que de algún modo él no me veía; me pareció que había un punto cómico en mi postura, muy incómoda, con las rodillas dobladas y muy echadas hacia atrás. No había pensado llegar tan lejos, pero Duane se abrió paso y pensé: sea lo que sea esto, me gusta mucho, con las manos en su espalda sudorosa, deslizándolas hasta su trasero. Cuando estaba terminando me retorció como tratando de arrastrarme y aplastarme contra su cuerpo, y al apartarse respiraba como un caballo después de una ardua carrera. Entonces se quedó dormido en el calor de la tienda, y a lo lejos oí a Naomi tocar la campana. Cuando salí era ya bien entrada la tarde. Me puse el vestido húmedo y cubrí todo el camino corriendo sin parar, salvo para darme un baño rápido. Me pregunté si los demás me verían distinta. Pasaron quince años hasta que volví a ver a Duane después de aquella tarde.

Me he quedado en Santa Mónica todo este tiempo en parte por los árboles. Cuando éramos jóvenes, Ruth tenía la teoría, sacada de los libros de fotografías, de que las ciudades de costa —de esas costas con las que ahora soñamos— eran frágiles y delicadas. A nosotras nos resultaba interesante pensar que a lo largo de nuestras vidas aquellos enormes edificios muy probablemente se caerían. Se trata de una idea particular del norte del Medio Oeste: todo lo que es demasiado alto vuelca. Si sacas mucho la cabeza, te la pueden cortar. Sólo los elevadores de grano tienen permitido emerger, ofreciendo una grandeza impasible y reconfortante a los granjeros sedentarios.

No le conté a mi madre que estaba embarazada hasta noviembre. Le dije que sólo había tenido una falta, cuando en realidad eran dos. Lo hice para que no lo relacionase con Duane, que estaba desaparecido. Le conté que había sido un cazador de faisanes. Su primera reacción fue de una rabia que yo nunca había visto antes, aunque no contra mí —yo era su «pobre niña»—, sino contra el pervertido. Tuve que añadir una mentira tras otra, porque Naomi llamó a Charlene de inmediato, que juró no haber tenido nada que ver en todo el asunto. Me inventé la historia de que había salido a montar y me había encontrado a un hombre apuesto que estaba buscando a un setter inglés perdido. Lo había ayudado a encontrar el perro y él me había seducido, lo que no era nada complicado porque yo estaba harta de ser virgen. Naomi me abrazó y me consoló, y me dijo que no era el fin del mundo en el que había vivido con tanta inocencia. Me sacó de la escuela en noviembre, durante las vacaciones de Acción de Gracias; al director le contó que quería escolarizarme en el Este. Las únicas personas que lo sabían eran el médico de Lincoln, Ruth, Charlene —cuyo desprecio por el mundo era tan grande que se podía compartir cualquier secreto con ella— y el abuelo.

Para el abuelo fue más duro, quizá más duro para él que para mí, porque yo tenía el aguante que me daba la edad y él ya no tenía ninguno. Un poeta, no recuerdo cuál, decía que hay un punto más allá del cual un corazón expuesto no puede recuperarse. Yo tenía quince años, casi dieciséis, y él tenía setenta y tres. Yo era «la niña de sus ojos», quizá el equivalente femenino de mi padre.

Desde el momento en que Duane desapareció a finales de septiembre hasta que me sacaron de allí el día después de Acción de Gracias, iba todos los días a caballo hasta casa del abuelo para ver si había noticias de Duane. Yo nunca le preguntaba directamente si sabía algo nuevo, y el abuelo nunca mencionaba directamente que Naomi le había contado lo de mi embarazo. Más allá de los confines de nuestro condado lo consideraban un excéntrico de los pies a la cabeza, aunque para mí nunca lo fue. En muchos sentidos había sido el sustituto de mi padre durante los casi diez años transcurridos desde que papá murió en Corea, momento en el que el abuelo cesó su vida activa y se retiró tras sus sucesivos muros de árboles. Había «vivido demasiado», decía, y quería reflexionar antes de morir. No es que mis visitas casi diarias tuviesen un tinte amargo: disponía de al menos diez rutas para ir y volver a caballo, y todas eran senderos bien trillados. El abuelo se ponía serio cuando no me veía feliz, y o bien iba hasta el corazón del problema con sutileza, o procuraba distraerme con charlas sobre libros, viajes o caballos. Naomi creía que el abuelo gastaba demasiado en caballos para mí, pero él había sido jinete toda la vida. Ni siquiera en aquellos tiempos se lo pensaba dos veces antes de gastar diez mil dólares en un caballo, mientras que un coche no le parecía más que una comodidad vulgar.

Su conflicto con Naomi llegaba mucho más hondo de lo que yo sospechaba en aquel entonces, pues los fragmentos y retazos que había oído al respecto no eran del todo comprensibles. Por ejemplo, unos años después de que muriese papá, estaba un día en la habitación de mamá leyéndole a Ruth, que tenía cinco años y había cogido la gripe. Dejé de leer porque oí la voz airada del abuelo hablando con Naomi a través de una rejilla de la calefacción del suelo. Me arrodillé y Ruth saltó de la cama y las dos pegamos las orejas a la rejilla. El abuelo usaba palabras y expresiones que a través del conducto sonaban metálicas y amortiguadas: *Estás actuando como una mártir no deberías criar a las niñas aquí él está muerto y no deberías quedarte aquí como un puñetero monumento a su memoria los muertos son las últimas personas que quieren vernos tristes búscate a un buen amante a un padre por favor hazlo por él apenas tienes treinta años eres una mujer maravillosa...* Aún puedo ver la cara de Ruth, sonriente pero sonrojada por la fiebre.

En la escuela dominical aprendí que un mártir es alguien que ha muerto por otros. Naomi diría años después que criarse en una familia pobre durante la Depresión y casarse con un hombre tan próspero y galante como era mi padre la había marcado profundamente, así que cuando él murió en Corea ella quiso aferrarse a lo que habían vivido juntos. Extrañamente, fue mi embarazo lo que la obligó a salir a lo que mi madre concebía como el mundo exterior.

Han pasado casi treinta años y todavía siento el dolor de aquellos meses de octubre y noviembre hasta el punto de que el corazón me da punzadas, se me tensa la piel y apenas puedo tragar. Hubo unos días de verano tardío en los que me sentaba con el abuelo en el balancín del porche a observar la llegada del otoño, y entornaba los ojos como si Duane se estuviese acercando por el camino de acceso a la casa, de vuelta a mi lado. En la barraca no quedaba nada de él, ni un solo rastro, salvo los dos airedales que dormitaban en su catre como esperándolo. Yo acicalaba el bayo, pero no tenía ánimos de montarlo.

Una tarde, el día antes de Acción de Gracias, cuando limpié la taquilla y le dije un adiós entre lágrimas a Charlene, fui a caballo a casa del abuelo en contra de la voluntad de Naomi mientras se avecinaba una tormenta de nieve. Le pedí que encendiese las suaves lámparas de aceite porque me gustaba cómo teñían de amarillo la habitación entera, aunque esa luz le hacía parecer viejo y bastante triste. Detrás de la cabeza del abuelo, en la pared de la sala de estar, había una lámina, obra de Edward Curtis, en la que aparecía el jefe guerrero Dos Silbidos con un cuervo posado en la cabeza. Fuera, el cielo era gris, cargado de nieve, y el viento azotaba los cristales de las ventanas. El abuelo puso su solo de violín preferido de Paganini en el gramófono. Renegaba de los reproductores de discos más modernos; le había cogido cariño a la reproducción de sonidos de mala calidad. Me contó una vez más una de mis historias favoritas, en la que Almirante de Guerra gana el Derby de Kentucky en 1937, un caballo que luego terminaría recalando en el esplendor del Dublin Horse Show. Cuando acabó me quedé mirando por la ventana, pensando en que tendría que pasar la noche allí, y feliz ante esa perspectiva. Hice algún comentario trivial del tipo «voy a pegarme un tiro como Duane no vuelva».

«¡Maldita sea, Dalva!», bramó. Y entonces, por primera vez que yo hubiese visto, empezó a llorar. Corrí hacia él, pidiéndole perdón por decir aquella estupidez. «Esas cosas no debes decirlas nunca», me advirtió. Y lo repitió. Nos sirvió un whisky: un vaso lleno para él y un dedo para mí.

Durante la hora siguiente iba a hacerme mayor antes de tiempo. Me contó que mi abuela estaba hasta cierto punto demente y que se había suicidado a base de whisky y somníferos. Había sido una mujer encantadora y buena, pero lo dejó solo con unos niños que criar. Y después de que mi padre muriese y mi tío se marchase a desperdiciar su vida vagabundeando por el mundo, yo tenía que seguir viva. Había escriturado a mi nombre aquel rincón extraño de la hacienda. Se podían quedar todos con su maldito trigo y su maíz. En aquel momento se le oscureció el semblante y me agarró de la mano. Justo antes de la guerra mi tío Paul había venido a casa desde Brasil, y él y mi padre, Wesley, tenían buena relación, así que el abuelo los había llevado a una cabaña de caza que poseía en Black Hills. El trayecto en coche fue bien, aunque bebieron demasiado, y llevaban a Lundquist detrás en un camión con los caballos y los perros de caza. El abuelo y Wesley se lo pasaron bien cazando, pero Paul estuvo dos días desaparecido y regresó con una encantadora sioux que iba a «limpiar la cabaña», dijo. «A la muchacha no le interesaba Paul en absoluto, pero sí se enamoró de tu padre y él de ella. Naomi no sabe nada de esto. Paul y Wesley se pelearon por ella y yo le di algo de dinero a la sioux y le dije que se marchase en un momento en el que tu padre había llevado un caballo a la ciudad a que lo herrasen. La chica me gustaba y le dije que se pusiera en contacto conmigo si tenía algún problema en el futuro. En realidad la eché porque yo también me había encaprichado con ella. Aquello era un puñetero caos y me sentí aliviado cuando volvimos a casa. La sioux me escribió una nota con ayuda de un misionero para decirme que estaba embarazada. Mandé a un hombre a comprobarlo y era cierto. Así que le envié dinero todos los meses durante unos diez años, hasta que pensé que habría desaparecido o muerto por el alcohol, como les ocurre a tantos sioux; entonces me ocupé del niño a través de una escuela de misiones. Cuando Duane se presentó aquí él no sabía quién eras tú. Luego vino a verme la noche de los bautizos y me dijo que quería casarse contigo y yo le conté que legalmente no podía porque erais medio hermanos. Salió corriendo. Sé que no hay ningún cazador de faisanes. Naomi no podría soportar esto. Nadie aparte de nosotros puede enterarse nunca. Tú no has hecho nada malo salvo enamorarte de alguien. Le habría contado a Duane antes quién eras, pero te vi como un aliciente para que él se quedase aquí».

El abuelo me abrazó. Le dije que lo quería y que tenía intención de seguir viva.

La semana pasada vi dos veces al tío de Franco, una desde el balcón con los prismáticos y otra cara a cara, bajo la marquesina de un teatro al que acudí con mi examigo especial, el ginecólogo. No tengo ninguna razón sólida para pensar que me esté buscando. En la puerta del teatro se limitó a mirarme de reojo, con la cara hinchada por las cicatrices recién curadas. Es un nuevo e inverosímil residente de Santa Mónica, aunque me pregunto por qué, si está buscándome, no llama simplemente a mi puerta. Es obvio que no tuvo dificultad en enterarse de mi dirección a través de la clínica.

Así pues, llamé a Ted para que nos viésemos. Quería evitar a la policía y sabía que Ted, con sus contactos en los negocios marginales, encontraría la manera de investigar al tío del chiquillo. Ted vive en la exclusiva zona residencial de Malibu Colony, en una de esas casas que se ven en los reportajes de la *Architectural Digest* y de la que los mortales normales piensan: «Qué preciosidad, pero a mí no me interesaría vivir allí». Aparte del portero y de un cuerpo privado de policía en el complejo, Ted cuenta con un hombre de mantenimiento que además hace las veces de guardaespaldas. Es un tipo que no parece encajar en California: un antiguo inspector de homicidios de Albany, Nueva York, felizmente casado y con dos hijos pequeños, hiperenergético, un cocinero de primera, entendido en vinos, buen jardinero y administrador doméstico. Ocupó muy rápidamente el lugar de los otros tres empleados, salvo el de la criada salvadoreña. Menciono a este hombre, Andrew, porque un nivel así de competencia e ingenio es muy poco frecuente. Ted me contó que Andrew se había jubilado de la policía porque le había disparado a una muchacha durante un intento de robo y la experiencia le resultó insoportable. La muchacha era negra y Andrew es mulato. Está casado con una maestra de escuela que es, además, una dotada chelista. Ruth los presentó antes de marcharse de Los Ángeles a Tucson hace unos años.

Me sorprendió un poco llegar a casa de Ted y encontrar allí a mi profesor, el de los calzoncillos holgados. Había pasado una semana o así desde que lo había visto, y aparentemente se había puesto en contacto con Ted a través de Ruth, con la esperanza de poder ejercer algo más de presión desde otra dirección. Lo que quería Michael, ese es su nombre, era acceder a los documentos y diarios de la familia, sobre todo a los de mi bisabuelo, que abordaban sus «asombrosas» ideas sobre lo que se denominaba el «problema indio» en el siglo XIX. Ruth, mi madre y yo (y antes el abuelo) habíamos decidido mantener todo el material confiscado después de 1965, cuando se hizo público un ensayo para la Nebraska Historical Society que dio lugar a una publicidad y una serie de problemas desagradables. Antes de poner en marcha lo que resultó ser un negocio enorme de viveros para suministrar injertos a la mayoría de los granjeros de Dakota del Norte y del Sur y de Nebraska, el bisabuelo había servido como misionero agrícola con los sioux oglalas. En la década de 1880 había publicado dos artículos en la revista *Harper's Monthly* y varios más en *McClure's*. Se retiró a la granja debido a la controversia política sobre qué hacer con los sioux, después de 1890, tras la masacre de Wounded Knee, aunque no por ello dejó de conocer a Joe Coyote Blanco, Henry Caballo, Daniel Caballo Azul, Mata Un Ciento y a los miniconjous, Jackson Cuervo Macho, Philip Luna Negra o Edward Rey Lechuza. Era la persona más cercana a Perro Macho, el amigo de Caballo Loco, aunque solía ser excesivamente reservado con respecto a él. El abuelo había hablado sobre su padre con Edward Curtis, George Bird Grinnell, Mari Sandoz, David Humphreys Miller y otros especialistas en la historia de los indios, pero a finales de los años cuarenta decidió poner fin a aquellas conversaciones. Aún creemos que cometimos un error en términos de honor al permitir que parte del diario se publicase en 1965. Cuando regresé aquella primavera sin mi hijo, el abuelo me especificó una serie de detalles que prometí mantener en secreto, aunque no tenían ningún valor salvo para los muy pocos que nos interesábamos por esos asuntos.

Sólo estoy sacando esto a colación en un momento tan inapropiado porque fue un tema que se abrió camino hasta arruinar una buena cena (sopa bullabesa) y despertó en mí una especie de rabia similar a la que sentí ante el asunto del chico violado. Antes de cenar intercambié unas palabras en privado con Ted y él decidió rápidamente que le encargaría a Andrew investigar al tío lleno de cicatrices que parecía estar siguiéndome. No obstante, en la cena Ted habló de Ruth delante del profesor Michael sin cortarse, cosa que me molestó, y lo reprendí por ello. A Ted le gusta imitar el ingenio áspero de Gore Vidal, que puede resultar crudo, divertido e incluso revelador, pero en última instancia tiene un uso limitado. Un cierto aspecto desagradable de la personalidad de Michael, por lo demás encantadora, salió a relucir cuando nos habíamos comido la mitad del plato principal. Surgió de una manera extrañamente enrevesada, a raíz de un comentario sobre la película *Amadeus*, que Ted despreció tildándola de imprecisa e insultante. Michael habló sobre los usos de la historia a largo plazo, engrasando su charla con suficientes anécdotas para mantener el interés del lego (¡sic!). Entreví el meollo de la cuestión mucho antes de que se metiese de lleno en él: yo estaba desafiando una gran tradición de erudición académica al no entregar ciertos bienes a un amante, aunque éste fuese casi un desconocido. Le di un trago al meursault y me reconozco culpable de explotar sin apenas control: la historia en los términos de Michael era completamente interesada y nadie tenía derecho a conocer esas cosas que él andaba buscando. Todo el mundo estaba muerto, y todo lo que siguió en lo que a política se refiere fue lo equivalente a escupir sobre la memoria de los muertos. Le dije: «Parece que piensas que si las cosas no se cuentan, no han pasado. No te voy a permitir que les pongas las zarpas encima a esas personas en busca de una mera novedad histórica o algo así. Sería como ponerle un vestido cosido por uno mismo a un caniche de circo».

—Eso es mandarinismo ético —replicó Michael, un término ante el que Ted suspiró de placer—. Te crees la guardiana del Santo Grial y que nadie merece saber el qué y el porqué de ese Grial.

—Te equivocas de pleno —le respondí—. Nosotros ya no somos la misma gente que podría haber tomado decisiones críticas. Somos una gente distinta por completo, un país distinto. Lo que tú llamas historia elude cualquier preocupación real por la gente. La esencia es la mitología, que nos permite conquistar a las poblaciones nativas (que en realidad son más de cien pequeñas civilizaciones) y luego asegurarnos de que el destino de esos pueblos termina siendo la humillación, la vergüenza diaria y la derrota, y, lo que es peor, podemos sentirnos bien por ello porque son unos indios borrachos.

—Pero yo quiero demostrar cómo se construyó y cómo funcionó ese mito. —A esas alturas se estaba poniendo furioso—. Y tú me lo estás impidiendo.

—Todos sabemos cómo funcionó. No eres más que el típico niño que quiere que le quitemos la tapa al reloj. Ni siquiera quieres hacerte relojero, sólo quieres mirar.

—Me parece que te estás aventurando demasiado, querida. —Trataba de desacelerarme—. Si yo soy un mero *voyeur*, ¿quiénes son esos supuestos relojeros?

—El Congreso, Washington. Mi tío Paul solía decir que deberían abrir una cloaca a lo largo de mil metros de comederos para cerdos que recorriese el Senado, la Cámara de Representantes y la Casa Blanca, para recordarles a ésos qué y quiénes son.

—Muy divertido, pero ¿qué quiere decir eso? Antes de que te pongas demasiado folclórica, ¿por qué no admites que tu postura es básicamente feminista? Eres mujer y, por extensión, por alguna clase de necia extensión, identificas tu condición de mujer con la de esos pueblos derrotados...

—¡A eso me refiero! —Lo interrumpí con tal volumen que oí a Andrew trastabillar en la cocina—. Estás ahí plantado rascándote los huevos por debajo de la mesa, en un estado de absoluta e involuntaria identificación con los victoriosos. Tu arma es tu doctorado en Historia, que se supone que te da derecho a abrir todas las puertas. Yo no me identifico con nadie. Los indios son indios. Los negros son negros. Las mujeres son mujeres.

En aquellos momentos, Ted estaba desesperado por meter baza en una conversación que debía de parecerle muy apetecible, o al menos una alternativa a la típica charla de la industria discográfica.

—Teddy Roosevelt invitó a Toro Sentado, a Caballo Americano y a Gerónimo a su investidura. Todo Washington se mosqueó al ver que aquellos jefes no se impresionaban lo más mínimo. Los políticos no soportan saber que a la gente le importa más la comida, el sexo, el amor, la familia y el trabajo que sus maquinaciones...

Michael desdeñó el comentario de Ted con un gesto de la mano. Se terminó un cuarto de litro de vino que se había echado en la copa vacía de brandi. Estaba claramente cabreado hasta unos niveles insospechados, pero su academicismo era tan firme, incluso borracho, que andaba rumiando otro vicioso montón de porquería.

—Me hace gracia que la gente con una cantidad apreciable de riqueza heredada (¡siempre te cogen por ahí!) tenga una visión tan cautiva y remota de las minorías. Como el simple investigador itinerante que soy, estoy mucho más cerca de su naturaleza de lo que lo estás tú.

—Deberías montarte en tu BMW, ir a la Mesa de las Vacas[4] y decirle eso a un hopi.

—¡Serás zorra! ¡Zorra desgraciada!

Andrew llegó corriendo de la cocina para evitar cualquier posible acto violento, pero Michael había cogido otra copa con toda calma entre los dos «zorra». Entretanto, Ted se había caído de la silla por las risas.

—Ruth estaba intentando ser amable. Apuesto a que dijo: «Aceptaré darte los documentos si Dalva y Naomi quieren» —dijo Ted.

Michael negó con la cabeza y en el proceso decidió volver a ser encantador. Seguramente pensó: «Después de todo, no tiene sentido volar todos los puentes sin necesidad». Con una secuencia de preguntas no muy inquisitivas, hizo que Ted empezase a hablar sobre los hábitos sexuales de las estrellas del *rock*, que resultaron estar en cierto modo limitados por el consumo de drogas.

Les di las buenas noches y Ted me llevó hasta la puerta entre disculpas. Lo abracé, y noté cómo su cuerpo alto y flaco seguía siendo el de un niño.

—Siento haber hablado de Ruth. Éste se presentó aquí como un amigo cercano de la familia. Te has acostado con él, ¿no? Aunque en realidad en mi ambiente eso tampoco significa mucho. Ha sido una noche maravillosa, entiéndeme, como en una novela rusa en la que Piotr Stepánovich entra al salón y anuncia que ha estado dándole vueltas al reciente problema del suicidio infantil. De pasada los chiquillos ven fotos en las

---

[4] Meseta situada en el estado de Arizona que ha sido tradicionalmente hogar de tribus indias. Desde los años sesenta, la zona la explota una empresa minera que ha originado problemas medioambientales y ha perjudicado a las reservas de indios navajos y hopis allí asentados.

noticias, del presidente o del fiscal general, y se tiran por las ventanas a los adoquines y a la nieve barrida por el viento.

Ruth me llamó para contarme que no estaba embarazada. Dios mío, lo siento mucho, le dije, pero me respondió que ella no lo sentía especialmente. Las cartas del cura desde Costa Rica estaban llenas de las recriminaciones más viles posibles, con la intención de demostrar de algún modo que Ruth se había montado toda aquella historia ella sola. Dejaba caer que lo había embrujado y que, afortunadamente, Dios lo había enviado a Costa Rica, bien lejos de la esfera de poder de Ruth. Ella se preguntaba qué estaría haciendo el cura con las fotos sugerentes que le había suplicado, y que le había sacado con una Polaroid comprada en una tienda de saldos. Ruth admitió con cierta vergüenza que esa sesión de fotos le había parecido el acontecimiento más tonto de su vida, aunque mis risas la reconfortaron. Después de eso me contó que había salido dos veces con un tendero mexicano, viudo y padre de una alumna suya de piano. Todos los alumnos de Ruth tienen alguna discapacidad física, aunque en su mayoría son ciegos. Ruth considera su enseñanza como «música para el consuelo» y la trabaja mucho. La hija ciega del tendero tenía siete años, una chiquilla simpática y muy prometedora. Al tendero le torturaba el hecho de no haber insistido en que su esposa fuese al médico antes, aunque hubiese muerto de un cáncer en las trompas de Falopio, imposible casi siempre de detectar en las primeras etapas y, en consecuencia, mortal. La primera cita había sido tan fina y seria —cena y una película— que Ruth había dudado de si lo volvería a ver. El tendero la había llamado a la mañana siguiente para proponerle que fueran a un baile en honor de un santo. Ruth había aceptado porque nadie le había pedido ir a bailar desde que conoció a Ted en Eastman. En estado de pánico, se había pasado una semana aprendiendo polca al estilo mexicano con la mujer de la limpieza, que tenía sobrepeso pero era bastante ágil. Luego, en la fiesta, se habían limitado a estar sentados en una mesa principal con los familiares adinerados y estirados del tendero, hasta que Ruth sobornó al sobrino de doce años para que bailase con ella. Después de eso la noche fue maravillosa, aunque la despedida en la puerta de Ruth consistió en un abrazo apagado.

Se me cortó la respiración y agarré con fuerza el teléfono porque sabía lo que Ruth iba a decir. Empezó con el esperado «¿te acuerdas de cuando...?». Y sí, me acordaba, un recuerdo inocuo en sí mismo de un hecho que había seguido a una época profundamente difícil. Ruth se refería a la feria del condado y a cómo tres meses después de regresar de haber tenido a mi hijo gané un concurso de baile con Charlene de compañera. Fue un esfuerzo común atravesar las secuelas del parto, una especie de flojera o somnolencia durante la cual me sentaba ante mi ventana, arriba, al alba, para tratar de recuperar lo que había sido mi vida. La cosa empezó a principios de agosto, unas semanas antes de la feria. En condiciones normales, yo habría estado trabajando con los caballos para prepararlos y poder inscribirlos en varias categorías de la feria, pero no soportaba mirar un caballo: Duane había venido a finales de mayo a recoger el bayo, una semana antes de que yo volviese a casa, y no lo había visto. Lo que ocurrió fue que la madre de Charlene, Lena, la trajo a verme un domingo por la tarde. La madre de Charlene era delgada y de rasgos marcados, tímida, amante sin éxito de varios mecánicos, de un vendedor de ropa, del agente de policía y de un comerciante de equipos agrícolas.

Había venido a Nebraska desde Chicago con su marido y la pequeña Charlene para «empezar de nuevo». Aquel día me contó que su marido añoraba la gran ciudad pero que ella se había negado a regresar. Mi madre la convenció para quedarse a cenar. Ruth estaba terminando su ensayo de piano en la sala de música y Lena tenía curiosidad. Dijo que solía tocar el piano en una banda de polcas de Chicago mientras su marido bebía y tocaba el acordeón. Costó un poco persuadirla, copa de vino mediante, pero Ruth terminó arrastrándola hasta el piano de cola, cuyo uso se había limitado siempre a la música clásica. El resultado fue una estampa extraña: una tarde calurosa de agosto, dos madres y tres hijas saltando por la casa, las madres bebiendo *gin tonics* y las hijas limonada con un poco de ginebra de tapadillo. Ruth se ocupaba de las melodías fáciles y ruidosas al piano y Lena nos enseñaba los pasos. Enrollamos la alfombra persa del salón para estar más a gusto. Ninguna quería parar, así que no lo hicimos. Todas parecíamos estar bailando para olvidar nuestra soledad, y cuando aquello acabó, bailamos juntas, separándonos si nos entraba la urgencia de hacerlo. Bailé delante del retrato de mi padre, y bailé hasta la cocina, donde empecé a llorar porque no quería molestar a las demás. Bailé mientras lloraba a borbotones. Empecé a ver a otras personas por primera vez en tres meses. Nos observábamos mientras bailábamos y el sudor comenzaba a humedecer nuestros vestidos de domingo, hasta empaparlos. Lena y Ruth se intercambiaban en el piano, y luego no dejaban de moverse ante el fregadero de la cocina mientras se echaban agua fría en los pies irritados. Naomi tropezó y se cayó, se puso de nuevo en pie de un salto y casi se volvió a caer mientras yo la agarraba. Ruth saltaba a un lado y a otro, con los ojos fijos en algún objeto imaginario distante. Los pasos de Charlene eran intrincados y nos agarrábamos entre las dos mientras yo trataba de imitarlos.

De repente nos notamos demasiado cansadas para continuar. Estuvimos un rato riéndonos y luego nos quedamos en un extraño silencio. Naomi nos llevó hasta el coche y fuimos a la poza donde un año antes nos habían bautizado a las tres. Todas holgazaneamos desnudas en el río, nadando en círculos, totalmente en silencio. Expulsé el aire y me hundí hasta el fondo pensando en el silbido de Duane que me había apartado de allí. Me quedé abajo tanto tiempo que Charlene pasó buceando junto a mí y me agarró del brazo, arrastrándome de vuelta a la superficie.

Seguimos practicando las siguientes tres semanas bajo el tutelaje de Lena. Naomi modificó el esmoquin de mi padre para que lo llevase Charlene, porque se suponía que éramos una pareja y pensamos que la farsa podía colar. En el rincón más al noreste del condado había una gran concentración de familias granjeras polacas y eslovacas que ganaban siempre el concurso. A Naomi le pareció que el vestido que Lena había diseñado para mí era demasiado corto, pero Lena subrayó que todos los jueces eran hombres y que no tenía sentido «luchar contra la realidad».

Ganamos fácilmente ante una multitud de unos mil vaqueros, paletos, catetos, terratenientes, granjeros, sus esposas, sus hijos, miembros de la 4-H y escolares con chaquetas azules de la FFA[5]. El abuelo me dijo que no había duda de que éramos

---

[5] La 4-H (de *head, heart, hands and health*, es decir, «cabeza, corazón, manos y salud») es una organización dependiente del Ministerio de Agricultura de Estados Unidos, centrada en la vinculación de los jóvenes con la vida rural a través de un aprendizaje práctico. Por su parte, FFA son las siglas de Future Farmers of America, una asociación destinada asimismo a promover la educación agrícola entre los más jóvenes.

las mejores, sin olvidar a Ruth al piano, aunque mis piernas no nos vinieron mal. Curiosamente, ya no me sentía molesta con las alusiones a mi cuerpo, y el hecho de que un grupo de chicos de la ciudad me animase al grito de «¡*squaw*!» me agradó. Alejadas de los demás, detrás de las gradas y a oscuras, Charlene y yo nos sentamos sobre la hierba y observamos las luces chabacanas de la noria y el cuadrado amarillo que conformaba la entrada al establo de los caballos. Sentí un dolor intenso al pensar que quizá hubiese podido competir junto a Duane en el enlazado de terneros. El abuelo me había asegurado que Duane había preguntado por mí cuando fue a recuperar el bayo. De repente, Charlene me rodeó con un brazo y me besó profundamente en los labios. Yo me aparté y se disculpó, y dijo que esperaba no haber echado a perder nuestra amistad. Le respondí que por supuesto que no. Me habían pasado tantas cosas que un gesto así no logró impresionarme y, además, ya sabía que Charlene odiaba a los hombres. Se puso a llorar, así que le aseguré una y otra vez que seríamos amigas para siempre. Y aún lo somos, aunque ahora Charlene vive en París con su tercer esposo y llevamos varios años sin vernos. En aquel momento, la experiencia me recordó a las novelas que leía, y los labios de Charlene sobre los míos no eran más que parte de un capítulo.

Andrew se ha pasado por casa esta tarde para decirme que quizá tenga que mudarme. No hay manera fiable de tener bajo control al tío del chiquillo, Guillermo Sandoval se llama, más allá de meterle un balazo, y a no ser que esa medida me parezca bien, mudarme es la mejor opción. Pero no me parece bien, claro. Como Andrew se lo esperaba, me ha hecho una descripción considerablemente amplia del tipo de hombre con el que estamos tratando: un sicario de la droga en los barrios; un ciudadano estadounidense de McAllen, Texas, así que no lo pueden deportar; un psicópata inteligente que afirma que su sobrino y él están enamorados (¡!); un hombre que dice que no me odia por haber provocado la paliza con las antenas, pero que Dios seguro que me hace tener un accidente en algún momento. Entretanto, Ted había puesto al hombre bajo una vigilancia de veinticuatro horas que, de descubrirse, podría desencadenar una actitud temeraria. Le pregunté a Andrew cómo se había enterado de todo aquello. Me dijo que le puso «al cabrón una pistola en la cabeza».

Cuando Andrew se marchó me senté en el balcón y me quedé mirando la estampa veraniega del Pacífico, pensando en la profunda irracionalidad que dominaba aquella situación, en cómo justo por debajo de la piel ordinaria de la vida ordinaria —la vida que parecía tan reconfortante y normal desde el balcón— se revolvía algo incontrolable, con toda la ambigüedad del movimiento browniano. La necesidad de dejar algo por escrito llega después del hecho en sí; el suceso registrado con tranquilidad lleva una carga de tranquilidad superior a la merecida.

De todos modos, me estoy adelantando. Pasó cierto tiempo antes de que me diese cuenta de que fue mi tío Paul quien salvó mi alma agotada aquel verano. Llegué a su casa de Patagonia, Arizona —en realidad al sur de un punto entre Patagonia y Sonoita—, dando un rodeo. El lunes después de Acción de Gracias, mi madre me llevó al noreste, hacia Marquette, Michigan, en el lago Superior, donde iba a vivir con su primo y la esposa de éste, y a tener a mi hijo. Se trataba de un viaje de dos días que se extendió hasta cinco por las tormentas de nieve. Hicimos noche en Sioux Falls, Dakota del Sur; en Blue Earth, Minnesota; en Minneapolis; y dos noches en Duluth, antes de llegar a Marquette en un día brillante y sin nubes, indicador infalible del paso de un frente ártico. El lago Superior, sin duda nuestra masa de agua más inhóspita, bramaba bajo un cielo reluciente a sólo unas manzanas de la casa. A mí no me había importado el retraso, porque bajo mi esternón sabía que aquélla iba a ser la primera vez que pasara más de una noche apartada de mi madre. Todo parecía ser un error, porque apenas habían transcurrido tres meses y el bebé no había dejado sentir su presencia. Yo quería estar en casa o de vuelta en Duluth, en el hotel desde el que contemplamos el puerto durante las pocas horas que la ventisca amainó. Habíamos pedido al servicio de habitaciones una cena maravillosa que nos tomamos sentadas junto a la ventana; luego, mi madre empezó a llorar y yo la consolé con más fuerza de la que tenía. Me gustaron el bosque y los montes cubiertos de nieve, tan distintos de Nebraska, en la carretera entre Duluth y Marquette.

El primo de mi madre, Warren, tenía cuarenta y pocos años y trabajaba como biólogo de la vida salvaje para el Ministerio de Medio Ambiente, mientras que su esposa, Maureen, una mujer rolliza y vigorosa, daba clases de teatro en la universidad de la zona. Warren era delgado, callado, contemplativo, y estaba obsesionado con las aves y los mamíferos; Maureen era escandalosa, cordial y soez, la primera mujer que conocí que blasfemaba. De hecho, lo primero que dijo al salir a la puerta fue: «¡Joder, por Dios bendito, qué guapa!». Por algún motivo me eché a reír y Maureen me abrazó. Sin embargo, me pasé como una hora llorando cuando mi madre se marchó a la mañana siguiente, así que Maureen insistió en que fuese a un ensayo con ella. Me sentía aturdida, sentada en un pequeño auditorio viendo a los estudiantes recitar sus fragmentos de *Bodas de sangre*, de Federico García Lorca. Nunca se me había pasado por la cabeza que la gente pudiese hablar en un tono de voz tan alto y apasionado. Varios de los hombres se sentaron a mi lado durante un descanso, pero yo era demasiado tímida para decirles gran cosa. Uno de ellos, un estudiante de posgrado de Chicago, era increíblemente atractivo y eso me puso nerviosa. Iba vestido a la moda de los bohemios que yo había visto en un reportaje fotográfico de la revista *Life*. Maureen les dijo adiós con la mano mientras me susurraba: «No me sorprende que estés embarazada».

El tiempo pasó rápido porque me ponían muchas tareas escolares de un nivel superior al mío: Warren echó a un lado mis libros de texto y me asignó un programa de ciencias diseñado por él mismo. Maureen hizo lo mismo con las humanidades, al grito de «¡mierda pura!» mientras tiraba a la chimenea mis libros de literatura inglesa y estadounidense. Me enseñó lo que ella llamaba «literatura viva», en lugar de los escritores que detestaba de los libros de texto, como Pope, Dryden, Tennyson, William Cullen Bryant o Howells Markham. Sus favoritos eran Keats y Yeats, Dickens, Twain, Melville, Whitman y William Faulkner, un autor complicado al principio, aunque me identifiqué mucho con la protagonista de *Luz de agosto*. Maureen me inició asimismo en un estudio riguroso del español, cosa que odié en aquel momento pero que le agradeceré toda la vida. Aunque los dos veían con malísimos ojos la emisora *country* que yo escuchaba todo el día, decidieron que debía de necesitar esa música para soportar lo demás. La música me hacía sentir nostalgia pero me transmitía la agradable familiaridad de una prenda de ropa vieja y muy querida. El cantante favorito de Duane era Hank Williams, a quien Maureen le reconocía cierta cualidad que llamaba *duende*[6].

En una ocasión, Maureen llegó pronto a casa del trabajo. Yo estaba en la ducha y no la oí, y me encontró desnuda delante del espejo de mi dormitorio en busca de señales del supuesto bebé. Me sentí un poco avergonzada después de vestirme y me senté a repasar mis tareas. Maureen tenía un vaso grande de jerez de importación y me sirvió un vasito a mí. El jerez era un placer que Maureen había conocido durante los dos años que había vivido en Barcelona y en Ibiza. Apartó los deberes a un lado y empezó a hablar, en lo que fue un monólogo en jerga más que un sermón:

—Desde luego yo no me trago esa historia de que te hayas tirado a un cazador de faisanes, pero eso es asunto tuyo, y ahora mismo no le debería importar a nadie más que a ti. Vas a pasarlo mal, porque eres encantadora y tienes el mejor cuerpo que yo haya visto (esto último lo rebatí por parecerme feo e irrelevante, pero Maureen siguió). Tienes que estudiar muchísimo y encontrar algún tema o profesión que te enganche, porque en nuestra cultura las cosas han sido siempre muy jodidas para las mujeres atractivas que conozco. Las miran con lascivia, las molestan, las maltratan, las ponen en un pedestal y nadie se las toma en serio, así que debes usar todas tus energías para desarrollar el tipo de personalidad capaz de soportar esa mierda. No querrás desperdiciar tu vida teniendo que responder ante todo eso. No pierdas el tiempo con hombres que hablan y miran pero no escuchan. Sólo quieren follarte. Las

[6] En español en el original.

mujeres que he conocido en tu misma situación se deprimen con facilidad porque las valoran por algo, su aspecto, que no tiene nada que ver con ellas, ¿lo pillas? Es algo genético. Y hay mucha envidia por parte de otras mujeres. No me importaría ser como tú durante unas semanas para dejar locos a todos los gilipollas que conozco.

—¿No eres feliz con Warren?

—Pues claro que sí. Es el mejor hombre con el que he estado, y he probado con unos cuantos, aunque la mayoría no fuese de primera categoría. A Warren lo conocí cuando tenía veintiocho años y tardé dos en que me pidiera en matrimonio. Me pateé todos los putos montes y pantanos de la Península Superior con él durante ese tiempo. No dejé de hacerlo hasta nuestra luna de miel, que consistió en otra semana más de acampada en la isla Royale. A Warren le hizo mucha gracia mi renuncia a las caminatas porque sabía que no me habían gustado nunca, que sólo había estado fingiendo. Después de eso me regaló una semana para recorrer los teatros de Nueva York. También sé que estás pensando en cómo podrías quedarte a tu hijo, pero puedes ir olvidándote porque nadie te va a dejar hacerlo.

Por desgracia, la semana antes de que Naomi, Ruth y el abuelo vinieran para las vacaciones de Navidad caí enferma con una variedad especialmente virulenta de gripe. En la recta final de la gripe se presentó un caso grave de neumonía por el que tuve que ingresar en el hospital de la zona. No mejoraba, así que las vacaciones se convirtieron en un sueño incómodo con visitas de Naomi y Ruth. Durante un tiempo la fiebre me hizo delirar un poco, y a los médicos generales se les unió un especialista de Omaha que el abuelo mandó llamar. El embarazo complicaba las cosas y se temía por la vida de los dos. Una noche, tarde, después de que la fiebre hubiese empezado a remitir, el abuelo entró contra los deseos de las enfermeras. Dijo que había cometido un error que quería subsanar. Había albergado tantísimas esperanzas de que olvidase a Duane que no me había dado un collar que Duane había dejado para mí. Cogí el collar y reconocí de inmediato que era uno de los que él llevaba puestos, con una piedrecita sencilla engastada en cobre. El abuelo me dio además un sobre que había llegado al correo hacía menos tiempo. Se trataba de una felicitación de Navidad con matasellos de Rapid City. La tarjeta mostraba la escena de un belén y Duane había escrito: «Esta tarjeta es una broma. Tú me cantas una de tus canciones y yo te cantaré una de las mías. Tu amigo, Duane». No había dirección del remitente. Le besé la mano al abuelo y me giré para ponerme de cara a la pared, con el collar apretado contra los labios. Cuando el abuelo se marchó, una enfermera que se había hecho amiga mía entró y me preguntó qué tenía en la mano.

«Mi novio me ha mandado este collar de la buena suerte». Me ayudó a ponérmelo y me trajo un espejo para que pudiese verme. Fue uno de los momentos más felices de mi vida. Aquella noche soñé que cabalgaba con Duane en caballos que galopaban contra el viento, por debajo del suelo, a través de la tierra, bajo la superficie de lagos y ríos. Me desperté a la mañana siguiente y me encontraba mucho mejor. Escondí el collar para que Naomi y Ruth no lo viesen porque lo habrían reconocido.

El médico de Omaha había insistido antes de marcharse en que me alejase del clima frío y húmedo de la Península Superior. Fue una sugerencia de las que hacían que mi abuelo entrase en estado de «resquemor», como decía Naomi. El abuelo se había alojado en el único buen hotel de la ciudad y Maureen lo había visto en un restaurante con una mujer atractiva. Llevaba además trajes elegantes aunque antiguos que tenían el toque vagamente extranjero de Nueva York o Londres.

Fue algo desconcertante salir del hospital y enterarme de que sólo pasaría un día más en la casa de Maureen y Warren, al menos hasta que mejorase el tiempo. Warren y el abuelo me llevaron del hospital a casa en una vieja camioneta Dodge que Warren había cogido prestada en el trabajo. Por las calles había montones de nieve a intervalos y no se veía a nadie pese a ser mediodía. El viento soplaba con tanta fuerza que el mundo entero adquirió un tono blanco cegador, y Warren detuvo la camioneta hasta que aclaró un poco. Podía notar el nerviosismo de los dos, pero a mí todo me parecía maravilloso porque había salido del hospital.

De vuelta en casa de Warren, me comí una hamburguesa en la cocina, con Ruth sentada a mi lado —ese tipo de alivio estúpido que una busca después de tanta comida de hospital—, y escuché la pelea del salón. Naomi quería llevarme a casa, pero el abuelo insistía en que ésa era la segunda opción del médico en cuanto a clima más seco. Pude oír el enfado en la voz del abuelo mientras repetía las acusaciones de cómo Naomi nos estaba asfixiando en nuestro «nido» de Nebraska y, en aquel caso, mi salud estaba en juego. La voz de Naomi al protestar se notaba algo temblorosa; sin embargo, en el camino hacia Michigan, en el hotel de Duluth, me había reconocido que todos debíamos «salir un poco» y con más frecuencia. Me había contado que solía concebir el mundo como algo que había matado a su esposo y la granja como su lugar querido y seguro. El abuelo soltó un discurso para dejar claro que todo estaba arreglado. Un amigo suyo de Chicago nos iba a recoger en avión y a mí me dejaría en Tucson. Mi tío Paul, a quien yo sólo había visto en el funeral de mi padre, me llevaría a su rancho cerca de Patagonia, donde habría una enfermera titulada que también era maestra. Todas las llamadas estaban hechas y el plan era definitivo.

Y eso fue lo que ocurrió. El tiempo se despejó al anochecer, vino el avión de Chicago y salimos de allí para llegar a Tucson por la noche. Se trataba de un avión corporativo, así que tenía buenos asientos para acomodarse y también una cama pequeña en la que pude descansar. Estuve jugando a las cartas, al *gin rummy*, con Ruth, que debía de tener unos doce años. Ruth me susurró que le había dado las gracias a Dios por que estuviese embarazada, pues por fin había conseguido ir a sitios y montar en avión. Sentía mucho decirlo pero era la verdad. Nos reunimos en el aeropuerto con el tío Paul, que estaba con una mujer de piel oscura llamada Emilia. Ruth y yo nos sentamos y vimos la televisión —Naomi la tenía vetada, así que en casa no había— mientras el abuelo, Naomi, Paul y Emilia se reunieron en una oficina. Ruth se enfadó al enterarse de que no íbamos a quedarnos al bebé. No estaba segura de mis capacidades, pero sí sabía que ella podría encargarse del tema. Salieron de la oficina y nos despedimos.

Paul me rodeó con el brazo mientras mirábamos por los ventanales cómo despegaba el avión hacia Grand Island. «Te pareces a tu padre y a mi madre. Yo siempre fui bastante casero. Emilia sabe todo lo que hay que saber. Te caerá bien».

Pasamos aquella noche en el Desert Inn; había dos habitaciones para nosotros y un salón en el que cenamos. Estaba tan callada que Paul me preguntó qué andaba pensando. Admití que siempre había oído que era un loco cazatesoros de ojos desorbitados que vivía con mujeres distintas sin casarse.

73

También le conté que cuando fui a ver la película *El tesoro de Sierra Madre* con Naomi ella me dijo que Humphrey Bogart era igualito que él. Eso le pareció muy gracioso, y me contó cómo le había sorprendido y agradado que mi padre hubiese tenido el buen juicio de casarse con una granjera.

Al igual que muchos hombres que deambulan por el mundo y viven lejos de su cultura nativa, Paul había desarrollado teorías elaboradas y personales sobre muchas cosas. Es lo mismo que parece ocurrirles a todas las personas solitarias, ermitaños, solterones de campo y tramperos. En cuanto llegamos a su rancho a la mañana siguiente nos dimos un paseo hasta donde mi salud me permitió. La teoría de Paul era que las mujeres mexicanas campesinas que tan duro trabajaban tenían partos más fáciles por sus actividades forzosas. Por tanto, había organizado al menos un paseo de dos horas todos los días antes de que me pusiera a estudiar. En las frecuentes ausencias de mi tío, me acompañaría Emilia, o se aseguraría de que lo hiciera uno de los dos jornaleros. Di esos paseos durante todo el invierno hasta que llegué al séptimo mes de embarazo, cuando seguí caminando a paso lento alrededor de las dependencias del rancho. A Paul le parecieron bien los libros que había traído de Warren y Maureen, y añadió sus propios prejuicios a favor de las culturas española e italiana. Me dijo que si alguna vez visitaba España o Italia, entendería hasta qué nivel de codicia y estupidez se había hundido Estados Unidos.

Había dos caballos de paseo tennessee que Paul usaba para cazar, pero yo todavía no podía mirar un caballo sin pensar en Duane. Cazar era la gran pasión de Paul, aparte de la geología, y las mujeres, con las que se mostraba muy caballeroso. En su escritorio vi facturas de envíos de flores a una media docena de mujeres por todo Estados Unidos. Tenía una caseta en la que guardaba pointers y setters ingleses que usaba para ir a cazar codornices, además de un labrador para los patos, al que dejaba suelto salvo por las noches. Su única concesión al abuelo era un airedale, un macho grande encargado de cuidar de la propiedad. La idea de un perro guardián no era muy popular por entonces, aunque mucha gente del campo tenía un perro que desempeñaba más o menos ese papel. Le pregunté a Emilia por qué uno de los jornaleros llevaba una pistola grande y me contó que era un bandido retirado. Se llamaba Tino y a su hijo —Tito, cómo no— no le permitía llevar arma a no ser que fuese a pasear conmigo. Tito aprovechaba entonces la ocasión para ejercitar a los perros de caza, y cuando los animales levantaban a una bandada de codornices él disparaba al aire para mantener su interés.

Cuando Paul regresaba a casa de México íbamos con algunos de los perros a zonas nuevas en un radio de unos ciento cincuenta kilómetros. Iba señalándome formaciones geológicas, flora y fauna, pero no lograba quedarme con gran cosa. Eso no le molestaba. Me contó que cuando llegó al sur de Arizona todo le parecía un paisaje lunar, y que quizá a mí me pasara aún más, al estar embarazada.

—¿Debería querer pegarle un tiro a ese joven? —me preguntó una mañana.

Estábamos sentados cerca de un precioso manantial, lejos, en el cañón del Sycamore, junto a la carretera de Arivaca; curiosamente, la misma zona en la que Ruth sedujo a su cura tantos años después. Negué con la cabeza y Paul me abrazó. Olía como mi padre en el Missouri, cuando yo era niña.

—Tu padre lo habría hecho. Era un hombre violento a veces. Papá nos trajo unos guantes de boxeo de medio kilo para que no nos hiciéramos daño. Tu padre era un gran luchador, aunque lo dejó al casarse. Le gustaban las máquinas. A mí me gustaban los libros y las piedras. He salido a mi madre salvo en lo de la bebida. No me gusta mucho beber.

Le pregunté por qué el jornalero llevaba un arma. Me dijo que la zona fronteriza era un poco peligrosa. Pasaban heroína de contrabando; además, la gente se colaba en Estados Unidos y él tenía algunos enemigos en México por temas de negocios.

Una tarde que Emilia y yo estábamos desplumando una codorniz para la cena le pregunté si era la amante de Paul. «A veces», me respondió. Seguí la misma línea de preguntas hasta que se avergonzó y cambió de tema diciendo que el médico llegaría a la mañana siguiente. No me gustaba el médico, un tipo blanco e inflado que usaba demasiada colonia. «¿Quién fue el afortunado?», me preguntó en la primera exploración mientras estaba tumbada con las piernas en alto. Le dije que no lo sabía porque estaba borracha y había habido varios. Una oleada de repulsión le cruzó el rostro y las siguientes exploraciones transcurrieron sin conversación.

Tuve a mi hijo el 27 de abril en un hospital de Tucson. Mi madre estuvo allí conmigo, y el tío Paul hizo de padre nervioso. Abracé al bebé un momento y le di un beso de despedida. Quería darle el collar de Duane, pero sabía que se perdería o se malinterpretaría el gesto. De algún modo, mientras se suponía que estaba dormida, oí decir en el pasillo que al bebé lo iba a adoptar una pareja de Minneapolis. Creo que estaban fuera esperando para verlo.

Cuando mi madre me llevó a casa, a Nebraska, Ruth me abrazó con mucha fuerza, y luego se enfadó y se fue corriendo a su habitación porque no tenía una foto del bebé. «¿Cómo se llama, maldita?», gritó. Yo estaba demasiado cansada para llorar. El abuelo me abrazó y se quedó mirando por la ventana. Por algún motivo quise trabajar en el huerto. Salí con Naomi y el abuelo y luego, lentamente, dimos la vuelta a la casa como si fuésemos a algún sitio.

El verano pasó un poco como una mezcla de sueño y sonambulismo hasta la tarde de nuestra fiesta de polcas. Fue la teoría de los paseos del tío Paul la que me ayudó en gran medida. En el ático encontré la cantimplora que usó mi padre durante la Segunda Guerra Mundial, y a veces me preparaba un bocadillo, o me iba a casa del abuelo a almorzar para luego llevarme a algunos perros de paseo. No era más observadora que en Arizona, aunque más adelante mi memoria demostraría ser mejor de lo que me esperaba. Actualmente hay todo tipo de explicaciones técnicas para esos momentos; lo sé porque lo he estudiado en la universidad y en el posgrado. Para una chica de mi edad en aquella época, viviendo lo que estaba viviendo, la «fatiga» emocional, como se la llama muy a la ligera, era en realidad un vacío vital, un tiempo en el que la vida era de lo más emotiva y estaba repleta de lo que se entiende como sufrimiento, aunque, en el fondo, eso no es más que la propia vida haciéndonos inevitablemente únicos. Nunca he dejado de releer una carta que el tío Paul me envió poco después de regresar a casa.

¡Mi querida Dalva!

Fue un placer tenerte aquí. Me hizo querer más a mi hermano de manera retrospectiva, ya que él tuvo algo que ver en que tú estés viva. Estás en una edad en la que no eres para ti lo que eres para los demás. Desprendías buenas sensaciones desde tu propia cárcel, bromeando sobre tu panza, cantando mientras cepillabas a los perros, preparándonos postres de Nebraska, contando unas historias sobre mi padre que me hicieron tener ganas de volver a verlo. Cuando llegué a casa del aeropuerto, Tino y Tito imitaron tu exquisito ceceo castellano y nos reímos, y luego nos quedamos callados porque te habías ido. Emilia no quería salir de su habitación y el labrador aún deambulaba por la finca buscándote. Me enfadé como un crío porque te habías marchado. No te deseo nada malo, pues te quiero, y que sepas que siempre estaré aquí si necesitas refugio, o si quieres escaparte. No he ido a la iglesia desde que tenía catorce años pero rezo por que las cosas mejoren para ti. Nunca he conocido a una chica que consiguiese aumentar tanto las ganas de vivir en todas las personas a su alrededor, una idea confusa pero cierta.

A continuación te dejo unas notas que escribí para ti sobre nuestros paseos y excursiones. Pensé que a lo mejor más adelante querrías saber qué era lo que habías visto. Empecé a caminar a tu edad porque la naturaleza parecía absorber el veneno que había en mí. Luego, poco a poco, quise comprender por qué era así, y sospecho que a ti te ocurrirá igual. Es extraño, pero empezamos en el mismo punto, en la misma granja, y conocí parte de tu misma angustia a tu edad, lo que no equivale a decir que comprenda plenamente por lo que estás pasando.

Lo que viste de Patagonia es muy similar a todo el sureste de Arizona: una llanura ondulada de mil quinientos metros de altitud con terrazas herbosas que caen a valles amplios con ciénagas rodeadas de sicómoros, álamos y encinas, un lugar más fresco, ventoso y ligeramente más húmedo para vivir que más arriba, en Tucson (¡que en cualquier caso queda fuera del mapa por culpa de todos esos promotores inmobiliarios!). El Sonoita, junto con el Aravaipa y el Madera, es uno de los pocos arroyos que queda en el desierto de Sonora con peces endémicos. En el bosque junto a la margen del arroyo Sonoita, al oeste de Patagonia, donde tuviste vómitos matutinos, hay una gran cantidad de belicosos colibrís de cuello iridiscente, imposibles de identificar salvo los machos, que se ciernen más cerca de nosotros. El legendario trogón de cola cobriza a veces anida aquí pero yo sólo lo he visto una vez en la zona, y varias veces en el cañón del Madera, donde cogimos esos chiles picantes silvestres, los chiltepines. Me los llevo cuando viajo en avión y en tren para que la comida esté sabrosa.

En las terrazas que dan al norte, a mil quinientos metros, se ven enebros y chaparros. Mirando de hecho al norte, las praderas aparecen mezcladas con unos arbustos bajos, los mezquites, señal inconfundible del exceso de pastoreo, el mismo exceso que destruyó gran parte de los montes Sand en nuestras tierras. Hay, además, colonias de agave huachuca, que crece hacia las Santa Ritas, donde un bosque de varias especies de robles, enebros y pinos piñoneros sube hacia la zona de pinos ponderosa, a unos dos mil metros. Puede ser un lugar bello y fresco cuando el valle abrasa.

En el bosque, bajo nogales negros y grandes almeces, se ven las huellas romas de los pecaríes (un cerdo montés de sabor intenso, a Tino y a Tito les encanta), y una cascabel del Mojave en un matorral de goyis, entre hojas caídas de fresnos y acebos de Arizona. Te gustaron esos lechos de arroyo inusualmente secos en los que vimos huellas de ciervos, coyotes, coatíes, zorros grises, linces y cacomixtles norteños. En ocasiones he visto huellas de puma, cuyo aroma molesta a los perros cazadores. Por aquí hubo lobos y osos grizzly durante la primera parte del siglo XX y los indios yaquis tienen todavía dos palabras para el coyote: «coyote» y «gran coyote». Sigo pensando que el coyote enorme que vimos esa mañana abajo en la ladera de las Huachucas era un lobo mexicano. Me preguntaste por qué no me había comprado un rancho enorme en esa zona, el valle de San Rafael, y te respondí que ése era el problema de mi padre. Él quería ser dueño de cada puñetera hectárea de tierra que veía. Cuando se suponía que debíamos estar cazando siempre andaba mirando ranchos y granjas. Por supuesto, cuando se cansó de todo eso, y de todo lo demás, sacó más de un dólar vendiendo las tierras.

Al oeste, la zona de Pajaritos se extiende hasta México y sigue al sur con diferentes nombres, hacia Caborca y al oeste, hasta Sonoita. La zona alta de Sonora es escarpada y poco conocida, y está notablemente bien surtida de agua. ¿Te acuerdas del cañón del Sycamore donde te refrescaste los pies en el manantial y los perros nadaron en círculos, con los ojos brillantes de placer? La codorniz arlequín o de Moctezuma vive ahí. El mezquite terciopelo crece por todo el terreno hasta los mil quinientos metros, una zona en gran medida helada.

Más al oeste, al otro lado del valle, hay codornices escamosas donde no se ha pastoreado en exceso. Por algún motivo esa zona te pareció siniestra, por el modo en el que la montaña sagrada pápago, el Baboquivari, domina el paisaje. Es y tiene que ser siniestro. Los pápagos son siniestros, como también lo son los yaquis y las diferentes ramas de los apaches. ¡Qué pueblos grandiosos! Hacemos de menos a estos pueblos para no tener que sentirnos mal por lo que les hicimos. Un autor inglés que, por lo demás, era bastante lelo dijo que la única aristocracia es la de la conciencia. Algún día deberás estudiar las cerca de cien tribus, civilizaciones, que aniquilamos.

Por ahora es suficiente. Emilia me está ayudando a hacer el equipaje para un viaje a Chiapas. Algún día tendríamos que subir juntos el Baboquivari, entre los nopales, las distintas chollas, las dos acacias, uñas de gato y espinos blancos, jojobas, ratanias blancas y epazotes; más arriba están la sangre de drago, el enebro, el piñón y el encino del Pico Ajo, el ahuehuete. Juntos podemos mirar al interior de la cueva de l'itoi, ¡el dios pápago! Allí no verás a un puñado de lamentables metodistas sentados y rezando para conseguir dinero fácil. Por favor, escríbeme. Te quiero. Tu tío Paul.

No estoy segura de por qué esta carta significaba tanto para mí, ya que mis recuerdos de la zona se asemejaban a un embrollo opaco, roto sólo por alguna imagen ocasionalmente nítida. Sin embargo, la carta funcionaba como un tótem que, junto con los largos paseos, me hizo avanzar a través del verano hasta el día en el que bailamos todas juntas. Por supuesto, no deja de haber un aspecto absurdamente banal en la imagen de una niña de dieciséis años que se pasea por valles, ringleras de árboles y arroyos pensando en Dios, el sexo y el amor, el vacío del bebé.

Una noche de luna llena empezaron a dolerme los pechos por la leche acumulada, aunque me habían recetado unas pastillas para eso. Me pasé la noche entera sentada en la ventana contemplando la luna hasta que se ocultó justo antes del amanecer. Salió roja, se volvió rosa, luego blanca, luego rosa y luego roja mientras regresaba a la tierra: una luna de verano.

La luna me arrastró muy lejos de mí misma y me imaginé que mi padre muerto y Duane la veían desde un ángulo distinto. Antes de subirme a la cama Ruth me había tocado al piano la sonata *Claro de luna*, de Beethoven. Sabía tocarla a oscuras. También me llegaba el chirrido del balancín del porche en el que Naomi se sentaba todas las noches de verano para lo que llamaba un rato de «ensueño sin sentido». Ruth se sintió azorada por la belleza del ambiente y me dijo que tenía los pechos tan grandes que rozaban verdaderamente lo absurdo.

Cuando amaneció me puse la ropa de caminar y eché en la mochila un termo de café, algo para comer y dos libros sobre aves y fauna de la zona. Nunca abría los libros, pero los llevaba por la insistencia de Naomi en que hiciese algo útil. De repente la vi en la cocina de pie, con el camisón, como si quisiera decirme algo. Me molestó la intromisión y no quería mirarla de frente, así que fijé la mirada en las hileras de tomates que Naomi había envasado el día anterior. Los tomates parecían estar ahogándose en los botes de cristal, con un color rojo vívido, sufriendo. «¿Estás bien?», me preguntó. «Estoy olvidando al niño a base de caminatas», le respondí mientras salía por la puerta sin girarme hacia ella, algo de lo que me arrepentí a mitad de camino hacia la casa del abuelo, cuando el ritmo del paseo ya se había apoderado de mí y me sentía aliviada.

La más pequeña de las hembras airedales estaba esperando fuera donde el camino se aproximaba a un estanque cubierto por espadañas. Esperaba allí todas las mañanas confiando en poder acompañarme. Al abuelo le gustaba que me la llevase porque era un perro de primera para detectar serpientes: olía las cascabeles antes de que la serpiente se hubiese puesto siquiera en estado de alarma, y si le dábamos permiso, las mataba, y si tenía hambre, se las comía. Como las cascabeles no buscan hacer ningún daño, nunca la dejaba que las matase, salvo que rondasen las dependencias de la hacienda. Los otros perros se limitaban a ladrar, pero Sonia —Ruth le había puesto el nombre de una muñeca— iba a matar, después de cansar a la serpiente a base de ataques repetitivos. Matar una serpiente la enorgullecía mucho y se ponía a marchar rígida y elástica al mismo tiempo, como un caballo al paso. También era buena espantando a las vacas malhumoradas que protegían a los terneros en el prado.

Detrás de la casa del abuelo, donde se interrumpía la carretera del condado, el terreno se hacía más montuoso y no era bueno para plantar maíz, trigo ni alfalfa. Aquella tierra era la franja trasera de un rancho de cinco mil doscientas hectáreas que, pese a parecer grande, apenas les daba para vivir a sus dueños porque toda el agua era nuestra. Nuestra era la propiedad a ambos lados del arroyo que hacía linde.

Crucé el arroyo casi seco y luego la verja, y seguí el contorno de montes erosionados y quebradas en dirección al oeste. Doblé hacia el norte, después de un kilómetro y medio o así, me quité los zapatos y crucé el Niobrara, que en verano era arenoso y el agua apenas llegaba a la rodilla, para a continuación seguir más al norte por la valla de la linde del vecino que se acercaba al agua. Dejé atrás los árboles grandes —fresnos, tilos, olmos— con parras silvestres enganchadas, en la zona de terreno inundable, mientras ascendía entre una hondonada hacia la cubierta rocosa y escarpada. Sonia olió una serpiente, pero la azucé para que se apresurase, porque quería llegar a la parte más alta de un pequeño cañón de paredes verticales. Había estado allí con Duane, que cavó un charco de filtraciones de agua para dar de beber a los caballos. Unos cuantos árboles pequeños daban sombra, y había una roca plana y grande sobre la que comimos pollo asado que el abuelo nos había metido en las mochilas, además de un bote con limonada que tenía el hielo derretido. Duane estaba leyendo por entonces a Edward Curtis y declaró que aquél era un lugar sagrado. Le dije: «¿Cómo lo sabes?», y me respondió que cualquier tonto podría distinguirlo. Para demostrarlo buscó varias puntas de flecha, y estuvo una hora entera sentado en la roca en silencio, mirando al este. En aquel entonces, el lugar me despertó un cierto sentimiento religioso, y por eso regresé allí con Sonia.

Me sentía de algún modo confundida porque varios días antes nuestro pastor metodista se había pasado a visitarme. Había mandado a Naomi y a Ruth salir del salón para que pudiésemos hablar y rezar. Me pidió que suplicase perdón por tener un hijo fuera del matrimonio. Yo le pregunté que cómo lo sabía y me dijo que se había enterado por la señora Lundquist, empleada del abuelo. Me negué a pedir perdón y él me lo suplicó. Levanté la vista para mirar el retrato de mi padre, que parecía decirme que no tenía que implorar nada. Más tarde, en la cena, Ruth hizo una imitación maravillosa del pastor: «¡Ay, Diosss mío, Diosss mío, saaalva a la descarriada Daaalva!». Naomi al principio se enfadó, pero terminó riéndose. En cualquier caso, aquello puso fin a mis visitas a la iglesia.

Así pues, me senté en la roca a esperar que ocurriese algo. No estaba segura de qué sería, pero tenía esperanzas. Sonia se desplomó sobre la hierba fresca junto al charco y se me quedó mirando, para luego caer en un mundo de ronquidos y sueños perrunos. Al sentarme miré el reloj de viaje que llevaba en la mochila. Faltaba poco para las ocho de la mañana y estaría allí sentada hasta las cinco de la tarde, cuando tendría que irme para llegar a casa antes del anochecer.

Mi único logro fue quemarme al sol la piel ya de por sí bronceada y terminar con un hambre desesperada porque le había dado mi bocadillo a Sonia. Dejé que el café se enfriase para usarlo como sustituto del agua. Había un manantial a un kilómetro y medio o así, pero me quedé clavada en la roca; el agua del charco estaba demasiado desteñida para beberla con tranquilidad. Un halcón pálido sobrevoló el borde del cañón y luego viró para alejarse, con un gañido de sorpresa al avistarme. Divisé una cierva y un cervatillo, pero Sonia los espantó rugiendo como si fuesen a hacernos algún daño. Repasé mi vida entera y me oí el corazón de verdad por primera vez. Por la mañana tuve fantasías de amor y risas, e incluso llegué a crear la imagen de Duane y de mi padre cabalgando barranco arriba hacia mí. Por la tarde acuné a mi hijo y volé con un cuervo en las alturas. En general, disfruté de una muy prolongada y profundamente reparadora «nada». Tuve la extraña sensación de entender la tierra. Todo esto es muy simplón y sólo lo menciono porque aún sigo haciendo casi siempre lo mismo cuando estoy preocupada.

Ya bien entrada la tarde, Sonia se levantó de un salto con un aullido desquiciado y salió apresurada barranco abajo hasta que se topó con los otros perros del abuelo. Vinieron todos a por mí corriendo con desesperación, armando escándalo, y me sentí como una presa. El abuelo les seguía en su gran alazán, que guiaba a otro caballo.

—Espero no molestar. Tu madre se había preocupado.

—Sólo estaba pensando en las cosas.

Alargué la mano para coger la cantimplora que me ofreció al bajarse del caballo.

—Pareces una india triste, y eso que lo tuyo es sólo un vestigio. Yo solía venir aquí, y mis niños también. De pequeño, tu tío Paul cavó el manantial, y la vez que más odio sintió hacia mí se quedó aquí una semana entera.

—¿Por qué te odiaba? Diría que ya no es así.

—Cree que, de algún modo, maté a su madre. Cuando eres niño no entiendes que tu madre esté loca, porque es tu madre. Ella mimó a Paul y renegó de tu padre porque se parecía demasiado a mí.

—Creo que Paul es buena persona.

—Sin duda. Al final aprendes que algunas cosas no pueden curarse. Aunque eso tú ya lo sabes. Seguramente por eso estás aquí.

Asentí y estiré el brazo en busca de su mano, que por primera vez me pareció un poco frágil. Sentí una punzada, como dándome cuenta de que ese viejo al que tanto quería se moriría en algún momento. Me leyó el pensamiento.

—¿Si vivo siete meses más irás al Dublin Horse Show conmigo? Te enseñaré cómo hay que gastarse el dinero. Llevo sin ir desde 1937 y lo echo de menos.

—Me encantaría, pero no creo que pueda faltar a la escuela.

—A tomar por saco la escuela. No es más que una boñiga donde enseñan los moscardones.

Me eché a reír y nos montamos en los caballos pese al recuerdo de Duane. Probablemente ahora mismo esté cabalgando, pensé, en algún sitio de Dakota.

Andrew se ha pasado por casa esta mañana temprano. Justo antes he recogido el correo; tenía cartas de Naomi, Ruth y una del profesor Michael con matasellos de Palo Alto. En la historia de mi familia todo el mundo escribía cartas, llevaba diarios, como si pensaran que iban a desaparecer si no se plasmaban a sí mismos sobre el papel. Durante un tiempo, entre los veinte y los treinta años, abandoné la costumbre, pero mi pensamiento se hizo aburrido por recurrente. Retomé la práctica para poder deshacerme de ideas e información, y dejar así sitio a cosas nuevas. Primero haces un mapa topográfico con los contornos y luego avanzas. Por supuesto, resulta muchísimo más fácil cuando no escribes con vistas a publicar. El profesor me dio algunos de sus libros y artículos y cometí el error de comentar que seguro que se había cubierto bien las espaldas. Esa ocurrencia vacía provocó una defensa de sus métodos que duró catorce horas (reloj en mano).

Andrew tenía buenas noticias. Guillermo, nuestro amigo sociópata, había cogido un vuelo de Air West a Houston con escala para McAllen. Según la policía de McAllen, el tipo había pagado dos semanas de alquiler por adelantado en un motel de precio medio. Creían que la DEA[7] lo estaba siguiendo, pero no podían dar detalles.

—¿Cuántos días tardarías en empacar todo lo que tienes aquí? —me preguntó, mientras miraba a su alrededor como calculándolo.

—Una tarde. Aunque llevo aquí siete años, muchas de mis cosas están en Nebraska.

Andrew fue hasta la cocina, donde me estaba calentando unas sobras de pozole, un guiso mexicano de cerdo, chile picante y maíz. Aprendí a preparar ese plato, entre otras docenas, mientras estuve con un joven que quería llevar una existencia sencilla y tercermundista, cosa que resultó ser increíblemente

---

[7] Siglas de Drug Enforcement Administration, la agencia estadounidense dependiente del Ministerio de Justicia que se ocupa de luchar contra el tráfico y el consumo de drogas en el país.

complicada para mí: yo hacía la compra, cuidaba el huerto, preparaba la comida natural, me ocupaba de la casa, y mientras él meditaba. Cuando dejó de hacer el amor para alcanzar otro «nivel» me mudé. Los sesenta eran así. Ahora tiene un concesionario de Mercedes en Florida, que compró gracias a la venta de cocaína al por mayor. ¡Los setenta!

—¿Puedo comer un poco de esto? Estoy hasta los cojones de preparar comida francesa y del norte de Italia para Ted. El año pasado tocó cocina de Sichuan, y luego de Hunan. El año que viene será sandía y flan.

—¿Y si quisiera buscar a un niño dado en adopción hace veintinueve años?

—Bueno, sería un rastro bastante frío, aunque no imposible de seguir. Pero te interesa que sea un blanco el que haga el trabajo en esa tierra de granjeros. La idea es muy poco recomendable en cualquier caso. Es mejor que te busques otra tarea.

No le pregunté por qué era muy poco recomendable, porque ya lo sabía. De existir una búsqueda, la tiene que iniciar el niño al que largan, abandonan y arrebatan de su madre.

—¿Por qué no empiezas por preguntarle a tu madre a quién le dieron el niño?

Se estaba comiendo el pozole con ganas y me cogió con la guardia baja; aparentemente, un antiguo inspector nunca está fuera de servicio.

—No quisiera que Naomi supiera que estoy buscándolo.

—Puedo encontrar a alguien que se ocupe del asunto, pero me parece una mala idea. Y cara, aunque entiendo que puedes permitírtelo.

—¿Hace eso que sea doblemente mala?

—A mí esas mierdas no me las vas a oír. Eso déjaselo al profesor. Mírame: un tipo a medio colorear. Mi padre trabajaba de profesor en Roxbury, Boston, antes de mudarnos a Albany. «Hijo», me decía, «no pierdas el tiempo preocupándote por la igualdad en la tierra». Jesús dijo: «A quienes tienen, mucho se les dará». No soy religioso, pero ¿qué cojones significa eso?

—Nunca lo he entendido. Me gusta trabajar y jamás he sido de gastar mucho. Un hombre que conozco dice que siempre compro billetes de ida y vuelta. Aunque a él sí le gusta gastar dinero.

—Lo que estás diciendo es que no es tu culpa. Y claro que no lo es. Mira a Ted. Le encanta tirar el dinero. Les sirve un vino buenísimo a esos músicos drogatas y rastreros, cuando lo que les iría bien sería un Mogen David. Os quiere mucho, ¿lo sabes? A ti, a Ruth y a tu madre. Cree que sois gente con clase. A lo mejor a ti gastar te resulta triste y sin sentido, y ya está. Según Ted, quien tuviese unos antepasados que en 1871 metieran cinco mil dólares en un buen banco, y ese dinero rentara un modesto cinco por ciento durante ciento diez años, recibiría al final un millón y medio. Apuesto a que un montón de fortunas existen sólo porque cierta gente nunca se decidió a fundir el dinero. Como este tema me da tanto por culo, lo dejo en manos de mi mujer. Es más fácil.

Cuando Andrew se marchó sentí un deseo particular hacia él que ya había reconocido antes. Recordé una cita de Ortega y Gasset que el tío Paul tenía enmarcada en la pared de su estudio en Patagonia (y que él mismo había traducido farragosamente al inglés): «Cuando no se tienen normas, nada puede ser meritorio. Los hombres utilizan incluso lo sublime para degradarse a sí mismos». Daba igual cuántas veces me hubiese dedicado Andrew una mirada apreciativa, y que yo siempre se la devolviese: los dos sabíamos que no era una buena idea. Hace tiempo que dejé de intentar averiguar de qué está hecho el deseo sexual. Ted se metió conmigo por haber sido capaz de acostarme con el profesor, al que llamaba «sapo ocurrente». Le respondí que yo necesitaba acostarme también con la mente de un hombre, lo que suponía una ventaja con respecto a algunas compañías suyas a las que yo había conocido y que obviamente había pillado en alguna carnicería de Beverly Hills. «El mejor mostrador de carne está en West Hollywood, querida, bajando por Melrose». Me disculpé por haber empezado esa discusión irrelevante, pero me dijo que le encantaba. Me recordó la noche que habíamos pasado con Andrew bebiendo una botella de calvados reserva. Hicimos una especie de juego un poco gay en el que se suponía que teníamos que admitir nuestro peor comportamiento sexual, o al menos el más estrafalario. Ted empezó contando inocentemente cómo había dejado que un viejo musicólogo vienés se lo follase en Eastman para conseguir la nota más alta en un trabajo de clase que ni siquiera había llegado a escribir. Andrew y yo abucheamos el relato por banal. Andrew contrarrestó con la historia de cuando se tiró a una mujer rica y muy gorda mientras estudiaba en la Universidad de Boston. ¿Dónde estaba lo terrible del asunto? Bueno, aquello se había prolongado todo un año, mientras él trabajaba a tiempo parcial en una tienda cara de vinos y alimentación, propiedad de la mujer, donde tuvo oportunidad de probar un poco de lo que allí vendían. Literalmente, se había follado a aquella tía tan desagradable a cambio de caviar, trufas, *foie gras, confit d'oie* y buenos burdeos. «Paparruchas», dijo Ted, «cualquier tía alemana o francesa habría hecho lo mismo en 1946». Yo admití haberme acostado con mi amiga de siempre, Charlene, cuando estudiaba en la Universidad de Minnesota. Los dos recibieron mi historia con aburrida indulgencia. Ted se vanaglorió de haberse follado al marido de su secretaria por quinientos dólares en cocaína. Eso ya empezaba a ser interesante. Andrew subió la apuesta sonrojado a cuenta de una aventura con una ladrona de tiendas, menor de edad. Ted y yo nos miramos y confesamos que estuvimos a punto de acostarnos hacía años. Yo había vuelto a casa por Navidad de la escuela de posgrado con mi meditador tercermundista, mientras que Ruth había llevado a Ted a la casa de Eastman por primera vez. Mi meditador, de nombre George, fue difícil de aguantar desde el momento mismo en que llegamos. ¿Se devolvía el estiércol de las vacas a la tierra a la que pertenecía? Por supuesto, los cabestros cagan por cualquier parte, mientras que el ganado para leche —que no teníamos— es más preciso, por las vallas, los corrales y los potreros, pero el estiércol de los refugios invernales de los cabestros se esparce todos los meses de marzo. «Bien», dijo George. En Nochebuena cenamos pavo, y George afirmó que el pavo estaba desnaturalizado por los productos químicos. Naomi le respondió que era un pavo de corral comprado a un vecino, a lo que George reaccionó comiendo de más. El día de Navidad tomamos un cabestro asado de primera que Lundquist mataba siempre para nosotros en otoño, tras lo que dejaba la carne colgada en el refrigerador un mes o así para que se curase. George nos aleccionó sobre cómo lo adecuado era tomar ochocientos gramos de carne magra al día. Naomi se quedó perpleja ante esa descortesía gratuita. En realidad, George era un hombre agradable, salvo en compañía de extraños, cuando no podía parar de dar lecciones. Ted se burló de él preguntándole cómo con todas esas teorías nutricionales había logrado que le sobraran quince kilos. George se marchó cabreado a mi habitación, aunque regresó más tarde para comerse un bocadillo en silencio. Después de cenar, Ruth y yo nos turnamos bailando con Ted discos de *rock and roll*. Naomi se había ido a la cama, y Ruth fue la siguiente. Nosotros seguimos bailando Sam Cooke, Buddy Holly, Little Richard, B. B. King y demás. Ted era el mejor bailarín que yo había conocido. Le dije que se diera la vuelta para quitarme los pantis, que me estaban dando demasiado calor. No se giró, pero estábamos bebiendo y no pareció importar nada. Entonces nos pusimos a bailar pegados y Ted tuvo una erección muy obvia bajo los pantalones, que apretó contra mí. Me senté y le dije que no iba a seguir. Estaba de pie justo delante de mi cara y no pude evitar alargar la mano y frotársela. Se abrió la bragueta y me metí la punta en la boca un segundo, y luego corrí escaleras arriba a mi habitación. Logré despertar a mi meditador cabreado lo bastante para que me hiciese el amor.

A Andrew le pareció una historia de otra liga. Le preguntó a Ted por qué, si yo le excitaba tanto, se había hecho homosexual. Ted se quedó inusualmente pensativo unos minutos y luego dijo: «No es cuestión de lo que me pone, sino de lo que me pone más».

Mis tres cartas eran todas bastante sorprendentes. Ruth me contaba que su tendero le había enseñado un estado financiero y luego le había pedido que se casara con él. Quería que ella viese su situación económica para que no pensara que lo que buscaba era su dinero. Se sentía un poco confusa y me pedía que le hiciésemos una visita en Santa Mónica, en Tucson o donde fuese. La nota de mi madre era una propuesta abrupta que requería una llamada telefónica. Tenía que saber a los pocos días si me interesaba regresar y dar clases durante un año en la escuela rural de la que ella iba a jubilarse. Los miembros del comité escolar del condado, todos con los sesenta años cumplidos como Naomi, habían mantenido abierta la escuela durante años por la insistencia de mi madre. De otro modo, la mayoría de los niños habría tenido que pasar una hora de ida y otra de vuelta en el autobús escolar. La matriculación había bajado a diecisiete alumnos entre primero y octavo, pero Naomi había logrado un año más por si me interesaba volver a casa. Entre líneas eso significaba que Ted le había contado a Ruth, y Ruth a Naomi, que mi vida podía estar en cierto peligro. Naomi no esperaba que volviese con ella. Mi casa, la que había sido del abuelo, la había cuidado durante más de veinte años un primo soltero noruego y melindroso de los Lundquist. Supuestamente estaba retraduciendo al inglés *Gigantes en la tierra*, de Rölvaag[8], aunque nadie había visto evidencia alguna de ello. Durante mis visitas se iba a la barraca de Duane, que había remodelado con mucho gusto una pareja *hippy* itinerante de la que Naomi se había hecho amiga.

Parte de la peculiar cordura de Naomi, ganada a duras penas, consiste en que no se toma sus luchas particulares como actos de heroísmo. Sus estrategias son silenciosas, sus sugerencias, tentativas. Mi primer impulso fue: «¿Por qué no?». La nota de Naomi terminaba bromeando con que no me iba a encontrar ningún problema de drogas, que sólo había dos gemelos en séptimo potencialmente alcohólicos en un futuro. Uno era sexualmente precoz y Naomi se ocupaba de salvar la honra de tres de las niñas, y también de salvar a los niños de sus airados padres luteranos.

La carta del profesor Michael supuso una transformación permanente del concepto que tenía de él. Desconfié un

---

[8] Obra clave de ese autor que trata sobre la vida de unos colonos noruegos en el Territorio Dakota. Rölvaag fue muy conocido por sus análisis de las vidas de los noruegos que migraron a Estados Unidos.

poco después del primer párrafo: cuando una persona se quita una máscara te quedas pensando si la nueva cara no será otra máscara también. La prosa carecía de los rasgos ásperos y polémicos que tenían sus artículos eruditos o su personalidad pública. La carta ocupaba media docena de páginas y comenzaba con un ingenioso boceto biográfico. Pese a alguna que otra llamada a música de violines, el resultado desprendía una sinceridad desnuda, aunque lírica: nacido en el valle de Ohio, en un medio obrero de trabajadores industriales y granjeros, protestante fundamentalista, estudiante de pelo claro que había obtenido una beca para Notre Dame que provocó la ruptura con su familia (¡una universidad católica!), trabajo de fábrica en verano, un año en un programa de escritura en la Universidad Northwestern con una novela fallida y horrible que lo atestiguaba, un trabajo largo y arduo de posgrado en la Universidad de Wisconsin y en Yale que terminó con un doctorado en Historia Estadounidense, un par de libros no académicos, un matrimonio y un divorcio, una hija en la escuela privada que le costaba un tercio de sus ingresos netos, y seis años de docencia en Stanford, pero sin ser profesor titular aún.

La conclusión llegaba en la última página, en forma de súplica y de oferta. Michael acababa de regresar de Loreto, en Baja California, donde había ido a visitar a mi tío Paul con la esperanza de sortear mi negativa a enseñarle los documentos de la familia. El tío Paul, a quien «adoraba», le dijo que la decisión seguía dependiendo de mí. El problema era que su año sabático, para el que le habían concedido una beca de financiación adicional muy considerable, empezaba en verano. Su nombramiento como profesor titular estaba subordinado a la publicación del libro que escribiera durante ese año sabático. La principal dificultad radicaba en que a un profesor de la Universidad de

Wisconsin de la comisión de becas le habían negado previamente el acceso a nuestros documentos y había exigido una prueba de que Michael sí tenía permiso para verlos como requisito para la concesión de la beca. Michael tenía que presentar ese permiso en un plazo de una semana ante su catedrático en Stanford. A esas alturas, si no podía hacerlo, perdería la beca, el año sabático y muy probablemente el trabajo por «bajeza moral» —es decir, por mentir—, independientemente de que los estudiantes lo hubiesen elegido profesor del año por sus técnicas de disertación y su oratoria extraordinariamente amena. Si perdía el trabajo, su hija tendría que salir del colegio privado, y eso a la niña le rompería el corazón. Tenía un apartamento de alquiler y un préstamo sobre su BMW que excedía el valor del coche a causa de una pequeña colisión contra un buzón. En otras palabras, su destino estaba por completo en mis manos.

Era un desastre tan lamentable que me eché a reír, porque me recordaba a una versión más grotesca de partes de mi propia vida, y de las vidas de muchos a quienes conocía. Su oferta, sin embargo, me condujo a la desesperación: se me cortó la respiración y caminé hasta el balcón, pero las lágrimas me nublaron el Pacífico. «¿Recuerdas aquella noche en la que te burlaste de mi bigote, o al menos te reíste de mí por llevarlo? Yo te agarré del brazo y te enfadaste, con razón. No me considero una persona violenta, o a lo mejor es que se me va la fuerza por la boca, o el alcohol la disipa. Mi exmujer solía darme guantazos y yo nunca me defendía. Coleridge dijo una vez que somos como arañas que tejen redes de engaño con el hilo que les sale del culo. Quizá junto a mi vena investigadora tenga el temperamento de un tahúr sin éxito, de un adicto al juego. Mi riña histérica contigo en casa de Ted fue una señal del problema tan gordo en el que estoy metido. En cualquier caso, la noche que estuve en tu casa mencionaste que querías encontrar a tu hijo, o que ibas a escribir algo para explicarte, para contar tu pasado. Podrías supervisar mi proyecto, que cubriría ese pasado. Y yo podría encontrar a tu hijo. Sé que soy capaz porque tengo formación como investigador y también credibilidad de sobra. Es todo lo que tengo para ofrecerte, aunque a lo mejor preferirías hacerlo sin mí. Te suplico, te imploro que consideres mi situación. Sin lugar a dudas, he mentido repetidamente a mi gremio al pensar que podría doblegar tu voluntad. Me importas de verdad, aunque eso es otra cuestión. Con toda sinceridad, me he estado preguntando por qué te interesaste por mí de entrada, tú que transitas normalmente otros círculos. Ted se gasta más de mi sueldo en vino todos los años. Encontrar a tu hijo es lo único que puedo ofrecerte. Por favor, llámame en cuanto acabes de leer esta carta. He pensado seriamente en el suicidio pero no podría hacerlo por mi hija. De otro modo, te amenazaría con eso».

Fuera, en el balcón, pensé que ciertos tipos de sufrimiento son demasiado ambiciosos. Recordé las historias que se cuentan a los niños sobre perros abandonados que encuentran su camino de vuelta a casa tras pasar por incontables tormentas, puentes, carreteras, perreras y miles de kilómetros. Evidentemente, la brújula de esos animales es su anhelo por estar en casa. Son historias preciosas, sí, pero ¿qué pasa con todos los jóvenes con los que he trabajado y que se han escapado de alguna situación imposible para regresar y encontrarse la puerta cerrada? Es difícil ayudar a quien se siente rechazado. Al final, esa persona se considera a sí misma una mierda y es presa fácil para todos los que la victimizarán primero sexualmente y luego emocionalmente. De algún modo, el hecho de que no exista un hogar no hace disminuir el anhelo. No estoy segura de por qué. Podemos crear por necesidad capas de actividades para cubrir ese anhelo, pero algo siempre se deja notar por debajo de la superficie. Hacerse la muerta para mí siempre ha sido la peor de las tácticas de supervivencia. El profesor dice que el tiempo es la más natural de las imposturas, y que nadie más que un memo vive dentro de sus especificaciones mecánicas. Un hecho que dura unos pocos instantes es capaz de dominar años. Justo entonces pensé en el momento preciso en el que tuve que dar el collar de Duane.

El día que cumplía diecisiete años, el 10 de octubre, mi abuelo, con el permiso a regañadientes de Naomi, me regaló mi primer coche. Era un Ford descapotable nuevo de color turquesa con la capota blanca que no podía parecer más inapropiado para el paisaje de Nebraska, sobre todo aparcado junto al Plymouth de mi madre, lleno de barro y de color apagado. Me quedé avergonzada en el patio delante de todo el mundo —Charlene y Lena habían venido de la ciudad— hasta que me dejé llevar por Ruth, que andaba dando saltos como loca. Nos fuimos a dar una vuelta; yo conducía y Charlene y Ruth iban sentadas a mi lado. Era un día soleado aunque frío para el mes de octubre, pero bajamos la capota de todas maneras y fuimos hasta la ciudad. Paramos en el único bar con servicio para coches, un sitio donde se reunía la gente joven. Todo el mundo se mostró amable, incluso los chicos a los que Duane había dado la paliza. Los jóvenes tienen una resistencia aleatoria que no comparten los adultos, cierta capacidad para olvidar la amargura. Algo tan estúpido y vulgar como un coche bonito puede servir de bálsamo para todo el mundo, al menos durante una tarde.

Creo que el coche aceleró la muerte de mi abuelo, aunque él intentase absolverme de esa idea en su lecho de muerte. Lo que ocurrió fue que ese vehículo supuso para mí libertad; una libertad, naturalmente, de más amplio alcance que la de caminar o ir a caballo. Quizá sea algo que no les ocurra tanto a las mujeres como a los hombres, pero en mi crianza esa diferenciación no quedó marcada. Las noches de insomnio bajaba las escaleras, encendía la luz del patio y miraba el coche. A veces, cogía un atlas viejo de carreteras y una guía de rutas del escritorio del salón y estudiaba las posibilidades. Fui retirando poco a poco cantidades pequeñas de dinero de mi cuenta de ahorros antes de tener un plan definitivo. Por primera vez en varios años, conté la colección de dólares de plata que había iniciado de pequeña. Tenía además diez piezas de oro de veinte dólares que el abuelo se había encontrado tras unos libros de su biblioteca aquel verano. Me había dicho: «Gástatelo en alguna nadería o lo que sea». Pensé que resultaría sospechoso si intentaba comprar gasolina o pagar la habitación de un motel con una pieza de oro de veinte dólares. Me encontraba a punto de saltar a uno de esos agujeros de la vida de los que salimos un poco harapientos y ensangrentados, aunque de todos modos sigamos seguros de que debíamos dar el salto.

Una noche, unas semanas después de mi cumpleaños, cuando a nuestra parte de Nebraska llegaron unos días de calor tardío, estaba delante de la casa limpiando las ventanillas del coche con un trapo de gamuza. El interior de las ventanillas estaba cubierto por las huellas de los hocicos de los airedales del abuelo. Ese día, al ir en el coche hasta su casa después del colegio, el abuelo sugirió que lleváramos a los perros a dar una vuelta con la capota bajada. Los perros iban sentados en la parte de atrás con actitud bastante seria y vanidosa mientras conducíamos kilómetro tras kilómetro por carreteras de gravilla. El abuelo tenía bronquitis y le daba sorbos a una botella de whisky, y entretanto hablaba sobre cómo durante los primeros y hermosos años de su matrimonio, su mujer y él (era a finales de los años treinta) se subían al coche y conducían hasta Chicago en menos de tres días para comer en un auténtico restaurante francés. En un cruce de caminos, dejó que los perros, que estaban frenéticos, saltaran del coche y fuesen tras un coyote: después de toda una vida de perseguir a esos animales nunca habían atrapado ninguno, salvo los cachorros de la madriguera. Aquel coyote tenía sentido del humor y corría en círculos grandes; pasó junto al coche varias veces con los perros siempre cien metros por detrás de él. Cuando los perros se desplomaron exhaustos junto al vehículo, el coyote se sentó en el mismo lugar donde había comenzado la persecución y no dejó de observarnos hasta que nos marchamos.

Al anochecer, mientras limpiaba el coche y el ocaso desaparecía en la oscuridad, oí un coyote. Salí a los pastos en mitad de la noche cálida, alejándome del sonido del ensayo al piano de Ruth. Sentí un escalofrío en la piel y un vacío en el estómago porque pensé que, de algún modo, podía ser Duane, que imitaba a los coyotes hasta el punto de que los animales le respondían. Duane decía que los coyotes no se creían su llamada, que sólo sentían curiosidad y se divertían. Pero ahí fuera, en los pastos, admití para mí que iba a intentar encontrar a Duane.

Mi madre había sido cautelosa conmigo después de tener a mi hijo: siguió un consejo que había leído sobre no husmear, no someter todos mis movimientos y ánimos a escrutinio, y a cambio yo le ofrecía toda la sinceridad que podía reunir. Me escabullí de la cama a la mañana siguiente a las cinco, y dejé una nota diciendo que no se preocupasen, que iba a ir a visitar a mi viejo amigo Duane. Para asegurarme de que nadie me detendría, desperté a Ruth, le di la nota y le dije que se la entregase a mamá después de la escuela. Ruth estaba leyendo *Cumbres borrascosas* por entonces y pensó que mi búsqueda del amor era «de lo más apasionante».

Llegué a la ruta 12, luego seguí al oeste hasta que aparecí en Valentine ya de día, y allí paré a desayunar, aunque las mariposas me revoloteaban de tal modo en el estómago que no fui capaz de comer nada. La camarera, que me recordaba a una versión más larguirucha de Lena, me mostró su preocupación. Le dije que tenía a mi abuela muy enferma en Rapid City. Se sentó con una taza de café y charlamos un rato. Se quedó admirada con mi abrigo de piel de oveja y las botas Paul Bond. Me aconsejó: «No hables con vaqueros. Sólo quieren meterte en sus pantalones». Lo dijo bastante alto, mirando a una mesa de vaqueros que se estaban comiendo unos huevos. Sentí que me ruborizaba y me quedé mirando por la ventana un camión lleno de cabestros que probablemente se dirigía a las unidades de engorde de Sioux City y, desde allí, al matadero. Pagué la cuenta, le agradecí el consejo a la camarera y me marché. ¿Por qué es tan malo enamorarse de un medio hermano?, pensé.

Cogí la ruta 83 en dirección norte, hacia Murdo, y me desvié en la 18 para entrar en la reserva india de Rosebud, por la carretera que va a Parmelee. No albergaba muchas esperanzas de que Duane estuviese allí, como esperándome, pero sí creía que encontraría al menos un rastro frío de él, como decían los cazadores de la zona. A los blancos les cuesta bastante comprender por qué los indios viven como viven, porque lo identifican con la peculiar vida que lleva nuestra «chusma blanca». Me refiero a los céspedes maltrechos, las vallas rotas, los coches abandonados y desechados, las casas en ruinas. El abuelo decía que si le estás robando a alguien todo lo que tiene, o se lo has robado, no quieres entender a esa persona. De lo contrario, puedes terminar sintiéndote mal por lo que le has hecho.

Efectivamente, Parmelee tenía un aspecto lamentable. Aquellos días de calor tardío habían terminado de repente y un viento frío del norte hacía que se me metiese un polvo helado en los ojos al llamar a las puertas, que me cerraban de inmediato en la cara. Algunos niños y unos cuantos perros empezaron a seguirme entre ladridos a una distancia prudencial. Los niños se reían y chillaban cuando les decía unas pocas palabras en sioux rudimentario. Vi a un anciano trabajando bajo el capó levantado de un coche para chatarra. Se asomó, sonrió y dijo: «¿Puedo ayudarla en algo, hija?», en sioux. Cuando le pregunté, me respondió que había oído que tanto Duane como su madre estaban más abajo, en Pine Ridge.

Pine Ridge se encontraba a varios cientos de kilómetros por esa misma carretera, pero sentía el corazón ligero mientras conducía con el viento salvaje y tempestuoso del norte meciendo el coche. Incluso fui cantando canciones *country* que sonaban en la radio, en una emisora de Rapid City, pensando que Duane a lo mejor estaba escuchando esa misma emisora. Lo mejor fue cantar las de Patsy Cline, porque reflejaban a la perfección cómo me sentía.

Aunque Pine Ridge era un lugar horriblemente hostil, de nuevo mis intentos, bastante torpes, de hablar en sioux me sirvieron para obtener una desagradable información: Duane se había emborrachado y le había pegado a un policía en

101

Chadron hacía más o menos un mes y estaba allí en la cárcel. Si no seguía preso, habría abandonado la zona, porque te podías dar por muerto si le pegabas a un poli. Eso me lo contó un joven alto y delgado de ropa harapienta que tosía tan fuerte que se iba tambaleando. Añadió que a la madre de Duane la mantenía un rico en Buffalo Gap.

De camino a Chadron perdí toda la confianza y me eché a llorar. Era ya media tarde y el mundo parecía un lugar frío y violento. Me sentía estúpida y comencé a avergonzarme de mi sofisticado coche, aún más estridente en territorio indio. Unas semanas antes, en nuestro condado, un granjero noruego había muerto de agotamiento. Tenía cuarenta y tantos años, sus padres habían perdido la granja durante la Depresión y él temía perder ahora la suya, que había hipotecado al casarse. Yo conocía a sus hijos del colegio, tenían media docena, y siempre estaban cansados, con la piel quemada por el sol e irritada por el viento, demacrados. Si la cosechadora de maíz se averiaba, recolectaban a mano hasta bien entrada la noche. El periódico citaba al banco para decir que el hombre había liquidado sus deudas, pero estaba trabajando con un mal sueldo para conseguir más tierras.

Todo mi coraje se esfumó al pasar por delante de la cárcel de Chadron. Le di la vuelta tres veces sin detenerme. En cierto modo parecía inimaginable que Duane estuviese allí, o que, si lo estaba, las autoridades me permitiesen verlo. Empecé a temblar tan fuerte que paré cerca de un parque y miré el mapa. Decidí recorrer los treinta y dos kilómetros hasta el Fuerte Robinson para recuperar la compostura. Duane contaba que su madre lo había llevado al fuerte cuando era pequeño porque allí mataron a Caballo Loco. Aquella tarde, con el viento frío y limpio y el aparcamiento vacío, los establos de la caballería resultaban espacios fantasmales, y el fuerte y los cuarteles de los oficiales no parecían encajar en la belleza del paisaje ondulado, apenas boscoso. Al otro lado de la carretera, en el lugar de la empalizada donde se produjo el asesinato, un guarda me dijo que tenía que marcharme porque eran las cinco y estaban cerrando. Se mostró ofensivo y me preguntó por qué, de entrada, «una niña bonita» como yo se interesaba por Caballo Loco. Por algún motivo le dije que era una pariente muy lejana que estaba intentando reunir agallas para matar a unos cuantos blancos. El guarda resopló y se echó a reír, y me dijo que siguiera mi camino.

De vuelta en Chadron caminé directa a la oficina del sheriff, delante de la cárcel, y fue como si me arrestasen. Me cogieron las llaves del coche y me hicieron sentarme junto a la mesa del sheriff mientras él hacía unas llamadas con una voz susurrante y evasiva. Era un hombre pequeño y amable. Me trajo una taza de café y me dijo que mi novio, que era un «cabrón miserable», había salido bajo fianza y se había marchado hacía tiempo. Al poco, el ranchero que nos había vendido el bayo de Duane dos años antes, que vivía en la zona, llegó para recogerme. Pasé la noche con él y su familia. A esas alturas no me sentía mal porque me había dado por vencida. Ayudé a la hija del ranchero, que era de mi edad, a hacer sus tareas. Sin que él pudiese oírla, me dijo que su padre la azotaría en el culo si saliera con un indio.

A la mañana siguiente me quedé durmiendo hasta tarde y el abuelo llegó para el desayuno, con la cara roja y exultante, su abrigo de piel de nutria y un sombrero de caza. Nuestro médico lo había llevado en su biplano Stearman y el viaje había sido maravilloso, aunque un poco gélido. El abuelo tosía y le daba sorbos al whisky mientras desayunaba. El ranchero nos llevó a la oficina del sheriff, donde hubo intercambio de cumplidos. El sheriff me miraba con extrañeza y dijo que todo el mundo debería enamorarse al menos una vez. Ése es el tipo de comentarios inexplicables que una recuerda siempre.

Cuando estábamos solos en mi coche, el abuelo me preguntó por qué, sabiendo lo que sabía, había ido a buscar a Duane. Le contesté que no fui capaz de ponerme freno. Me dijo que ésa era una buena respuesta y me llevó al norte de Chadron en vez de ir al este, en dirección a casa. Al sur de Hot Springs, a una hora o así de Chadron, giramos hacia Buffalo Gap, y luego volvimos a desviarnos para salir de la carretera hacia un camino estrecho de gravilla que se adentraba en las montañas. No hablamos sobre nada en particular, aparte de la historia del paisaje. El abuelo conocía bien la zona y su historia porque íbamos de camino a su cabaña de caza. Algunos de los últimos búfalos salvajes se habían escondido en esa región. Me contó que el general Sherman hizo que el Sur hincase la rodilla quemando los cultivos y liquidando todo el ganado. Mataron de hambre a los indios hasta que aceptaron someterse, acabando con el búfalo por mandato gubernamental. El Sur recuperó sus cultivos, vacas y cerdos, pero el búfalo desapareció para siempre, salvo algunas pequeñas manadas aisladas que aparecían por sorpresa. En aquellos momentos de rabia le gustaba citar al general Philip Sheridan, quien había dicho: «Para destruir a los indios, hay que destruir al comisario indio. En nombre de una paz duradera, déjennos matar, despellejar y vender al búfalo hasta su exterminio. Después de eso, las praderas quedarán cubiertas por reses manchadas y vaqueros jubilosos».

Por lo que el muchacho sioux me había dicho en Pine Ridge, ya me esperaba ver a la madre de Duane en la cabaña de caza del abuelo, quien no dudó en compartir el secreto conmigo, aunque esperó hasta el último instante para hacerlo. Le había seguido la pista hasta dar con ella en Denver después de que Duane apareciese en la granja y la había instalado en la cabaña donde la conoció, junto a mi padre y al tío Paul.

Divisé los restos de un huerto bien cuidado delante de una puerta protegida por un labrador negro no muy vigilante. La cabaña de madera era mucho más grande de lo que yo me había esperado, con un gran porche cubierto que daba al valle, al sur. Fuera, junto a un cobertizo y a un corral pequeño, estaba el bayo de Duane mirándonos y relinchando. Al girarme, vi a la mujer en el umbral de la puerta abierta, alta y delgada, más o menos atractiva, pero con los ojos en cierto modo muertos que luego reconocería como los de quien se ha recuperado de un alcoholismo grave. Sonrió y me tendió la mano, que era fuerte, aunque daba la sensación de ser una mano que se hubiera roto y curado mal. Más tarde, el abuelo me contaría que un coche la había atropellado en Alliance un día que se había quedado dormida borracha en una carretera secundaria. Su nombre en sioux significaba «cernícalo» o «gavilán».

Dentro de la cabaña me vi arrastrada directamente hasta la chimenea y las sorprendentes fotografías de la repisa. Había una foto de Paul con mi padre y un gavilán en medio. Detrás de mí estaban hablando en sioux, y capté poca cosa más allá de varios términos afectuosos. Había también una foto mía con los airedales, varias de Duane, incluida una reciente montado en el bayo. Cuando regresé de vuelta a la habitación, ella estaba justo detrás de mí y me pidió que la llamase por su nombre estadounidense, que era Rachel. Luego me dijo que le devolviese el collar que Duane me había regalado. Aseguró ver en mí la misma fuerza que en mi padre y mi abuelo, pero me dijo que Duane era un lunático y que necesitaba el collar. Pronunció «lunático» en cuatro sílabas muy diferenciadas, como si no hubiese duda alguna de que aquella palabra era una descripción precisa de la personalidad de Duane. Me quité el collar sin dudarlo y la mujer acarició aquella piedra común y corriente en la palma de su mano. Se giró y le dijo algo triste al abuelo, que se levantó del sofá y la abrazó. Entonces Rachel se echó a llorar y yo salí corriendo de la cabaña tras coger la vieja chaqueta de aviador de Duane en vez de la mía. La chaqueta había sido de mi padre antes de que Naomi se la regalase a Duane porque decía que nunca parecía estar lo bastante entrado en calor.

Los oídos me pitaban por el llanto de Rachel, así que ensillé el bayo. Pasé largo rato soltando improperios en voz alta para acallar el llanto. El labrador ladraba excitado y eso me ayudaba. Era mi primer paseo a caballo al galope tras más de un año y cabalgué como una loca. El bayo era exuberante y tozudo, así que lo llevé haciendo ochos hasta que se puso a sudar, y luego fuimos valle arriba, con el perro esforzándose por seguirnos el ritmo. Cabalgué todo lo rápido que me atreví, y después refresqué al caballo con un paseo largo. Todavía alcanzaba a ver la cabaña a diez kilómetros valle abajo y me imaginaba el llanto saliendo por la chimenea. Encontré un abrevadero y dejé que el caballo bebiese, luego lo até, ayudé al perro a subir por el borde y lo observé nadar feliz en círculos. Me mojé bastante al sacar el animal del abrevadero, pero no me importó: hacerle un favor a un perro da lugar a una suerte de serenidad. Me quedé allí plantada como una estatua, con la mano apoyada en el cuello del bayo, palpándole el pulso. Notaba una claridad onírica y quizá una fuerza inmerecida cuando recordé algo que el abuelo me había dicho al encontrarme después de mi paseo por los montes en el ramal más alejado del Niobrara: que todos debemos vivir con una medida completa de soledad ineludible, y no hemos de hacernos daño con la pasión por escapar de ese aislamiento. Apoyada contra aquel abrevadero en el tramo alto del valle alcanzaba a oír el viento y las respiraciones del perro y del caballo. Todas las personas que conocía atravesaron mi mente para salir al aire junto con la sensación de que la resonancia de sus voces se asemejaba a voces de pájaros y animales. De algún modo, al final, me sorprendió levantar la vista y ver el sol.

Cuando llegué a la cabaña descubrí que había estado fuera tres horas. Rachel me calentó la cena mientras el abuelo dormía en el sofá. Se le notaba una respiración bronca y por el rostro parecía tener fiebre. Rachel me dijo que había contado con que nos quedásemos a pasar la noche, pero que el abuelo se sentía mal y quería volver a casa.

Una bonita mañana de mayo en el balcón: mi paseo al amanecer fue un poco melancólico; el calor que notaba acercarse señalaba el advenimiento de la temporada de playa y sus gentíos. Saqué el teléfono al balcón y hablé con mi madre. Quedamos en reunirnos con Ruth en San Francisco el día después de que terminasen las clases en la escuela rural de Naomi, para lo que sólo faltaban unos días. Sería la primera vez en treinta y siete años, me dijo, que iba a perderse el servicio del Día de los Caídos en honor a los muertos de guerra en el cementerio rural, pero sabía que sus hijas la necesitaban y, con toda seguridad, su marido no. Luego llamó Andrew algo ansioso para decirme que las autoridades le habían perdido la pista a Guillermo

Sandoval en McAllen, Texas, y que Ted había insistido en ponerme un hombre de vigilancia a tiempo completo como protección. Le expliqué mi calendario y le dije que probablemente me volviese a Nebraska en junio. Me comentó que era más seguro no decirme a quién tenía de escolta, dado que el psicópata en cuestión era un hombre retorcido. Ted se puso al teléfono e insistió en que comiésemos juntos. Rechacé sus refinadas propuestas y elegí un café a unas manzanas de mi apartamento que frecuentaban todos los australianos de Santa Mónica. Aceptó con su suspiro patentado.

La hora que pasé al teléfono me ayudó a tomar la decisión de aceptar la oferta como maestra de Naomi: apenas un mes sin trabajar y ya me sentía menos que útil, pese a haber estado ocupadísima en leer y escribir. Quizá sea porque el teléfono rivaliza con el Gobierno como la mayor fuente de enervamiento de nuestros tiempos. En realidad, enseñar a los más jóvenes a leer y a escribir supondría un bálsamo maravilloso frente al teléfono y a California. No obstante, por amabilidad, llamé de inmediato a Michael y le dije que me dirigía a su zona y que probablemente pudiese verlo el martes. Le tembló la voz y empezó a hablar todo lo rápido que pudo más allá de las incoherencias. Lo interrumpí diciéndole que lo echaba de menos y que adiós.

Cuando me duché y me vestí para salir a almorzar sentí un estremecimiento que achaqué a la soledad, y cuyo origen asocié en gran medida con el sexo. Se me pasó y quedó sustituido por la idea vertiginosa de que otra época, una parte más o menos amplia de mi vida, estaba llegando a su fin. Las ideas enrevesadas del profesor sobre el tiempo de repente no me parecieron tan imprecisas aunque tuviesen esquinas demasiado afiladas. Quizá ésa sea una diferencia esencial entre hombres y mujeres: yo veo mi vida en abstracto, en términos de espirales, círculos y giros encadenados, mientras que el profesor es más lineal y geométrico. Pretendía hablarlo con él de nuevo después de agotarlo en la cama, cosa que, para ser sincera, no costaba demasiado.

Mientras caminaba hacia el restaurante noté una punzada intensa bajo el pecho al verme decidida a abandonar el lugar que me había servido de hogar relativamente feliz. Todos mis movimientos habían sido así de drásticos: Nueva York y Los Ángeles se habían alternado con regiones remotas de Montana, Minnesota, Michigan y Nebraska. Había acometido intentos breves e infructuosos de vivir en el extranjero (Francia, Inglaterra, México, Brasil), pero era tan genuinamente estadounidense que la nostalgia de mi país natal me hacía regresar antes de tiempo. De mis cuarenta y cinco años, más de cuarenta y tres los había pasado en Nueva York o Los Ángeles, o en zonas tan remotas que a mis amigos de esas ciudades les resultaban impensables.

Estaba en el restaurante, en la zona de *pub*, cerca de la ventana, cuando el coche de Ted se detuvo junto a la acera. Como sabe todo el mundo, los californianos tienden a ser unos esnobs de los coches, con una vista de águila bien entrenada para detectar detalles tan pequeños como si una limusina tiene o no licencia de alquiler. La de Ted era propiedad suya, una Mercedes 600 plateada con la parte trasera dispuesta a modo de oficina ambulante y descapotable. Pasaba tanto tiempo entre Malibú, Beverly Hills y el aeropuerto que era fácil justificar aquella extravagancia, y la agencia tributaria cooperaba. Me monté en ese coche sólo unas pocas veces antes de determinar que aquella estupidez resultaba apabullante. Considero además que la envidia unida a la autocompasión actúan como nuestras emociones más repulsivas, y no había nada de divertido en salir de aquel vehículo sólo para que se te quedase mirando la gente a la que esas cosas le importan mucho. No obstante, Ted despreciaba mi actitud tildándola de falsa modestia del Medio Oeste.

—Tienes una pinta horrible —le dije.

Ted hizo como si sonriera con una expresión pálida y fatigada.

—He estado de celebración. La prueba de los anticuerpos ha salido bien. Estoy limpio, y ahora voy a tener cuidado.

Alargué el brazo desde el otro lado de la mesa y le cogí la mano. A los moralistas esa escena les habría resultado ridícula, quizá desagradable, pero yo no soy ninguna moralista y él era un amigo muy querido. Se había negado a someterse a la prueba por miedo, y yo lo había animado a hacérsela. Si un acto de amor desencadena una enfermedad mortal, argumenté, entonces hay que renunciar a ese acto de amor. Su felicidad la atenuaba el hecho de que a uno de sus mejores amigos los resultados le habían salido mal.

—Y para él ya está. Fin. Se acabó el amor. De todas formas, lo más probable es que no vuelva a encontrar a nadie. Y, por otro lado, lo que ahora quiero es que hables con Ruth para que no se case con el tendero mexicano. Ese tipo tiene mucho más peligro que el cura pirado.

—Detrás del antiguo artista hay siempre un mocoso —repliqué, citando mal a Auden.

—Cierto. Pero tendrás que reconocer que los hombres latinos son todo dulzura, *mi corazón*[9] y esas cosas, hasta que la mujer dice que sí. Entonces se convierten en unos cabrones.

—Suele ser así en general, sí, pero Ruth es lo bastante lista para saber si este tipo es distinto.

[9] En español en el original.

—No, no lo es, por el amor de Dios. Está llena de anhelos vagos, parece salida de algún tiempo previo a las tres o cuatro últimas guerras, joder. Es mitad Emily Dickinson y mitad Virginia Woolf. Es medio tonta en su día a día y tonta entera cuando se trata de hombres. Todavía la quiero, pero a mí no va a escucharme.

—Pues claro que la quieres —le dije sin ironía—. Pero eso no significa que tengas vela en este entierro. Casi nada de lo que me buscaste cuando llegué a la ciudad fue muy allá.

—Estamos de acuerdo. Creí que eras distinta. Pero prométeme que no vas a dejar que lo haga hasta que le eches un ojo a ese tipo.

Flaqueé y se lo prometí. Nos interrumpió un joven estudiante de posgrado australiano, de Darwin, que nos saludó ruborizado y me pasó un sobre. Me dijo que se iba unos meses a casa y luego se marchó apresurado.

—Te doy cien pavos si me dejas leerlo.

—¿Dónde está el dinero?

Ted sacó el billete y cogió el sobre, henchido de placer.

—¡Qué decepción! «Queridísima Dalva: Aquí están los cincuenta que te debía. Gracias, Harold». Madre mía, dile que se cambie de nombre. Los Harold no van a ninguna parte hoy en día. Harold Stassen[10]. Dime otro ejemplo. Apuesto a que te has tirado a ese pobre chaval.

—Pues claro. Una tarde lo vi aquí leyendo a Doris Lessing y a mí me encanta Doris Lessing. Ahora he triplicado mi dinero.

—Ruth dice que vuelves a casa. Vas a tener que conformarte con los granjeros.

---

[10] Harold Edward Stassen (1907-2001) fue gobernador de Minnesota y director de la Universidad de Pennsylvania, aunque se le recuerda como el eterno candidato, al no lograr nunca una victoria para la presidencia del país por el Partido Republicano.

—Quedan algunos vaqueros. Además, vuelvo para trabajar, comprar unos cuantos caballos y perros y hacerme vieja.

—Me gustaría organizar una apuesta a lo grande sobre tu regreso aquí o a Nueva York. Tú necesitas un territorio neutral en el que vivir. Los fantasmas te envejecen. Nunca volviste a saber nada del chiquillo, ¿no?

—No. Confío en que Franco se ponga en contacto con el tío Paul, que lo está buscando.

—Bien. No hay nada que haga temblar tanto mi fe como los delitos de los maricones. Me resultan enormemente embarazosos.

—Los delitos sexuales son así siempre. Hice todo un curso de posgrado sobre delitos de naturaleza sexual. La cosa es mucho más jodida de lo que aparece en los periódicos.

De pronto en mi mente era invierno en Minneapolis y podía oír la voz fría y monótona, sin pasión, del profesor, el único tipo de voz realmente adecuada para ese personaje. Había demasiadas fotos, algunas en color.

—¿Me estás escuchando? Te he preguntado que por qué no te vas a San Francisco uno o dos días antes. Andrew me ha dicho que el asqueroso ese quizá haya vuelto a la ciudad.

—Claro. Por qué no —le respondí, y traté de situarme de nuevo en Minneapolis.

La comida del almuerzo fue tan poco destacable que resultó reconfortante: *bangers and mash*, como le llaman los británicos al puré de patatas con salchichas. Ted se lo tomó como una aventura. Tenía la rarísima habilidad de que la vida le pareciese interesante incluso en los detalles más nimios. Haber admitido desde muy pronto no ser capaz de crear nada le había servido para expandir sus energías más que para reducirlas.

La plena aceptación de uno mismo no es demasiado común. Ted quería cancelar sus citas para poder ir a Trankas y darse un paseo por la playa. Había pasado a ser miembro activo de una corporación urbanística compuesta por magnates que estaban interesados en el crecimiento hacia el norte. A esas alturas, Ted consideraba aquello una «actividad sana» y quería mostrarme parte de los terrenos. Me excusé diciendo que la empresa de mudanzas me había mandado unas cajas y quería ponerme a empacar. Para prolongar nuestro encuentro, trató de iniciar una discusión sobre mis intenciones de viajar hasta Nebraska en mi viejo Subaru del 81.

De vuelta en mi apartamento, decidí tomarme unas copas mientras hacía cajas, costumbre que he seguido siempre que me he mudado para saborear la banalidad absoluta del proceso. Haría una caja, me prepararía una copa y escribiría en este diario, y luego otra caja, y así hasta quedarme dormida. Parecía un plan exquisito, así que me cambié y me puse los Levis y una camiseta de A LA MIERDA EL ODIO que me había regalado uno de los amigos músicos de Ted. Noté un irritante deseo de llamar a mi amigo, el estudiante australiano, pero lo disipé. Me serví unos dedos de tequila Herradura y empecé a empacar algunos objetos valiosos mientras aún estaba totalmente sobria: un melocotón de alabastro que me había regalado un brasileño; una vaca de peluche algo andrajosa heredada de mi padre; un sonajero yaqui de pezuñas de jabalí; un collar de perlas auténticas que había sido de mi abuela; una mariposa peruana en una cajita de cristal; un cráneo de coyote de color blanco luna que encontré paseando con el abuelo; el anillo de graduación del instituto de mi padre. En aquel momento recordé que el abuelo me había contado que el coyote había muerto muy viejo porque tenía los dientes gastados, los incisivos astillados. Dos de los dientes estaban sueltos, así que se los volvimos a pegar bien en la mandíbula. Por último, ahí estaba el collar de Duane, que me habían devuelto durante una pesadilla.

Tequila y un cráneo. Perlas y una mariposa. Un melocotón duro como una piedra. No nos marchamos de Buffalo Gap aquel día hasta última hora de la tarde, porque Rachel quería que el abuelo durmiese todo lo posible. Llamé a mi madre, que fingió amablemente que no había pasado nada. Le dije que estaríamos en casa a medianoche. El fuego de la chimenea ardía sin fuerza y me di cuenta de que el viento había amainado. Salí, me senté en el suelo bajo el sol vespertino y acaricié al perro, que echó a correr a por su hueso más grande y mugroso. No oí a Rachel venir detrás de mí hasta que habló.

—Siento mucho lo que te hizo mi hijo.

—Pues yo no. Y en cualquier caso él no me hizo nada, lo hicimos los dos.

—Espero que seas tan fuerte como tus palabras.

—Más me vale —respondí riéndome—. Si no, acabaré hundida en la mierda.

Rachel se sentó a mi lado en el suelo y le dijo algo en sioux al perro, que de inmediato se hizo el muerto. Luego le tiró de la oreja y el animal volvió a la vida.

—Parezco vieja porque me pasé más de diez años todo lo borracha que pude. Fui puta en Denver hasta que perdí mi atractivo. Entonces tu abuelo me encontró. Sabes que Duane no es bueno para ti.

—Eso me han dicho. Supongo que estar emparentados lo echa todo a perder.

A esas alturas la cara me quemaba y tenía lágrimas alojadas en la garganta. Rachel me rodeó con el brazo.

—No culpes a tu padre. Fuimos el uno a por el otro desde el momento en que nos conocimos. Yo estaba limpiando la cabaña y lavando los platos cuando entró él. Volvía de cazar con tu abuelo. Paul dijo: «Mirad a quién he encontrado para que nos ayude con la cabaña». Paul me vio en Buffalo Gap y le dio a mi padre cincuenta dólares para traerme aquí a ayudar. Era más dinero en efectivo del que hubiésemos visto nunca. Entonces ayudé a tu padre a hacer la cena y pensé: de entre todos los hombres, quiero a éste. Luego tu abuelo me advirtió en sioux, cosa que me impactó porque yo pensaba que eran blancos puros. «Antes te echo de aquí que dejar que mis hijos se peleen. Wesley está casado y Paul no, así que elige a Paul. O a mí». Eso fue lo que me dijo. Creo que era 1942. Pero al día siguiente me fui a caballo con tu padre y aquella noche todo el mundo se emborrachó y tu padre y Paul se pelearon por mí. Al día siguiente tu abuelo me llevó de vuelta a la ciudad…

Rachel hizo una pausa y se giró, porque había oído al abuelo cerrar la puerta. Lo vimos allí de pie con el abrigo de piel de nutria abotonado hasta el cuello pese a la sobrevenida del viento del sur. Nos sonrió febril y nos dijo: «Mis niñas», y entonces la emoción lo redujo al silencio, con la mirada fija en el valle. Sé con seguridad que se estaba despidiendo de aquel lugar de retiro que había descubierto poco después de la Primera Guerra Mundial. Rachel se puso en pie y se abrazaron. Lo llevó hasta mi coche, que el abuelo acarició echándose a reír, como compartiendo con nosotras lo absurdo de aquel descapotable aguamarina en un paisaje semejante.

La primera parada fue para comprar algo de whisky que le sofocara la tos. El crepúsculo de finales de octubre fue abrupto y pronto estábamos conduciendo directos hacia la luna que había surgido de repente al final de la carretera. Aquella luna enorme fascinó al abuelo y, mientras se alzaba, el paisaje resplandecía, con el perfil de las colinas Sand dibujado dulce e impreciso sobre el cielo. Cuando llegamos a una pendiente en la carretera a la altura del cruce de un arroyo, las hojas amarillas de los álamos se arremolinaron en torno al coche. El abuelo iba toqueteando la radio y soltando improperios al no encontrar nada clásico, y entonces dio con una emisora de *country* en la que estaban poniendo a Bob Wills y los Texas Playboys. Me dijo que había bailado la música de ese grupo con una bella *señorita*[11] en un viaje al Fuerte Worth para comprar caballos, antes de la Segunda Guerra Mundial. Luego me pidió que parase para bajar la capota. Le dije que no deberíamos porque empezaba a hacer frío y él estaba enfermo, pero insistió.

Más adelante nos detuvimos en un local de carretera propiedad de un viejo compañero suyo de correrías, donde comimos bistecs fritos y vimos un álbum lleno de fotos de caza, perros de rehala y caballos. «Así que ésta es la hija de Wesley… Quién lo iba a decir…», comentó el viejo. De vuelta en el coche parecía que hacía más frío y aun así el abuelo quiso dejar la capota bajada. No tenía pinta de estar borracho, y me acordé de que Naomi decía que en los viejos tiempos el abuelo se parecía al mismísimo lord Byron. A esas alturas estábamos a tan sólo una hora o así de casa y me pidió que le cantase para quedarse dormido. Le respondí que no se me daba muy bien pero canté a Jim Reeves, Patsy Cline, y unas interpretaciones

---

[11] En español en el original.

horribles de Sam Cooke y el «Heartbreak Hotel» de Elvis Presley. No lograba dormirse, así que entonó un canto en sioux varias veces y yo le pregunté qué significaba. Me dijo que quería decir: «Sé valiente, la tierra es lo único que perdura». Parecía un poco avergonzado por lo sombrías que sonaron aquellas palabras, así que se puso a cantar una canción obscena de la Primera Guerra Mundial, que me copió en un papel al día siguiente:

Ésta va por el káiser, que su último servicio presta.
Le seguimos el rastro del culo a ese hijo de perra.
Entraremos en su palacio y en el suelo cagaremos,
Y luego nuestra bandera sobre la puerta colgaremos.

Ya fuera del palacio, por la calle adoquinada,
Nos mearemos en todos los alemanes que nos vengan de cara.
Comeremos el chucrut del káiser y su ginebra beberemos,
Y a patadas en el trasero de Berlín lo echaremos.

Y cuando todo haya acabado
A casa en masa volveremos,
Y a nuestros amigos contaremos
Que el viejo Guille las nalgas nos ha besado.

Me estoy sirviendo otra copa. Siempre me había parecido una canción banal y ahora sin embargo me resulta extraña. Al bisabuelo le pilló el desagradable desenlace de la Guerra de Secesión y vivió los aledaños de las Guerras Indias. El abuelo trató de alistarse con doce años para luchar en Cuba después de que volasen el Maine, pero lo rechazaron, y luego sobrevivió tres años en Francia durante la Primera Guerra Mundial. Mi padre, por supuesto, participó por propia voluntad en la Segunda Guerra Mundial y en Corea. Y luego Duane estuvo en Vietnam. Vaya plantel, un patrón repetido sin duda en cientos de miles de historias familiares. Menuda ironía si mi hijo fuese «asesor» en América Central. Ruth contaba que su hijo, Ted Jr., estaba ansioso por salir de la Academia de la Fuerza Aérea para vivir algo de acción real.

En vez de servirme otra copa llamé a Bill, el estudiante australiano de posgrado. Él también estaba haciendo el equipaje y le propuse llevarlo al Guido's para una cena de despedida, que aceptó con entusiasmo. En realidad se comporta más como un inglés que como un australiano: los australianos parecen normalmente parodias inútiles del entusiasmo. Me tumbé a echar una siesta y eliminar el alcohol. Me puse a pensar en las últimas tres semanas del abuelo —murió la mañana de Acción de Gracias—, pero aparté todos los pensamientos. Le serví de enfermera, y sin embargo, tal y como estoy ahora, sería incapaz. Tengo casi veinte años más que Bill mientras que mi hijo, que imagino siempre a sus cinco años, es unos meses mayor que él.

En una época en la que pensé que necesitaba hacer una terapia, con treinta y pocos años, acudí a un psicoanalista en Nueva York. Después de media docena de sesiones, me dijo que no requería ninguna ayuda aunque él estaba falto de pacientes. Había ido a su consulta para comprobar si me estaba comportando de manera promiscua. El psicoanalista me explicó que la mayoría de la gente bebe sólo porque empieza a beber, y que hay gente especialmente predispuesta, tanto desde un punto de vista físico como mental, para hacer el amor. Me pareció una idea simplona y se lo dije, aunque sin maldad. Me respondió que la mayoría de las verdades no tiene nada de especial. Aquello me dejó helada y de inmediato traté de pensar en algo perverso y sumamente complicado que decir. Le solté que había hecho el amor con dos hombres a la vez. Me replicó que sin duda lo habría hecho por curiosidad y afecto. Me quedé callada otra vez. Me dijo que él se veía a sí mismo como un simple «equilibrador» y que el impulso que lo movía a ejercer su profesión era principalmente el de evitar que la gente destruyese sus «yos» de las miles de maneras que se nos presentan. Me explicó que yo iba a verlo porque pensaba que quizá estaba follando demasiado y que según su impresión inicial no parecía ser así. Si yo quería, podíamos tener una serie de sesiones para estar del todo seguros. Entretanto, y ahí es adonde quiero llegar, me pidió que le hablase sobre la historia de mi familia, cosa que hice durante unas cuantas semanas. Me hizo un comentario que en el momento no me pareció especialmente destacable: toda la historia de mi familia era tenue, pendía del hilo único de la paternidad de un bisabuelo respecto a un abuelo, de un padre respecto a dos hijas. Tanto el bisabuelo como el abuelo eran relativamente viejos cuando fueron padres. La lección de todo aquello era lo incierta, lo evanescente que había sido mi llegada. Yo le había dicho que mi único talento específico era el de la curiosidad, y en eso el psicólogo vio un elemento importante. Es terrible creer que la vida es una cosa, me dijo, y descubrir de repente que es otra. Tener una curiosidad constante y cambiante te da la opción de buscar alternativas. La suya era la sombra de melancolía más leve que yo hubiese visto jamás, lo que me hizo sospechar ya para siempre de los proyectos de superación personal, esa moda de remiendos del alma que aqueja a nuestra generación. No me cobró la última sesión de cincuenta minutos que pasamos haciéndonos preguntas el uno al otro. Como emigrante polaco

(Varsovia) que llegó a Estados Unidos a mediados de los años treinta, nunca había estado al oeste del Mississippi salvo en dos visitas relámpago de trabajo a California. Su esposa y él estaban pensando seriamente en mudarse a Israel, aunque antes querían ver los estados del Oeste. Le tracé un itinerario que incluía, por insistencia suya, la ruta 20 en el norte de Nebraska, para hacer el mismo recorrido que yo había cubierto con el abuelo en nuestro viaje nocturno. Iba a preguntarle si tenía algún pariente vivo, pero me desvié de la cuestión porque albergaba serias sospechas de que no. En la pared había una lámina de un cuadro de Hokusai en la que aparecía un grupo de hombres ciegos vadeando una corriente. Aquél fue el año posterior a la muerte de Duane. Cuando nos despedimos me advirtió que la tristeza es a menudo una enfermedad mortal, pero tratable.

Me despierto al clarear el día, a las seis de la mañana, con la intención escribir unas cuantas notas antes de llevar a Bill al aeropuerto de Los Ángeles para que coja su vuelo de larga distancia a Darwin, y luego llevarme a mí misma al chárter de PSA hasta San Francisco. Igual que con el bebé, evito pensar en lo que le ocurrió a Duane. Me he despertado en mitad de la noche después de haber comido demasiado *cioppino* y de haber hecho el amor con poca fogosidad. Estaba segura de haber oído a alguien trastear en la puerta. Saqué de la cómoda el 38 que Andrew me había dado, me planté en la puerta y dije: «Largo de aquí» con voz plana. Oí unos pasos alejarse, y luego me quedé allí quieta un minuto o así para recobrar la compostura, pensando en lo horrible que sería dispararle a ese tío. Había visto las heridas moradas y sobresalientes de la víctima de un tiroteo hacía años en la sala de urgencias de un hospital de Minneapolis.

Allí de pie en la zona de subida y bajada de pasajeros del aeropuerto, el profesor Michael parecía igual de maltrecho que el frontal de su coche. Nos abrazamos levemente y me vino un olor avinagrado, un aura densa provocada por el tabaco y el alcohol rezumándole por los poros, y cierta rubicundez producto del rubor de la enfermedad más que de la salud. Tenía un aspecto tan desastroso que me detuve un rato largo antes de entrar en el coche. Me leyó el pensamiento.

—He estado bajo de ánimos.

—A lo mejor podemos ir directamente al puente a que te tires.

—No tiene gracia, querida.

Y empezó a temblar detrás del volante. Le besé la mejilla y le dije que conduciría yo. Cuando salí para que cambiásemos de asiento, un taxi que teníamos detrás empezó a pitar y me vi a mí misma gritando «gilipollas» por la ventanilla del conductor. El taxista era un negro grande a quien aquello le pareció muy divertido. «No será para tanto, guapa», me dijo.

Dentro del coche sonreí, aunque Michael seguía temblando. Le enseñé un dedo al taxista y saqué el vehículo de allí, pensando en la adrenalina desbocada que recorre los aeropuertos, ese hedor neutral en el ambiente que es peor que una mofeta muerta en el camino.

—No he sido capaz de comer nada sin tomarme unas copas, aunque la sopa sí la trago —empezó a decir Michael—. Tampoco puedo dormir, así que tengo dolores de cabeza. Uno de mis alumnos me dio un Percodan, pero me quedé dormido sobre la mesa y fue bastante embarazoso. Me preocupaba que cambiaras de opinión y no aparecieses. No quería llamarte otra vez, así que llamé a Ruth y me contó que tu madre y ella venían mañana. Pero no me creía nada hasta que te he visto. Ahora estaré bien.

—Después de unos meses en una clínica quizá estés bien.

—Pensé de pronto que ese comportamiento destructivo era un sustituto masculino para el llanto al que recurren las mujeres—. Habrías conseguido lo mismo pegándote con un martillo. Me atrevería a decir que has sobrevivido gracias a una botella de whisky al día y tres paquetes de tabaco. Y alguna cosa más. Probablemente unas cuatro copas de vino con la cena. ¿Me dejo algo?

—Una raya de coca o dos que me ofrecen mis estudiantes ricos de posgrado. No es muy buen momento para darme una patada en los huevos. La bienhechora entra en escena. Con la salvación viene el castigo. El débil necesita que lo fustiguen. Ese tipo de cosas.

—Con todas estas evidencias, es complicado ponerme a mí de mala.

—Lo siento. Estoy claramente trastornado. Has venido aquí por pena y bondad.

Fue una tarde complicada. En el hotel, Michael insistió en que tenía que volver a la universidad, pero se tambaleaba de tal modo que lo subí a la habitación. Mientras yo entraba al baño localizó el minibar en el armario, con los refrescos, el agua embotellada, el vino y los licores. Para cuando lo pillé ya se había terminado dos de las botellitas de whisky de cincuenta mililitros. La culpa lo hizo recurrir a la ofensa, quejándose de mis alojamientos «para pijos de mierda». Cogí una hoja de papel del hotel y redacté un contrato de un único párrafo en el que estipulé que sus hábitos de consumo estarían supeditados a mi autorización mientras estuviésemos trabajando juntos, o si no le retiraría el acceso a los documentos. Y funcionó. Claudicó y se echó a llorar. Le di un tranquilizante de un kit de primeros auxilios que siempre llevo encima. Lo ayudé a quitarse la ropa, lo metí en la cama y luego esperé a su lado, cogiéndole la mano, hasta que se durmió. Cuando empezó a roncar deshice mi equipaje, me refresqué y salí a comprarle algo de ropa nueva (sin olor). En el último momento llamé a su catedrático en Stanford y le expliqué que estábamos ocupados perfilando los detalles y que Michael no acudiría ese día. Después de comprar la ropa caminé largo rato, apresurada, pensando en Naomi y en Ruth, en los pawnees, en los chippewas, y en cómo con cuarenta y cinco años mi tolerancia a las ciudades estaba menguando. Hacía un día precioso y San Francisco era una ciudad preciosa, pero no sentí nada, salvo al ver Alcatraz, con su aspecto puro y mediterráneo en mitad de la bahía. Noté un atisbo de arrepentimiento por haber cedido ante Michael, aunque fuera para salvarle el cuello, pero conseguí mantener a raya mi tendencia al escapismo. Cuando Ted me advirtió de que si no iba con cuidado me convertiría en una vieja solitaria, la idea me sonó muy atractiva. Un poeta cuyo nombre no recuerdo escribió: «Los días se amontonan apoyados en lo que nosotros creemos que somos».

De vuelta en la habitación del hotel traté de leer, pero de pronto me descubrí observando a Michael dormir. Lo veía sudar, olía mal y la sábana ya no le tapaba el cuerpo. Estaba tumbado hecho un ovillo, ocultándose el pene con una mano y la otra puesta en el matojo de pelo que tenía entre los pechos. De todos los hombres desnudos que había visto en mi vida, era el menos atractivo según los términos de valoración

123

más usuales. Tenía la cabeza demasiado grande con respecto al cuello, y el pecho y los brazos demasiado pequeños con respecto a la barriga; sólo las piernas eran normales y estaban razonablemente bien formadas. En un momento soltó un murmullo entre sueños y tuvo el pene erecto en la mano unos minutos hasta que se le relajó. La red de apoyo no era muy prometedora para un cerebro tan grande.

Regresé al salón que Michael había despreciado por ser para «gente pija». Mi abuelo había incluido una broma en su testamento para sacarnos de vez en cuando a Naomi, a Ruth y a mí de nuestro nido de Nebraska. Había dejado una serie de acciones en un fondo administrado por un banco de Omaha cuyos dividendos había que gastar anualmente en viajes; si no, iban a parar a la Asociación Nacional del Rifle, la bestia negra de Naomi. A Naomi nunca le importó que mi padre saliera a cazar pájaros, pero de niña se había criado en una granja cerca de O'Neill y alguien le había disparado al ciervo que tenía de mascota, así que era implacable en lo relativo a la caza, al menos de mamíferos. Al principio, la cuantía del fondo no era importante, pero había aumentado con los años hasta el punto de que en 1983 Naomi se había llevado a tres amigos, profesores de universidad, a hacer una ruta por el Amazonas organizada por la agencia Lindblad. Un año que hubo que cancelar un viaje por un ataque de neumonía, la Asociación Nacional del Rifle envió una carta de agradecimiento por la enorme contribución, para disgusto de Naomi. Ruth era muy casera y yo no ayudaba mucho, porque en los últimos años prefería viajar a zonas con alojamientos baratos. Hacía poco habíamos buscado asesoramiento legal para romper los términos del fideicomiso y dividir el dinero entre la Sociedad Audubon y la escuela india de Santa Fe, Nuevo México. Ya había cumplido su finalidad.

Me quedé dormida en combinación en una silla junto a la ventana. La luz siempre parece otoñal en San Francisco, ya sea mayo u octubre, y observé el cielo oscurecerse mientras iba y venía del sueño, consciente de estar escuchando la respiración de Michael como me había ocurrido con la de mi abuelo tantos años atrás. Sentía un impulso natural, no tanto de cuidar a Michael para que se pusiera bien como de agarrarlo por el pelo y zarandearlo. Una noche había soltado unas parrafadas elegantes sobre el alcoholismo; los datos que aportó no me revelaron nada nuevo, pero la exposición fue elocuente. Del alcohol pasó a las neurosis concretas de la historia, las diferentes máscaras de Dios en nuestras vidas del sueño y de la vigilia, que se extienden a nuestra vida pública, colectiva. Nada era impreciso salvo porque Michael parecía no ser consciente de que su cabeza estaba conectada de algún modo relevante con su cuerpo. Me dijo que una vez casi se ahogó porque sencillamente se olvidó de que estaba nadando. Sólo un mes antes, cuando tenía su cabeza en mi regazo, se había desmayado porque se había olvidado de respirar. Más que un cliché o una parodia, Michael era una anomalía: los profesores de Historia Contemporánea de hoy en día parecen más bien titulados de un máster en Administración de Empresas embarcados en carreras provechosas.

Cuando llamó el botones para subir la ropa, Michael cogió el teléfono. Por curiosidad, me quedé a escucharlo hablar con el operador antes de entrar en el baño.

«El día se ha esfumado. Fuera es de noche», dijo.

En cuanto intuí que Michael iba a comenzar a hablar de otros días similares, lo mandé a darse un baño y luego llamé a las limpiadoras para que mudasen la cama. Mientras el agua de la ducha tronaba me serví una copa y especulé sobre la vida secreta de Michael, sus ideas ocultas sobre sí mismo. Estoy segura de que muchas otras mujeres lo hacen —sin duda, a mí me pasa—, aunque yo en realidad sólo he estudiado el fenómeno en media docena de amantes o así. La vida secreta puede estar basada en la mitología infantil de los indios y los vaqueros, el forajido, el jugador errante o, más recientemente, en la cultura popular de los detectives, el *rock*, los deportes, los gurús y los líderes religiosos y políticos. Las raíces siempre parecen estar ligadas al sexo y al poder, y a lo libres que se sintieron de niños para representar sentimientos que iban en contra del comportamiento que se les enseñaba. Por lo general, es algo profundamente cómico pero también conmovedor: así, un ejecutivo grosero hacia fuera es por dentro un caballero sureño que debería haberse ido a África de médico misionero (eso cree él) y un fuera de serie en la cocina; el intelectual episcopaliano expulsado del sacerdocio se convierte en un Robert Ryan inepto durante una excursión de acampada, y el sexo, que en Santa Mónica fue demasiado correcto, se convierte en una cosa agitada y muda en un saco de dormir, mientras el joven vaquero pasa a ser un padre severo al alba en la habitación del hotel de Wyoming. Incluso los patrones de voz cambian. Michael me pide desde la bañera una copa de vino blanco, cosa razonable. Lo descubro cubierto de espuma hasta los ojos.

«He encontrado el paquete de sales en el armario. Tengo treinta y nueve años y éste es el primer baño de espuma de mi vida. ¡Estoy haciendo algo diferente de verdad! Me siento bastante bien pero tengo hambre. ¡Ven aquí conmigo, cariño!».

Tres de la mañana en el reloj de viaje. Se puso bastante maniaco por puros nervios, así que le di otro tranquilizante hace una hora más o menos. No puedo dormir porque me tiene la mano agarrada con fuerza y está chirriando los dientes. Huele a espuma de baño y a la comida china que compartimos en una cena tardía. Le puse un límite de una botella de Pouilly-Fumé para cenar y le resultó imposible conciliar el sueño con una ración tan pequeña; de ahí el tranquilizante. Justo antes de dormirse me dijo que veía la totalidad de Estados Unidos, topográficamente descrito sobre el techo, y que todo lo que había ocurrido en cada una de las zonas y estados a lo largo de la historia giraba delante de sus ojos: con el brazo señaló Duluth como asentamiento permanente en 1852; el Fuerte Lewis que se convirtió en el Fuerte Benton entre 1846 y 1850; Yankton cuando perdió su título de capital del Territorio Dakota; vio a algunos amigos de Cochise estrangularse en la cárcel; Wovoka con su Danza de los Espíritus le dio miedo, y se giró en la almohada para ponerse de cara a mí[12].

---

[12] Duluth es una ciudad de Minnesota que traza su historia más relevante a principios del siglo XIX, cuando empieza a atraer el interés como núcleo comercial. Más adelante, se descubren posibles minas de cobre. El Gobierno estadounidense termina relegando a las tribus indias de la zona a reservas para establecer un asentamiento que sería una ciudad rica y próspera, en el terreno arrebatado a los indios.
Cochise (1812-1874) fue un jefe apache y líder en 1861 de una revuelta contra la ocupación de territorios por parte de los blancos que condujo a las Guerras Apaches. La revuelta se inició cuando un teniente acusó a Cochise injustamente de unos delitos y trató de arrestarlos a él y a sus compañeros.
Wovoka (1858-1932) fue un chamán paiute, líder de un nuevo movimiento de tintes religiosos entre los indios, la Danza de los Espíritus, que defendía una solución pacífica para el conflicto a través de danzas rituales. La aparición de este movimiento supuso una mayor resistencia entre ciertas tribus indias a la asimilación, lo que condujo a la masacre de Wounded Knee: en 1890, el Ejército estadounidense asesinó a cerca de doscientos indios lakotas, en su mayoría mujeres y niños, que estaban acampados junto al arroyo Wounded Knee.

—Es como una especie de televisión en tres dimensiones, sólo que más grande. Por eso suelo dormir con las luces encendidas. Bebo porque reacciono en exceso a los estímulos.

—Entiendo la parte de las luces, pero no estoy segura de que eso justifique el volumen de whisky.

—Voy a hacerte una pregunta personal: ¿por qué nunca tuviste más hijos?

—La enfermedad que pasé en el hospital mientras estaba embarazada me dejó estéril.

—Lo siento mucho. A lo mejor tienes más razones para beber que yo, y eso para un borracho es duro de decir.

—Lo sé. Me gusta beber a veces, cuando estoy segura de que va a ser un placer. Por lo general, prefiero tener la conciencia en plenas facultades.

—Dostoievski decía que la auténtica lucidez es síntoma de enfermedad. Son afirmaciones jodidas como ésta las que me sacaron de la literatura para meterme en la historia. Es todo un misterio para mí, pero el vino blanco y la comida china me ponen cachondo. A lo mejor puedes hacer algo al respecto.

Se giró y se revolvió debajo de la sábana.

—Eso espero.

Me quedé con el extremo de un pene de buen tamaño en la boca cuando el tranquilizante hizo su efecto y los gemidos se tornaron en ronquidos. Moví una pierna para evitar un posible accidente por asfixia. Encendí la luz y recompuse a mi bebé peludo de ochenta kilos. No pude evitar reírme.

A decir verdad, había sido una noche maravillosa, empezando por el baño de espuma, durante el cual hicimos el amor en diez segundos al borde de la bañera. «Debo de estar hiperrevolucionado», había dicho en tono de disculpa. Se quedó

impresionado con su ropa nueva, y luego se puso desagradable delante del espejo con el tema de devolverme el dinero. Lo
frené en seco antes de que empezara a dar la tabarra con lo de
su educación proletaria, diciéndole que en términos equiva-
lentes a su salario esa ropa me había costado sólo cien dólares,
y que si seguía así la iba a tirar por la ventana del decimo-
séptimo piso en el que estábamos. Se vistió con un jersey de
Missoni y unos pantalones de lana suaves, y entonces dijo que
su primera ropa cara se la estaba poniendo dura. Como yo
estaba arreglada para cenar le respondí que en esos momentos
prefería comer algo a darle otro repaso a esa erección. «Sólo
será un minuto», me dijo, con más que un atisbo de sarcasmo.
Me arrodillé en el sofá y me levantó la falda. Admito que duró
una barbaridad y estuvo bastante bien.

Antes de cenar teníamos que encontrar algunas vitaminas
para Michael. Por suerte, el joven conductor de nuestro taxi
era un tipo deportista que hacía turnos de noche para ejerci-
tarse durante el día, así que conocía un centro de nutrición
abierto hasta tarde. El taxista y Michael hablaron emocionados sobre vitaminas y minerales definitivamente no disponibles en el mercado con poderes milagrosos de recuperación.
«Sin ánimo de ofenderla, señorita, pero podría pasarme la
noche entera bailando con usted después de tomarme tres
cápsulas de yohimbe nigeriano», aseguró el taxista. Recordé
cuando Michael les dio la chapa a Ted y a Andrew sobre las
maravillas de los oligoelementos con una copa de calvados en
una mano y un cigarro en la otra, viéndose obligado a soltar
uno de los dos para poder esnifar una raya de coca.

En la cena Michael se hizo pasar por un crítico culinario
que quería probar las virtudes del plato de pato más caro del
restaurante chino al que acudimos. Pidió un pato pekinés

entero; como añadido, colé un pescado para mí. Cuando el *maître* preguntó para qué revista trabajaba, Michael fingió un resoplido y dijo que él trabajaba de manera «anónima» y se pagaba sus cuentas. Supongo que sólo trataba de conseguir una comida preparada con esmero.

—Básicamente eres poco honrado para todo, ¿no?

—Creo que «bromista» es un término más apropiado. Obviamente me llevo algún azote de vez en cuando. Eso es lo que estás haciendo en San Francisco, ¿no? No me lo merezco, pero gracias.

—¿Por qué iba a querer que perdieses todo aquello en lo que no te has esforzado nada?

—Qué comentario tan horrible. Sí que sois poco románticas las granjeras, Dios mío. Creo que me merezco un whisky doble por ese insulto.

—No. Mañana por la tarde a lo mejor. Quiero ver si te entra el *delirium tremens* delante de tu catedrático.

—Me pasé sobrio por completo diez, o siete, o cinco días, cuando me quitaron el apéndice. Y también cuando tuve la gripe. Raymond Chandler contaba que cuando dejó de beber el mundo perdió el tecnicolor. Dios creó el color para que lo viésemos. No blasfemaré ignorando las maravillas de Su obra.

Y así todo.

Ahora en la cama me pregunto si acostarme con él no es más realidad de la que necesito, como una noche en el sillón de un dentista. Cuando trabajemos con los documentos se quedará en la barraca de Duane y absorberá el espíritu de Rölvaag, signifique lo que signifique eso. A él le gusta decir: «Estamos en el infierno». El infierno es nuestra cultura y su riada de basura, su casi total inundación a base de mierda. Eso

130

es parte de su teoría de la avaricia, y yo en cierto modo soy un poco culpable por tener bastante dinero para mantenerme lejos de la riada. Le dije: «¿Y qué pasa con el trabajo que he hecho, sobre todo los tres últimos años con esos niños?». Me respondió que no tenía por qué haberlo hecho. Pero lo hice. Ahora estoy pensando en las piernas de ese ciervo yaqui que, en la Pascua en Tucson, bailó tres días y tres noches para que el Señor volviese a alzarse. Un baile de setenta y dos horas con astas en la cabeza y una venda en los ojos; con mi edad ese yaqui tenía las piernas hechas de cables e hilos de carne. ¿Cuál era aquel término del que nos hablaron en clase de Física en el instituto? Densidad relativa, creo. Parecía tan compacto que pensé que al dejar de bailar atravesaría la tierra. Danzar bajo el paso elevado de la ruta 10 entre Los Ángeles y Texas con mil camiones pasando cada hora. El yaqui venía de abajo, de México, decían, donde vivía en una meseta y se preparaba para bailar tres días y tres noches una vez al año. Puedo oler el polvo rojo que levantaban sus pies y ver a los fariseos de túnicas negras creando remolinos de polvo a su alrededor. Los brincos que daba de un lado a otro me revolvieron el estómago y el vértigo saturaba la atmósfera hasta el punto de faltarme el aire. Era un ciervo.

Me desperté sin más al alba porque creí que la respiración ronca de Michael era la del abuelo y que me había convertido en un pájaro flotando hacia el sur, en la zona soleada del granero en la que nos sentábamos con los perros, apartados del viento que llegaba de Nebraska. Después de sacarme de Chadron sólo le llevó una semana morirse. A la mañana siguiente, el médico nos dijo que le pidiéramos a Paul que fuese a casa, que su padre se estaba muriendo. Paul tardó dos días en llegar desde Chiapas, tiempo que le bastó al cuarto de milla para traer a Rachel desde Buffalo Gap. Naomi y Rachel se cayeron muy bien y eso me puso nerviosa, aunque sólo el abuelo, Rachel y yo conocíamos la historia completa. Rachel y Paul trataron de dar con Duane, pero había desaparecido del lugar al que el abuelo lo había mandado. Una mañana, unos días antes de morir, el abuelo me contó que había visto a Duane en su sueño cerca de una ciudad ribereña, al norte, en Oregón. Habían hablado y Duane estaba bien. Rachel se turnaba conmigo para sentarse junto a su cama, así que la llamé porque el abuelo quería contarle que había visto a Duane. Hablaron en sioux y Rachel sintió una gran alegría.

El típico clima de finales de noviembre se demoró y todos los días lucían despejados y soleados, aunque hacía mucho frío. Un exgobernador estaba allí visitando al abuelo cuando Paul apareció. No recuerdo haberme alegrado nunca tanto de ver a alguien. Paul no había estado en casa desde el funeral de Wesley, mi padre, y después de que él llegara el abuelo nos pidió que pusiéramos una señal en la puerta pidiendo que no entraran más visitas. Paul era una persona fuerte en todos los sentidos y su presencia allí nos hizo sentirnos mucho mejor. Cuando el gobernador se despidió, Paul entró con el abuelo y cerró la puerta. Ayudé a Naomi y a Rachel a hacer la cena. Aquella mañana el abuelo había dicho que quería comerse su último faisán, pero media hora después había añadido que creía que debía comerse su último guiso de venado con un vino de Burdeos. Mandé a Lundquist a buscar el ciervo y unos faisanes, una tarea nada difícil en aquella finca. En el almuerzo hubo un momento extraño, cuando la señora Lundquist, que se había vuelto algo loca, apareció con el mismo pastor metodista que había sido tan desagradable conmigo. Rachel y Naomi los echaron, a pesar de que no mostraron mucha voluntad de irse. El pastor y la señora Lundquist se arrodillaron sobre la tierra fría, apostados ante la ventana del abuelo. Lundquist medio desapareció de la vergüenza; alcancé a ver al buen hombre asomado por la esquina del granero para observar el espectáculo. El abuelo había estado durmiendo, pero cuando nos acercamos a él estaba apoyado en la ventana viéndolos rezar entretenido. Hizo un gesto y abrió la ventana. «Gracias por su preocupación pero me marcho a la tierra, y no se me ocurre mejor sitio». Eso fue lo que les dijo.

La última mañana de su vida el abuelo estuvo comunicativo, casi entusiasta, aunque se sentía tan débil que Paul tuvo que cargar con él para salir fuera a sentarnos en los fardos de heno detrás del granero.

—Yo lo llevé a él y ahora me lleva él a mí. ¡Hay que joderse! Wesley era el luchador, pero Paul era el más fuerte. Cuando Paul estaba enfadado empezaba a cavar otra zanja de riego, o volvía a Omaha y se sentaba en la biblioteca. ¿Verdad, Paul?

—Verdad, padre. Hacía cualquier cosa por estar lejos de un caballo.

—¿Tienes algún caballo ahora, hijo?

—Tengo, de hecho, media docena en Sonoita. Seguro que Dalva te lo ha contado. Me gustan porque son simplones y nada fiables, como los políticos. Es como tener un establo lleno de políticos que no pueden hablar.

—Dalva, aquí donde la ves, cabalga mejor de lo que lo hicisteis vosotros dos. Ya sabéis que ciertas cosas se saltan una generación, aunque nunca he estado seguro de lo que significa eso.

Paul se sentó a un lado del abuelo y yo al otro. Aunque había estado bebiendo mucho, el médico dijo que eso ya no importaba, así que le ayudé a mantener la botella firme en los labios.

—He dispuesto las cosas muy bien para todos, desde hace años ya. No me arrepiento de lo que he hecho en la vida. Ojalá hubiese hecho más de lo mismo. Más de todo. Nunca se me ocurrió pensar que no leería todos los libros que tenía. Es una idea graciosa, ¿no? Veo cien libros delante de mis ojos que quiero leer ahora mismo. Nunca terminé a Bernard De Voto ni a H. L. Mencken. Qué cabrón. Dalva, le he dicho a Paul que sentía no haber bajado a verlo, y él me ha dicho que sentía no haber subido aquí más a menudo. No te enfades con Naomi y huyas para siempre.

Le dije que no lo haría. Los perros estaban tumbados medio amontonados bajo el sol. Sólo Sonia, la hembra mayor, se dio cuenta con la barbilla apoyada en la rodilla del abuelo de que algo iba mal. El abuelo siguió frotándole la punta del hocico; luego se quedó dormido un rato apoyado en el hombro de Paul. Naomi y Rachel salieron con unos bocadillos y un termo de café. Durante un momento, todo estuvo tan callado que sólo se oía el ligero gorgoteo del arroyo, casi sin agua por la sequía del otoño. Luego una vaquilla berreó pidiendo compañía cerca de la barraca de Duane. Rachel se arrodilló junto al abuelo y acarició a Sonia. Naomi se dio cuenta de que el final estaba cerca y dijo que iba a acercarse a la escuela a recoger a Ruth para que pudiera despedirse. Estuvimos oyendo el coche todo el camino hasta que llegó al tramo de carretera con las piedras crujiendo bajo el guardabarros y el polvo de la gravilla filtrándose por los cortavientos. Lejos, al oeste, donde la alfalfa amarilleada parecía colarse en los bosques, vi un coyote trotar.

Iba a decir algo, pero Rachel y Paul también se habían dado cuenta; ya había visto ese coyote rondar ese mismo arrayán. Rachel se alarmó y dijo que a lo mejor había venido a llevarse el alma del abuelo.

—Eso espero. —Despierto, nos miró fijamente—. Siempre me han gustado los coyotes, aunque es cierto que nunca crié ovejas. Antes de que Wesley muriese tenía un buen perro cazador que entró en el gallinero un día y mató todas las gallinas. Y yo las apilé en un montículo. Los coyotes sólo se llevan una gallina o dos de vez en cuando. Está empezando a hacer demasiado calor.

Se aflojó el cuello del abrigo de nutria. Aunque el granero reflejaba la calidez del sol, el aire era gélido. Rachel creía que debíamos entrar en la casa, sin apartar el ojo del coyote distante, pero el abuelo dijo que no. Hizo un sonido extraño, como un murmullo. Yo tenía las manos apretadas porque dentro de mí deseaba que el abuelo le rezase a Dios para ir al cielo. Sabía muy poco sobre la religión sioux, pero quería volver a verlo. Lo único que dijo, cuando perdió la fe en la Primera Guerra Mundial, fue que había horrores que iban más allá de la religión y la aniquilaban. Oímos el coche de Naomi aparcar de nuevo en el redil del granero.

—Mi padre decía que esto era un gran mar de hierba. Sólo lo vi así, en unos pocos sitios, cuando era niño. Si hubiese agua suficiente, este lugar habría estado atestado de gente. Hay un montón de agua donde está Duane, en Oregón, donde los árboles son como hierba altísima.

Ruth y Naomi se acercaron. Ruth estaba al borde de las lágrimas.

—Siento que te estés muriendo, abuelo —le dijo a su manera, tan directa—. Te quiero.

135

Y el abuelo le respondió algo que la asustó:

—No me voy a morir. Nadie se muere nunca. —Y luego siguió en un susurro—: Dios, el mundo está bocabajo y me estoy cayendo a través del cielo.

Y se murió.

No hubo funeral, sino un entierro familiar a la mañana siguiente en mitad de un campo enorme de lilas, plantado a tal fin más de medio siglo antes. Aparte de la familia, estaban Rachel, los Lundquist y tres de los viejos compinches del abuelo, cazadores de aves de la ciudad, el médico, un abogado y el enterrador, que llevó una caja de pino. Sospecho que hoy en día un entierro familiar va contra la ley, pero en 1958 o era legal o nadie se habría atrevido a cuestionarlo. Paul y Lundquist habían excavado la tumba y se veía que Lundquist estaba orgulloso de la buena hechura del hoyo. La señora Lundquist se encontraba tranquila, en parte, sospecho, porque el abogado le había contado que el abuelo les había dejado en el testamento una agradable granja bajando la carretera desde nuestra casa. Paul me dijo luego que Rachel se había quedado toda la noche despierta junto al cadáver y que la oyó cantar desde arriba, desde su habitación. Después de presentar los respetos —no se pronunció ni una palabra—, nos comimos el guiso de venado y el faisán y bebimos muchísimo vino, buenas botellas de los años treinta que Paul seleccionó de la bodega.

Así pues, el abuelo quedó enterrado en la granja con su madre y su padre, la primera esposa de su padre y su hijo Wesley; su esposa está enterrada en Omaha con los suyos. Después del almuerzo, Paul y yo ensillamos dos caballos y cogimos a los perros para dar un paseo largo. Lo dejé ir en cabeza y no me sorprendió en absoluto que terminásemos cerca del matorral y del túmulo junto al arroyo. Por algún motivo rodeé el punto exacto en el que había estado el tipi de Duane; aunque no fuese un sitio sagrado ni nada parecido, mi corazón había empezado a palpitar con fuerza. Enganchada en un árbol cercano había una cuerda con cráneos de coyotes y ciervos blanqueados que Duane había colgado para espantar a cualquier intruso. Paul me miró y de algún modo en ese momento supe que había averiguado el secreto. Hasta entonces nunca me lo había mencionado.

—No sé si lo sabes, pero hasta que Wesley murió tu abuelo era capaz de ser un hijo de puta duro como una piedra. Te has llevado su mejor parte. Ahora has perdido a dos padres; yo tendré que hacer del tercero. Aunque quizá seas lo bastante mayor con dieciséis años y no necesites un padre demasiado a menudo. En eso no hay dos personas iguales. Tu hermana Ruth parece muy segura de sí misma.

—Ruth sólo quiere una cosa: ser pianista. Yo no tengo ni idea de lo que quiero ser. Mi amiga Charlene dice que mis sueños me dirán lo que debo hacer, pero eso no me parece muy fiable.

Paul se echó a reír y cabalgamos a galope al norte hacia el río Niobrara, una ruta distinta hacia nuestro cañón preferido, de largas paredes verticales. En el río dimos de beber a los perros y a los caballos y luego lo vadeamos fácilmente, en un punto en el que el curso era amplio y poco profundo. Nos sentamos en la roca plana del cañón durante una media hora.

—¿Con qué sueñas? —me preguntó Paul.

—Con un montón de cosas sexuales. También con animales: lobos, osos, coyotes, ciervos, pájaros cantores y halcones.

Un par de ratoneros calzados pasaron junto a nosotros en su ruta migratoria y cayeron en picado río abajo, probablemente esperando el aire más cálido de la tarde para seguir su camino al sur.

—Suena bastante bien. He leído que cuando se supone que los sueños tienen que ayudar, el cerebro echa mano de la vida, como un mecanismo para aliviar la presión digno de un científico loco. No estoy seguro. Yo soñaba mucho con que me acostaba con mi madre. Quizá por eso estoy tan apegado a las mujeres mexicanas.

—¿Crees en el cielo y en el infierno?

—Dios santo, Dalva, soy tu padre desde hace menos de veinticuatro horas. Vamos a empezar con preguntas más fáciles.

—Probemos con una de una canción popular: «¿Volverá mi amado a mis brazos?»[13].

Y ahí fue cuando me eché a llorar. No había llorado en el funeral, pero entonces se me arremolinó en la cabeza todo aquello que ya había perdido en la vida, dos padres, un hijo y un amante, y el remolino salió al aire del cañón, por encima del río y hacia el cielo. Pensé que el pecho y la cabeza se me iban a abrir en canal como una sandía. Paul me abrazó y dijo una frase o dos en español. Una semana más tarde me envió una traducción al inglés desde Sonoita, unas cuantas líneas de una gacela de Lorca que le encantaban.

Quiero dormir el sueño de las manzanas,
alejarme del tumulto de los cementerios.
Quiero dormir el sueño de aquel niño
que quería cortarse el corazón en alta mar.

[13] Hace referencia al tema «Lover, Come Back To Me», compuesto en 1928 por Sigmund Romberg y Oscar Hammerstein II para la opereta de Broadway *The New Moon*. La canción terminó convirtiéndose en un clásico del *jazz*.

Desperté a Michael una hora antes de que tuviésemos que salir para el aeropuerto a recoger a Naomi y a Ruth. Prácticamente se puso a dar saltos por la habitación, asegurándome que hacía años que no se sentía tan bien. Además del abundante desayuno, tuvimos que pedirle al servicio de habitaciones un remedio casero para el estómago, con el que Michael pudiera contrarrestar el banquete de pato y meterse aún más cosas en el buche (salchichas, huevos, patatas). Empezó a negociar los siguientes tragos de alcohol entre el aeropuerto y la reunión.

—Creía que hacía años que no te sentías tan bien.

—Estoy hablando de medidas preventivas, de un seguro, como tomarse dos aspirinas antes de un evento que sabes que te va a dar dolor de cabeza.

—Echaré una de esas botellitas al bolso, por si acaso.

Aquello lo dejó satisfecho por el momento. Recogimos a Naomi y a Ruth en el aeropuerto y fuimos directamente, si bien de forma algo errática, hasta Palo Alto. Al igual que muchos conductores, Michael creía que había que mirar a la persona con la que estabas hablando, y Naomi y Ruth iban sentadas detrás. Por motivos poco claros, la charla saltó de la crisis agrícola hasta el posible agotamiento del acuífero oglala y luego al matrimonio, tema sobre el que Michael se mostró maniaco y quisquilloso hasta un punto en el que Naomi y Ruth interpretaron sus comentarios como parte de un número cómico.

—Dudo que alguna de vosotras sepa lo que siente uno al despertarse de un sueño profundo para descubrir que alguien te está pegando. Mi esposa, para ser exactos.

—Tienes suerte de que no usara un arma o un cuchillo. En nuestro condado el año pasado una mujer le disparó con una escopeta a su esposo mientras dormía, a quemarropa.

Lo contó Naomi, aunque dudé de que fuese verdad porque me manda el periódico del condado todas las semanas. Era habitual que se inventase una anécdota para demostrar lo que fuera.

—¿Es eso que me estás contando otra historia más sobre un triste maltrato doméstico, en la que después de dos décadas de recibir golpes Martha asesina al capullo y queda exonerada? Nunca he tocado a una mujer enfadado.

—En absoluto. Nos quedamos muy sorprendidos. El marido era un anciano de la iglesia luterana sueca y manejaba el elevador de grano. El rumor en la zona fue que la había vuelto loca de aburrimiento.

—¡Dios! Es maravilloso.

Michael tomó la autopista aunque había poco tráfico.

—Ése tenía que ser el hombre que se cambiaba de calcetines tres o cuatro veces al día, ¿no? —preguntó Ruth—. Dalva, ¿todavía te acuerdas de tu discurso sobre el matrimonio?

—No lo he recitado en años, pero podría intentarlo.

Ruth se refería a un pasaje de C. G. Jung que yo había copiado como una respuesta patentada que darle a cualquier persona que me preguntase por qué no estaba casada todavía, cosa que empezó a ocurrirme cuando tenía veintitantos y se prolongó durante mi treintena y hasta los cuarenta y pocos. Esa pregunta siempre me ha parecido torpemente maleducada, aunque yo respondo en un tono calmado y coloquial.

—Creo que en la actualidad las mujeres sienten que en el matrimonio no hay una seguridad real. ¿Qué significa la fidelidad de su esposo cuando ella sabe que los sentimientos y pensamientos de él van detrás de otras, pero es demasiado calculador o demasiado gallina para seguirlas? ¿Y qué sentido tiene que ella sea fiel cuando sabe que eso es algo que utiliza para explotar su derecho legal a la propiedad, retorciendo así su propia alma? La mayoría de las mujeres tiene indicios de una fidelidad más elevada en términos espirituales y de un amor que supera la debilidad y la imperfección humanas.

Naomi y Ruth aplaudieron.

—No puedo soportar esto sin un trago —dijo Michael, y le di su botellita.

Estaba enrojecido e inquieto cuando entramos en el campus de Stanford, pero de todos modos se metió la botella en la americana como para demostrar algo.

El contenido real de la reunión fue insignificante: las tres firmamos un documento que le daba a Michael acceso absoluto a los papeles de nuestra familia durante su año sabático. Asistieron el catedrático, el decano de Ciencia y Arte, un bibliotecario de libros raros y el conservador de un museo que preguntó, en poco más que un suspiro, qué había ocurrido con la colección de objetos de los indios de las llanuras que había iniciado mi bisabuelo. Yo era la única que lo sabía, pero solté un embuste y dije que los había comprado un coleccionista privado de Suecia. El decano y el catedrático se quedaron sutilmente impresionados con la nueva sastrería de Michael —los hombres tienen el mismo ojo en este asunto que las mujeres—, que les debió de parecer todo un contraste frente al típico *tweed* apagado y barato. Todo el mundo se alegraba de haber aclarado una cuestión tan delicada, de haber dejado a un lado los escollos de otras instituciones quizá menos cualificadas. El bibliotecario de libros raros ofreció un lugar de almacenamiento gratuito para los documentos, apuntando que la caja fuerte de un banco de Nebraska quizá no tuviese control de temperatura ni de humedad. Ruth comentó con cierta brusquedad que ya nos habíamos ocupado de eso. Nos tomamos todos juntos una amigable taza de té, nos estrechamos las manos y Michael recibió sus palmaditas en la espalda.

—Duele cómo te trata cierta gente si creen que eres rica —dijo Naomi cuando estábamos de vuelta en el coche con una multa de aparcamiento en la ventanilla.

—El principal problema de la universidad actual es el aparcamiento, igual que el principal problema de la cristiandad actual son, por supuesto, los culos desnudos de las revistas.

Michael le quitó el tapón a su botellita, suspiró y se la bebió de un solo trago.

Los tres días siguientes los dedicamos a lo que Naomi llamaba «frivolidad», una palabra que ya no se utiliza mucho en una sociedad esencialmente frívola. El conserje del hotel nos encontró un hueco por cancelación en un hostal del valle de Napa, cosa muy complicada el fin de semana del Día de los Caídos. Nos fuimos las tres en el coche y Michael se reunió con nosotras al día siguiente, acompañado de su hija, Laurel. Era una niña tímida y preciosa, el alma de la delicadeza, y en la primera oportunidad que tuvo de hablar conmigo a solas me rogó que intercediese ante su padre para que la dejase volver a la escuela pública al año siguiente. En el internado privado al que Michael la había mandado, casi todas las niñas eran ricas y se sentía sola y fuera de lugar. Me propuse seguirles el rastro a los incesantes embustes de ese hombre. Laurel pasó el rato con Ruth y conmigo, mientras que Naomi se fue con Michael y un mapa a probar el vino de las bodegas de la zona. A la mañana siguiente Naomi lo despertó a las cinco; Michael le había prometido borracho llevarla a observar aves. Mientras daba tumbos por la habitación me llamó la atención notar cómo la cualidad distintiva de la ropa nueva se había desintegrado en tan sólo tres días.

Ruth había decidido no casarse con el tendero; tomó la determinación en el vuelo desde Tucson. Estábamos caminando por la calle principal de Saint Helena cuando me lo contó; nos habíamos parado delante de un escaparate que distorsionaba nuestras imágenes a la manera de una casa de espejos. Durante la conversación gesticulábamos con las manos, poníamos caras, nos contoneábamos y nos movíamos para cambiar nuestros reflejos. Acostarse con el tendero no tenía el erotismo de acostarse con el cura rastrero que seguía escribiéndole desde Costa Rica. Hacía poco Ruth había vuelto a leer a Emily Dickinson, de donde había surgido el deseo de darle otro repaso a Emily Brontë. ¿Qué sentido tenía que se casara si no le daba ni un vuelco el corazón? Yo no fui de mucha ayuda porque aquella pregunta me hizo pensar en Duane. Yo aún húmeda del arroyo y él acalorado y seco, el olor a fruta casi podrida del vino de ciruelas silvestres en su aliento, tierra y ramitas pegándose a nuestros cuerpos, el pequeño círculo de luz que me llegaba a los ojos desde la punta del tipi. No había pensado llegar tan lejos. Volví a la realidad cuando un caballero mayor y elegante se paró en la calle y nos preguntó si éramos hermanas. Ruth sonrió y asintió. El hombre barrió con la mirada la calle arriba y abajo al modo de Chaplin mientras decía: «¿Y dónde están los afortunados?». A continuación, hizo un pasito de baile mientras se alejaba. De repente, me puse triste porque quise que hubiera más personas así en la vida. Me metí con Ruth por haberse quedado pillada de niña por Robert Ryan. Ruth me dejó planchada al decirme que se había enamorado de él porque de algún modo lo imaginaba actuando como el padre que no podía recordar por ser demasiado joven.

El colofón fue una comida en Yountville, en el Mustard's, donde Michael pidió los diez entrantes para los cinco. Era un poco maníaco, pero madre estaba feliz por el día que habían pasado catando vinos y observando pájaros, así que era complicado cabrearse con él. Aquel lugar lo frecuentaba gente de la zona, y una serie de personas de las bodegas saludó con la mano o la cabeza a Naomi y a Michael. El profesor parecía saber mucho sobre vinos, aunque, por supuesto, también era capaz de hacerse pasar por astrofísico. Me quedé impasible al ver en la otra esquina del restaurante a un hombre mayor de Pacific Palisades, una zona de lujo de Los Ángeles. Era famoso por su crueldad sexual con las mujeres del mundo del cine. Me descubrí a mí misma preguntándome cómo podía existir aún la patología cuando lo patológico había empezado a acercarse tanto a la norma.

Ese cambio de humor me persiguió hasta que regresé a Santa Mónica la tarde siguiente. Empecé a lamentar mi formación en Trabajo Social psiquiátrico. Los entusiasmos pueden tirar de ti hasta rincones remotos, desde la Literatura Comparada (pan de tres días), hasta la Biología de la Vida Salvaje (fatuidades biométricas), los Cuerpos de Paz (amabilidad reglamentada en banalidad) o el Trabajo Social (años desgarrados y el mismísimo tacón de finales del siglo XX pisoteando hasta hacer polvo al diez por ciento de abajo). En resumen, estaba lista para Nebraska.

Cuando llegué del aeropuerto al aparcamiento subterráneo de mi bloque, vi una pelea entre un jugador de fútbol profesional, un *linebacker* vecino del edificio, y dos mujeres. Alguien le había birlado la cocaína al deportista. El portero del edificio estaba observando y me saludó con un guiño y un encogimiento de hombros. Había otro hombre encerando su coche sin prestar atención al follón. En el ascensor pensé de pronto que todos los hombres, mujeres y perros de Estados Unidos estaban atados a un cable o cadena demasiado cortos, y que así es como empiezan a entrenarse los perros guardianes: un cable de un metro atado a un poste de hierro y el animal sometido a una jodienda permanente durante unas semanas.

Más o menos una hora después, justo antes de que llamase Andrew, recordé haber visto un movimiento en la otra esquina del aparcamiento, más allá de mi rango de visión inmediato. Andrew me llamaba desde el sótano para pedirme que bajase de inmediato y firmase una denuncia contra Guillermo Sandoval que iba a añadirse a otra docena más. ¿Cómo podía ser?, pensé. Ni siquiera ha oscurecido aún.

La pareja de policías era la misma que se había ocupado del problema original con el niño, así que los dos me saludaron por mi nombre. «Hemos cogido al cabrón», me dijeron. Vi a Andrew hablar con el hombre que estaba encerando su coche. Resultó ser el escolta que Ted había contratado. Las dos mujeres habían desaparecido y el *linebacker* y el portero del edificio hablaban entusiasmados con un periodista. Una unidad móvil de televisión viró hacia el aparcamiento, se detuvo y pidió autorización para entrar. Me fijé en que la camiseta del escolta estaba rota por un sitio y que tenía una mano envuelta con un pañuelo y algo de sangre. Sandoval estaba esposado a un soporte de hierro, apoyado contra el guardabarros de un coche; las cicatrices le daban un aspecto arrugado a su rostro. Nos dedicamos unas miradas largas y duras y me negué a apartar los ojos. No muy en el fondo de mi corazón, reconocí que podría haberle disparado como a un perro rabioso. Lo que había ocurrido era que las dos mujeres de la pelea por la cocaína habían empezado a gritar y Sandoval, temiéndose un problema que no había previsto, se había escabullido de su escondite y el escolta lo había visto. Pese a que por sí solo el escolta no estaba siendo capaz de doblegar a Sandoval —de hecho, estaba cediendo—, el jugador de fútbol, en un arrebato de ira por haber perdido la cocaína, decidió ayudarle. Entretanto el portero del edificio había avisado a la policía y el aliviado escolta llamó a Andrew. Me sentía algo anestesiada por todo aquello, así que aparecí involuntariamente en las noticias de la noche, y en los periódicos de la mañana, como la damisela en apuros rescatada por el *linebacker*. El resto de los detalles se pasó por alto. En torno a tales actos de violencia siempre hay un aroma en el ambiente parecido al humo de un neumático. Sandoval llevaba una antena de coche afilada, un trozo de cuerda y una Ruger del 38. Entre todas esas cosas, fue la cuerda lo que más me perturbó.

Dos horas después, tras media docena de copas, mucho temblor y algunas historias, estaba en la cama con Andrew. Decidimos no sentirnos mal por ello, al fin y al cabo, llevábamos pensando en hacer el amor varios años. Y, aun así, nos sentimos un poco mal. Aclarar las cosas, como dice la gente, quedaba fuera de toda discusión y esfuerzo inmediatos. Por el contrario, decidimos dejarlo en una situación comprometida sin más y preparamos una cena con lo que tenía en la nevera, una mezcla de recetas que mi tío Paul me había enseñado en México. Violencia, sexo, comida, muerte. Le enseñé a Andrew una carta de una amiga, trabajadora social, que se había mudado a Detroit. Su primer encargo fue tratar a los hijos de dos hombres a quienes les habían cortado la cabeza en una ejecución por temas de drogas. Decía que nunca había tenido que abordar un caso de desmembramiento antes.

Curiosamente, cuando amaneció no sentí tristeza alguna. Siempre había tenido un sentido bastante masculino, ingenuo quizá, de la recuperación: muchísimos hombres creen que una mañana puede suponer un nuevo comienzo, mientras que las mujeres sospechan que el sueño de una noche apenas cambia los términos de la vida. Con Andrew no era más que una cuestión de comodidad; los amantes adultos pueden fingir que no ha pasado nada en realidad, porque no ha pasado. Aunque en esa libertad hay una huella obvia de melancolía.

Di mi habitual paseo por la playa, cuyo placer quedó atenuado por los trabajadores públicos que estaban limpiando los desechos del primer gran fin de semana del verano. Me rendí y subí las escaleras del dique en dirección este, hacia San Vicente. Sonreí al recordar la primera visita de Naomi años antes. Armada con el libro *Árboles de Santa Mónica*, de George Hasting, se apropió de cientos de expresiones botánicas, como Rommel invadiendo el norte de África. Fue una campaña de dos semanas con un mapa de la ciudad en la pared de mi salón veteado por marcas de ceras multicolores. Muchas mañanas salía a caminar con ella, aunque en cierto modo me mantenía ajena a los detalles que a ella le parecían fascinantes. «Dios mío, una adelfa amarilla de la familia de los apocinos, la *Thevetia peruviana*, autóctona de México, América Central y del Sur, las Indias Occidentales, y está justo aquí delante de nosotras». Supongo que soy una romántica y la visión de un pájaro o un árbol en concreto me recuerda a las otras veces que he visto ese pájaro o ese árbol, y no siento ninguna urgencia, pese a mi formación en ese campo, de correr a un libro a buscar el nombre.

Pasé la tarde con los de la mudanza y tuve una cena de despedida con Ted y Andrew. Los había visto como mucho una vez al mes, pero decirnos adiós terminó siendo difícil para todos. Fue como si el lenguaje preciso estuviese fuera de nuestro alcance y la torpeza no resultase lo bastante obvia para ser graciosa. Andrew estaba inusualmente malhumorado y bebió demasiado, y el pescado se le pasó en el horno por primera vez en su vida. Tenía los ojos húmedos cuando lo tiró a la basura. Ted engulló su copa mientras mirábamos a un perro grande perseguir por la playa a otro pequeño, que se cayó repetidas veces por el rompeolas. Se puso taciturno y quiso que Andrew le disparase al perro grande. Al principio se alegró de que Ruth hubiese abandonado la idea de casarse con el tendero, pero luego se amohinó por no tener familia. Su hijo había decidido no ir a visitarlo el verano siguiente. Durante su tercera copa consecutiva trató de coaccionarme para cerrar la fecha de mi regreso, y mi incapacidad para darle una le hizo sentir mal. Aún quedaba mucho para el anochecer cuando simplemente desistimos, nos abrazamos y nos dijimos adiós.

Me marché una hora antes de amanecer y me incorporé a la interestatal 10 en medio de Santa Mónica; se puede ir directamente hasta Jacksonville, Florida, por esa misma carretera, pero yo me salí en Indio y cogí la 86 hacia la interestatal 8. Aunque había hecho el camino a casa en tres días, aquella vez me iba a dar de margen entre una semana y diez días, o más si se me antojaba. Tenía asimismo en la cabeza una idea difícil de admitir: nunca volvería a recorrer aquel camino, pero ese vértigo por dejar Los Ángeles era más bien el típico vértigo del alivio. Fui enumerando las cosas, las personas y los sitios que echaría de menos, aunque nada me emocionó tanto como los árboles y, sobre todo, el Pacífico, al que había escuchado tantos días y tantas noches que solía imaginar que hablábamos un lenguaje común: quizá un lenguaje sin palabras, al borde de la locura, el sonido del flujo de la sangre y del agua, pero en cualquier caso, un lenguaje.

A primera hora de la noche había llegado a la carretera de tierra que queda a veinte kilómetros de Ajo, Arizona, mi primer destino. Me desvié de nuevo al oeste para adentrarme en el desierto, hacia las montañas, durante veinte kilómetros, rebajando la marcha con la tracción a las cuatro ruedas debido a la arena suelta. La carretera desapareció y me vi en un cauce seco, el fondo de un arroyo, aparcada bajo un palo verde. Permanecí un momento en mitad del silencio casi absoluto, con los clics del motor que iba perdiendo calor, y luego cubrí el coche con una lona liviana de camuflaje, una promesa de ocultación hecha a los dos hombres que me habían dado a conocer aquella zona. No me sentí estúpida ante ese gesto paramilitar, sólo agradecida de que el enorme espacio vacío del mapa que tenía enfrente siguiera razonablemente intacto en 1986. Cogí el saco de dormir de verano y una cantimplora con cuatro litros de agua, me apoyé contra el coche y me puse las botas de montaña.

Aún me quedaba más de una hora de luz cuando emprendí la marcha subiendo por el cauce hacia las montañas Growler. Era una caminata de veinte minutos hasta llegar al lugar en el que, años antes, habíamos escondido un catre plegable del ejército, en deferencia a la mañana que me desperté con una cascabel alojada en el saco de dormir. A uno de los hombres le pareció muy divertido, pero esa misma noche le mordió en la pantorrilla un crótalo cornudo mientras recogía leña. Por suerte, la serpiente no le había inyectado veneno, algo muy poco común. Le saqué un diente de la pantorrilla con unas pinzas y pasamos unas cuantas horas poco agradables a la espera de ver si era necesario un traslado de urgencia.

Encontré el catre dentro de un hito que habíamos levantado, monté mi campamento y fui a recoger algo de leña. El aire había empezado al fin a enfriarse y el hilo de sudor entre mis pechos se secó hasta dar lugar a un picor. Fui paseando con

cuidado entre las chollas, los ocotillos, el agave de color verde
vivo con el que se hace el tequila y las gobernadoras, recogiendo mientras tanto palo fierro para mi hoguera.

De vuelta en el campamento apilé la leña, y luego me quité
la ropa y me senté en el catre desnuda a observar la oscuridad descender sobre las montañas. Cabeza Prieta, una zona
enorme justo por encima de la frontera entre Arizona y México, hace las veces de refugio natural y de campo de tiro de
la Fuerza Aérea, cosa que sin duda envía un mensaje doble
a las criaturas del desierto. Había dejado de intentar preocuparme por esos asuntos. A apenas kilómetro y medio del catre habíamos descubierto un sendero milenario en el que se
veían de vez en cuando restos de cerámica de jarras de agua
antiguas y el resplandor más brillante de las conchas marinas.
Los indios hohokam, una tribu que había desaparecido hacía
mil años, utilizaban ese camino para viajar al sur desde el río
Gila hasta el mar de Cortés y recoger conchas para hacer joyas. ¿Cómo se llamaba antes de ser el mar de Cortés? Cortés
había llegado después, como nosotros. Pude verlos caminar
en fila a través del desierto bajo la luz de la luna, cuando hacía
más fresco, bajando hasta el mar para acampar y recoger las
conchas. En aquellos momentos me pareció que la oscuridad
no descendía, sino que barría lentamente las montañas, como
salida de la propia tierra. Sentí el más leve temblor del miedo
al oír la primera llamada del mochuelo duende, que vive en
los huecos que abre en el cactus saguaro. Había acampado ahí
en otras ocasiones y todas ellas había notado esa agitación al
sentir la vasta extrañeza del paisaje. Nunca había visto a nadie
las otras veces. La diversidad que yo representaba allí estaba
en completa soledad, salvo por el desierto, un hilo de luna y
las constelaciones estivales que emergían arriba.

Tenía toda la noche para contemplar las estrellas, así que me levanté del catre para encender la hoguera. Un escorpión, un pariente de la gamba menos amistoso que ésta, se escabulló ante el fuego. A punto estuve de decirles «hola», a él o al coyote que oí varios kilómetros al sur. Tenía hambre, pero nunca comía cuando dormía allí, pues así podía permanecer despierta el máximo tiempo para mirar las estrellas. El tío Paul me había presentado a los dos hombres que me trajeron aquí por primera vez. Levanté la vista desde el fuego y pensé en una frase de una conferencia de Lorca: «La gran noche apretándose la cintura con la Vía Láctea». Miré hacia abajo, a mi cuerpo, mis brazos, mi barriga y mis muslos dorados por el fuego. Amaba vivir pero no había nada en mí que lamentase hacerse mayor. Me tumbé de espaldas en el catre en un estado de excitación física intensa por motivos que no podía comprender. Noté una brisa casi imperceptible que me rozaba los pies y me subía por el cuerpo. Era mi incapacidad para admitir lo que podía provocar estar allí tumbada una noche de junio a esa latitud: ese modo tan curioso que tienen nuestras emociones de ocultarnos información.

Fue el 1 de junio de 1972 cuando Naomi me llamó a Nueva York, donde yo trabajaba como ayudante de un documentalista bastante heterogéneo que estaba obsesionado con los pobres. Trabajábamos y vivíamos juntos, con la compañía también de un técnico de sonido inglés que hacía cortos de *cinéma vérité* para la cadena pública. La tarde que Naomi llamó estábamos cargando la furgoneta para hacer un viaje a Virginia Occidental donde rodaríamos algo de metraje sobre una huelga de mineros del carbón. «He estado mirando esta postal durante dos días sin llamarte», me dijo. «Es de Duane, que está en los cayos de Florida, y te pide que vayas rápido:

"No me encuentro demasiado bien", dice». Añadió un número de teléfono y que me tendría en sus oraciones. Llamé a ese número pero no obtuve respuesta. Llamé a la aerolínea Delta, reservé un billete e hice una mochila con lo básico. Traté de explicarme ante el director y amante, pero terminé sumariamente despedida de un trabajo y de un idilio.

Llegué a Cayo Hueso antes de medianoche, alquilé un coche y fui hasta un motel que me recomendó en el avión una muchacha cubana cargada de joyas. Nadie había respondido al número cuando llamé desde La Guardia ni cuando lo hice desde el aeropuerto de Miami. El aire olía como a peces muertos y a fruta podrida, e incluso a aquellas horas de la noche estaba saturado de humedad. Curiosamente, el bar del aeropuerto hacía las veces de club de *striptease* y por la puerta abierta pude ver a una muchacha agarrándose las rodillas, doblada hasta donde podía. Era 1972, mucho antes de que Cayo Hueso se depurase y se convirtiera en una meca del turismo.

En el motel volví loco al operador de recepción llamando al número cada diez minutos durante la hora y media siguiente. Al final me sugirió que telefonease yo directamente desde el bar: el Pier House, un sitio de pesadilla, atestado de gente en lo que me pareció una convención. Había al menos dos docenas de hombres y mujeres de mi edad, unos treinta años, con camisas azules que tenían impreso el letrero CLUB MAN- DIBLE. Estaban bastante borrachos, y vi a unos cuantos en el patio fumando unos porros enormes de marihuana. Pedí una copa y me quedé fuera, en el pasillo, junto a la cabina, observando la actividad del bar. Me pareció una especie de fiesta en un manicomio privado. Entonces una mujer respondió al teléfono. Se llamaba Grace Pindar y tenía voz de negra. Sí, Duane me estaba esperando y no, no estaba allí, había salido a pescar hasta al menos el día siguiente a mediodía. ¿Cómo puede pescar de noche? «Entonces es cuando cogen los peces», me dijo. Duane y el marido de Grace eran pescadores comerciales. Bobby era el capitán, y Duane, su compañero. Me dio las indicaciones para ir adonde vivían en Cayo Big Pine.

Me había puesto a temblar, así que salí por la puerta, crucé el patio junto a la piscina y bajé hasta el mar. Se había levantado una brisa ligera que agitaba las hojas de las palmeras. Vi a dos hombres fornidos de pie en el agua, vestidos, pescando sábalos con mosca mientras los peces se arremolinaban bajo una luz acoplada a una dársena. Uno de ellos gritó: «¡Joder!» al atrapar un sábalo enorme, que saltó en la oscuridad varias veces antes de ceder. El hombre vadeó el agua hasta la playa en la que me encontraba yo y ató otra mosca. «¿Quieres divertirte un rato?», me preguntó. Tenía una nariz grande y torcida, pero un rostro amable. Entonces el otro pescador, con un solo ojo y la cara redonda y marrón, avanzó hacia mí por el agua y sentí la urgencia absoluta de irme a mi habitación. Les pregunté dónde estaba Cayo Big Pine y se ofrecieron a llevarme. Me quedé con las indicaciones, les di las gracias y me fui a mi habitación. Debí despertarme y volverme a dormir unas cien veces aquella noche, oyendo el viento agitar las palmas, el ruido festivo de la gente saltando a la piscina, los gritos mal articulados que la humedad y las paredes amortiguaban hasta que todas las palabras y sueños del mundo cerraron un círculo.

En el fondo sé que no hay nada que pudiera haber hecho por él. Durante los catorce años transcurridos desde la última vez que vi u oí algo sobre él, se había castigado y lo habían castigado todo lo que podía soportar un ser humano y seguir vivo. Me asaltaba la duda de hasta qué punto, y en qué partes de su alma y de su cuerpo, seguiría vivo. Veo la casa, el claro y la caravana en un pinar vacío con matorrales muertos amontonados, un canal de agua salada y un estanque bordeado por manglares. Pensé que no había nadie allí salvo un perro que se mostró amistoso, la casa no era más que una chabola con la televisión encendida pero sin nadie en el lugar. Gallinas grises y tres lechones en un gallinero. Bajé hasta el estero y allí, en un corral entre los pinos, estaba el bayo, y salté y el perro me ladró. Pensé que era un caballo fantasma, pero tenía dieciséis años, una edad no muy avanzada para un caballo, aunque le faltaba un casco de atrás hasta la cuartilla. Me deslicé entre las barras del corral y me fijé bien. Lo tenía curado, un nódulo cubierto por la piel. El pelaje le había clareado por el sol aunque parecía bien cepillado. El estero iba cargado de agua y se movía como un río pequeño y había garcetas. Una voz dijo: «Quiere darse un baño, lo único que quiere hacer es darse un baño». Grace era negra clara, bahameña. Pronto estarán en casa. Me llevó hasta la vieja caravana Airstream de Duane que estaba inverosímilmente ordenada por dentro, con docenas de frascos de medicamentos recetados y fotos en las paredes mías, de su madre, Rachel, y una antigua del abuelo a caballo. «Tu apuesto Duane es bueno con las damas, aunque ahora está enfermo, podrías llevarlo a un buen hospital, no el hospital de veteranos». Era complicado entender a Grace. Oímos la embarcación remontar el estero. Bajé corriendo y Bobby Pindar, que tenía unos cuarenta aunque no los aparentaba, gritó a pleno pulmón llamando a Grace, que cogió los cabos y los ató al muelle. Duane se levantó de donde estaba tumbado abajo, sobre el congelador cubierto con una lona, sin camiseta, y pude ver los agujeros, las marcas en su cuerpo, también en la mejilla y en el cuello, porque estaban más blancas que el resto de la piel. El tejido de las cicatrices no se broncea bien. Me abrazó, olía a sol, a pescado y a sal. «Te he hecho bajar hasta aquí porque quiero que te quedes con mi paga. Me han dicho que me estoy muriendo. Rachel me contó que tuviste que dar al niño. A lo mejor puedes encontrarlo y darle parte de mi paga del Ejército». Descargaron el pescado mientras Duane me iba diciendo los nombres de los distintos animales. Apenas pude hablar. Me abrazó de nuevo y empecé a llorar pero me pidió que parase. «Nos vamos a casar para que puedas quedarte con mi paga del servicio», me dijo temblando a causa de la enfermedad. Grace montó una mesa en una arboleda cerca del estero y encendió una hoguera. Bobby Pindar cargó con una cubeta de hielo llena de cerveza. Grace tenía una botella de ron, un bote de chiles picantes, pan cubano y los pollos que iba a cocinar. Duane cogió al bayo, que estaba nervioso. Bobby dijo que ese caballo era el campeón del mundo de los caballos nadadores y que debería salir en la televisión. Duane se montó con sólo un ronzal y el caballo saltó por el muelle. Duane dio un gran aullido como en un rodeo y el caballo remontó el estero a nado hacia los manglares, luego volvió donde estábamos y subió por un camino. «Prueba tú», me dijo. Me quité la falda y la blusa. Era maravilloso, saltar por el aire con un chapoteo enorme. Duane se sumergió y nadamos con el caballo recorriendo el agua clara y profunda arriba y abajo. «En estas aguas cogimos ciento cuarenta kilos de gambas con una red», me contó. Salimos y bebimos ron y cerveza. Bobby Pindar bajó y nos dijo que teníamos que celebrar la boda antes de comer. Duane me dijo: «Te está mirando las tetas y el culo», así que me puse la ropa. Tenían lista una licencia de matrimonio. «¿Y si ya estoy casada?», bromeé, pero eso sólo los detuvo un momento hasta que negué con la cabeza. «Soy el capitán de pleno derecho de un barco y os declaro marido y mujer», sentenció Pindar. Duane se quitó el collar y me lo puso al cuello. «Bésala, Duane, imbécil», dijo Grace. Me besó. «Nunca me he casado, ¿cómo quieres que sepa lo que hay que hacer», protestó Duane. «Sólo sé de guerras y de caballos». Comimos algunas gambas y bebimos mucho. Duane se fue a mear y Bobby dijo que Duane tenía el récord de tiempo transcurrido en combate, casi cuatro años antes de que lo mandasen a casa al borde de la muerte. «Tiene un saco lleno de medallas para ti. La cosa no pinta bien para mi amigo Duane», dijo. Comimos gambas y pollo y bebimos más, luego fuimos otra vez a nadar sin el caballo. Yo estaba más borracha que él y le pregunté qué era lo que le pasaba. «Los riñones, el hígado, el páncreas, el estómago: tendría que estar enganchado a una máquina en el hospital de veteranos para seguir vivo». Le dije que cuidaría de él. Casi era de noche y Grace, que estaba bastante borracha, nos llamó a gritos para que empezáramos la luna de miel, así que nos fuimos a la caravana de Duane para complacerla. Duane sirvió unos vasos grandes de ron para los dos. «Ahora sé cómo librarme de mí». Brindamos. «¿Cómo está tu hermanilla?», me dijo. Luego me quedé dormida o me desmayé entre sus brazos y con la cara apoyada en su cuello. Incluso en mi sueño pude sentir cómo me abrazaba. Estoy con mi amado y llevaremos el caballo de vuelta al campo, pensé. Los médicos harán que se ponga mejor y viviremos en la cabaña de Buffalo Gap con el caballo. De camino pararemos en el río Missouri, luego en el Niobrara y dejaremos que el caballo nade, y haremos una presa en el pequeño manantial de Buffalo Gap para que el caballo nade también allí. En mitad de la noche se oyó un golpe muy fuerte y noté un haz de luz en la cara. Era Bobby gritando que Duane y el bayo se habían ido. Me llevó hasta la embarcación. Otro pescador habló con nosotros y dijo que había visto a Duane y al caballo saliendo a nado del Canal Bow, dejando atrás el Cayo Loggerhead hacia mar abierto en la oscuridad, y cuando paró a su lado Duane le apuntó con un arma. Bobby cogió la embarcación y salió al estero y luego al canal. Eran estas mismas estrellas las que titubeaban entonces, y me enjuagué la cara y tirité. En una boya nos encontramos con otro pescador que había llamado a la guardia costera. Oí al hombre susurrar que había seguido a Duane y al caballo a distancia en dirección al faro marítimo American Shoals y a la corriente del Golfo. Oyó dos disparos y sospechó que el primero era para el caballo y el segundo para Duane. Bobby empezó a llorar, luego paró y las dos embarcaciones viraron hacia las luces que llegaban de la lancha de la guardia costera. Miré arriba, a las estrellas que nunca habían lucido tan enormes. De niña me sentaba en el regazo de mi padre en una manta a mirar las estrellas fugaces. Naomi decía: «Ahí están el arquero, el cuervo y la ballena y el león brillando en el cielo oscuro». ¿Debería haber estado con Duane sumergiéndome entre esas olas que hacen a las estrellas titubear y mecerse, subiendo sobre las crestas fosforescentes y bajando entre los senos y de nuevo hacia arriba? Las tres embarcaciones buscaron toda la noche pero no encontraron ni el caballo ni a Duane. La guardia costera habló de tiburones y sangre. A continuación, noté que no me sentía bien y vino el tío Paul desde Arizona a por mí. Meses después, en octubre, con permiso de Naomi y de Ruth, que no veían nada malo en ello, enterré un ataúd vacío como el de mi padre en nuestro cementerio en mitad del campo de lilas.

Ahora amanece en el desierto y he visto las estrellas desvanecerse y desaparecer. Sólo hay el rocío suficiente para humedecer la piel. Hace un rato me metí en el saco de dormir, oyendo al coyote, pero no lo vi. Era placentero estar allí y pensar hacia dónde y hasta dónde conduciría aquel día.

LIBRO II
MICHAEL

CUADERNO DE TRABAJO DE MICHAEL

6 DE JUNIO DE 1986, NEBRASKA

Me desperté a las seis de la mañana zarandeado por una mujer muy grande que llevaba el tipo de vestido suelto con flores para estar en casa que a mi madre le encantaba cuando yo era niño. Me dijo que se llamaba Frieda y que tenía el desayuno listo. Dalva le había contado por teléfono que me gustaba desayunar justo al amanecer. ¡Qué graciosa! Frieda se quedó de pie detrás de mi silla mientras comía, como para hacer una crítica de mi actuación. Sabía que era así como las mujeres escandinavas chapadas a la antigua daban de comer a sus familias, pero a mí me llevó a devorar la comida con prisas. Le inquietó que sólo me comiese dos de las tres costillas de cerdo, la mitad de las patatas y los huevos. Luego me trajo una chaqueta vaquera gastada y prácticamente me sacó a empujones a dar el largo paseo matutino que, según le habían advertido, era mi costumbre.

Me quedé de pie en el patio trasero, no más que vagamente consciente, aunque lleno de alivio y con un poco de miedo. La llegada de Dalva se había retrasado porque se iba a ver con su tío Paul en Sonoita, Arizona. Dalva es puntual en un sentido nominal, pero parece no saber nunca la fecha o el año de las cosas ocurridas en la década más inmediata. Asegura que ve los acontecimientos, el pasado, en términos de «puñados»

161

de años, cosa que supone *de facto* una evasiva despreocupada. Le dije que el estudio de la historia no se puede permitir tal desorden, y que con dieciséis años yo ya me sabía las fechas de nacimiento de todos los reyes y las reinas de Inglaterra. Eso le pareció bastante gracioso, y describió cómo se divirtieron los indios cuando se toparon por primera vez con los calendarios, o con los cartógrafos y los agrimensores que medían con exactitud la altura de las montañas. Su profesor de Historia en el instituto también había sido su entrenador de baloncesto; tenía por costumbre darles folios con fechas históricas aproximadas, y el truco estaba en adivinar lo que había ocurrido en esas fechas. Por triste que sea decirlo, ese hombre pareció alejarla del único aspecto preciso que la historia puede ofrecer.

Mi precioso BMW se había ido a la mierda a las afueras de Denver; el motor estalló y el coche dio unos cuantos tirones hasta pararse ruidosamente en la bajada de un puerto de montaña. El del concesionario me dijo que ese coche no estaba diseñado para funcionar con un gasóleo barato, ni para tirar de una caravana de U-Haul cargada con pesadas cajas de libros a través de las montañas Rocosas. Les pedí que lo arreglasen y dejé en depósito un cheque que no podía cubrir. Fueron bastante amables de todos modos, y me ayudaron a encontrar una empresa de mudanzas, así que me pasé una mañana arreglando esto y aquello, luego me monté en un autobús de Greyhound hacia Nebraska y llegué a medianoche ayudado por medio litro de whisky. El desolado pueblecito estaba cerrado de cabo a rabo, pero Naomi estaba allí esperándome en su coche. Pese a que al llamarla se había ofrecido a conducir tres horas hasta el aeropuerto más cercano, le dije que yo era demasiado inestable para montarme en uno de esos tubos estrechos de metal que usan las aerolíneas locales.

Trataba aún de localizar el origen preciso del vértigo que me provocaba tirones fuertes en el estómago y las extremidades, haciéndome sentir mullido y con la cabeza hueca. Por el momento había escapado del pelotón de fusilamiento académico y estaba desbocado: un año para demostrarme a mí mismo que merecía la plaza como titular, el empleo fijo, una cuestión menor que suponía cerca de un millón de dólares adicional durante una vida profesional en una de las diez instituciones «grandes». Al salir de la casa los escalones de atrás me parecieron de un metro de altura y me recordaron el momento en el que me tropecé saliendo del aeropuerto de Moscú. Durante las negociaciones de mi divorcio me había agenciado unas vacaciones gratis acompañando a un grupo de estudiantes a Rusia. Para ello, había corrido a la librería, me había pasado una hora devorando una guía de Fodor y había conseguido el trabajo tras doblegar a una basta mujer del Departamento de Ruso y a un lingüista negro que sabía hablar el idioma de verdad. Mis embustes sobre las maravillas de Taskent y los antros de perdición de Kiev convencieron al comité de estudiantes. Por supuesto, mi ignorancia no hizo menos deprimente el viaje, aunque sin duda sirvió para abrirle los ojos al izquierdista menguante que soy. Al año siguiente, con una treta similar, pensé que resultaría más fácil ser marxista en Florencia y en Roma.

En el redil del granero me sentía emocionalmente de vuelta en el aeropuerto de Moscú, aunque sin la carga de los estudiantes vomitando vodka de Aeroflot en la acera. Naomi me había invitado a pasar la noche en su casa, pero le dije que sería mejor despertar en el cuartel general de la finca. El fondo de la cuestión era que me había entrado miedo. Después de enseñarme una habitación principal situada al bajar las escaleras, donde habían dormido los distintos John Wesley

Northridge, Naomi se marchó y me dirigí a un sofá antiguo de pelo de caballo situado en el salón. Miré por la ventana y observé las luces traseras rojas del coche de Naomi bajando por el camino. Todo estaba demasiado en calma. No había televisión ni radio. Por fin localicé el teléfono en un armario de la cocina, pero no se me ocurría nadie a quien llamar. Fui dándoles sorbos moderados a los pocos decilitros de whisky que me quedaban después del viaje en autobús y luego busqué más sin éxito. Estaba sudando, pero cuando me quité la americana me sentí más débil, así que volví a ponérmela. Encendí todas las luces y caminé por la casa, en mayor medida por oír el sonido reconfortante de mis propios pasos. De mi primera inspección deduje que podía haber buscado una camioneta y haber enviado lo que hubiese cabido en unas cuantas cajas a Sotheby's o a Christie's y jubilarme con las ganancias. No sé mucho de cerámica, plata ni muebles, pero la biblioteca y las pinturas eran espléndidas (Remington, Charley Russell, un paisaje de Sargent, Burchfield, Sheeler, Eakins, Marsden Hartley, un Hopper pequeñito, Stuart Davis, algunos dibujos de Modigliani de las típicas señoras con cuellos largos), y en una vitrina de cristal estaba el infolio de Edward Sheriff Curtis al completo, cuyo valor actual sabía que superaba los cien mil dólares. Un sondeo afortunado de un armario reveló una colección de botellas de brandi, algunas con treinta años de antigüedad, de la década de los cincuenta. Una cantidad juiciosa y disimulada de cada botella ayudaría a atraer el sueño. Fui a la cocina a por un vaso, me incliné ante un retrato del propietario fallecido, evité un retrato de Dalva y me serví la copa. Tras buscar un libro más contemporáneo, seleccioné un volumen sobre la triste vida de Monet. La casa estaba envuelta en una austeridad yanqui que no amortiguó mis temores nocturnos.

Al amanecer, salí del redil y me acerqué a una pequeña bandada de gansos que se pavoneaban a lo largo de un arroyo, aunque resultaron ser todos poco amigables y casi me vi obligado a meterle a su aparente líder algo de sensatez con una patada. Miré atrás, a la enorme casa, envejecida pero aun así grandiosa, y pensé en Nueva Inglaterra, de donde había llegado el hombre que la había construido, tras pasar por Andersonville[14] y la Guerra de Secesión. Me alarmé un poco al ver a Frieda mirándome fijamente desde la ventana de la cocina, como instándome a caminar. Resultaba curioso que esa mujer condujese una camioneta grande y reluciente con la palabra ARIETE escrita en negrita en la portezuela de la parte trasera. Una tierra de mujeres grandes y camionetas grandes.

Eché a andar y pasé por el granero hasta la barraca que iba a ser mi casa y mi estudio. La puerta estaba cerrada con llave, pero a través de la ventana parecía un lugar agradablemente rústico. Vi una radio y un tocadiscos; televisión no había, ni antena en el tejado. Eché otro vistazo a la casa principal y todavía alcanzaba a ver el perfil de Frieda en la cocina. Me alejé a un paso que no pretendía mantener hacia el primer muro de árboles al oeste, lejos del sol. Se suponía que Dalva llamaría a mitad de la mañana, y por el momento lo que necesitaba era encontrar un buen sitio para dormitar hasta entonces.

La tarde anterior, en el camino desde la ciudad, le había dicho a Naomi que el alma de la historia no podía abordarse con el servilismo cauto del investigador. Me contestó que eso sonaba bien, pero que no estaba segura de qué quería decirle. Lo que pretendía en realidad con aquello era hacerla reflexionar

---

[14] Campo de concentración confederado para los prisioneros del Ejército de la Unión que se utilizó durante la Guerra de Secesión.

sobre mi alto llamado, pero, por supuesto, no se lo podía decir directamente. Naomi intimida menos que Dalva, quizá por su edad o porque carece de ese tinte de ferocidad que se detecta a veces en su hija. Por desgracia, nunca he conocido a ninguna mujer de mi edad tan sociable como Naomi. Nuestro día de observación de aves y cata de vinos en el valle de Napa fue quizá el más bonito que he pasado con nadie. Su moralismo es tan discreto e indulgente que me resultó imposible recurrir a mis quisquillosos dejes de capullo.

El primer muro de árboles que conformaba un cortavientos era tan denso como yo imaginaba que podía ser la selva, pero logré abrirme camino hasta el otro lado, parándome al darme un susto bastante tonto con un ciervo que salió espantado. Me decepcioné un poco al encontrarme un campo de alfalfa de unas quince hectáreas, en el que las hierbas se me enganchaban a las piernas y me fueron empapando los pantalones de rocío. La alfalfa estaba rodeada a su vez por otro cortavientos. La simetría se hacía irritante, y la profundidad del verdor de junio en el campo y en los árboles parecía presentar batalla. Tras atravesar otro cortavientos más denso aún que el anterior, di con el mismo resultado, aunque ese campo ofrecía la singularidad de tener un montón de rocas apiladas en el centro. Caminé hacia allí como si fuesen un montón de diamantes, me quité la chaqueta por el calor que se iba concentrando y me senté. A falta de un sitio mejor, podía dormir recostado en una roca.

Lo que me molestaba era en parte el contenido apabullante del lugar: una riqueza material tan apagada y oculta que resultaba invisible al mundo exterior. Cuando estaba en la escuela elemental, un capataz de acería que vivía al fondo de la calle se compró un Cadillac nuevo. Todo el mundo en el barrio sabía que era uña y carne con algunos delincuentes del sindicato, pero ese hecho no atenuaba nuestra admiración por el coche. Una tarde de sábado que el hombre estaba tomándose una cerveza nos dejó ayudarle a lavar el Cadillac, aunque no se nos permitía sentarnos dentro. Esta casa y esta granja desenterraban algunos de esos recuerdos de envidiosa admiración de mi infancia; no porque yo quisiera una granja, sino más bien a causa de todo lo que parecía representar con sus pinturas, sus muebles y su docena de brandis maravillosos en botellas casi intactas. Y ése era el factor que hacía que Dalva estuviese para siempre fuera de mi alcance, salvo en el plano irrisorio del sexo. Sentado en ese montón de rocas pude ver la vida de Dalva tan por completo ajena a las baratijas, o *bibelots* como dicen los franceses, una vida de poca confusión, rodeada por objetos queridos, incapaz de un movimiento sin gracia. ¿Por qué eso me encendía de rabia? A menudo descubrimos que, en buena parte, no somos lo que pensábamos que éramos. El niño pega la cabeza a la ventanilla de un Cadillac nuevo y reluciente y el hombre que termina siendo no puede superarlo. El hombre se describe a sí mismo un poco sin pensar como historiador, es decir, alguien que estudia los registros de los hábitos a gran escala de la humanidad, la guerra, la hambruna, la política, el combustible que constituye la avaricia. Lo que somos, lo que hemos hecho, lo que hemos creado, todo eso pesa tanto sobre nosotros, y normalmente de manera tan imperceptible, como la gravedad. La tarea del historiador es estudiar esa gravedad invisible, coger muestras clave del pasado y llevarlas a la tenue luz del presente. Desde que esos viejos gigantes obsoletos como Arnold Toynbee[15]

---

[15] Arnold Joseph Toynbee (1889-1975) fue un historiador británico cuya principal teoría

han pasado a mejor vida nos hemos vuelto minimalistas. Elegí la zona de Nebraska hace varios años para un libro porque atravesé el estado en coche y me pareció encantadoramente simplón. En concreto, elegí el advenimiento de la agricultura a las Grandes Llanuras y la solución final de la cuestión india. Por buena suerte, argucias y quizá pereza, me limité aún más al ámbito de la historia de una única familia dominante, y a su relación con la llegada de la agricultura y la cuestión india. Es fácil imaginar a los investigadores saqueando áticos de viejas haciendas y registros de sociedades históricas locales. Sin embargo, en ese tipo de material no se halla la esencia de lo que de verdad ocurría por entonces, sólo ofrece un batiburrillo en crudo de vida cotidiana, las Grandes Llanuras como un gulag del siglo XIX, donde la causa principal de muerte era el agotamiento. El libro *Viaje mortal por Wisconsin*, del profesor Lesy, es una obra de consulta modelo para este tipo de cosas. A un lego le cuesta imaginar mi emoción al toparme con el único material público sobre la familia Northridge en las actas de la Sociedad Histórica de Nebraska. Por supuesto, no estoy interesado en realidad en los sioux, sino en cómo el primer John Wesley Northridge miró a los sioux, que en cualquier caso son tan intratables como los masáis africanos. Sólo se permitió la publicación de unas pocas páginas del diario de ese Northridge, junto a una docena o así de páginas ocupadas por el típico comentario monótono. A lo largo de los años deben de haber existido docenas de investigadores compitiendo por conseguir ese material, y todos habrán recibido el mismo modelo de carta de negativa que me llegó a mí la primera vez, de parte de un

---

radicaba en el desarrollo de las civilizaciones, que consideraba ligado a la superación de dificultades por parte de los grupos humanos en cuestión.

oficial de fideicomisos de Omaha. He aquí una muestra de lo que se publicó, con el estilo mordaz de J. W. Northridge:

3 de mayo de 1865

Para ver el campo lo mejor es ir a pie, y la marcha es un buen entrenamiento para eso, aunque para nada más en el caso del hombre civilizado, en absoluto. Marchar es llevar la marca de la bestia. En Andersonville no marché, sino que pasé hambre, pero, por suerte, mi tiempo allí fue corto en comparación con el de otros, así que pasé el tiempo, o me ordenaron que lo pasara, enterrando a los menos afortunados que yo, poniéndome alcanfor en la nariz para atemperar el hedor de los muertos. La profundidad de las tumbas dependía de mis energías menguantes. Debo añadir que prefería sin duda enterrar a los muertos a escribir cartas en nombre de quienes morían; es tarea demasiado ardua hacer la genuflexión final ante la amada en nombre de otro. «Mi muy querida Martha: la visión se me debilita ahora y las manos que una vez te agarraron fuerte contra mi pecho no pueden sostener el peso de una pluma. Le dicto esta carta a mi amigo John Wesley, un alma piadosa que es de nuestra nativa Nueva Inglaterra, botánico y pastor reclutado por error en Boston. Ha prometido entregar esta carta, entre otras —demasiada carga, quizá—, si es que esta horrible guerra acaba alguna vez. ¿Recuerdas cómo marchamos todos pensando que sería un paseo triunfal de quince días? Por favor, dile al pequeño Robert y a Susanah que su padre, que los quiere con todo su corazón, murió por la república. Espero que tu juventud, gracia y belleza encuentren a otro que ocupe mi lugar, y rezo por ello. El Señor garantizará que nos veamos algún día en el paraíso».

169

Un hombre que escribe cien o más cartas así se siente bien aislado del cielo y del infierno. Este horror me ha acercado de nuevo a la tierra y no cambiaría un cardo perfumado de esta carretera al norte por un almacén de biblias. Antes de hacer mi pacto con el diablo, que aún no puedo admitir por escrito, me destinaron a las llanuras como misionero y botánico para ayudar a la población nativa, a los indios, a hacer la inevitable transición de guerreros a aradores de la tierra, una ocupación hacia la que se me ha advertido que no tienen ninguna predisposición. Ocultaré al pastor y les mostraré cómo alimentarse sin búfalos. Yo fui cautivo de guerra, y ellos son cautivos del vacío que se cierne sobre un pueblo conquistado a manos de unos conquistadores recién sacados del sanatorio para asesinar a millones en esta Guerra Civil. Liberado, pues, por la victoria, elegí evitar la peste de los trenes, la carga de vivos y muertos, y caminar al norte hacia el verano, para darles el conocimiento que pueda a esos indios sioux.

Me había tumbado sobre el montón de rocas como un padre del desierto, fatigado por el desayuno, el paseo, mis pensamientos casi aciagos, con la chaqueta enrollada a modo de almohada, y por primera vez en mi vida había soñado con indios que (en el sueño) estaban aparentemente enterrados bajo el montón de rocas y sus espíritus ascendían como un humo invisible. Algo se movía bajo mi barbilla y me desperté gritando, rodeado de serpientes. De algún modo me impulsé hacia arriba como un cohete en lanzamiento, y me di la vuelta para descubrir que el montón de rocas estaba cubierto por serpientes negras tomando el sol. Se oyó un ruido fuerte: resultaron ser mis alaridos, que logré emitir mientras corría de vuelta. ¡Mierda puta, me asusté tanto que casi me cago encima! De por sí no soy aficionado a la naturaleza, y esa experiencia reafirmó mi desagrado hacia su mundo de garras y dientes. Me quedé allí de pie mientras se me calmaba el ritmo frenético del corazón —tomo medicación para la tensión alta—, y pensaba que, de haber sido un soldado bien equipado, habría lanzado una granada en mitad de esos bastardos, fantasmas indios incluidos.

Me alejé con paso firme en busca del sol, que era la dirección de la casa, sumergiéndome entre otras dos barreras cortavientos, antes de darme cuenta de que el sol se movía, o la tierra, se me había olvidado cuál, y me había desorientado. Llegué a un arroyo y recordé que los gansos agresivos de la mañana estaban vacilando a lo largo de un arroyo, pero ¿sería el mismo? Aquello se estaba convirtiendo en un problema para el que doce años de posgrado no me habían preparado. El estómago me rugía y tenía la boca reseca, pero no me fiaba de la pureza aparente del agua del arroyo. El rugido del estómago significaba poco fiablemente que podía ser mediodía, aunque en aquella situación la hora del día no ayudaba mucho. Di un salto casi del todo exitoso al otro lado del arroyo y descubrí un sendero desdibujado que seguí durante unos cientos de metros: aquí y allá había montones de bolitas marrones esparcidas, del tamaño de canicas, un misterio para mí hasta que cogí una, la olí y deduje que era excremento animal, y que las diminutas y nítidas huellas probablemente fuesen de ciervos o cabras. Las huellas de cabra me llevarían hasta una granja, pero las de ciervo no. Existen límites deductivos. Recordé por historias de cuando era niño que en el flanco norte de los árboles hay musgo, aunque los árboles de la zona habían dispuesto su musgo al azar. Pisé junto a un faisán y como respuesta obtuve un graznido que me revolvió las entrañas. Me arrodillé para descubrir que había aplastado uno de los huevos de la docena o así que había puesto el ave. Anoté mentalmente la ubicación por si terminaba teniendo que comer huevos. El arroyo se vertía en otro mayor y me quedé atrapado hasta las rodillas en la margen enfangada durante unos momentos, donde perdí una de las botas de trabajo hechas a mano que había comprado en Londres hacía años. Me encantaban esos zapatos y ya sólo me quedaba uno, así que hundí la rama caída de un árbol en la orilla para marcar el lugar. Se me erizó la piel al recordar a Dalva contarme cómo las vacas se quedaban atascadas en las arenas movedizas hasta morir. Un avión reconfortante pasó muy por encima de mi cabeza, aunque entre el avión y mi persona había unos pájaros grandes, quizá ratoneros, sobrevolando en círculos, sin duda esperando a que perdiese mis ganas de vivir. Divisé un camino visiblemente más grande al otro lado del arroyo, así que me sumergí en el agua y descubrí entonces lo engañoso de su transparencia: el arroyo era profundo y tuve que nadar. Tragué un poco de agua y maldije las consecuencias bacterianas. Seguí el arroyo corriente abajo hasta que encontré una zona de arena cubierta de maleza al borde de un bosque en el que me negué a entrar, temiendo encontrar al otro lado más árboles u otro puñetero campo de alfalfa. Me senté sobre un montón de arena y vi unos restos de leña chamuscados con los que unos indios debían de haber encendido una hoguera. Dentro del matorral había unos montículos grandes cubiertos por una maraña de parras, arbustos y árboles pequeños. Colgado de la rama de un árbol y enganchado a una correa vi un cráneo animal blanqueado. Sentí una rabia impotente. Es 1986 —el 6 de junio, para ser exactos— y este sitio de mierda me está perturbando. Me habría marchado de inmediato, pero la zona de arena me ofrecía cierta comodidad y un leve recuerdo de mí mismo de niño en un cajón de tierra y, después, entreteniendo a mi hija en otro cajón de tierra. Le di la espalda al cráneo que se bamboleaba bajo la brisa, me acurruqué y me eché otra siesta.

En vez de unas serpientes, en aquella ocasión me despertaron las campanas de una iglesia: ¡bendito ángelus! Aunque en realidad las campanas fueron una patada surrealista en los cojones. ¿Qué hacían esas campanas en aquella zona silvestre a medio labrar? La tarde parecía estar bien avanzada, y como telón de fondo para las campanas se oía el gemido incesante de los mosquitos, muchos de los cuales habían estado alimentándose de mí mientras dormía. Tenía el cuerpo tenso e irritado por el esfuerzo del día, pero me sentía curiosamente descansado (nada sorprendente, después de unas cinco horas de siesta al aire libre). Habría dado cualquier cosa por un par de dedos de whisky Paddy y una pinta de Guinness, que habían sido mi recompensa a unos paseos más o menos largos para mis costumbres por el parque de Saint Stephen's Green durante los meses que pasé en Dublín. Como añadido a la sed notaba la sensación de hambre más salvaje que hubiera conocido. Soy un poco esnob para la comida, pero los sitios a los que mi hija me arrastraba cuando era niña —Burger Chef, McDonald's, Kentucky Fried Chicken— me habrían parecido maravillosos en ese momento. La habría llevado encantado al Golden Gate Park con un cubo de pollo frito, una Pepsi y el periódico.

Caminé lo más rápido que pude con un solo zapato hacia el lejano tintineo de las campanas. Cuando dejaron de sonar unos instantes aceleré desesperado en la dirección de donde procedía el eco. Prácticamente me tiré contra una fila de árboles para atravesarla, destrozándome el pie contra un tronco. Allí, en la distancia, aparentemente a kilómetros, había una casa de la que procedía el sonido de las campanas. Para entonces me encontraba en un campo de trigo que me llegaba por la cintura, y admito sin reparos que tenía los ojos llenos de lágrimas de alivio; un alivio que se atenuó en cierto modo al ver a un grupo de una docena de hombres a caballo que se me echaba encima desde la izquierda a toda velocidad. Dios mío, me van a colgar por allanamiento, pensé. Con un estruendo, se detuvieron formando un círculo a mi alrededor: eran una mezcla de vaqueros y granjeros con monos de trabajo. Un tipo enorme saltó de su caballo y me levantó como si fuese una pluma para montarme detrás de otro de ellos. Me dijo que creían que me había «pillado una cascabel», idea que me provocó náuseas. Nadie me había advertido que hubiese serpientes de cascabel en la zona.

En resumen: aquella casa era la de Naomi, que, al ver que pasaba tanto tiempo y no regresaba, había reunido a esa dispar cuadrilla para que me buscara. Vi a más hombres apoyados en camionetas y vehículos todoterreno en el patio de Naomi. Algunos estaban bebiendo cerveza. El tipo grande me bajó del caballo para dejarme en el abrazo de Naomi.

«Cerveza», grazné. Me dieron una lata fría ya abierta que me bebí de un solo trago largo, y entonces me pasaron otra. Frieda estaba allí y me preguntó —inapropiadamente, pensé— qué había pasado con la chaqueta que me había dado. Sentí que se me reclamaba un discurso de agradecimiento a la multitud, pero tenía la garganta trémula, así que Naomi me cubrió. A continuación, me llevó a la casa, aunque no pude evitar saludar con la mano y hacer una reverencia desde el porche, provocando algunos vítores.

Naomi me preparó un baño y una copa enorme. Tumbado en la bañera me imaginé a Dalva de niña en ese mismo sitio, en remojo para descansar de todo un día a caballo por el rancho. La idea me provocó una erección, que desapareció al rememorar mi horrenda aventura, con la que sabía que Dalva se burlaría de mí un buen rato, la muy perra. En el instituto había trabajado como ayudante de camarero en el club de campo de la zona, que, además del típico campo de golf, incluía unos establos y un picadero para practicar equitación, aparte de una pista de saltos al aire libre. En aquella época me percaté de que la equitación ejercía un magnífico efecto en el pandero de las niñas que iban con sus uniformes de montar, como si botar y rebotar en las sillas les amasase el trasero hasta darle proporciones gráciles y les diese fuerza y agilidad en los muslos. Sin duda, con Dalva había ocurrido. Después de tantas universitarias bastas y petulantes, Dalva era un golpe de buena suerte casi insoportable. Se mostraba tan indiferente y ausente ante mis esfuerzos por impresionarla que me chocó cuando me pidió que me quedara a pasar la noche. Vuelve la erección. De todas maneras, es curioso que las descripciones que hacía Dalva de la granja de su madre y de su abuelo fuesen tan modestas, casi infantiles. Sospecho que se debe a que la manera en la que te crían termina siendo para ti algo normal y corriente, y acabas con los sentidos adaptados a la forma infantil de ver tu entorno físico. Yo me crié en una casa atestada de una hilera de casas idénticas; viví en dormitorios compartidos y habitaciones pequeñas, atestados también, en Estados Unidos y en ciudades del extranjero; me casé y me fui a vivir a un apartamento diminuto; y luego me mudé a un dúplex pequeño, a una casa de muñecas con dos habitaciones de tres por cuatro. Este baño es más grande y está mejor amueblado que todos los salones de las casas en las que he vivido, y sin embargo tanto el baño como la copa son demasiado buenos para que eso me irrite.

Naomi llamó a la puerta y me dijo que a la cena le faltaban quince minutos. Mientras me secaba y me ponía una bata que me habían dejado, pensé en lo que más me molestaba de Dalva: su vena efervescente de irracionalidad. La realidad académica tiende a compartirse, a estar consensuada, quizá algo cerrada o enclaustrada respecto a lo que se considera el mundo exterior. Una noche agradable en el balcón de Santa Mónica, Dalva expresó su asombro ante la extremadamente baja incidencia del cáncer entre los esquizofrénicos. Le dije que eso era una gilipollez, pero ella había encontrado el dato en un libro fiable. Ése es el tipo de cosas con las que comerse el coco. Para atormentarme aún más, me contó que había un investigador en la Menninger Clinic que conocía a un chamán shoshoni capaz de provocar rayos y truenos. Después de descargar toda mi ira, Dalva sonrió y dijo que en realidad daba igual que alguno de nosotros lo creyese. Luego afirmó que estar conmigo era como montar en una bicicleta, que no dejo de procurar mantener el equilibrio, consciente o no de ello.

Naomi me ayudó a salir al porche —tenía el pie izquierdo inutilizado por las llagas—, donde había montado la cena aquella cálida noche de junio. Había dado por sentado que estaría hambriento, así que había asado un pollo del corral con una salsa exquisita que llevaba un toque de estragón fresco, patatas, una ensalada con hierbas del huerto y dos botellas de Freemark Abbey Chardonnay bien frío. Naomi había apagado las luces del porche y encendido una vieja lámpara de aceite con una pantalla blanca redonda y con flores. Ella se tomó un trozo de pechuga y una única copa de vino, y yo me ventilé el resto de todo, hasta la última gota y bocado, acompañado por el tipo de charla ligera que funciona bien con la buena comida. La nota ligeramente discordante la puso la enorme cantidad de insectos que se había pegado a la tela metálica del porche, como tratando de entrar a por una presa humana, pero Naomi me aseguró que esos insectos, algunos de ellos grandes, no hacían nada. Y así fue mi primer día de trabajo. Me llevaron a dormir a la habitación y a la cama de Dalva; lo último que recuerdo es el póster de James Dean con una chaqueta roja, fumando un cigarro, mirando apático desde la pared.

Lilas, café y una vaquera de espaldas. Dalva en tejanos, botas, una camisa a cuadros, el ramito de lilas en la bandeja con el café. Periódico no. Tenía un mapa en la mano, luego miró hacia abajo, a mi pie destapado e hinchado. Contoneé los dedos del pie y me miró a la cara. Señaló una silla en la que descansaban mi chaqueta prestada y la bota perdida, para entonces ya lustrada, junto a parte de mi ropa de la otra casa.

—Vaya escándalo en tu primer día. No sabía que te gustara el senderismo. Por aquí estuviste. —Se sentó al borde de la cama y trazó un recorrido en el mapa con el dedo, apartándome la mano de su pierna—. Fue una buena caminata, desde luego. Aquí está el montón de rocas y por aquí fue donde perdiste el zapato. El viejo Lundquist sacó a su pequeño terrier esta mañana y encontró la chaqueta y el zapato. Nunca le des más de un trago al día a ese hombre. Tiene ochenta y siete años y no lo soportaría. —Volvió a quitarme la mano que le había puesto en el pecho—. En esta habitación, no. Voy a enseñarte a montar a caballo. Los caballos siempre conocen el camino a casa.

Me vestí y bajé las escaleras cojeando, incapaz de abrocharme el zapato. Me sentía confuso al resurgirme un sueño con un universitario indio que conocí en San Francisco, en el que aparecía sentado en mi montón de rocas cubierto de serpientes. Era un nez percé de Washington, el único indio auténtico al que yo había conocido. Mi mujer había estado dándome por saco para que hiciese las tareas desagradables del patio: cortar el césped, podar los arbustos. De joven me había visto obligado a ocuparme de esas cosas a cambio de calderilla y había prometido no volver a hacerlo. En el tablón de anuncios del sindicato de estudiantes encontré una tarjeta que decía: NATIVO AMERICANO, LIMPIO Y TRABAJADOR, HACE LABORES VANAS POR DINERO MUY NECESARIO. La palabra «vanas» debería haberme hecho sospechar que se trataba de un alumno de ciencias políticas con ojos desorbitados, un anarquista cercano a Kropotkin que estaba haciendo su trabajo final sobre el asunto Nechaev y las raíces de la Revolución rusa. Era el capullo más opuesto a mí que había conocido nunca, con un genio retorcido y ridículo, así que en realidad me pasé los días ayudándolo con las tareas del patio. Al amanecer, me desperté durante unos momentos preguntándome qué hacía él en el montón de rocas. Mientras estábamos con el rastrillo me había dicho: «No puedes sentirte indio en la zona de la bahía sin emborracharte de verdad».

Tras un desayuno maravilloso, acompañado por la edición dominical de *The New York Times* de hacía cuatro días, Dalva me llevó hasta el banco para echar un primer vistazo a los documentos de la familia. En vez de usar su Subaru polvoriento y lleno de barro, que estaba en el camino de acceso a la casa, salimos al granero y sacamos un antiguo descapotable aguamarina. La capota estaba bajada porque la parte de arriba ya no existía, pero el coche parecía estar en una forma mecánica excelente y el motor lo habían cambiado hacía poco. Me sentí algo abatido al descubrir que ese vehículo era considerablemente más rápido que mi BMW; dadas las distancias, en Nebraska le pisan bien. Redujimos la marcha al pasar por delante de la iglesia metodista wesleyana de Dalva y luego paramos en la escuela rural en la que pretendía dar clases el curso siguiente. Todo me recordaba a unos Estados Unidos que suponía desaparecidos. Por la ventana de la escuela, la única aula resplandecía por la reciente capa de barniz y el espíritu de McGuffey[16] se cernía sobre el revestimiento en madera de roble. Cerca de la puerta trasera había una baranda de hierro para atar los caballos. Dalva me contó que algunos niños todavía optaban por ir a la escuela a caballo campo a traviesa. Me pregunté en voz alta si aquello tenía algo de irónico, si a los niños les salía hacerlo de manera natural o habían aprendido en la televisión que ser pintoresco causaba admiración.

—Trata de pensar en el tiempo que pierde tu cabeza averiguando cómo hacer comentarios tan imbéciles —me respondió Dalva.

—Me ha parecido una consideración válida, ya está.

—A muchos les encanta el *rock*, van al cine y algunos cultivan su propia droga. Y además dan de comer al ganado,

---

[16] William Holmes McGuffey (1800-1873) fue rector de universidad y terminó haciéndose famoso al crear los primeros libros de texto, cuyo uso se extendió por todo el país alcanzando cifras de ventas comparables a las de la Biblia.

ayudan a sacrificar a los cerdos, están metidos en la 4-H y montan a caballo. ¿Dónde está lo irónico? Conozco a vaqueros de rodeo que se pulen la mitad de sus ganancias en cocaína y siguen amando los caballos.

Me ruboricé. Sólo intentaba ser ingenioso, aunque es cierto que el ingenio académico es burlón por naturaleza. En cualquier caso, no me gustaba que me mirasen como si fuera una rana muerta en mitad de la carretera. Sentía un nerviosismo añadido por ir a la ciudad y dejarme ver en público después de la deplorable cagada del día anterior. Dalva supo leer el origen de mi humor taciturno.

—No te preocupes por haberte perdido ayer. Están todos encantados y tendrán para hablar durante años. Creen que es lo típico que le ocurre a un profesor brillante. Quizá salga un articulito en el periódico semanal: «Investigador pierde el zapato». Nos han llamado de la ciudad esta mañana para pedirte que des una charla en el almuerzo del Rotary Club el miércoles que viene.

—¿Y debería hacerlo?

Me imaginé un montón de bebidas y piezas de carne de reses raras.

—Pues claro que sí —me respondió Dalva con un parpadeo que deseé haber grabado.

De repente parecía tan encantadora que quise sugerirle una escapada a la maleza, pero no me atreví. Por algún motivo mencioné al estudiante nez percé que había aparecido en el montón de rocas en mi sueño. Supongo que quería conseguir que Dalva me intimidase menos. Cuando estaba con ese humor medio ofuscado, o después de haberse tomado unas copas, sacaba su lado de predadora. Debía de venirle de su padre, porque Naomi no tenía ningún rasgo así.

—Un sueño interesante —me dijo—. A lo mejor los sueños residen en la naturaleza del paisaje. Cuando estuve en Inglaterra y en Francia soñé con caballeros y caballos de guerra, y en Estados Unidos nunca me pasa. En Arizona soñaba con sembradíos de sandías que iban desde Oraibi hasta la Sierra Madre en México, que es de donde creo que vienen los hopis. Aquí sueño un montón con animales e indios, y en Santa Mónica nunca.

Aquello amenazó mi integridad investigadora, así que solté un discurso allí mismo, bajo el calor y la humedad del patio del colegio, empezando por la *Interpretación de los sueños*, de Freud, con desvíos a Otto Rank y Karen Horney. Dado mi interés en ganar la discusión, pasé por alto las paparruchas irracionales de Carl Jung y su acólito contemporáneo, James Hillman. Dalva se echó a reír cuando empecé a golpear un atril imaginario. Luego me abrazó y me besó.

—Eres una jodida biblioteca viviente. Qué maravilla.

El viento en el coche sin capota era demasiado fuerte para seguir hablando lo que quedaba de camino hasta la ciudad, así que aproveché el tiempo para recargar mi resentimiento intelectual. Nuestra primera pelea había tenido lugar, afortunadamente, hacia el final de una comida exquisita con la que Dalva me había obsequiado en el díscolo Chinois on Main de Santa Mónica. «La teoría del avión de Dalva», como la llamaré por ser amable, se resume en que, visto desde un avión de pasajeros, Estados Unidos, salvo unas pocas zonas salvajes desiguales, tiene aspecto de estar rastrillado, sucio, despellejado, sin cabellera; en resumen, maltratado. Le dije: «Yo la historia humana la observo con dignidad, pese a su carácter incierto, y tu visión está contaminada por un capricho de niña con Wordsworth y Shelley». Ella me respondió: «Déjame acabar. A lo que me refiero es a que los sitios remotos siguen teniendo cierta alma, hablo de barrancos, depresiones apartadas de las carreteras, orillas y fondos de arroyos abandonados, lugares que sólo se han labrado una vez y luego se han descuidado, o donde no se ha cultivado nunca, como las montañas Sand, partes del norte de Wisconsin, la Península Superior en Michigan o las llanuras imposibles de labrar pero llenas de pastos de Wyoming, Montana, Nevada, el desierto, incluso el océano en mitad de la noche». El asunto la tenía excitada hasta el punto de dejarla sin aliento. «¿Y dónde dices que te sacaste los títulos?», le pregunté. Se quedó estupefacta y simplemente se levantó y se marchó del restaurante. Yo me quedé allí sentado un poco molesto conmigo mismo por ser tan cruel y preguntándome cómo iba a pagar una cuenta tan abultada con sólo treinta pavos y una tarjeta de crédito caducada. Le dejé la cartera a la camarera y salí a buscarla. Estaba apoyada en el coche y no alcanzaba a verle la expresión del rostro en la oscuridad. Me puse de rodillas y le pedí perdón, mintiéndole a medias al decirle que había leído algo similar en *La poética del espacio*, de Gaston Bachelard. Enterré la cara en su falda, resoplando. Dos adolescentes pasaron y gritaron: «A por ella».

En el banco, después de que todo el mundo allí presente adulase a Dalva, nos acompañaron a la parte de atrás, a una sala fresca que era una ampliación de la caja fuerte principal. Mantuve la compostura cuando creí oír unas risitas nerviosas de fondo (sin duda, mi lamentable historia había llegado a los límites más remotos del condado). Había esperado encontrarme un barullo de cajas y paquetes cuyo contenido me llevaría meses registrar: en lugar de eso, sobre una mesa había cinco arcones modestos de madera, de los destinados al transporte marítimo, con

182

herrajes brillantes de latón. Nuestro guía, que era el banquero más viejo y casi albino, pidió permiso para retirarse, y miré a Dalva con cierto nerviosismo.

—Esperaba más... Quiero decir... Me esperaba un caos. ¿Podemos echarle un ojo a algo?

—A principios de los setenta tuve una crisis nerviosa y me pasé el invierno ordenándolo todo. Hice un inventario con el contenido. Los dos primeros son del bisabuelo. Por ahora, son los únicos que podrás ver. Y estos dos son del abuelo. El último lo comparten Wesley y Paul.

Abrió el primero, dejando al descubierto el orden soñado por todo investigador, con la lista de contenidos pasada a máquina sobre unos montones pulcros de libros mayores encuadernados y fajos de cartas. Saqué un libro de la mitad de uno de los montones y lo abrí por el centro para leer una página señalada con marcador.

13 de mayo de 1871

Cabalgamos a toda velocidad en nuestro tercer día desde el vecino Fuerte Randall con Perro Macho, que estaba de mal humor y febril, decía que por comer carne mala. Acampamos en la bifurcación norte del Loup con buen tiempo y Perro Macho preparó un emético con una raíz que sacó de la tierra (aciano); pasó la mitad de la noche con arcadas pero se despertó ya bien. Estudié el lecho del río con un mapa inútil y registré varias anotaciones de especímenes nuevos. Perro Macho atrapó dos ratas de pantano e hizo un buen guiso que nos dio fuerzas. Cuestionó otra vez más mi afirmación sobre la política, que yo insisto en que es el proceso por el cual los derechos de un hombre se sobreponen a los de otro. Es una cosa que le divierte. Luego repetí a petición suya más historias de la guerra en las que Perro Macho se interesa menos por los hombres que por la cantidad de caballos. Es curioso que el nombre que me han dado en sioux, que significa «el que se sumerge en la tierra», nunca lo utilicen en concurrencia, y el uso directo de nombres se considere de mala educación, un intento de robar poder, de hecho. Me llamaron así porque estoy siempre abriendo hoyos e inspeccionando los sistemas de raíces de los árboles para determinar su fortaleza en ciertos suelos. Echamos una siesta al calor del mediodía para seguir explorando hasta la noche. A veces resulta inquietante, pero Perro Macho, alerta siempre al peligro, duerme las siestas erguido y con los ojos de par en par.

El corazón me latía a toda prisa: este pasaje corto por sí solo significaba que J. W. Northridge había estado de verdad en el meollo de todo. Por glosarlo brevemente: el guerrero sioux Perro Macho era compinche, amigo cercano, del guerrero jefe Caballo Loco («loco» es un vulgarismo en términos contemporáneos; su verdadero nombre significaba «encantado» o «mágico», o algo más que esas tres cosas). El ramal norte del Loup estaba a punto (faltaban tres años) de quedar infestado de colonos, desafiando así un tratado firmado con los sioux, ya que la zona se encuentra en el entorno de las Black Mountains, el lugar más sagrado para esa tribu (cabe destacar que nunca cumplimos ni un solo tratado con los indios, ¡que tenga cuidado el resto del mundo!). Un viajero de la época procedente de las islas británicas, lord Bryce, ridiculizó nuestra capitulación inmoral ante los ferrocarriles, los ladrones de tierras y los avaros colonos que se metieron sin ningún cuidado en territorio legal indio, y luego suplicaron ante Dios y la caballería estadounidense para que les salvaran el cuello. Otro aspecto es el de Northridge como horticultor y botánico, como misionero agrícola. Según señala T. P. Thorton en su relevante estudio *El cultivo del carácter estadounidense: la horticultura como reforma moral en la era prebélica*, el cultivo de la fruta y de otros árboles antes de la Guerra de Secesión en Nueva Inglaterra y en Nueva York se consideraba moralmente edificante, un antídoto a la voracidad de la avaricia que estaba consumiendo a la nación. Huérfano e hijo bastardo, Northridge trabajó en Wodenethe, el enorme huerto frutal que Henry Winthrop Sargent tenía en el condado de Dutchess, Nueva York. Podría continuar hablando sobre la cría de animales, el cuidado y la reproducción de caballos entre los sioux, un proceso tan intrincado como en las actuales Lexington, Kentucky o entre los antiguos cosacos y mongoles de las legendarias estepas de Asia. Y todo ello, históricamente hablando, pertenece al pasado reciente. Trescientos sioux, en su mayoría mujeres y niños, fueron masacrados en Wounded Knee mientras, en el Medio Oeste, Henry Ford coqueteaba con la idea de los repuestos para su primer automóvil. ¡Muchos de los abuelos de quienes somos ahora adultos estaban vivos en 1890!

En resumen, me encontraba en plena confusión, sin aliento, casi desmayado. Cuando Dalva me ayudó a cargar el primer arcón hasta su coche sin capota exploré el cielo en busca de nubes cargadas de lluvia. Empecé a hiperventilar y la calle, de aspecto triste, se tambaleó un poco. A mis pies imaginé que la calzada era un barrizal y Northridge ataba su caballo delante de este mismo banco, según me cuenta Dalva, mientras la gente de la ciudad se apartaba a causa de su locura. Dalva se acercó a ayudarme y me sentó en el coche. Me preguntó si necesitaba respirar en una bolsa de papel, que es la forma de aliviar un ataque de hiperventilación. Bajé la cabeza para meterla bajo la camisa como una tortuga durante unos minutos, y funcionó. Debajo de la camisa pude ver a Perro Macho echando una siesta con los ojos abiertos bajo un álamo, con las moscas revoloteando entre los restos del guiso de rata de pantano (o rata almizclera) y la grama reactiva a la más leve brisa. Fuera de mi camisa Dalva estaba hablando con alguien. Me debatí entre asomar o no mi cabeza atortugada de vuelta al mundo. Me rondó la idea de que mi comportamiento pudiera malinterpretarse. Salí de allí para que me presentasen a Lena, la dueña de un café, una mujer mayor, rosada y menuda, que me recordó a un cuervo. Aquella mujer inverosímil había estado hacía poco en París, Francia, visitando a su hija, una idea en cierto modo sorprendente: Nebraska se presenta como un sitio del que a ninguno de sus ciudadanos se le ocurre marcharse.

De camino a casa paramos en una tienda de alimentación de aspecto nada inspirador, aunque era la única opción en la ciudad, o como si lo fuera. Dalva me aseguró que la señora Lundquist hacía la compra, pero mi naturaleza nerviosa requiere constantes tentempiés, y el frigorífico carecía de cierta basura que me encanta. Le pedí a Dalva que vigilase el arcón, una petición que le pareció graciosa dado que en esta zona no hay ladrones, o eso me dijo.

No había ni una sola cosa interesante en la tienda salvo un tarro de «lengua de vacabúfalo» (¡!) encurtida procedente de una manada de búfalos criada por un ranchero de la zona y cruzada con ganado doméstico; la mera idea me pareció una perversión. Cuando volví fuera no vi a Dalva por ninguna parte y corrí hasta el Ford para asegurarme de que el arcón seguía allí. Me saludó desde una cabina que había en la estación de servicio de al lado. Sobrevolaba la duda de por qué una mujer rica iba a tener un coche así de andrajoso; el asiento, reventado por el sol, me calentaba tanto el culo que apenas podía permanecer sentado. Abrí el tarro de lengua encurtida y le di unos bocados, deseando tener una cerveza fría. Resultó que Dalva había estado hablando con un detective privado mexicano que se encontraba en Ensenada, siguiendo todavía la pista infructuosa del niño víctima de abuso. Hay un punto embarazoso en lo que la sección «Vida moderna» de la prensa define como abuso sexual: el ello desenfrenado, asesino y omnidireccional. El año antes había dejado que mi hija trajese a casa a tres de sus amigas para hacer una fiesta de pijamas. Cuando volví del cine y del bar, estaban en el sofá comiendo palomitas y viendo una película de miedo en VHS, con un intenso olor a cannabis en el ambiente. Una de esas muñequitas, una nórdica llamada Kristin, llevaba un camisón que me obligó a meterme corriendo en mi habitación sudando por las raíces del vello. Hasta ese momento no había pensado en nadie de esa edad desde que yo mismo tenía catorce años. Hice penitencia leyendo a Wittgenstein, un pederasta prenazi que se recorría los mercados de carne de Berlín y Oxford en busca de jóvenes y carniceros macilentos, pero también una de las mentes más grandes del siglo.

Dalva me ayudó a descargar mi tesoro en la barraca y luego se fue a preparar algo de almuerzo. Para mi asombro, la furgoneta de mudanzas había llegado y Frieda Lundquist había sacado toda mi ropa y mis libros. Había un frigorífico pequeño en un rincón con un *pack* de seis cervezas y me tomé una lentamente, sin querer nublar mis sentidos, al tiempo que empezaba a pasar las páginas de uno de los diarios. El estudio de la historia es duro para el organismo: se produce una lucha constante contra el deseo infantil de tener control al menos en retrospectiva. Mi tesis doctoral —*Mineral amargo: vida y muerte de una ciudad del acero en el valle de Ohio*— me dio para salir más que airoso, aunque, de hecho, el trabajo estaba impregnado de detalles fraudulentos y entrevistas falsas pero plausibles. *Mineral amargo* fue publicada por la editorial de una universidad y recibió buenas críticas en los círculos académicos. Sin embargo, me ronda la idea de que podrían descubrirme cualquier día, como a un evasor de impuestos. Había escrito toda aquella historia bajo la influencia del alcohol y la Dexedrina, así que tenía los contornos borrosos y electrificados, lo suficiente para evitar cualquier trabajo arduo. Mi beca para viajar por el valle de Ohio se diluyó en la buena vida de Chicago. La cuestión es que he resuelto jugar limpio esta vez, o al menos todo lo limpio que pueda. No soy capaz de escribir una etiología de las tribus de las Grandes Llanuras. Por quitarle hierro, no me creo que Dios crease la historia sólo para seguirle la pista al sufrimiento humano: cualquier novato inteligente se daría cuenta de que los sioux y otras tribus fueron malos agricultores porque los timaron para darles las tierras de cultivo peores en una situación política no distinta a la de la Sudáfrica del *apartheid*, un término holandés para un concepto universal.

Dalva me llamó para almorzar y me sacó de mi visión taciturna. No pude evitar farfullar sobre todo ello mientras me comía mi ensalada nizarda y me bebía mi ración de cien mililitros de vino blanco del mediodía. La mayoría de nosotros sigue dando por sentado de inmediato que se nos entiende, y que entendemos a los demás, y se olvida de que el nivel humano de atención no es, en realidad, muy fiable. Dalva tenía un nivel de atención nada común, que suponía casi demasiada presión para mí a la hora de hablar, ya que tengo la costumbre

188

de hacer mis divagaciones mentales en voz alta. Me escuchaba atentamente, hacía una pausa y luego respondía. Si sonreía, había posibilidades de que me lanzara fuego de cañón a plena cubierta. Cuando hablé sobre las reservas indias y el *apartheid*, me respondió contándome una broma de su amiga, la trabajadora social en Detroit, según la cual los asesinos de su zona no tenían nada que envidiar a los de toda Sudáfrica. Le pregunté qué tenía eso que ver.

—La muerte es la muerte, ocurra donde ocurra. Habría sido lo mismo darle una azada a un marciano que a un sioux. Los sioux eran cazadores y recolectores nómadas, no granjeros. Los poncas y los shawnees eran muy buenos con los cultivos, pero los sioux, no.

Oyó algo y fue hasta la ventana situada encima del fregadero. El corazón se me aceleró al verle el culo embutido en los vaqueros ajustados. Sugerí lo que se suele llamar el «polvo de la siesta», y fue entonces cuando recibí la terrible noticia de que Dalva no podía hacer el amor conmigo en esa casa ni en la barraca. Me quedé tan consternado que empecé a tartamudear.

—¿Por qué cojones no puedes? Menuda niñería.

—No puedo y punto. Si quieres, vamos a dar un paseo o a montar. Hay un motel más abajo por la carretera.

—No he visto ningún motel.

—En realidad, está a unos ochenta kilómetros.

Un remolque grande para el transporte de caballos paró en el patio, tirado por una camioneta. Salimos y ayudamos a un viejo brioso a descargar cuatro caballos; más bien, yo me quedé mirando hasta que me dieron unas cuerdas enganchadas a dos de los caballos mientras Dalva y el viejo entraban en el remolque a sacar a los otros. Sabía, lo había leído, que era importante mostrar dominio ante esas bestias y no exudar ningún olor a miedo, o se aprovecharían de ello, cosa que hicieron de inmediato. Uno de los caballos tiró con toda su fuerza de la cuerda y me dio una sacudida brusca en el hombro, mientras que el otro —esperaba yo que a modo de juego— me mordió la manga de la camisa y empezó a retirarse con ella en la boca. Era una visión medievalista de la tortura, y la camisa empezó a ceder. Solté un grito de desfogue y eso pareció enfurecerlos y excitarlos aún más. Dalva y el viejo saltaron del remolque y me rescataron, pero no a mi camisa de lino favorita. El viejo les arreó bien a los caballos, cosa que me granjeó una mínima satisfacción. Dalva se echó a reír a carcajadas, así que la mandé a tomar por culo. Me fui a la barraca, arrepentido de haberme emocionado tanto en la ciudad con los documentos como para olvidarme de comprar whisky. Se me ocurrió que si Dalva salía a pasear a caballo, me colaría en la casa y le daría unos tragos a su preciado brandi, una pequeña recompensa por mi camisa hecha jirones.

De vuelta ante mi escritorio elegí otro libro de Northridge al azar. No iba a ser sistemático hasta que los leyese todos al menos una vez. Me daba cuenta de que gran parte del material era de una naturaleza religiosa sectaria, y muchas de las notas sólo tendrían interés para un botánico. El rencor de aquel hombre me daba abrigo, pues todavía no me había calmado de mi roce con los caballos.

3 de septiembre de 1874

No debería sorprendernos que los cerdos se comporten como cerdos y por todas partes sean los capitanes de nuestro reino, y que medre la avaricia hasta en el último muchacho. Mi caballo, pobre criatura, se arrastró cojeando hasta

cerca de Yankton, mientras yo iba con una familia de recolectores de huesos que sacaba nueve dólares por tonelada de
osamentas de búfalo en la cabeza de la línea del ferrocarril.
Me explicaron que en el oeste de Kansas los mismos huesos
se pagaban a doce dólares la tonelada. Estaban tan furio-
sos con el asunto que al final decidí caminar tirando de mi
caballo. A la familia la había echado de Kansas una banda
que, decían ellos, recogía cinco mil toneladas de huesos de
búfalo en una campaña de verano. Esos hombres disparaban a los comanches nada más verlos por miedo a que los
mataran mientras dormían. En los campos los huesos blo-
quean las cuchillas y las vertederas de los arados a vapor.
Los huesos se usan para hacer peines y mangos de cuchillos,
refinar azúcar y como base de fertilizantes. Sin duda unos
usos melancólicos para unas bestias majestuosas.

Fui revisando mis mapas mientras avanzaba en la lectura y me
di cuenta de que Northridge había cubierto más de cuarenta
y tres kilómetros en un día, tirando de su caballo cojo. Dalva
me dijo que yo había caminado seis kilómetros en mi día por
tierras salvajes. Comprobé de nuevo las cifras en otros pasajes
y descubrí que en el solsticio de verano de 1873 Northridge
caminó sesenta kilómetros entre el amanecer y el anochecer
para adquirir un caballo nuevo. Eran datos ofrecidos a modo
de estados de navegación, sin ningún tinte de fanfarronería.
Pensé en llamar a un amigo del Departamento de Atletismo
de Stanford que, aunque participa en competiciones de Iron-
man, bebe un montón de cerveza. Él sería capaz de certificar si
esas cifras entraban en el reino de lo probable. Tengo mi propia opinión de que el ejercicio riguroso nos embute demasiado en nuestra piel y nos conduce a una vejez nada saludable.

Resulta interesante señalar que en un periodo de aproximadamente quince años, hasta 1883, veinte mil cazadores de búfalos, según los cálculos, asesinaron a entre cinco y siete millones de animales, prácticamente la población total del continente. En 1883, Toro Sentado organizó la matanza de una manada que quedaba de mil búfalos a manos de mil guerreros sioux para evitar que el hombre blanco se hiciera con ellos.

29 de mayo de 1875

El día más hermoso de la primavera me topé con una familia de colonos suecos bastante perdidos entre las hierbas altas de la pradera que llevaban así dos días, dijeron. Es una cosa bastante común, así que los guié al sur durante tres días, ya que estaban en las tierras del tratado y temí por su seguridad. Son personas adustas, duras y apuestas, y les encontré el lecho de un arroyo con varios manantiales para construir allí sus casas de adobe, instruyéndoles lo mejor que pude para su supervivencia. Un negociante de tierras se había quedado con gran parte de su dinero, una historia frecuente, así que habían continuado hacia territorio desconocido desde su infelicidad, más al este. Les advertí seriamente que se mantuviesen alejados de una colina situada hacia el oeste, ya que había sorprendido allí a una osa grizzly con su cachorro, y sólo la rapidez de mi caballo le había salvado la vida al animal. Detesto dispararles porque los veneran todas las tribus y sólo los mato en circunstancias excepcionales. Los osos grizzly son los leviatanes de nuestra tierra, como seguro que las grandes ballenas son las dueñas del mar, y el elefante es el señor de África. Seguí mi camino al día siguiente, ya que vi a la hija de dieciséis años bañándose en el río y aquello me perturbó extremadamente el sueño. Al no

192

haberme juntado con rameras ni haberme casado, no había visto nunca a una mujer de mi propia raza completamente desprovista de ropa. Había jurado no casarme hasta completar mi trabajo, aunque san Pablo aconseja que es mejor casarse que arder. La punzada de esas amenazas había desaparecido en Andersonville y me contenté con mujeres que conozco entre los sioux. No sabía por qué no engendraba hijos con ellas pero una *squaw* me dijo que tienen hierbas para evitar el embarazo hasta el momento adecuado. Ayudé a los suecos a arreglar sus papeles y les aseguré que se los daría a un agente de tierras del Gobierno conocido mío, pues temen otro timo. Tranquilicé al padre al decirle cómo encontrarme y asegurarle que, pese a llevar hábitos, había demostrado ser bueno enmendando injusticias. Estaba tan presto a apalear a un timador como a comerme el almuerzo. Uno no puede rendirse como una rolliza comadreja sureña ante el demonio de la frontera. Confieso que le di una pepita de oro grande de las Black Mountains a la chica antes mencionada, Aase se llamaba, y le dije que eso le valdría de dote, o para comer durante el invierno si la primera cosecha se echaba a perder.

Estuve leyendo y señalando pasajes hasta las cinco. Apenas me acordé de fumar y me olvidé por completo de beberme la cerveza del frigorífico. Me dolían el cuello y los ojos, así que me abrí una lata y salí fuera. No vi el coche de Dalva y los caballos estaban en el corral. Tuve el deseo infantil de tirarles unas piedras a los caballos por venganza, pero no distinguía a los dos culpables de los demás. Me acerqué hasta el corral y los cuatro cargaron hacia la valla, así que di un salto atrás. Se quedaron allí mirándome fija e intensamente, y no pude evitar pensar que querían hacerse amigos míos. Les dije que íbamos a tener que solucionar aquello.

De vuelta en la barraca me abrí otra cerveza; mis ritmos circadianos exigen un poco de alcohol a última hora de la tarde. Estaba aburrido, cosa novedosa, así que abrí un primer fajo de cartas, que correspondían al año 1879. Gran parte de la correspondencia era de temática hortícola, con una empresa llamada Lake Country Nurseries que tenía su sede central en Chicago, aunque contaba con sucursales en La Crosse (Wisconsin), Minneapolis, Sioux Falls, Sioux City y Council Bluffs. Resultaba evidente que en todas las oficinas había un agente encargado de responder a una serie de cuestiones planteada por Northridge. Las respuestas tenían, por lo general, un tono de disculpa y no me llevó mucho determinar que Northridge en realidad era el propietario de ese negocio de viveros, cuestión que se concretó gracias a la correspondencia bancaria procedente de Chicago, según la cual Northridge tenía un balance de unos treinta y siete mil dólares en agosto de 1879; la cantidad no es desmesurada para nuestros días, pero hay que multiplicarla al menos por siete para acercarla a unos términos actualizados de poder adquisitivo. Me sorprendió que un pretendido huérfano y misionero entre los indios pudiese recibir tantísimo dinero, pese al enorme mercado existente de semillas, plantas, injertos y esquejes debido al desplazamiento de los colonos hacia el oeste. Estaba demasiado cansado para buscar pistas, así que esperé impaciente a que llegase Dalva para preguntarle de dónde procedía ese capital. Curiosamente, en ninguno de los pasajes de los diarios se mencionaba esa otra vida, como si fuese un secreto de algún modo esquizofrénico que Northridge estuviese tratando de ocultarse a sí mismo, aunque eso era una especulación poco consistente por mi parte.

Para entonces habían dado las seis y noté una punzada de hambre. Me sentía un tanto ofuscado mientras caminaba hacia la casa, decidido a darle un sorbo al brandi. Observé las pinturas durante unos momentos, tocando las superficies con la ingenua idea de que pudieran ser copias. Bebí de un Hine embotellado en los años treinta, y luego de un calvados que guardé rápidamente al oír el coche de Dalva rugir por el largo camino de acceso hasta el patio. Atravesé la cocina y me enjuagué apresurado la boca con zumo de naranja antes de salir.

—Me asomé a tu ventana pero estabas trabajando muy concentrado. Éstos son una especie de regalos. No pretendo cambiarte la vida de la noche a la mañana, sólo aumentar la potencia de frenada.

Me llevó unos minutos distinguir que las cajas de UPS y flete aéreo apiladas en el asiento de atrás eran de proveedores de comida y vino de Nueva York y California. Me sentí abrumado y noté cómo me ruborizaba. Tuve una infancia llena de estrecheces, como todos en nuestro barrio, claro. La Navidad fue por lo general sinónimo de zapatillas de andar por casa, una bocina para mi bici de tercera mano, mi primer reloj con alarma, un carrete de pesca para un río sucio y sin peces, un balón de fútbol de plástico… Hasta el regalo más sencillo suele provocarme un vuelco. Dalva rodeó el coche y me dio un apretón y un beso.

—Brandi. ¿O es calvados? —preguntó después de olisquearme el aliento.

—No encontraba whisky. Sólo ha sido un poco.

Estaba demasiado feliz para ponerme a gimotear y a lloriquear con excusas.

Nuestra primera velada casera fue bien, con una única nota discordante: Dalva no me dijo dónde había conseguido su bisabuelo el capital para montar su empresa de viveros. Creía que era importante que hiciese mi propio trabajo de detective y llegase a conclusiones que poco a poco se irían desplegando. Estuve a punto de iniciar una pelea, pero iba demasiado guapa con su falda de verano de algodón y su blusa de color azul claro, y la comida había sido maravillosa (un corte grueso de ternera local de primera calidad bien alimentada, asado, con una salsa hecha de colmenillas secas y puerros silvestres que había mandado la prima de su madre de Michigan). De broma me sirvió mi cabernet en una copa de vino de Texas de medio litro que algún tonto le había regalado. Al final de la cena empecé a soltar un discurso que había estado ensayando, un intento por cambiar las posibles ubicaciones de nuestros encuentros sexuales a sitios más cómodos. Dalva me escuchó con la acostumbrada atención, luego se levantó y sugirió que diéramos una vuelta en coche, dejando mi discurso en nada.

Fue un paseo extraño: tuve la sensación de poder ver el calor de junio subiendo desde la tierra y el verdor oscurecerse mientras el crepúsculo menguaba. Lejos, al oeste, yunques cumuliformes atrapaban un sol que ya no podíamos ver y daban un toque amarillento al ambiente. Cogimos una carretera de gravilla al norte que acababa en el río Niobrara; el viento que envolvía el coche lanzado a toda velocidad era demasiado fuerte para hablar. Dalva adaptó su hábito de alerta a la conducción, y me sentí razonablemente seguro cuando viró hasta detenerse junto a la ribera. Una brisa impulsada por la tormenta distante mantenía los mosquitos a raya. Señalé una luz bastante inquietante al este que resultó ser la luna. Me contó que de niña había ido mucho allí cuando el coche era nuevo, y que una noche de agosto había visto tres platillos volantes. Empecé a farfullar algo al respecto, pero entonces me pasó una botella de brandi que había sido lo bastante amable de echarse en el bolso. Un trago me hizo estremecer, y sentí un escalofrío incierto por estar en plena naturaleza de noche; traté de pensar en otra ocasión similar, sin contar las pocas acampadas de mi juventud. Cuando le di la espalda a la luna y a mi cháchara general, Dalva se había quitado la ropa y estaba metiéndose en el río. Decliné la invitación de unirme a ella, aunque una muy pequeña parte de mí quería hacerlo; meterme a lo loco en un río negro y en movimiento no es lo mío. Dalva se alejó nadando y pude ver el brillo de la luna sobre su espalda y su trasero. Entonces se levantó donde el agua cubría poco, se sacudió el pelo y se desfogó con un aullido de los que cuajan la sangre. Aquello me heló las entrañas un instante, pero al momento me dijo a gritos que estaba bien. Su aullido detuvo a las aves e insectos nocturnos. Vi murciélagos revoloteando pero no me asusté, porque las criaturas voladoras ocupan en mi cabeza una categoría positiva. Un minuto después se oyó una especie de canto tirolés procedente de las colinas del otro lado del río, que al principio tomé por un eco. Dalva, todavía en el río, aulló de nuevo en una clave mucho más baja, y la criatura respondió, o varias de ellas lo hicieron por todas las montañas, y una río abajo, a nuestro lado. Al principio supuse que eran perros de granjas, aunque no parecía haber ninguna granja en las inmediaciones. Dalva salió del río, se quedó de pie junto a mí y me dijo: «¿No son maravillosos los coyotes?». En vez de asustarme un poco, me mostré de acuerdo; el año anterior había ayudado a mi hija con un trabajo final de ciencias sobre coyotes y me habían parecido fascinantes, aunque nunca se me ocurrió que alguna vez estaría rodeado por esos animales.

Dalva tiritó y la envolví con los brazos, dándole una vuelta y otra para secarla con mi ropa. Se echó a reír y me besó; luego hicimos el amor en el asiento trasero del coche con una energía que apenas podía recordar. A los dos nos sorprendieron los rayos y truenos y sólo habíamos recorrido la mitad del camino a casa cuando empezó a llover a cántaros. Sé que cuando llegamos, nos secamos, encendimos un fuego en la chimenea y nos servimos un brandi, Dalva quería continuar, pero sentía que no podía hacerlo en aquella casa. Para variar un poco, no dije nada al respecto.

Me desperté sobresaltado al alba con la sensación de que alguien me estaba observando por la ventana. Salí corriendo en calzoncillos en un acto de valentía poco común, pero no había nadie salvo los caballos mirándome desde el corral. ¿Es que no duermen nunca? Los gansos del arroyo armaron un jaleo nasal, y el cielo rojo en el este le daba a todo el paisaje un tono ligeramente rosáceo. Podía oír el ruido sordo y nervioso de mi corazón y un pájaro que reconocí como un chotacabras. Me pregunté distraído si los indios siempre se despertaban al amanecer o, cuando estaban aburridos, dormían sin más como la gente normal. Probablemente el viejo Northridge nunca se perdiese el romper del alba. Según un pasaje del diario estaba siempre caminando o cabalgando cuando había luna grande. Tiene que haber de todo, pensé, aunque la mente no para de hacer comentarios que la voz es lo bastante sabia para callar.

De vuelta en la barraca puse una cafetera en el hornillo y me di una ducha. Ciertos pensamientos me habían sacudido la cabeza hasta espabilarla demasiado para regresar a la cama. Uno de ellos era la necesidad de adoptar distancia investigadora, que es mucho más fácil de alcanzar en una mesa individual de estudio de una biblioteca de investigación. No estamos en este negocio para lamer las heridas de la historia, sino para describirlas. Pese a ser una perogrullada que el hombre no ha aprendido mucho más que el acto sexual, y que el fuego quema cuando pones la mano encima, le toca al investigador sumergirse en los análisis del problema, más que en el problema en sí. Hay que resguardarse implacablemente del sentimiento, de la mera opinión, de la especulación no basada en hechos. A principios de los setenta, cuando algunos de mis compañeros de posgrado estaban metidos en la ocupación de Alcatraz por parte del Movimiento de los Indios Americanos[17], los reprendí por ser poco profesionales: ¿cómo podéis estudiar el siglo XIX cuando estáis emocionalmente tan implicados con sus más tristes descendientes? Y ésa era una pregunta que me miraba fijamente desde el café, no porque Dalva fuese triste, sino porque estaba empezando a ver que, de algún modo, era heredera espiritual de quienes sí lo fueron. Sentí un desasosiego tan profundo que di un respingo al oír un golpe en la puerta.

Dalva me traía la bandeja con el desayuno y la explicación de que iba a pasar el día fuera, y quizá parte de la noche, en un espectáculo de caballos llamado «corte». De inmediato sentí el rencor suficiente para no preguntar qué era el «corte», y preferí admirar su esbelto atuendo del Oeste. Me asomé bajo la servilleta que cubría el desayuno y vi unos *bagels* con queso cremoso y un montón enorme de salmón ahumado y cebolla cruda. ¡Me había sumergido tan grotescamente en mi trabajo

---

[17] Protesta organizada en 1969 por un grupo de indios que consistió en ocupar la prisión insular de Alcatraz, ya abandonada, para reivindicar sus derechos y exigir un cambio en las condiciones de las reservas indias. Duró diecinueve meses.

que me había olvidado de los paquetes de comida del día anterior! A cualquiera que me conociese le habría parecido increíble. En cuanto Dalva se marchase entraría y examinaría el botín. Me puse en pie y la abracé, palpándole las nalgas que tapaban unos pantalones de montar de sarga, y mi salchicha empezó a asomar entre la bata abierta. Dalva le dio un apretón cariñoso y me preguntó si me importaría ir a mediodía a la ciudad con el viejo Lundquist —a quien yo no había conocido— a recoger comida para los caballos en el elevador de grano. Añadió que, por favor, no dejase entrar a Lundquist en el bar porque los sábados por la tarde la cosa solía salirse de madre. Le aseguré que mantendría al viejo bajo control. Nos dimos la vuelta para ver cómo un Lincoln bastante estridente entraba en el patio tirando de un remolque para caballos, y Dalva se marchó.

Me habría conformado con cualquier periódico marrullero para acompañar el desayuno. No era capaz de concebir una casa sin periódicos, revistas o televisión, y aquí estaba atrapado en un sitio así, y mi coche en la lejana Denver. Habíamos quedado en ir a la casa de Naomi a recoger el otro automóvil de Dalva. Se me ocurrió prepararle una cena: algo imprudente e italiano con lo que enfrentar el lado más lúgubre de esta zona rural. Empecé a comerme el salmón y elegí un diario más tardío.

25 de agosto de 1877

En mi campamento en el Loup, sumido en la melancolía más atroz por el primer aniversario de su muerte. [¿?] He intentado con todas mis fuerzas comunicarme con ella, con su espíritu, y también con los de mis amigos muertos entre los sioux, pero no he obtenido ni el menor de los éxitos los éxitos. He oído que hay un chamán con los cheyenes en Lame Deer, arriba, en el Territorio de Montana, que a lo mejor puede ayudarme con este asunto, aunque mi amigo Grinnell dice que los hombres más poderosos en este sentido se encuentran lejos, al suroeste, en Arizona. Me aconseja retomar la fuerza de nuestra fe en busca de consuelo. Le he dicho que no siento al Dios de Israel vivo en esta tierra. Me trajeron noticias esta mañana de que mi amigo y hermano de adopción, el valiente Árbol Blanco, fue apaleado hasta la muerte en el Fuerte Robinson por escupir a la montura de un soldado. Lo sacaron de noche a rastras de su tipi unos soldados para poder asesinarlo en secreto. Su esposa se escondió y lo vio y me hizo llegar la noticia. Siento en lo más hondo de la garganta la necesidad de asesinar a los asesinos.

En mis sueños, mi esposa muerta me dijo que me marchara de esta tierra nuestra y eso haré. En el sueño había un derroche nada carente de horror y mi esposa estaba delgada como en su lecho de muerte, pero tenía una voz dulce y melódica. Estábamos en el cañón donde encontramos a los lobeznos y tuvimos cuidado de no molestarlos. Eran cachorros pequeños, pero el más grande, quizá de cuatro kilos, se atrevió a espantarnos. En el sueño el cañón estaba cubierto por los pájaros favoritos de mi esposa: la golondrina purpúrea (*Progne subis*), el chorlitejo colirrojo (*Aegialitis vocifera*), el correlimos enano (*Calidris minutilla*), además de zarapitos y aves con forma de garzas que se escapan a mi conocimiento. Nos sentamos en una roca entre capulines, grosellas negras silvestres, cornejos, goyis, todos en la más densa floración. Notaba su respiración cerca de mi oído pero no me hablaba. La abracé y entró en mi cuerpo, el cañón desapareció y me vi transportado solo a la cima del cerro de Harney. Supongo que eso significa que está para siempre en mi corazón y en mi sangre.

Huelga decir que ésa no era la lectura de desayuno que necesitaba. No creo en el alma humana, pero tampoco quería que mi ausencia de alma llegase así de lejos tan temprano. Me vestí con prisas por ir a la casa, sintiendo una melancolía parecida a la que me agarra cuando escucho *Petrushka* o las *Partitas* de Bach. Quizá debería empezar por el principio, pensé, y evitarme sorpresas con sueños escabrosos y esposas muertas. Costaba imaginar cómo era vivir de verdad en aquella época, sentirlo de forma íntima, como Northridge: desde el final de la Guerra de Secesión hasta la masacre de Wounded Knee en 1890, las Grandes Llanuras permanecieron en un estado de convulsión histórica. Parece que los Gobiernos nunca han mostrado ningún talento ni inclinación en particular para mantener a la ciudadanía viva. Quizá la vida en sí misma fuera la más remota de las preocupaciones en Washington D. C. Me quedé quieto en mitad del patio tratando de detener mis pensamientos. La hierba tenía el color verde más intenso que hubiese visto y los gansos eran del blanco más blanco. Un psiquiatra me dijo una vez que tratara de concentrarme en el mundo físico cuando mi mente se convirtiese en un remolino vertiginoso. Mi mujer se divorció de mí porque yo no era capaz de frenar. Punto. Tengo que evitar las novelas y el cine porque me disparan. He aprendido a reservar mis simpatías para minimizar el alcance de mis decepciones. El psiquiatra me recetó litio, pero era incapaz de acabar la tesis bajo la soporífera influencia de ese fármaco. Mi matrimonio acabó *de facto* durante un viaje en coche de dos días a Seattle para visitar a los padres de mi mujer. Yo había estado leyendo un texto antiguo llamado *Delirios populares extraordinarios y la locura de las masas*, y hablé sobre eso sin parar mientras ella conducía. Aunque me dolía la mandíbula, no podía parar. Seguí hablando después de que mi mujer saliera del coche con nuestra hija en Seattle. ¡Recuerdo encender la radio para tener a alguien con quien hablar! Creo que estoy curado al noventa por ciento, pese a que el consumo de alcohol como tranquilizante sea contraproducente a veces. Tengo que frenar. Decidí perseguir a los gansos para verlos volar, pero evidentemente no eran del tipo de gansos que vuela. Varios de ellos se vinieron a por mí y me mordisquearon las espinillas mientras retrocedía. El más grande —un macho, supuse— me siguió hasta la puerta trasera de la casa, donde estaba la caseta para la bomba de agua. Esperaba no haber iniciado una guerra permanente, dadas mis idas y venidas a la barraca.

En la cocina abrí el frigorífico para inspeccionar los productos importados, pero lo cerré de inmediato. Acababa de terminar de desayunar y quería esperar a tener hambre para recibir el impacto completo de la comida. Fui a la sala de estar y examiné un estante de libros; escogí la traducción de Thomas Carlyle de Dante: una primera edición con una flor seca que marcaba una página en la que había un pasaje subrayado: «No lloraba yo, tan de piedra me había vuelto; lloraban ellos». Había una nota de la propia mano de Northridge: «¡Los sioux!». A la mierda esta melancolía, pensé. Fui arriba a la habitación de Dalva para una expedición de fisgoneo, pero empezó a erizárseme la piel, así que sólo miré un momento. Había varias fotografías, incluidas algunas antiguas de los tres J. W. Northridge, además de Paul en su juventud, apoyado en una pala. Me vi atraído por un joven de aspecto peculiar, montado en un caballo pálido, que me recordó a

Rimbaud en la cubierta de la traducción al inglés de Varese, publicada por New Directions. Había una foto de Dalva y otra joven atractiva sacada en un lugar que parecía Montmartre, y otra de Dalva y un jugador de polo llamativo, aunque de aspecto repulsivo, en Río. Sí que se mueve esta mujer. Sonó el teléfono en la habitación y corrí escaleras abajo a la cocina para que no me cogieran con las manos en la masa. Era mi hija, que estaba emocionada porque Dalva la había invitado a pasar julio y agosto en el rancho, y había incluido un billete de avión de ida y vuelta sin fecha. Charlamos sobre la oferta de Dalva de enseñarle a montar a caballo, y sobre otro montón de cosas, como el nuevo matrimonio bastante feliz de su madre con un corredor de bolsa de Seattle que, de hecho, estaba soltando el dinero para el colegio privado al que ella no quería ir. En cierto modo me sentí complacido de que quisiera quedarse conmigo en San Francisco, por muy incómodo que pudiera ser.

Mi siguiente movimiento fue el más atrevido. Abrí la puerta que conducía al sótano, pero no encontré ningún interruptor de luz. Había una serie de faroles ferroviarios de queroseno y varias linternas en un estante. Cogí la linterna más grande y avancé nervioso escaleras abajo, recordándome a mí mismo que estábamos en 1986 y que no había nada que temer salvo el propio miedo. El sótano era una estancia enorme y seca; sólo las vigas grandes que soportaban la casa interrumpían el espacio diáfano. Estaba limpio como una patena y tenía un suelo de tablones barnizados que me pareció curioso. No pretendía en absoluto moverme más allá del último escalón, pero desde esa atalaya pude ver arcones de transporte marítimo apilados, muebles, cajas enormes de madera para fletes, un deshumidificador como los que hay en las oficinas… A mi derecha había una jaula de alambre recia de más o menos un metro cuadrado con contenedores de vino. La jaula de vinos tenía un cerrojo con combinación. Se me escapó un gritito cuando oí una voz decir: «No puedes coger el vino». Era un duende al final de la escalera.

El viejo Lundquist demostró ser inimitable; es decir, no hay razón por la que ningún otro ser humano deba alcanzar ese estado único de autoafirmación. No voy a tratar de reproducir el acento sueco que persistía en él pese a haber pasado sus ochenta y siete años enteros en Minnesota y Nebraska. Era un acento absurdamente cantarín: el final de las frases o los comentarios subían en tono pero bajaban en volumen, como si estuviese quedándose sin aliento. Cuando subí las escaleras y fui a la cocina me repitió el comentario sobre el vino varias veces, cada una en un tono más afligido. Luego se acercó al frigorífico, cogió una lata de cerveza y se la fue bebiendo a tragos rápidos mientras se alejaba, como si yo tuviese intención de detenerlo. Fue en ese extraño momento cuando mentalmente aposté a que Northridge había vuelto al campamento de los colonos suecos y se había casado con la niña a la que había visto bañarse, y que quizá Lundquist fuese pariente o, más bien, descendiente suyo. La nariz del viejo parecía ser su rasgo más prominente, y llevaba una chaqueta vaquera sucia abotonada hasta la nuez pese al calor de junio. Tras salir de la caseta del agua me ayudó a ponerme un mono de trabajo, como si yo fuese un niño, o como si hubiese calculado con precisión mi incompetencia. Nunca había llevado un mono de granjero y me hacía sentir como un hijo de la tierra.

Así pues, salimos hacia la ciudad en la camioneta Studebaker de 1947 de Lundquist, el mejor vehículo construido en

Estados Unidos, o eso me dijo. Sentado entre nosotros iba su pequeño y viejo terrier, que gruñía y se encorvaba sobre un montón de trapos aceitosos, como si yo estuviese compitiendo con él por los afectos de esos trapos. Lundquist conducía terriblemente lento, con los ojos de color azul pálido fijos siempre en la carretera vacía y los brazos tensos al volante. Dijo con un aire de severidad que Dalva le había contado que yo era un «bebedor» y que no habría parada en la taberna ese día. Normalmente su hija, Frieda, le daba dos dólares, que le alcanzaban para dos botellines o tres cervezas de barril el sábado por la tarde, o para un botellín y dos *schnapps*. Continuó con todas las variaciones, aunque la conclusión era que no habría premio porque yo iba con él. Me apenó, así que le enseñé los dos billetes de veinte dólares que llevaba en el bolsillo. La cara se le iluminó, pero seguidamente dijo que no, que mi salud estaba en juego.

Para cambiar el tema embriagador, empecé a interrogar a Lundquist sobre la historia familiar de su patrón. Por experiencia sé que esa gente de campo insiste en comenzar por el amanecer virtual de la creación, que en su caso coincidía con el asesinato de su abuelo durante el levantamiento sioux cerca de New Ulm, Minnesota, en 1862. Lundquist había decidido, por razones que no se molestó en explicar, que todos los indios eran miembros de una «tribu perdida de Israel» y que nuestro maltrato hacia ellos nos supondría la condena final. Traté de desviarlo de ese galimatías de vuelta a la realidad, con dispar suerte. Me maldije a mí mismo por no haber llevado encima mi pequeño dictáfono. Después de todo, el hombre tenía ochenta y siete años y podría caerse muerto en cualquier momento. Empezó a trabajar para el abuelo de Dalva en 1919, con lo que llevaba como empleado de la familia el sorprendente total de sesenta y siete años. Me sentí tentado de preguntarle por el salario, pero entonces me contó que había recibido por testamento una granja en propiedad al morir el abuelo de Dalva en 1957. Lundquist nunca había albergado esperanzas de ser dueño de nada: según el sistema de primogenitura, la granja familiar siempre iba a manos del hijo mayor. Las familias inmigrantes siguieron la tendencia de perpetuar esa costumbre europea, y se creó así la clase de los jornaleros desafectos compuesta por los hijos menores, cosa que contribuyó a avivar la rebelión populista. De pronto, se me revolvió el estómago al oírlo afirmar que no iba a decir nada sobre la familia sin el permiso de Dalva. Su esposa fallecida le había contado un secreto a un sacerdote y le habían prohibido la entrada a la casa durante el último año de vida del «señor John W.». Si hablaba conmigo a lo mejor le quitaban la granja de algún modo, y ¿qué iba a ser entonces de su hija, Frieda, que siempre había sido demasiado grande para encontrar marido? Traté de calentarlo otra vez devolviéndolo al tema de los indios. Me dijo que a los indios no se les hacía caso porque eran molestos. Eran molestos porque eran un tipo de «animal» distinto a nosotros, lobos opuestos a zorros, caballos frente a vacas. Consideré esa teoría lo bastante peculiar para parecerme interesante. En el mundo académico nos gusta pensar que estamos empapando el país en lógica y justa razón, cuando lo único que hay que hacer es parar en una estación de servicio o leer un periódico para descubrir lo contrario. En Estados Unidos existe una espina de ridiculez que la alfabetización nunca ha logrado extraer. No es que estemos en un sumidero genético, sino que la alfabetización, el sistema educativo, apenas rasca la superficie de la conciencia ordinaria. Justo cuando dimos contra un bache en la carretera de gravilla y nos estábamos ahogando con el polvo del camino que se filtraba por los tablones del fondo del coche, Lundquist anunció que una vez un chaval sioux había trabajado para la familia. Ese muchacho tenía «poderes secretos», podía moler a palos a los hombres más duros, cabalgar en su montura por la noche, de pie sobre el caballo, y hablar con animales salvajes. Todo el mundo en la familia y en la ciudad se alegró cuando el muchacho desapareció. Me anoté que tenía que preguntarle a Dalva por el chico maravilla. A las afueras de la ciudad, Lundquist me miró con un atisbo de desdén y me dijo que Dalva debería haberse casado con el presidente de Estados Unidos, o al menos con el gobernador. Me dejó con la sensación de ser el último mono y entonces paró en una carnicería, para regresar rápido con una salchicha Frankfurt para el perro. El terrier sostuvo la salchicha en la boca durante unos momentos de gruñidos frenéticos, luego cerró los ojos y se la comió con desagradable placer.

El resultado del día fue una vergüenza honda, pérdida de memoria, recriminaciones menores y lo que un investigador (el legendario Weisinger) llamaba «la paradoja de la caída afortunada», algo que (en resumen) significa que si el héroe (yo) no cae en desgracia por su *hibris* no puede haber reafirmación del bien común. Resumiendo: un poco de caos y borrachera pública. El declive empezó con el violín en miniatura que Lundquist guardaba bajo el asiento de la camioneta. Nuestras intenciones seguían siendo buenas en el elevador de grano y la tienda de piensos, donde pasé por blanco, así que no me hicieron en general ningún caso y fui invisible como cualquier pueblerino con mono de trabajo. Cargamos las bolsas de comida para los caballos, y a continuación nos miramos y observamos la calle principal veraniega, abarrotada de familias granjeras con sus compras del sábado. Surgió el acuerdo tácito de que era una pena abandonar ese escenario festivo para volvernos rápido a casa.

Nuestra primera parada fue el bar Swede Hall, donde varias docenas de hombres extremadamente viejos jugaban al pinacle y bebían cerveza y *schnapps*. Lundquist fue hasta la cabecera de una sala grande y golpeteó una mesa. Todo el mundo se puso en pie con cierta irritación, que se convirtió en aplausos y reverencias cuando fui presentado como un profesor de «la costa del Pacífico» que estaba escribiendo una historia sobre la familia Northridge. La sala estaba impregnada de un olor punzante a estiércol de vaca, tabaco de mascar y queroseno. Nos fuimos abriendo paso de mesa en mesa hasta regresar a la puerta, aceptando con elegancia «buchitos» y «tiritos» de botellas de whisky de poca calidad como un Guckenheimer, que yo no había visto antes fuera de una ciudad del acero.

De vuelta en la calle, Lundquist se frotó la panza y aseguró que, de tener dinero, con gusto se comería una hamburguesa para rebajar el whisky. Sugerí tomarnos el filete más grande de la ciudad, pero dijo que no podía masticar filetes, que una hamburguesa iría bien, así que allá fuimos, a la Lazy Daze Tavern, a tomarnos una hamburguesa enorme con aros de cebolla y unas cervezas frías. El bar estaba hasta arriba, lleno de los hombres más grandes que yo hubiese visto reunidos en un mismo lugar, sin contar los jugadores de fútbol del San Francisco 49ers con los que había coincidido una vez en la sala de espera de un aeropuerto. Varios de esos hombres resultaron ser de la cuadrilla que me había rescatado; entre ellos estaba el que me levantó para subirme al caballo, que me invitó a un chupito y dijo que esperaba que hubiese «encontrado el norte». Un borracho gracioso insistió en que Lundquist fuese a buscar su violín, cosa que obtuvo la aprobación general en forma de golpes en las mesas.

Fue una actuación extraordinaria y no cambiaría esa experiencia por nada, aunque le habría cedido encantado la resaca a algún evangelista de la tele. Lundquist empezó con el himno nacional sueco («Du gamla, du fria, du fjällhöga nord», etc.) acompañado por unos pocos de los viejos del club que se habían colado para unirse a él. A decir verdad, fue bastante conmovedor el modo en el que esos vejetes cantaron sobre una tierra madre que probablemente no hubiesen visto nunca, mirando hacia arriba, a una bandera o imagen invisibles con los ojos humedecidos. Lundquist siguió tocando canciones que yo no había oído desde los pícnics de mi infancia con el sindicato de trabajadores del acero: «Battle Hymn of the Republic» (revuelo en toda la sala), «Red River Valley», «Drink to Me Only with Thine Eyes» (irónicamente), «Juanita» («Suave sobre la fuente, lenta cae la luna del sur», etcétera, con todo el mundo entrando al estribillo, «¡Nita! ¡Juanita! Échate en mi corazón», etcétera) y otras más[18]. No soy sentimental por naturaleza, pero todo aquello me conmovió bastante: la manera en la que Lundquist estiraba el cuello arrugado, su voz temblorosa a la que se unían esos granjeros anhelando,

---

[18] El «Battle Hymn of the Republic» lo compuso Julia Ward Howe en 1861. Acompañó su letra con la música de una canción popular, «John Brown's Body». Ha terminado convirtiéndose en uno de los cánticos patrióticos más famosos del país.
«Red River Valley» es una canción popular del típico gusto de los vaqueros, en la que una mujer lamenta la marcha de su amado a la guerra. Supuestamente se compuso a finales del siglo XIX.
«Drink to Me Only with Thine Eyes» también es una canción popular, cuya letra pertenece a un poema de Ben Jonson de 1616, «Para Celia».
«Juanita» (subtitulada a veces como «Una balada española») se compuso hacia 1855. Los primeros versos están sacados de la ópera *Rinaldo*.

como todos, a una Juanita imaginaria… A continuación, a modo de despedida, Lundquist tocó unas cuantas gigas, con varios octogenarios vivaces bailando al unísono, después de lo cual cayeron todos en un reservado, bastante sedientos, donde reanudaron el pinacle.

En el bar me presentaron a un hombre más joven, de unos treinta años, forastero como yo y a quien llamaban, con buen humor, «Nature boy». Conozco bastante bien la etiqueta de los bares para saber que, por lo general, «Nature boy» sería un término de mofa manifiesta, aunque puede haber excepciones; en todos los pueblos de Estados Unidos hay un patán enorme llamado «Chiquito». En este caso en concreto, el mote estaba usado de un modo desenfadado y jocoso, porque el hombre en cuestión, pese a ser sólo un poco más alto que la media, tenía mucho músculo y aires de cazador de recompensas o soldado de fortuna. Jugamos varias partidas de billar a bola 8 y me enteré de que estaba haciendo un estudio en una franja considerable de terreno federal, situada al norte de la ciudad, sobre el efecto que las prácticas agrícolas del entorno tenían en la flora y en la fauna. Mencionó a su mecenas, un grupo ecologista sin ánimo de lucro de entre las docenas que existen y cuyas actividades me tienen confundido desde hace años. Mi exmujer siempre estaba tratando de salvarlo todo a distancia, desde montañas y ballenas hasta ríos y crías de foca. En mi conversación con «Nature boy» experimenté cierta vergüenza por ser los dos únicos hombres instruidos de la taberna, aunque él parecía ajeno a ese asunto.

Nuestra partida de billar se vio interrumpida por una pelea entre dos mastodontes, porque uno le había vendido al otro un grupo de cabestros con algo llamado «fiebre del transporte». Tenían intención de estrujarse entre ellos hasta la muerte y empujaron la pesada mesa de billar hasta que golpeó contra la pared. Todos los presentes trataron de detenerlos amontonándose alrededor cuando cayeron al suelo; me recordó a uno de esos incidentes desagradables que ocurren en los partidos de fútbol profesional, cuando el control sólo lo pueden restablecer provisionalmente los árbitros. La violencia, como un escape de gas ozono directo a los ojos, me llevó a beber un poco rápido y me vi obligado a dormitar en un reservado con Lundquist y los jugadores de pinacle malolientes. Después de no sé cuánto tiempo, Lundquist gritó: «¡Yumpin Yiminy!», y salimos de allí en un abrir y cerrar de ojos. Se estaba haciendo tarde —atardecía, para ser exactos— y Frieda se enfadaría si no llegaba a tiempo a cenar. Borracho conducía dos veces más rápido que sobrio, y a mitad de camino a casa caímos derrapando en una zanja llena de agua. Recuerdo que discutimos sobre cómo proceder a continuación y aparentemente acordamos quedarnos dormidos. En algún momento nos localizaron dos ayudantes del sheriff, Dalva, Naomi, Frieda, una grúa y varias personas preocupadas. A mí me llevaron a casa y me metieron en la cama sin cenar, en la barraca; me desperté histérico en mitad de la noche porque me perseguía un indio parecido a un minotauro por la plaza Ghirardelli de San Francisco. Me envolví en una sábana y salí a trompicones a la serena luz de la luna; me acurruqué en el suelo y allí me descubrí a mí mismo por la mañana, cubierto de moscas y rodeado de patas de gansos.

Esa lamentable experiencia me mantuvo en el buen camino varias semanas. Trabajé durante días como un demonio desde el amanecer hasta el anochecer, como tratando de salvar mi vida y mi buen nombre, que era lo importante. Mis primeros días en Nebraska, según me di cuenta, habían sido un poco complicados, para mí y para los demás. Dalva, sin decir ni una palabra crítica, me dejó reposar en los jugos de mi propia conciencia. Por ejemplo, mientras estaba bajo aquella tienda de campaña hecha con la sábana blanca, custodiado por los gansos, tratando de idear un modo de ponerle una buena cara a una resaca de campeonato, Dalva apareció con agua helada, aspirinas, un paño húmedo, un vaso de zumo de naranja recién exprimido y un termo de café. Iba guapísima vestida, de camino a la iglesia con Naomi. En lugar de soltar un «Michael, Michael, Michael» y luego darme la paliza como habría hecho mi exmujer, Dalva se limitó a decir: «Esperaba que no hubieses muerto», me enjuagó la cara con el paño húmedo, me ayudó con el agua y las aspirinas, y me sirvió la primera taza de café. Alcancé a mirarle por debajo de la falda, lo que me reportó la misma excitación infantil que asomarme bajo el vestido de la profesora en el colegio. Ay, quien pudiera convertirse en una marmota que hiciese ahí su madriguera, a salvo de todo... Dalva me contó que Lundquist había venido andando temprano por la mañana para disculparse por dejarme beber. Era un paseo de once kilómetros a pie, y a veces tenía que cargar con el perro, que tendía a perder el interés por caminar. Frieda le iba a negar el uso de la camioneta ese día. El perro, por compasión, había mantenido a los gansos alejados de mi cuerpo durmiente, e incluso había ido a buscar un palo para jugar por si me despertaba en algún momento. Dalva me dio el palo y salió hacia la iglesia con el coche. En mi círculo amistoso de patanes e intelectos abrasivos no conocía a nadie que fuese a la iglesia. Me la imaginaba cantando salmos con sus bragas blancas. Existe una patología sexual en las resacas graves que nunca he entendido muy bien: el alcohol en grandes cantidades actúa como un tratamiento de choque, y la vida sexual no vivida te golpea fuerte por la mañana. Mi exmujer, que tenía un alma realmente lujuriosa, tendía a aprovecharse de mi afección los domingos por la mañana. Entonces me puse meditabundo, como si la sábana blanca fuera el Himalaya: me recordé a mí mismo que debía llamar a un jungiano que conocía para preguntarle de dónde salía el minotauro piel roja.

Cuando aparté la sábana por segunda vez, Dalva había vuelto a casa de la iglesia y estaba ocupada cavando en el manantial del redil que daba al arroyo. El día se había caldeado y Dalva llevaba pantalones cortos, un top y unas botas de goma por la rodilla: toda una incitación para ayudarla. Le di unos sorbos al termo de café, entré en la barraca y me puse el mono y las botas para unirme a ella. Estaba un poco mareado, pero cavé con vigor a su lado, esperando que me dedicase algún cumplido por mis esfuerzos. En lugar de eso se puso a parlotear sobre el humor del sermón —en estos Últimos Días somos todos rehenes de nuestra fatalidad, ya sea en Beirut o en Omaha—, así que cavé aún con más fuerza hasta que, de golpe, el cielo se oscureció y caí hacia atrás en el arroyo frío, que me revivió igual de abruptamente. Dalva se quedó de pie ante mí con más que un rastro de preocupación, y al mirarla desde mi posición me recordó a una valkiria del sadomaso. Me dijo que probablemente me hubiese olvidado de tomarme las pastillas de la tensión y que además necesitaba comer algo. Admití que habían pasado veinticuatro horas desde la hamburguesa. Rodé y con las manos me impulsé hacia la corriente poco profunda para enjuagarme el barro, un pez totalmente vestido, quizá una carpa.

Después del almuerzo, de vuelta ante el escritorio, empecé a dar vueltas a la naturaleza del tiempo y a su implicación en la lucha privada, normalmente silenciosa, contra la vida pública. Las memorias, sobre todo las que intentan resumir toda una vida, tienden a tratar esa lucha muy por encima: los caminos, matrimonios, decisiones, giros totalmente equivocados, el tiempo como vértigo que lo inunda todo y que nos barre más allá del límite del ser, el tiempo, que nunca ha perdonado a nadie un solo segundo. Aquella niña pequeña de la que estaba enamorado, que solía hacerme orgullosa ángeles de nieve en enero en las laderas ennegrecidas del valle de Ohio, se ahoga en circunstancias sospechosas, después de tres matrimonios, en aguas tropicales. Veo cómo flota el pelo largo, cómo el cuerpo da tumbos en la corriente.

Durante el almuerzo le había preguntado a Dalva por el chico maravilla que Lundquist había mencionado. Su reacción es un buen ejemplo de lo que quiero decir. Aunque han pasado treinta años, Dalva se contuvo, enrojeció y se cabreó.

—Indios como tales no hay. Lo sabes muy bien, por el amor de Dios. Hay sioux, hopis, cheyenes, apaches…

—¿Y qué me cuentas entonces de ese chaval sioux al que mencionó Lundquist? —repetí.

—¿Qué te dijo?

Estaba de espaldas, atendiendo los fogones.

—No mucho. Que cabalgaba de noche y hablaba con animales y a la gente le daba miedo. Ya está.

—Apenas lo conocí. No era más que otro triste vaquero que estuvo por aquí unos meses trabajando.

—En 1860 faltan unos cuantos meses —dije, al darme cuenta de que tocaba cambiar de tema.

Dalva se relajó y siguió preparando uno de mis remedios favoritos para la resaca (*linguine* con salsa de guisantes frescos, *prosciutto* en juliana y una mezcla de quesos fontina y asiago).

—Cuando avances en la lectura verás que después de entregarle una carta a una viuda de Sault Sainte Marie en Michigan, se embarcó en una goleta hacia Duluth, que naufragó en una tormenta entre Grand Marais y Munising. Parecía encantado con que el resto de las cartas para las viudas se perdiese en el mar.

Me sirvió mi ración de vino como si nada hubiese ocurrido el día anterior. Quienes no están familiarizados de cerca con el alcohol no alcanzan a comprender que después de un día de consumo serio el bebedor no puede abstenerse sin más, sino que debe ir rebajando y entrando en un régimen de moderación. Mientras Dalva servía el almuerzo le notaba aún un resto de rubor en el rostro por mi pregunta inicial. Por supuesto, me di cuenta de que no tenía sentido poner a prueba las dimensiones de su hospitalidad. Además, la quería. Y además, en cierto modo, le tenía miedo.

—Tengo que pasar unos días en Rapid City por un asunto de negocios con caballos. ¿Puedo estar segura de que sabrás cuidarte? Naomi te llevará a dar tu charla en el Rotary.

—Me enterraré en el trabajo. Si vas a estar fuera quizá podríamos tener una cita esta noche.

—Quizá.

Sonó el teléfono y miré lo que le quedaba a Dalva en el plato, después de haberme terminado lo mío. Había alargado la mano para pinchar algo cuando Dalva gritó y tiré el tenedor, con la sensación de ser un gilipollas. Resultó que quien llamaba era su tío Paul, que había logrado, con la ayuda del detective mexicano, encontrar al niño de los abusos. Pese a su alegría al teléfono, Dalva percibió mi incomodidad y me hizo un gesto para que me terminase su almuerzo. Empezó a hablar rápido en español con el niño, y luego de nuevo en inglés

216

con Paul. Cuando colgó el teléfono le di un abrazo, oliendo la luz del sol que absorbía su cuello. Luego volvió al teléfono para llamar a su cuñado, Ted, y al empleado de éste, Andrew, y yo salí por la puerta para volver al trabajo.

Lo que quiero decir con lo del tiempo: significa más la llamada de teléfono que no llega que la que sí. La furia por el orden no crea un espacio concomitante en el que pueda darse ese orden. Tal y como bromea Angus Fletcher en su extraordinario artículo sobre Coleridge: «En nuestro mundo, el tiempo muestra una instantaneidad tan perfecta en su resbaladizo tránsito —su deslizamiento desde una posición temporal a otra— que no existe nada que pueda marcar, y mucho menos medir, su existencia, su enraizamiento». Y por eso, claro, es por lo que alguna gente fallece de pavor. Coleridge aparece descrito como «un solitario atormentado por vastas concepciones de las que no puede participar». Es un héroe de conciencia, siempre en el umbral, en un umbral en el que la participación en lo sagrado y lo profano es siempre simultánea, siempre posible. Esto no resulta menos conmovedor por el hecho de que el conocimiento convirtiese a Coleridge en un chiflado, aunque la definición de «chiflado» la redefiniese un inglés con hipertiroidismo llamado Laing.

Por bajarlo todo al terreno de la realidad, el viejo Northridge dedica veinticinco años, de 1865 a 1890, a tratar de ayudar a la población nativa derrotada a adaptarse a una vida agraria, pero a esa población el Gobierno la lleva de un lado al otro y nunca le cede un pedazo de tierra que no se le arrebate de inmediato. Así, el efecto de la Ley de Dawes[19] en 1887 fue,

---

[19] Ley aprobada en 1887 por el Gobierno estadounidense que permitía a las autoridades dividir las tierras indias en parcelas. Los indios que aceptaban vivir en esas parcelas independientes, separados de sus tribus, recibían la nacionalidad estadounidense. El objetivo era

intencionadamente o no, agrandar el fraude, de manera que, en un periodo de treinta años, a los nativos les arrebataron cuarenta millones de hectáreas de los cincuenta millones iniciales que poseían. A decir verdad, la gran mayoría del terreno fue «comprado», como si esos nómadas hubiesen sido titulados ladinos en un máster de Administración de Empresas que hubieran negociado gangas complicadas.

Pero todo eso está bien documentado, aunque se ignore, contrariamente a lo que tiene que ver con Northridge. Los académicos tenemos fama de plantear preguntas artificiales a las que damos respuestas artificiales, asegurándonos así la continuidad de nuestro empleo. Northridge es interesante por su consciencia y su conciencia, como lo fue Schindler, solitario, mientras millones de alemanes que pasaron de todo se perdieron para la historia...

¡Dios mío! ¡Hay una cara mirando por la ventana de encima de mi escritorio! Es Lundquist, abro la ventana, que estaba cerrada porque he estado usando el aire acondicionado. Aunque lo veo sudar, lleva la chaqueta abotonada hasta el cuello. Me pregunta si tengo una cerveza para él. Le digo que entre, pero no quiere que nadie lo descubra. Le paso una cerveza por la ventana y un trocito de salami para el perro. Lundquist se acaba la cerveza en un momento, y luego se escapa entre los lampazos con el terrier al hombro, que se gira para lanzar un ladrido de despedida. Eso significa que el pobre hombre va a recorrer veintidós kilómetros en un día caluroso de junio. Me

que los indios se integrasen en la sociedad blanca, y transferir tierras bajo propiedad india a manos de los colonos blancos. Para ello resultaba fundamental la práctica de la agricultura de subsistencia.

prevengo a mí mismo para no compadecerlo: tiene cincuenta años más que yo y en apariencia disfruta de la vida, cuestión en la que yo dejo mucho que desear. Descarto mentalmente la idea de sacarle secretos familiares a Lundquist sobornándolo con alcohol. Hay consideraciones éticas. ¿O no las hay?

26 de diciembre de 1865, Chicago

Llevo aquí ya dos semanas y por la mañana saldré hacia La Crosse, Wisconsin, a saber más sobre mi misión, que me genera las más serias dudas. Chicago es una cárcel, aunque muchísimo menos onerosa que Andersonville. En mi travesía de más de cinco meses he evitado ciudades, desde Georgia a Sault Sainte Marie, en el extremo inferior de Michigan, donde había copos de nieve a principios de octubre, aunque cuando el sol salió entre las nubes enturbiadas se vieron los caducos dorados y rojos del otoño de Nueva Inglaterra. Deseaba ver la costa, así que compré un billete para una goleta comercial que pararía en diversos puertos en vez de ir en un barco de vapor a través del lago Superior, directamente desde el Soo hasta Duluth. La goleta, *Ashtabula* se llamaba, estaba tripulada por unos borrachos, y el capitán, Ballard de nombre, era el peor de una panda lamentable. Fuera de Boston ese hombre no habría llegado ni a tercer oficial. Maniobró con el barco de repente y se abrió una vía, volcándose la embarcación cerca de la entrada al puerto de Grand Marais, un núcleo comercial en una marisma sin encanto. Todos sobrevivimos por la gracia de Dios y el agua poco profunda. Fue allí donde perdí dos preciados diarios de mi viaje al norte; salvé uno pequeño que llevaba en el bolsillo, de la época en prisión y el mes siguiente. Desde Grand Marais hice una caminata de dos días y unos sesenta y cinco kilómetros hasta Munising, y debería decir que, en cuanto estuve fuera del alcance de la despreciable tripulación, entré a un territorio de los que hay pocos en el mundo de Dios. Estudié esta tierra en la Universidad de Cornell a través de la obra del gran científico de Harvard, Louis Agassiz, que vino aquí de expedición hace muchos años. Longfellow, el poeta de Boston, escribió sobre esta tierra en su poema de Hiawatha, aunque no soy consciente de si vino de viaje; los poetas por tradición tienen una gran imaginación y poco buen juicio. Desde la guerra he perdido el gusto por Emerson, pero el buen hombre debería haber caminado hasta aquí, territorio frente al que las parcelas de árboles de Nueva Inglaterra resultan pálidas. Vi osos grandes, oí lobos aullando mientras cazaban entre árboles que tres hombres no podrían haber rodeado con los brazos. Antes de marcharme del Soo y las ingenuas esclusas por las que muchos hombres murieron de frío y cólera, conocí a un ojibway en la misión del lugar con el improbable nombre de jefe Bill Waiska, que medía metro noventa y pesaba poco menos de ciento treinta kilos, aunque no tenía sobrante de carne. Era ingenioso, amable y soportaba mis preguntas con humor. Con toda seguridad, de dársele tierra suficiente, esa gente vigorosa resistirá y medrará pese a vivir en el clima más repugnante de Estados Unidos. El jefe me contó que doscientos años atrás al oeste de allí su pueblo luchó contra una partida de guerra iroquois y murió un total de mil guerreros. Es lector y me dijo con un brillo en los ojos que los pobres indios no podían igualar los imponentes números de Antietam, Gettysburg, Vicksburg[20]. Este pueblo nos entiende con una claridad que nadie ha supuesto.

---

[20] Se trata de tres grandes (y sangrientas) batallas que contribuyeron a la victoria del Norte en la Guerra de Secesión.

Mi anfitrión en Chicago, Samuel _____, ya que desea permanecer en el anonimato, es un comerciante prominente de esta ciudad y cuáquero. Me dijo que me habría gustado más la ciudad si hubiese habido menos gente de luto por la guerra. Por todas partes en la calle se ven las caras aturdidas de los supervivientes, muchos de los cuales han perdido extremidades, la facultad de razonar y la voluntad de trabajar. Es este comerciante quien viajó a Ithaca a visitar a su hijo, que estudiaba en Cornell, y llegó a un acuerdo conmigo y así redimí cuerpo y alma, respondiendo yo a la llamada a filas de su hijo. Su hijo era tozudo, impetuoso y bebedor, y ha desaparecido en el Oeste por no querer ser comerciante. Sus padres están abatidos por la tristeza, pero en cualquier caso han cumplido sus obligaciones para conmigo. Este comerciante supervisará mi negocio hasta que esté bien establecido, espero que en primavera, cuando regresaré antes de emprender mi viaje al Oeste. Durante las noches de insomnio, o cuando me despierto de pesadillas con la cárcel, me pregunto si mi querida y difunta madre en el cielo verá mi vergüenza, los pecados de orgullo y avaricia que me llevaron a poner en juego mi vida. No podía soportar pasar la vida diseñando y construyendo huertos para ricos que normalmente no saben distinguir un rododendro de un peral. Ahí uno no es ni huésped ni sirviente, sino algo entre medias, y de cerca se percibe una pereza absurda. Eché de mi cama a esposas e hijas, primas y huéspedes. En el Antiguo Testamento, Amós 3,15, se dice: «Derribaré la mansión de invierno y también la de verano; desaparecerán los palacios de marfil y se desplomarán otras muchas mansiones, oráculo del Señor».

Percibí un regreso bastante reticente a la religión, así que miré en el arcón en busca del cuaderno pequeño que incluía el pasaje sobre su salida de Andersonville. Resultaba evidente que el cuaderno había sobrevivido al naufragio. Según las fechas, se había perdido el material correspondiente a cuatro meses de Michigan, aunque la historia de ese estado en aquel tiempo se basaba en la carrera entre los magnates de la madera, enfrentados por cortar todo árbol situado entre el lago Michigan y el lago Huron. De joven, en un campamento de verano patrocinado por el sindicato de mi padre en Michigan, vi las pocas docenas de árboles intactos que quedaban, y tenían un aspecto de lo más solitario. A las niñas del campamento vecino no les permitían relacionarse con nosotros, unos pobres mocosos del sindicato. Esas niñas remaban por el lago en canoas verdes y rápidas, mientras que nosotros íbamos en barcas de remo viejas y pesadas. Todas parecían ser rubias y una de ellas nos hizo un calvo cuando pasamos con la barca por delante de su playa. Este fascinante agravio representó para mí durante mucho tiempo todo lo que de inalcanzable tiene la riqueza. De repente, se me ocurrió que el negocio de Dalva con los caballos en Rapid City podía tratarse de un eufemismo para una visita a algún amigo especial, quizá un ranchero rico y poderoso. Otra vez me siento cornudo.

Junio de 1865, Georgia

No sé qué día es, ni nadie de mi grupo de hombres plagado de alimañas lo sabe. Estamos juntos por seguridad. Madre siempre me instigaba a cuidar a diario el estado de mi alma, pero ayer vi a un hombre al que habían disparado por un perro muerto que otro hombre quería para cenar. En la tierra de los comedores de perros nadie tiene alma. Sorprendí

222

al grupo al atrapar un ciervo cerca de un pantano con una trampa común entre los iroquois. Cambié el corazón y el hígado del ciervo en una casa parroquial de Rome, Georgia, por el abrigo y el alzacuellos de un clérigo episcopaliano, y de nuevo pude viajar solo. Es impensable que el Gobierno permita al general Sherman quemar y saquear Georgia, y ahora quiere dejar morir de hambre a los supervivientes. He observado muchas plantas no endémicas: camelias, adelfas, gardenias, rosas de té, azaleas, kalmias. He disfrutado de cierta hospitalidad entre los georgianos con mi nuevo alzacuellos, también por mi conocimiento de botánica y jardinería.

Junio de 1865, solsticio, Tennessee

Por la carretera me he encontrado a una joven delgada que quería venderse a cambio de algo de comida. Yo había cogido unos siluros en el río Tennessee y los ahumé bañados en sal sobre pacana verde, y luego cambié uno de los peces por una hogaza. Compartí la cena con la mujer, que se quedó desconcertada ante mi negativa a acostarme con ella. Mi confinamiento fue breve y ahora tengo buena salud, así que por la noche reflexioné mucho tiempo sobre el pecado de la fornicación. Me giré con deseo hacia ella con la primera luz del día, pero se había escabullido, llevándose lo que quedaba de pescado ahumado. Tuve que reírme ante ese incidente. Hablé con una bruja negra y vieja sobre las plantas medicinales de la región: raíz de serpiente, ginseng, espigelia, angélica, senna, anís y nardo. Compartió conmigo su cena, un guiso de zarigüeya y ardilla aderezado con chiles que cultivaba ella misma, además de un delicioso licor de cerezas silvestres. Impulsivamente le di un relicario de plata de mi madre. Rezamos juntos aunque sus oraciones eran más africanas que cristianas. Su hija, una muchacha enérgica y alegre que estaba embarazada, se pasó por la cabaña y se terminó la olla de guiso, y luego se nos unió para beber licor. Confieso que me acosté con esa muchacha negra que olía a humo de leña y sasafrás y me sentí inusualmente contento con mi pecado…

Esa combinación de los sacramentos de la comida y del sexo me impulsó a ir a la casa. Eran casi las cinco de la tarde en cualquier caso, y mi estómago balbucía su necesidad de comer y beber algo. Me agradó ver que Naomi se había pasado por allí y que íbamos a montar un pícnic de domingo noche en el césped delantero. Dalva entró en la casa para preparar una jarra de martini. Fingí que me aburría la idea pero las raíces del vello se me erizaron ante esa perspectiva. Mientras que Dalva estaba ausente en su misión, Naomi dijo, un tanto tímida, que una exalumna suya estaba haciendo prácticas en el periódico del condado durante el verano, antes de irse a la universidad, y quería hacerme una entrevista al día siguiente, el lunes. ¿Sería posible? Aparenté un poco de presión y acepté hacerlo durante la pausa para almorzar. Dalva bajaba los escalones del porche y estaba enterada de la propuesta.

—Si la tocas, no tengas la menor duda de que te van a pulir a balazos. Fui al colegio con su padre.

—Dalva, Michael podría ser el padre de esa niña —dijo Naomi, no sin jocosa ironía.

Las manos me sudaban por el martini, pero miré a lo lejos, a las lilas en flor del cementerio familiar, como ofendido.

—Creo que soy capaz de apreciar la belleza sin saltar sobre ella como una ardilla voladora. A lo largo de mis años de

224

enseñanza nunca me he aprovechado de ninguna alumna, ni siquiera cuando se me han abalanzado.

—Venga ya, no digas chorradas. —Dalva me dio un vaso frío y un beso en la mejilla—. Vi ayer a Karen en la ciudad y te aseguro que nadie va a aprovecharse de ella nunca. En fin, quiero decir que una escopeta para cazar ciervos le hace un agujero muy grande a un ciervo.

—Si quieres, puedo venir y hacer de carabina —se ofreció Naomi.

—He aceptado la entrevista antes de saber todo esto. Ahora soy un jodido ciervo con las tripas reventadas. Os olvidáis de que soy padre. Ni en mis fantasías más salvajes se la he metido a una menor de veinte desde que yo mismo tenía menos de veinte.

Se cansaron de meterse conmigo y empezaron a debatir sobre la posibilidad de una reunión familiar en julio. Me sentí como una baratija desechada y me acerqué a la mesa de pícnic y la jarra de martini. Sus vulgares acusaciones me habían hecho beberme de golpe la primera copa. Mi curiosidad me llevó a caminar hasta el cementerio familiar rodeado de lilas, pero dudé: dos años antes había visitado la tumba de mi padre acompañado por mi madre y había hiperventilado, llorando a gritos como un bebé. Me quedé perplejo, dado que creo conocerme y conocer a los demás con cierta precisión, pese a todas las veces que me veo a mí mismo como un desequilibrado. La mayor parte de la vida se vive, por fuerza, con ingenuidad; pensar en Spinoza mientras echas una meada es arriesgarte a mear fuera.

Naomi se dio cuenta de mi nerviosismo con el martini y me rellenó el vaso por la mitad. Mientras Dalva cortaba jamón, Naomi me habló sobre los dos días que había pasado con un naturalista que estaba de visita en el lugar, Nelse, comentando los recuentos de aves que ella misma había realizado desde los años cuarenta. Por su descripción de aquel hombre, deduje que se trataba de «Nature boy», al que había conocido en la Lazy Daze Tavern. Naomi le preparó el desayuno del domingo, y luego «Nature boy» se marchó a Minneapolis a introducir sus datos en un ordenador. Naomi me explicó que ya no había tantos pájaros cantores ni halcones debido a una sorprendente variedad de causas: cables de alta tensión, antenas enormes de televisión, tráfico rodado, pesticidas, destrucción de hábitats migratorios en Luisiana y México, desaparición de muchas plantas arbustivas por las prácticas agrícolas modernas que reducían las posibilidades de anidación... Mientras comía admití para mí mismo que nunca se me había ocurrido que los pájaros tuviesen condiciones de vida.

Estoy suscrito a media docena de revistas culinarias alegremente ajenas a cómo cierta gente se alimenta en casa: para esta cena había un jamón que el noble Lundquist había ahumado y curado, patatitas recién recogidas, la primera espinaca del año en una ensalada, e incluso la salsa de rábano picante había salido de una raíz del huerto, mezclada con la nata espesa del rebaño de un vecino. Resultaba ofensiva la cantidad de comida que podía ingerir Dalva al ser tan activa. Naomi y ella estaban hablando sobre ciertos aspectos perturbadores del problema agrícola. Otras dos granjas de la zona y sus familias se estaban viniendo abajo, aparte de la cuestión subyacente y apenas mencionada de que quizá no hubiese estudiantes suficientes para que mereciese la pena abrir la escuela rural, lo que dejaría a Dalva a la deriva. Para mi sorpresa, Naomi estaba en la junta directiva del único banco de la zona, y se sentía molesta con la mala interpretación del asunto que difundía la prensa nacional: la mayoría de los bancos rurales era propiedad de granjeros, quienes además los gestionaban, así que en esencia se hacían préstamos unos a otros, más que pedir prestado a una comunidad bancaria abstracta. Resulta complicado culpar al banquero cuando el «banquero» trabaja en la granja de al lado. Dos hombres del condado vecino se habían quitado la vida hacía poco: uno era un jornalero a quien tuvieron que despedir después de treinta años de trabajo. Quise decir algo incisivo sobre qué ocurre cuando el dinero y el crédito están en manos inexpertas, pero me mordí la lengua. En vez de eso, les conté que hacia 1887 medio millón de granjeros básicamente murieron de hambre en estas mismas coordenadas y más al oeste porque les mintieron con respecto a las precipitaciones, aunque habrían podido comprobarlo en un almanaque.

—Si tres años ha llovido, pues ha llovido siempre —dijo Dalva—. Y llegó el cuarto año y no llovió nada.

Solía olvidarme de que Dalva había leído todos los diarios durante su colapso nervioso. Me recordé a mí mismo tratar de sonsacarle los motivos, porque me parecía la persona menos propensa que yo hubiese conocido a padecer problemas mentales.

—En aquellos tiempos el primer John Wesley fue por la zona comprando tierras abandonadas a unos dos dólares la hectárea —intervino Naomi—. Intentó reasentar a varias familias de sioux lakotas pero el Gobierno se lo impidió. Mis abuelos lo conocieron, y después de casarme con un miembro de la familia Northridge supe que John Wesley era el hombre del saco al que se recurría para que los niños se portaran bien. Tanta tierra y tanto dinero, y una casa tan enorme para aquella época, cuando el resto del mundo, a lo sumo, iba tirando… —Naomi me sirvió el resto del vino, cosa que agradecí—. Yo le tenía miedo al abuelo de Dalva, pero los viejos decían que no era nada en comparación con su padre.

Naomi se levantó entonces de la mesa asegurando que estaba cansada. Había examinado el nido de un halcón mexicano con Nelse durante el día y ya no era precisamente joven. Me revolvió el pelo y dijo que estaba orgullosa de que hubiese tenido el valor de acampar al aire libre la noche anterior. Se echó a reír a carcajadas por su propia broma, al igual que Dalva y yo mismo.

—Teddy Roosevelt decía que no conoces a un hombre hasta que no has acampado con él, y que eso incluye a uno mismo.

Repliqué con un flojo *non sequitur* que las divirtió aún más. Empezaba a comprender que la principal forma de criticar a alguien en las zonas rurales era bromear a sus expensas. Pese a la gravedad de la intención, las bromas tendían a ser relajadas. Dalva me había dicho que al mirar esa mañana por la ventana de su habitación le había encantado ver a su primera momia en el redil, y a los gansos como guardas del templo.

Cuando Naomi se marchó nos quedamos allí a escuchar el sonido metálico de la gravilla saltando bajo el coche. Hice que Dalva permaneciera sentada mientras yo recogía la mesa y llevaba las sobras y los platos dentro. En la casa me bebí el resto de la jarra de martini, aunque era casi todo hielo derretido. De vuelta en el porche delantero la vi en la esquina opuesta del patio, empujando un columpio vacío hecho con un neumático, como si en él hubiese un niño imaginario. La gente piensa que soy insensible ante esos asuntos, pero percibí algo conmovedor en el modo en el que Dalva empujaba el columpio vacío adelante y atrás, a un ritmo solemne bajo el crepúsculo. Por primera vez en semanas pensé en su hijo perdido y en mi impulsiva oferta de buscarlo. Dalva se giró y caminó hacia mí lentamente, aún vestida con sus vaqueros de montar. Nos abrazamos en mitad del patio y noté esa extraña sensación de ser más que yo mismo, de que mis fracasos humanos iban quedando absorbidos por las hojas de los árboles por encima de nosotros, y quizá ayudase también el cielo que se oscurecía sobre esos árboles. Tuve una sensación evanescente y paternal, un deseo de borrar todo dolor con un abrazo, lo mismo que había sentido muchas veces con mi hija. Dalva susurró algo en español, quería «dormir el sueño de las manzanas», y eso me hizo oler a manzana. Me besó con la boca abierta, y que me caiga muerto si no me mareé. Por algún motivo no del todo desconcertante, el beso me devolvió a cuando trabajaba de ayudante de camarero en el club de campo y todas esas chiquillas encantadoras, de cerca y de lejos, aunque casi siempre de lejos, me olían a caballo. Había un aroma a trébol y a lilas en el ambiente, junto a la luz amarillenta de la luna ascendente. Noté todos mis impulsos irónicos como un peso venenoso en un rincón de mi corazón. En el arco de la espalda de Dalva sentí una fuerza que yo nunca podría tener, y tampoco estaba seguro de querer tenerla. Mucho tiempo atrás, Northridge había dicho que si Dios nos ha hecho fuertes, entonces la debilidad es blasfemia.

Pensamos en acercarnos al motel de la carretera (más de ochenta kilómetros por la interestatal), pero en cuanto nos metimos en el coche mi boca dio rienda suelta a su charlatanería. «Todos somos de lo más amorosos cuando no estamos haciendo el amor, salvo justo antes de hacerlo», había dicho un poeta amigo mío, y si simplemente nos hubiéramos tirado en la hierba a hacerlo, la noche habría sido perfecta.

—Esto es absurdo, joder. Me refiero a recorrer todo ese trecho, la misma distancia que de San Francisco a Sonoma,

229

la mitad de camino entre Chicago y Madison. ¿Por qué no mandáis Naomi y tú construir un motel aquí a la entrada, para entretener a vuestros huéspedes?

Dalva había arrancado el coche, pero apagó el motor como esperando a que terminase de desarrollar mi idea. Me miró con gesto de absoluta incomprensión y traté de salir del hoyo que estaba cavando. Siempre existía la posibilidad de perderla si no lograba ser algo más que yo mismo.

—Por Dios bendito, no te quedes ahí sentada mirándome sin más. Arranca el maldito coche. Lo siento. Supongo que tengo los nervios algo alterados. Te pido perdón.

—En realidad, creo que deberías irte solo —me dijo, y me dio las llaves—. Nos vemos dentro de unos días. Cuídate.

Seguidamente, se bajó del coche y caminó hacia la casa. Yo me quedé sentado allí diez minutos, analizando todas las dimensiones del odio hacia uno mismo. Cayeron algunas lágrimas, de hecho. Me puse las manos ante la cara en la oscuridad que iba surgiendo y no me gustaron. Al oír el grito del chotacabras junto a la cuneta ansié tener un alma tan serena como la de un pájaro. En la habitación de Dalva se encendió la luz, un cuadrado amarillo que me hizo sentirme insondablemente solo. Entré en la casa y busqué una botella de vodka. Quería dejar una nota pero sólo se me ocurría un: «Que tengas buen viaje. Lo siento. Te quiero, Michael». Me quedé allí de pie, deseando que bajase las escaleras con el camisón, toda sonrisa, con paso y corazón ligeros. No tengo poderes ocultos, pensé.

Fuera, en la barraca, dejé el vodka en el escritorio, preparé una cafetera y puse la radio. Pretendía pasarme la noche trabajando, como un Fausto de las Grandes Llanuras o, por ser menos dramático, como un estudiante de posgrado sin blanca. Le di un tiento a la botella y me imaginé en la noche de Nebraska a punto de hacer un gran descubrimiento, el equivalente histórico al ADN. Cogí un diario de Northridge al azar, demasiado nervioso para continuar con la rutina metódica de ir del principio al final. Llevé el dial de la radio hasta una cadena pública de Lincoln que estaba emitiendo uno de esos programas de «músicas del mundo». Uno se preocupa sólo hasta un límite, y luego se sumerge en su trabajo. Al menos eso es lo que un memo se dice a sí mismo después de haber creado el tipo de tormenta de mierda emocional que aleja a la persona amada. En la radio sonó una canción de Bob Marley que decía: «Embrutéceme con música». Mi exmujer bailaba esa misma canción para hacer ejercicio mientras yo estaba sentado a la mesa de la cocina escribiendo ingeniosas notas para mis charlas. Solía prepararle un numerito con olor a cerveza para cuando salía de la ducha, y casi siempre funcionaba. Sostuve un diario entre las manos, sintiéndome indigno, y traté de recordar una breve oración en latín que un profesor jesuita siempre pronunciaba al principio de nuestra clase sobre Shakespeare. Supongo que no me siento indigno lo bastante a menudo para recordar una oración así.

7 de marzo de 1874

Me mandan llamar con un mensajero de Perro Macho que dice que la hija pequeña de Caballo Loco, Temida Por Todos, está enferma con la misma tos que los hijos del comerciante. No puedo hacer nada contra esa tos ahogada a la que suelen sobrevivir los niños blancos pero casi nunca los sioux. Reúno mis hierbas y medicinas, y toda la carne seca que me ha quedado, que apenas llena una alforja. El

231

pasado mes de octubre estaba dándole a esa chiquilla varias manzanas que había cultivado y se echó a reír al ver la sombra de su propio reflejo en la fruta pulida. Emprendí el camino de dos días a caballo viendo por todas partes las funestas consecuencias del peor invierno que se recordaba. En un barranco había cadáveres de ciervos muertos (en realidad sólo el pellejo, después de que cuervos y coyotes se hubiesen alimentado de ellos), como si los ciervos hubiesen decidido morir juntos. Quienes han pasado por mi cabaña dicen que tanto los sioux como los colonos están a punto de morir de hambre. Y con los búfalos tan desperdigados poco combustible se puede sacar de su abono seco. Si mi caballo de carga no hubiese muerto, habría podido llevar patatas, zanahorias, coles y nabos que he cultivado.

8 de marzo de 1874

He acampado indeciso ante cómo proceder. Me encuentro a pocas horas del río Tongue, que es donde me han dicho que vaya. Estoy tan afectado que no puedo evitar llorar. Hace unas horas estaba supervisando el terreno con mi telescopio de capitán de barco y vi movimiento en un monte lejano. Pensé que había encontrado caza, de modo que até el caballo y cogí el rifle para acechar la cima del monte lentamente. Me arrastré por un saliente bajo de roca y luego miré otra vez con el telescopio. El movimiento había tenido lugar en una pequeña plataforma funeraria, y Caballo Loco estaba sentado junto al bulto menudo envuelto en tela roja que debía de ser su hija, Temida Por Todos. Había llegado demasiado tarde. Caballo Loco tocó los juguetes de la niña que colgaban de uno de los postes, un sonajero de pezuñas de antílope y un aro de mimbre pintado. Se tumbó junto a ella y agarró el cuerpo quieto entre sus brazos.

De vuelta donde el caballo acampé pero sin encender fuego. Recé por el alma de la niña de forma que el corazón se me agitó dolorosamente en el pecho. Me envolví en la piel de búfalo y no tenía ganas nada más que de ver cómo el cielo se oscurecía y el viento frío soplaba las estrellas aún más frías por el cielo, mientras mis pensamientos eran los de un hombre enloquecido. Oí lobos e imaginé que la belleza de su coro daba la bienvenida a la chiquilla a un cielo mejor que el mío. Volví a verla con la manzana brillante pegada a los labios y oí su risa cuando mordió por primera vez la fruta crujiente. Le dio el corazón del fruto a su cachorro, y su madre, Chal Negro, la cogió en brazos delante del fuego hasta que se durmió. Mi corazón no podía imaginarla muerta, y en la noche recé para que el mayor de todos los hombres sioux trajese a su hija de vuelta a la vida con su abrazo, como hizo Jesucristo con Lázaro.

9, 10, 11 de marzo de 1874

Hoy hay una veta de primavera temprana, así que me siento en un nicho de roca como una estatua italiana sintiendo algo de calor apartado del viento. Tuve unos sueños demasiado turbados para anotarlos y con la luz de la mañana pienso en mi profesor de Cornell, que conocía los mitos de los nórdicos y los griegos. Me pregunto si nuestro Dios es sólo el Señor de la zona mediterránea y existen otras entidades distintas en este paisaje marchito. Caballo Loco me hizo un gesto de asentimiento con la cabeza el día después de llevarle la fruta el otoño pasado, pero por lo demás nunca hemos hablado. Perro Macho dijo que todos estaban preocupados en los últimos tiempos después de que tres guerreros lo encontrasen sentado entre una manada de búfalos hablando con las bestias que ninguna se alterase. Mi predilección por la ciencia me lleva a ser cínico ante estas historias, aunque ese hombre tiene algo de dios en la tierra, como en los mitos que he leído. En tiempos pasados, antes de que Cristo llegase a la tierra, se decía que dioses y hombres se confundían.

Sigo aquí otra noche. No pude evitar acechar la plataforma a menos de un kilómetro y lo vi todavía allí tumbado con el cuerpo de su hija. Me pregunté en qué pensaría y si emprendería de nuevo la guerra contra nosotros, que llevamos esa pestilencia a su territorio. Los sioux creen mayoritariamente que infectamos a conciencia de viruela a los problemáticos mandans para no tener que molestarnos en colgarlos como hicimos con los treinta y nueve santees en Mankato[21]. Me comí un gallo de salvia canijo que atrapé y estoy desvelado delante de la pequeña hoguera.

Un día tormentoso y frío y una noche en la que las constelaciones parecieron acercarse tanto que me asusté.

Esta mañana emprendí el camino al campamento pero me detuve a bastante distancia, ya que oí llantos de duelo. Perro Macho salió a caballo a recibirme y le di como presente la

---

[21] En 1862, el Ejército estadounidense llevó a cabo la que sigue siendo la mayor ejecución en masa en la historia de su país: ahorcaron a treinta y ocho indios dakotas (no treinta y nueve, ya que a uno de ellos lo redimieron) acusados del levantamiento que condujo a la Guerra Dakota.

carne seca. Me dijo que me había visto sentado en el hueco de la roca durante dos días, pero que no se me había acercado ya que es un lugar al que van los hombres a comprender el mundo. En ese momento miró más allá de mi hombro y vio a Caballo Loco cabalgando hacia el campamento. Me despedí de Perro Macho, sin querer entrometerme. Mientras me alejaba en dirección a casa me perdí tanto en mis pensamientos que no guié el caballo y me apartó unos cientos de metros hasta pasar junto a la plataforma. Levanté la vista, que tenía fija en mi propia mente, y entonces vi el pequeño bulto rojo y los cuervos volando en círculos muy por encima. Eso me desencadenó el llanto, así que cabalgué muy rápido contra el viento frío.

Durante mi segundo día de camino y a una hora de mi cabaña me encontré con un destacamento de la caballería liderado por el teniente _____, a quien desprecio tanto que le dispararía si pudiese hacerlo impunemente. Una vez que estuvimos cerca del río Dismal se decidió a preguntarme por los movimientos de los sioux pero sólo le respondí en latín y eso les disgustó, a él y a sus hombres. Me sacarían del Oeste si los metodistas no tuviesen un poder político aterrador, hecho que tiene cierta gracia. Este día he cabalgado como si el destacamento no existiese y el teniente disparó al aire de broma para sobresaltarme, pero no me inmuté. Están todos enfadados porque hace varios años, antes de Navidad, les di una paliza en Yankton a dos soldados borrachos que me atropellaron en la calle con sus caballos, tirándome al barro cuarenta y cinco kilos de harina que llevaba encima, y no se presentaron cargos contra mí. Aquello lo presenciaron varios sioux que se divirtieron y difundieron la historia. El general Miles interrogó al jefe de nuestra misión en Omaha sobre la naturaleza de mis actividades religiosas y agrícolas entre los sioux. El jefe de las misiones es un dandi santurrón, pero sabe que en comparación soy rico y me defiere como hacen los líderes religiosos con Mammón. El general Miles no entiende que yo no tenga ningún pacto con los sioux ni con ninguna otra tribu, que mi preocupación sea por árboles, plantas y hierbas, más que por Cristo, lo que ellos conciben como una llamada sagrada. Además estudio su lengua y sus dialectos y en los días largos del invierno y por las noches hablo para mí en sioux. Perro Macho, sin embargo, sí se interesó una vez por mis injertos, esquejes y cultivo de plantas; se preguntaba si no había abrogado el trabajo propio de la tierra.

Un bulto rojo y un sonajero de pezuñas de antílope. Me serví otra copa y salí. Había pasado ya la medianoche pero la luna brillaba y, aunque desconocedor de las estrellas, las estudié, preguntándome si serían las mismas que se vieron una noche de marzo hacía tanto tiempo. Había anotado que tenía que comprar un libro de horticultura general, dado que esa materia llenaba la mitad de los diarios y me era igual de ajena que la trigonometría. Noté una presencia y se me erizó la piel, pero eran los caballos que me miraban desde el corral. Los sioux eran flojos en taxonomía y durante un tiempo los concibieron como «perros sagrados». Empiezo a hablar con los caballos en voz baja y uniforme, repitiendo sílabas sin sentido, pasajes de poemas («qué te aflige, criatura desdichada»[22]),

---

[22] «What can ail thee, wretched wight»: verso de John Keats perteneciente al poema «La Belle Dame sans Merci».

fragmentos de anuncios, y mientras tanto arrastro los pies para acercarme a ellos. Se quedaron allí hasta que estuvimos casi cara a cara por encima del último listón del corral; entonces uno de ellos huyó. ¡Quizá oliese el alcohol y de pequeño un borracho le hubiese pegado! Los otros se quedaron, pero no traté de acariciarlos. Acepté como un pequeño triunfo no haberlos cabreado con mi presencia. Mañana a lo mejor pruebo a ampliar mi suerte con los gansos. Entonces oí un coyote en la distancia y regresé a la comodidad de la barraca; podía oír la música de guitarra de Soria al otro lado de la puerta de tela metálica.

Pasé la noche leyendo y hojeando, evitando pasajes que contuvieran cualquier posible impacto emocional violento. Sinceramente, algunos de los relatos de Northridge me parecían demasiado intensos para mi disposición de ánimo, y tendían a revolverme y a crisparme las terminaciones nerviosas. Cuando mi hija, Laurel, era una niña muy pequeña y estaba enferma o tenía pesadillas, la cogía en brazos y bailaba lentamente por el salón al ritmo de la radio. Tenía una bata roja de tejido de rizo que llevó hasta que estuvo hecha jirones, y luego siguió durmiendo con los retales. Al final no importa que los padres sean unos incomprendidos. Me acerqué al rincón y me detuve delante de una estantería con unos volúmenes que ya estaban allí cuando yo llegué, incluida una serie completa de Zane Grey. En la guarda de *Los jinetes de la pradera roja* leí: «Este libro pertenece a Duane Caballo de Piedra de Parmelee, Dakota del Sur, 1956», fuera quien fuese. Oí un cacareo que Dalva había dicho que correspondía al de un faisán macho. Igual que los gallos, anunciaban el día; como cualquier macho anunciando lo obvio. Me fui a la cama, razonablemente seguro de que los fantasmas que podían molestarme habían vuelto bajo tierra. Aquí fuera hacía falta algo más que una bombilla para mantener a raya a los espíritus.

Unos golpecitos.

—¿Está usted ahí, señor? —Más golpecitos—. ¿Vuelvo mejor otro día?

Corrí a la puerta de tela metálica, sin recordar que estaba desnudo y mi confundida salchicha matutina apuntaba cuarenta y cinco grados hacia arriba debido a un sueño. Era una muchacha de encanto incomparable. Levantó mi maltrecha bandeja del desayuno y habló con una voz susurrante, apartando educadamente los ojos:

—Lo siento, pero los gansos se han comido su desayuno. ¿Vuelvo mejor después?

—No, en absoluto. Claro que no. Un momento.

Me di la vuelta y revolví en busca de la bata. De ninguna manera iba a dejar que se alejara de mi vista. Apreté el rabo contra el escritorio durante unos segundos para hacerlo entrar en razón.

Pasó dentro con mi termo de café y dos notas.

—Soy Karen Olafson. Debo reconocer que me siento abrumada por conocer a un hombre que ha escrito libros. Naomi me ha dicho que es usted el hombre más inteligente que se ha encontrado nunca.

Era alta, quizá uno ochenta, con el pelo rubio oscuro y los ojos verdes, y llevaba una falda beis de verano, sandalias y una blusa blanca sin mangas. Encorvaba un poco los hombros para disimular el tamaño de sus pechos. Empezó a ruborizarse y jugueteó con un anillo grande de graduación que llevaba colgado al cuello con una cadena de plata. Me quedé mirando el anillo, fingiendo no saber qué era; durante un tiempo mi hija llevó el anillo de un patán lleno de granos que repartía *pizzas*.

—¿Suena estúpido? Supongo que sí. De verdad, si lo estoy interrumpiendo...

Les echó un vistazo al escritorio desordenado y a la botella de vodka medio vacía. Hice que se sentara, me serví un café y me llevé las dos notas al baño. La primera era de Dalva, con una reflexión sobre el triste final de nuestra velada: «No puedo evitar que me gustes aunque seas un gilipollas». Qué don de palabra. La otra nota decía: «Querido señor Perezoso: te hemos traído tu coche. Llama si te pierdes o te emborrachas. Tu criada, Frieda Lundquist». Por la ventana del baño vi el Subaru embarrado de Dalva. Todavía no había llegado a pillarle el truco a Frieda la Grande; en la cocina tenía un estante con las mismas novelas de amor romanticonas que mi madre aún leía con sesenta años. En la ducha pensé en Karen, alta, virginal, ruborizada, sus pantorrillas y rodillas bronceadas desapareciendo hacia arriba, presumiblemente para convertirse en muslos. Siempre podía empujarla contra los gansos para echar un vistazo a las piernas.

La treta del ganso resultó no ser necesaria. No, no me apareé con la vaquilla, aunque la cosa estuvo lo bastante cerca para resultar de infarto. Cuando salí de la ducha no la vi por allí y viví un segundo de histeria, pero la divisé por la ventana en el corral acariciando a dos de los caballos. Dalva debía de haberse llevado a los otros dos a su cita en Rapid City, un largo camino para evitar mi compañía. Mientras me vestía con mi mejor y más pulcra ropa ideé una campaña, como Rommel a las puertas de Egipto, o Timoshenko ante sus mapas de guerra.

Para mantener la sartén por el mango llevé a Karen a que me entrevistase en el salón de la casa. Me senté detrás del inmenso escritorio de Northridge y la coloqué en el sofá de piel hondo, lo mejor para verle las piernas. Estar en esa casa la dejó perpleja por completo, rígida por la timidez, con las manos apretando un cuaderno de taquígrafa. Me dijo que había estado en el redil del granero años atrás, con su padre, que había ido a herrar los caballos, pero nunca dentro de la casa.

—Menudo día. Aquí estoy, entrevistando a un hombre famoso en una mansión.

Dijo justo eso y no pude más que pensar que se estaba quedando conmigo, pero las preguntas que siguieron lo descartaron. ¿Cómo había empezado? ¿Cuántos años tenía cuando comencé a escribir? ¿Cómo se titulaban mis libros? ¿Había algún mensaje para la juventud actual? ¿Era la educación la llave para el futuro? ¿Tenía una chica las mismas oportunidades en el difícil mundo de hoy? ¿Cuál era el futuro para Nebraska? ¿Cuál es la principal lección de la historia? ¿Debe confiar un granjero actual en el Gobierno? En resumen, ¿había esperanzas en el futuro del mundo?

Hostias… Empezaron a sudarme las raíces del vello tras pasar unos minutos en ese baño de lodo. Si no hubiera sido un bellezón, le habría dado puerta. Como profesor veterano he desarrollado unos sutiles modales de médico-paciente. Respondí a todas las preguntas con un leve rasgo de acento británico, simulando el cansancio de Noël Coward, pero con la intensidad de un buen actor. Hice el papel de cosmopolita, atribulado, taciturno, tan sofisticado que mis respuestas tendían a irse por etéreas tangentes. Mis modales de médico-paciente salieron a la superficie cuando empecé a cambiar las tornas preguntándole a ella por sus esperanzas y sus miedos. Se ajustó la falda, halagada y perpleja ante mi interés. Con un vistazo de un milisegundo a su muslo se me revolvió el gusano. Me levanté y serví dos copas generosas de vino blanco y fresco, no tanto a modo de treta como para romper el hielo. Le dije que lo del vino debía ser confidencial, ya que no estaba seguro de que ella tuviese edad para beber. Volvió a sonrojarse y me contó que habían tenido una fiesta genial de graduación la semana anterior, y un montón de chavales bebieron tanto que «soltaron el almuerzo», un eufemismo nuevo y desconcertante, al parecer, para vomitar. A esas alturas, tras haberla desequilibrado un poco, tenía que terminar el trabajo. Me quedé mirándola a los ojos largo rato, intensamente, sin hablar; en realidad, estaba pensando en la comida. Cuando se puso lo bastante nerviosa empecé a hablar en el tono que había usado con los caballos:

—Karen, para serte sincero, tengo la sensación de que no eres muy feliz. Eres una joven atractiva a punto de salir al mundo, pero te sientes inquieta, temerosa, nada segura de ti misma. Tengo la sensación de que necesitas algo más de lo que pueden ofrecerte esta ciudad o incluso la Universidad de Lincoln. Estás emocionada ante la perspectiva del conocimiento personal, pero te asusta, como a alguna gente le asustan la guerra, la muerte, la oscuridad sin fin. Te han hablado de un futuro brillante, y sin embargo en este día cálido de verano te sientes como sonámbula. Ansías una dirección, una guía, estás harta del pavor que te recibe todas las mañanas. ¿Estoy en lo cierto?

—No sé adónde acudir —empezó a hablar, con los ojos húmedos y las manos apretadas.

De pronto, pensé que necesitaba algo para acompañar las anchoas en el almuerzo, mientras las palabras de Karen empezaron a brotar.

—Quizá sólo esté oyendo un tambor distinto, como leí en el colegio[23]. Mi vida en casa no es demasiado buena y no tengo privacidad alguna. Todo habría ido mejor si papá hubiera seguido con las herraduras de los caballos, pero se metió a granjero y ahora cree que el banco va a embargarle el tractor nuevo. Quiero darle mis ahorros para la universidad, aunque también quiero salir de la ciudad. Mi hermano se emborrachó un día y se metió en el Ejército, así que no ayuda en nada. Mi madre tiene problemas de nervios y no puede trabajar. Sólo se preocupa de si lo estoy haciendo con mi novio. Mi sueño es iniciarme en Pi Beta Phi o Kappa Kappa Gamma si me admiten. Cuando visité la universidad este invierno les gusté a las dos hermandades y pensé que a lo mejor tenía oportunidad de que algún día me nombrasen reina para la fiesta de inauguración. Hace dos semanas, cuando fuimos a Chicago de viaje de fin de curso, el chico que trabajaba en la recepción del hotel me dijo que debería ser modelo y que sacaría un montón de pasta. Quería quedarse con una foto mía y todas las chicas pensaron que debía hacerlo porque a lo mejor podía ser mi gran oportunidad, pero el profesor que nos acompañaba se enteró y dijo que no. No pude evitar llorar.

Y entonces se puso a llorar. Me levanté y le rellené la copa de vino, con ganas de acariciarla, pero consciente de que ése era un gesto prematuro. No se había cocido aún lo bastante en los jugos banales. Me acerqué a la ventana y miré hacia fuera, perdido en mis pensamientos. Quizá una tortilla con anchoas, huevo, chalotas, fontina…

[23] Se refiere a una famosa cita de Henry David Thoreau: «Si un hombre no marcha al mismo paso que sus camaradas, probablemente esté escuchando otro tambor».

—Quizá, sólo quizá… —dije por fin, girándome con una lentitud dramática desde la ventana, con el ceño fruncido de preocupación. Me acerqué y me incliné hasta que nuestros ojos estuvieron a la misma altura—. Quizá, quizá, quizá…

—¿Quizá qué? —me interpeló resoplando.

—Estaba pensando en el negocio de la moda —respondí, mientras me incorporaba y me alejaba con indiferente timidez—. He conocido a muchas modelos en Los Ángeles, en San Francisco, en Nueva York, modelos de catálogo, modelos de alta costura de extrema delgadez, modelos de trajes de baño. Hay una ligera posibilidad ahí fuera de que puedas pegar el pelotazo como modelo de trajes de baño.

Mencioné el nombre de una modelo famosa, casada con una estrella del *rock*, que había saludado en una ocasión saliendo de la casa de Ted. Eso provocó un «oooh» emocionado de Karen, de quien yo había supuesto que leía las revistillas de cotilleos. Sentí que era el momento de tratar de cerrar la operación.

—Levántate y camina. Trata de relajarte. Haz como si estuvieses en la playa de Waikiki en bikini. Imagínate a un grupo de socorristas que te mira, pero no te importa porque eres profesional y, joder, estás orgullosa de tu cuerpo.

Hizo una serie de giros por la sala de estar, ágiles aunque en general nerviosos, y luego me lanzó una mirada tímida pero suplicante.

—No sé decirte… Quizá no sirva de nada. No quiero darte falsas esperanzas, pero es que no sé decirte si llevas toda esa… ya sabes.

Señalé la ropa con disgusto. Ambiciosa como era, se deshizo rápidamente de la falda y de la blusa, se detuvo un instante, luego se quitó las sandalias y repitió los giros por la sala de estar. Fruncí el ceño, le puse las manos en los hombros para enderezárselos y le levanté la barbilla. Madre del amor hermoso, pensé, mientras me ponía tras ella y trataba de rebuscar términos anatómicos en mi cabeza. Seguí tocándola ligeramente como para ayudarla a corregir defectos menores.

—Buen milofrisis, latimus perfecto, bonitas clavículas.

Me arrodillé hasta que tuve la nariz a unos centímetros de las bragas blancas, que llevaba un poco metidas por la raja del trasero, un culo sin igual según mi experiencia. Ese momento fue crítico, por así decirlo, y tuve que usar mucha fuerza de voluntad para contenerme. Convertí mis pulgares e índices en compases y se los pasé por los tobillos subiéndole por las piernas, observando cómo la superficie de la piel se le iba poniendo de gallina.

—Maravillosos metatarsos, bonitas corvas, buen glúteo mayor.

Le amasé las nalgas un poco como buscando problemas ocultos, luego me dirigí rápidamente a su delantera, sin querer perder ese ángulo concreto de visión. Por desgracia, había gastado toda mi terminología, justo como iba en ciencias, así que farfullé algunas palabras en francés de gastronomía y alimentación.

—Buen *ris de veau* —dije a un lengüetazo del pubis.

Bagner de Bourgogne fue para el ombligo, y *tête de veau* para sus tetas enormes. En ese punto tuve que apartarme con una angustia descontrolada. Me estaba revolucionando como un motor turbodiesel. ¿Dónde va a terminar esto?, pensé.

—Quizá pueda llamar a mi amigo Ted de Los Ángeles. Es una gran figura en el negocio del espectáculo, podría decirse, un auténtico magnate de la costa. Aunque tal vez antes debería comprobar la flexibilidad. La agilidad se aprecia muchísimo.

—Se me había secado la boca hasta un nivel absurdo, pero no quería perder la concentración bebiendo más vino—. Quizá podrías hacer unos ejercicios tumbada, ya sabes, abdominales, agarrarte rodillas y tobillos, cualquier cosa.

Se tiró al suelo rápidamente delante de mí y echó las rodillas hacia atrás, luego lanzó los pies hacia delante de manera que me rozó la camisa con los dedos. Mi salchicha me dolía como una infección de muelas y notaba un rugido en los oídos. Karen oyó el rugido también y se levantó de un salto. Era Frieda rugiendo en el patio con su gran ARIETE. Se rompió el hechizo.

—¡Ay, madre! —dijo Karen cogiendo su ropa.

Salí corriendo de la sala de estar, pasando por el vestíbulo hasta la cocina. Alcancé a Frieda en la puerta de la caseta del agua y le dediqué una sonrisa perezosa, pero le bloqueé el paso.

—Me están haciendo una entrevista. Todo va bien.

—Yo estoy dándoles de comer a los gansos y a los caballos —me respondió, empujándome para pasar—. Naomi me ha dicho que Karen estaba por aquí. Es mi prima tercera.

Seguí a Frieda con una oración y un sofoco. Quería meterle la bota por el culo tan al fondo que hiciese falta un remolque para sacársela. Para mi alivio Karen estaba a la mesa de la cocina ajustando sus notas, fresca como un pimiento morrón.

—Hola, Frieda. Acabo de hacer la mejor entrevista del mundo. Es tan divertido hablar con una gran mente…

Recogió el bloc y salió como si nada, asintiéndome con la cabeza en gesto de agradecimiento al pasar. Me vi de pronto corriendo hacia el patio tras ella. Estaba metida en su pequeño automóvil compacto y avejentado, con las manos agarradas al volante y la mirada fija al frente.

245

—¿Vas a llamar a ese tal Ted?

Mantuvo un gesto implacable en la barbilla.

—Por supuesto. Esta tarde. ¿Por qué no te pasas sobre las diez esta noche? Trae unas fotos que pueda enviarle a Ted, preferiblemente cándidas.

—No creo que pueda. Tengo una cita.

—Estoy seguro de que conseguirás arreglarlo.

Me di la vuelta para evitar excusas débiles. Cuando se alejó en el coche miré a Frieda, que estaba en la ventana de la cocina, y luego al redil y a los cultivos. Justo después de conocer a Dalva y sacar a colación el tema de los documentos, me había contado que su bisabuelo tenía un sentido peculiar del orden y del equilibrio en su vida, provocado por su juventud difícil y por los meses pasados en Andersonville. Mientras contemplaba el claro, que según Dalva tenía unas doce hectáreas, recordé un mapa del campo de prisioneros que había visto en un curso de posgrado sobre la Guerra de Secesión. Andersonville y ese claro tenían el mismo tamaño, y en ambos había arroyos que los atravesaban por la mitad. En el primero hubo hasta diecisiete mil prisioneros, y no demasiados supervivientes. De repente ansié revisar los diarios de 1891, cuando se había construido la casa principal, aunque el terreno lo habían tenido en propiedad desde el colapso de 1887. Me sobrevino la visión ardiente de Karen en el suelo y me gruñó el estómago. Salvado por Frieda de la travesura. La mezcla obvia de lujuria y alivio: mis antecedentes no eran, en realidad, demasiado alentadores en este tipo de juegos. Albergué la distraída esperanza de que Karen fuese a su cita y se olvidara de este profesor cansado.

De vuelta en la cocina noté el olor intenso de mi sabor preferido, el ajo. Resultó que Frieda me había preparado un

246

guiso de cordero a la vasca la noche anterior y lo estaba calentando. Estaba exquisito, con pan recién horneado y un poco de cabernet que desafortunadamente Frieda había volcado en una taza de medir de latón. Me contó que cuando tenía diecinueve años se había escapado con un pastor de ovejas vasco que había estado esquilando por la zona. El pastor la había mantenido cautiva en las montañas Ruby del norte de Nevada y durante ese año le había dado todo el sexo que ella quería en la vida. El señor Northridge y su padre le siguieron el rastro y la rescataron de las garras del vasco. Como resultado, a Frieda aún le gustaba la cocina que su «crudo» amante le había enseñado. Estaba encantado con el guiso, pero entonces Frieda me cogió de la mano y me miró de forma entrañable.

—Ten cuidado con Karen. Esa niña va demasiado rápido para un profesor como tú. Por aquí se rumorea que el noviembre pasado se dejó abordar por unos médicos que vinieron a cazar faisanes desde Minneapolis. Como el padre encuentre a esos doctores habrá una carnicería.

—¡No me digas! —grazné—. Habría jurado que era virgen.

La expresión «dejarse abordar» tenía un punto náutico. Karen en el aparejo del Doctor Pirata.

—Pobre, si es que tienes la cabeza en los libros. No distingues a una furcia calentorra de una mujer digna. Eso es así. Esa niña es igual de salvaje que Dalva en sus tiempos.

Frieda se puso en pie de un salto y encendió la radio. Nunca se perdía a Paul Harvey y sus noticiarios comentados.

—¿Y cómo de salvaje era Dalva en sus tiempos? —pregunté, creí que inocentemente.

—Eso no es de tu incumbencia, caballero. No trates de entrometerte en asuntos de familia.

El resentimiento de Frieda era tan grande que me escabullí a la habitación de Dalva para usar el teléfono. Dalva me había dicho que cualquier llamada realizada en presencia de Frieda perdía toda su confidencialidad.

Resultó que a Ted le hizo gracia, y también le alarmó, la idea de que hubiese descubierto a una gran modelo. Me advirtió con bastante seriedad que las costumbres locales no habían progresado como en California, y que había oído la historia de un barbero gay al que empaparon en brea y plumas en los años cincuenta. En cierto modo me sorprendió que supiera que me había perdido y emborrachado con Lundquist.

—Menuda impresión estás causando por ahí, ¿eh? Te ha tocado la china.

En cualquier caso, me aseguró que haría circular las fotos de Karen si se las mandaba. Recordé entonces que había prometido llamar a un amigo del negocio de los libros raros y describirle los diarios. Ese hombre me había borrado un delito de mi expediente cuando me cogieron tratando de birlar un ejemplar de una sala de libros raros en Notre Dame. Por entonces, yo era un estudiante sin blanca y frecuentaba su librería en mis viajes a Chicago. El robo era, en realidad, un encargo, y él se había agenciado de forma anónima un buen abogado para liberarme sin cargos. Al teléfono, se emocionó cuando le hablé de mis descubrimientos y me rogó que hiciera fotocopias de ciertos fragmentos. Tenía a un coleccionista en Westchester y a otro en Liechtenstein que pagarían una fortuna por unos cuantos diarios. Le respondí en términos nada inciertos que eso estaba fuera de toda cuestión.

De nuevo en mi escritorio, empecé a darle vueltas otra vez a la simetría entre el claro de la granja y Andersonville. Me había traído los volúmenes hipnóticos de Shelby Foote sobre la Guerra de Secesión, pero no quería seguir una pista posiblemente falsa. En mi profesión, la tentación recurrente es tensar demasiado las cuerdas, cortarle las patas al caballo para que encaje en el establo. Al contrario que en el caso de mi madre, la disciplina de la historia no sugiere que el largo plazo dé los mejores y más pulcros resultados: se puede cotejar material de investigación hasta tener el pelo cano y el rostro azulado y llegar a conclusiones falsas repetidas miles de veces por otros ilusos. La reciente excavación embrionaria del campo de batalla de Custer no revelará nada sobre la naturaleza de los hombres que lucharon allí, que es la última intención válida de toda indagación. En cualquier caso, tuve que vetarme este tipo de grandeza: esperaba tener ante mí todo lo referente a Northridge y luego plasmar a ese hombre en un libro. No podía empezar a cuadrar la frase escrita por Caballo Loco en la historia, pero sí glosar el conocimiento de Northridge sobre los sioux. La ambición convierte a hombres sanos en pobres histéricos. Abandoné a Melville porque el ahorcamiento de Billy Budd, por no hablar de la blancura de la ballena, era un tema que me habría llevado a acabar mis días necesitado de atención psiquiátrica.

Pasé gran parte de la tarde tratando de dilucidar la estancia de Northridge en La Crosse, Wisconsin, en el invierno de 1866. Estaba todo repleto de comentarios inconexos y oscuros sobre botánica y teología. Northridge no dejaba de ascender el inmenso monte que linda con la ciudad al este y mirar al Mississippi, al oeste. Estaba desconcertado ante su intento por recuperar la fe, y por tanto los diarios quedaron repletos de citas sucintas de la Biblia del rey Jacobo, así como cavilaciones sobre las causas obvias del cólera que afligía al desplazamiento al oeste. Avancé hasta la última primavera, que le sobrevino en la parte noroeste del Territorio de Nebraska.

Semana del 22 de mayo de 1866

Llevo acampado aquí diez días junto a un arroyo que diría que es el Warbonnet. Ahora estoy más solo de lo que creí posible y bien lejos de la inmundicia del camino de Oregón, y de los pioneros tan debilitados por la enfermedad y la estupidez que marchan hacia su propia batalla de Antietam. Me han advertido infinidad de veces desde La Crosse y durante el viaje por el Territorio de Nebraska que me mantenga apartado de esa zona y sus peligros. Los hombres cuentan historias salvajes para excusar su cobardía y eso les ocurre siempre a soldados y misioneros. Si me faltase el coraje ahora, mejor sería recoger las cosas y volverme a Barrytown a convertirme en un caballero refinado. Quizá tenga algo de la sangre de mi padre al que nunca vi...

Dios mío, se supone que era un bastardo, un ilegítimo, pero obviamente sabía quién era su padre. Anoté mentalmente tratar el tema con Dalva.

... He estado plantando mis injertos por el lecho del arroyo bien arriba para evitar posibles inundaciones. Hay un flujo de aire del noroeste al suroeste que ayuda con las heladas en la época de germinación. Los suaves pelos de las raíces [¿?] no soportaron bien el viaje y no albergo muchas esperanzas con mi primer huerto. Conforme me desplazo a mayor altitud cavo hoyos más profundos para examinar los estratos del suelo, casi siempre poco apropiado tan lejos para los árboles frutales. Avanzo una hora todos los días en mi hoyo más grande cerca de un álamo para examinar su raíz primaria. Tras un invierno tranquilo, amenizado con

250

algunas caminatas, es un placer volver a hundir las manos en la tierra. ¡Hoy una *Machaeranthera canescens*! Pubescencia un poco áspera; tallo morado, ramificada con moderación; hojas lanceoladas, onduladas y mucronadas.

La última frase de aquí es a lo que me refiero con las notas de campo: ¡la botánica para los botánicos!

Mis caballos maneados pasaron la noche nerviosos, descansando mal, y al amanecer encontré las huellas del gran oso, el grizzly, en el barro por la orilla del arroyo. He decidido mantener el fuego mejor atendido porque sería irónico que un hombre sobreviviese a la guerra sólo para terminar sirviendo de alimento a esa criatura salvaje. Los osos de los Adirondacks suelen ser bastante curiosos y deambulan mucho en busca de comida en primavera y quizá éstos sean iguales, aunque dicen que su fiereza no tiene parangón en el reino animal. Supongo que hoy he cavado demasiado porque cuando asomé la cabeza del hoyo creí ver un lobo erguido sobre un monte que luego echaba a correr sobre las patas traseras. Cuando me cené el gallo de la pradera se me ocurrió que quizá el lobo fuese un sioux disfrazado. He ansiado ver a mi primer indio salvaje y sin contaminar por ningún asentamiento, que no mendigase ni comerciase con sus cosas de valor a cambio de licor, que no está hecho para ellos. En Boston y en Nueva York se cuenta que los italianos pueden beber vino, pero el licor los vuelve violentos y a menudo los arrestan sin ropa. El capellán de Cornell decía que sólo el pueblo elegido, los judíos, puede refrenar sus vicios, y debería ser nuestro ejemplo.

Con la primera luz del día un chiquillo sioux estaba mirando mis caballos pero huyó arroyo arriba hasta un matorral. Le grité en su lengua: «Quédate un rato y habla conmigo», pero no regresó. Es un consuelo para mí que si me matan no haya ningún pariente que me tenga que llorar, a no ser que mi padre dejase a otros bastardos en el continente.

Un domingo melancólico, o eso creo porque a lo mejor me he olvidado de tachar un día en el calendario. Por la noche ha habido rayos y truenos violentos, y mi rudimentario refugio ha tenido goteras, lo construí demasiado rápido con el buen tiempo. Me baño en el arroyo y trato de pasar el día con la Biblia pero es más complicado leerla en la naturaleza. En la universidad debatí con un ateo bastante brillante sobre si los salvajes necesitaban nuestra religión. En privado creo que no la habrían necesitado si nosotros no hubiésemos perturbado su paz. Somos un misterio demasiado grande para ellos, y ellos para nosotros. Cuando paso mucho tiempo sentado aquí, en esta roca, mi mente cesa su actividad y parece que no entiendo nada, o que lo entiendo todo.

A última hora de la tarde me dejo de biblias y de domingos y me doy un paseo largo, después del cual deseo, por dos razones, haber llevado conmigo uno de los dos caballos, porque uno me lo han robado en mi ausencia, o quizá se le soltaran las trabas, y el otro me habría salvado del peligro. Subí un monte a tres kilómetros de mi campamento y vi por el camino un pinzón azul y un zorzalito de Swainson. Desde el monte con el telescopio examiné las inmensas praderas al oeste y me quedé impresionado ante una masa oscura y enorme como si las nubes de tormenta más negras hubiesen caído a la tierra. Empezó a picarme la piel y a estremecerse al ver que la masa se movía hacia mí y hacía un ruido como de trueno distante. Eran los búfalos, *Bos americanus*, y no podía haber una visión más asombrosa en la creación de Dios. Sobre ellos había un sol rojo en el cielo occidental que bruñía ese mar de bestias en movimiento. Aun a kilómetros, pero acercándose a mí, su tronar se intensificó como si estuviesen sacándole la vida a la tierra a pisotones. Todo tipo de pájaros cantores y halcones, gallos de salvia y gallos de las praderas se levantaron ante ellos y empezaron a pasarme de largo, y cuando los búfalos estaban a menos de dos kilómetros sentí que el suelo temblaba. Fue entonces cuando caí en la cuenta de que estaba en su camino, en un monte sin árboles, así que guardé el telescopio y eché a correr hacia el campamento, muy sorprendido cuando me adelantaron un ciervo y un antílope en pánico. Ay, lo que habría dado por tener un hoyo seguro en el suelo como el tejón, la taltuza o el hurón. Volé hacia el campamento y de algún modo trepé al álamo como lo habría hecho un mono tropical. Desde el árbol alcancé a ver por encima de la cresta del lecho del arroyo, y los búfalos subieron el monte en el que yo había estado para luego virar al sur; tardaron media hora en terminar de pasar. Añadiré que encendí un fuego grande y llené la taza de latón con el whisky que reservaba para cuando estuviera enfermo. Fumé con pipa y canté himnos para hacerme compañía. Sentí que me observaban, pero estaba cansado y me resigné a mi suerte de borracho congelado en los ventisqueros de Maine.

Una buena mañana con muchas tazas de té y agua fría. De vuelta en mi hoyo grande antes del desayuno, como un penitente. Me río al pensar que los búfalos habrían obligado a San Pablo a algo más que a un poco de vino. Recuerdo que debería ir a buscar el caballo que he perdido, aunque no suelen alejarse mucho de quienes los acompañan. El hoyo está demasiado lodoso para cavar bien y cuando empiezo a trepar hacia fuera huelo a cuero y al aroma a cobre de la sangre. Hay tres guerreros, un niño y un anciano pintado de forma estridente y vestido con pieles animales que se inclina ante mis especímenes de plantas puestos a secar. Me sobresalto hasta quedar sin aliento pero digo en sioux: «Bienvenidos a mi campamento. Encantado de verles». El niño se echa atrás tímido pero los guerreros avanzan para mirarme fijamente de cerca. Tienen los brazos cubiertos de sangre seca y supongo que han estado cazando. Dos de los guerreros son grandes y musculosos y llevan rifles aunque no los apuntan hacia mí. El tercero tiene una barriga grande y va desarmado salvo por una hachuela y un palo enganchados a la cintura. Les digo en sioux: «Me alegra verles en este día tan encantador. He estado cavando en la tierra para mirar las raíces de los árboles. Me temo que estoy un poco embarrado. ¿Quieren que les prepare una taza de té?». El anciano pintado se acerca y lo tomo por un chamán. Entonces el guerrero de la barriga grande sin rifle me sonríe. «El niño nos dijo que había un hombre blanco que comía tierra y cavaba en el suelo como un tejón. Cogía árboles pequeños de una manta y los plantaba en la tierra». A continuación le hizo un gesto a uno de los guerreros. «Anoche te vio fumando en pipa y cantando canciones. Estamos muy enfadados ahora mismo con el hombre blanco. Me pregunto si debería matarte. ¿Qué tienes que decir a eso?». Respondí que el Espíritu Santo me había mandado venir aquí hacía años, pero antes tuve que luchar en la Guerra Civil donde me capturaron. Si ahora el Espíritu Santo me quiere muerto es asunto Suyo. Barriga Grande dijo que había visto y oído cosas sobre misioneros y que eran todos unos mentirosos y unos cobardes. Le contesté que si yo era un cobarde por qué iba a estar aquí solo. Soy una clase distinta de misionero. Nombré rápidamente las frutas y bayas silvestres que comía su pueblo y dije que estaba plantando frutos nuevos, no frutos de los hombres blancos, sino de todo el mundo. El chamán se me quedó mirando el ojo izquierdo y le dijo a Barriga Grande que nunca había oído hablar de un misionero cubierto de barro. Me llevó aparte y hablamos sobre mis hierbas y especímenes puestos a secar, y también echamos un vistazo a los injertos que había plantado más arriba. Entonces caminamos de vuelta a mi hoyo grande cerca del álamo. Me metí en él de un salto y les expliqué rápidamente la naturaleza del sistema de raíces del árbol. Los tres guerreros se apartaron donde no les podía oír y debatieron la situación. Puse un cazo de agua a hervir para hacer té y luego le enseñé al chamán algunas manzanas, peras y melocotones secos, y puse un puñado de cada cosa en otro cazo con agua para cocerlos. Saqué medio kilo de tabaco del bueno como regalo y eché un vistazo para tratar de leer la expresión de Barriga Grande mientras se acercaba. «Eres un hombre confuso y no sabemos qué hacer contigo. ¿Por qué no has preguntado por tu caballo robado?». Ofrecí una oración en silencio porque sabía que me debatía entre la vida y la muerte como si estuviese caminando por una viga estrecha en lo alto de un granero. Dije que deseaba darle mi caballo de más al niño que nos había reunido en ese día hermoso. El niño lo oyó y dio un salto en el aire.

Entonces Barriga Grande mantuvo una reunión privada con el chamán, y cuando regresaron al fuego donde estaba revolviendo el cazo del té y el cazo de la fruta, Barriga Grande dijo: «Eres demasiado extraño para matarte. El anciano dice que daría mala suerte hacerlo». Todos se echaron a reír ante el comentario y me uní a ellos, aunque un poco débilmente. Al contrario de la opinión popular que se me ha dado siempre, en los indios abundan el ingenio, las bromas y la risa. Nos sentamos a tomar el té y la fruta guisada, que calificaron de deliciosa. Al niño lo mandaron subir al lecho del arroyo a coger algo y volvió rápido con un corazón de búfalo sangriento que troceamos y asamos al fuego. El corazón estaba muy bueno, por cierto…

Me giré y vi a Naomi entrando con el coche en el patio. Eran las cinco de la tarde; típico de ella esperar hasta que creyese que había terminado mi jornada laboral. Para cuando le di alcance, iba cargando con un faisán macho muerto, y parecía muy triste. El faisán había salido volando desde una zanja hasta chocar con el lateral del coche y se había roto el cuello. Los coches no llevaban en aquella zona el tiempo suficiente como para que las criaturas se hubiesen adaptado genéticamente, me explicó. Naomi me dio el pájaro y me dijo que me lo cocinaría para la cena. Me encogí un poco ante la calidez que aún notaba en el pecho del animal. Muchos logramos obviar el hecho de que lo que comemos estuvo vivo alguna vez, igual que lo estamos nosotros. Naomi notó rápidamente mi incomodidad, volvió a coger el pájaro y empezó a desplumarlo mientras hablábamos.

—Karen me ha llamado y me ha dicho que la vas a ayudar a convertirse en modelo. ¿Es verdad?

Levanté la vista un segundo a una nube imaginaria.

—Es muy guapa, así que sencillamente llamé a Ted para preguntarle. Se ha ofrecido a ayudar.

—No estoy criticando nada, sólo quiero que tengas cuidado. Las niñas por aquí son muy directas y crédulas. Karen es muy tozuda y no tiene la cabeza muy bien amueblada. Además, ha ido provocando a los hombres por ahí desde que tiene trece años. No quiero que te compliques la vida con una insinuación poco atinada.

—Necesito una copa —dije, y me dirigí a la casa.

Era como si mi madre me hubiese pillado con las manos en la masa jugueteando con mi fideo. Estaba sentado a la mesa de la cocina con cinco dedos de vodka cuando Naomi entró con el faisán desplumado. Me acarició la cabeza y le dio un sorbo a mi copa.

—No te aturulles. Estoy más preocupada por ti que por Karen. Al entrenador del instituto lo despidieron, aunque Dalva me contó por teléfono que ese mismo tipo la había molestado hacía treinta años. Pero basta del tema. Mira este espolón grande de aquí. Es un pájaro adulto, lo que significa que no lo puedes asar sin más porque se pondría demasiado duro.

Me enseñó los espolones en las patas del faisán y me dijo que los usaban para defenderse de los depredadores, o en peleas por las hembras.

Hablamos mientras Naomi salteaba el faisán en una olla de hierro pequeña, a la que añadió puerro troceado, vino blanco y unas ramitas de tomillo y romero del macetero de la cocina. Me indicó que lo pusiera al fuego una hora antes de que quisiera comer. Naomi no se quedaba a cenar porque tenía una amiga, socia de un club de cine, que había recibido una cinta por correo de *Vidas rebeldes*, con Montgomery Clift, Clark Gable y

Marilyn Monroe. Era su película favorita, y solía reunirse con otras dos viudas a ver cine clásico y cenar juntas. De repente le pregunté si Dalva tenía algún amigo especial en Rapid City. Los celos me subieron por la garganta al pensar en Arthur Miller aguantando los chanchullos de Marilyn. Si te ponen los cuernos con el presidente no puedes ni guantearle la cara. Naomi se echó a reír ante mi pregunta y dijo: «Nunca lo sabrás, ni yo tampoco», y añadió que Dalva tenía una cabaña en las Black Mountains que usaba como retiro. Una anciana sioux vivía allí y se ocupaba del lugar. Luego le pregunté qué sabía sobre la construcción de la casa. Me contó que Northridge había hecho el diseño y se había traído a un grupo de artesanos suecos de Galesburg, Illinois. El abuelo de Dalva tendría unos cinco años por entonces. Fuimos a la sala de estar, y Naomi, con bastante inocencia, me enseñó un panel oculto donde escondían una media docena de escopetas inglesas a las que reconocí un valor considerable. Había además una caja fuerte embutida en la pared que despertó mi curiosidad. Me contó que entre 1890 y el cambio de siglo hubo muchísima hostilidad en Nebraska hacia Northridge porque se pensaba que había dado asilo a líderes sioux y cheyenes fugitivos del Gobierno, en una suerte de primer «ferrocarril subterráneo»[24]. En efecto, Northridge había estado en el lado equivocado de la guerra, aunque tenía suficiente poder político —su propiedad en Chicago se había vendido por una suma importante— para que nadie tratase de molestarlo. Le pregunté a Naomi por qué no había leído los diarios. «Me recuerdan demasiado a la voz de mi marido», me dijo, antes de besarme a modo de despedida.

---

[24] Se habla aquí de la organización Underground Railroad, una red clandestina creada en el siglo XIX en Estados Unidos y en Canadá para ayudar a escapar a los esclavos negros.

Después de que se marchara me quedé en el patio demasiado rato. Sentía un nivel de ansiedad que, durante mi tratamiento, me habían enseñado a considerar una señal de advertencia. Me niego a perder la chaveta en esta tierra extraña, pensé, ante un público de gansos y caballos. Necesito algo de ruido. El marido de esa mujer había muerto en Corea hacía casi cuarenta años, en 1950. Siempre está la duda de si la vida es lo bastante larga para superar ciertas cosas. Me senté en el suelo para evitar caerme ante la enormidad de todo aquello. Ya se encendió la lucecita, como si viajase en un avión. Debería estar en el palacio del porno de los hermanos Mitchell en San Francisco viendo cómo los turistas japoneses se vuelven locos ante tías desnudas mientras beben whisky del malo a siete dólares el chupito. Menuda soledad a la hora de la cena. Había estudiado sobre la guerra y las reparaciones. Los japos y los alemanes lo hicieron muy bien, mientras que los indios fueron demasiado incomprensibles. ¿Qué haces si los muy capullos no aprenden a cultivar patatas? Estar sentado también me daba vértigo, así que me levanté y caminé intencionadamente hasta el campo de lilas en el que se ubicaba el cementerio familiar. La vegetación estaba sin podar exprofeso, y la única lápida que me resultaba extraña era la de alguien llamado Duane Caballo de Piedra, muerto en 1971. Recordé que era el mismo que había leído *Los jinetes de la pradera roja*, de Zane Grey. Le preguntaría a Dalva, si alguna vez regresaba de estar con su amante de Rapid City. ¿Hasta qué punto estaban esas personas realmente muertas? ¿Quiénes eran los jodidos indios? Salí con prisas del cementerio con el culo apretado, como si me persiguieran. ¿Por qué siento curiosidad por algo más allá del nivel profesional, o en realidad no la siento? No me atreví a tomarme otra copa en ese estado. Había leído la información nada concluyente sobre los posibles orígenes de los indios, todo teñido de suposiciones y especulaciones. La Biblia se conforma sabiamente con Adán y Eva. Una dama encantadora, exhausta, me contó en el bar No Name de Sausalito que los indios habían llegado en nave espacial a Perú y se habían abierto camino al norte, una posibilidad tan plausible como la de la tribu perdida de Lundquist. En casa encontré apoyo en las noticias de la tele, sobre todo en Ted Koppel, para asentar esta suerte de indigestión mental. Una pantalla de veinte pulgadas era el pegamento necesario. Si no hubiera sido por el faisán que me esperaba bien podría haber entrado en el granero (que me aterraba), prenderle fuego y quemarme con él. Traté de acercarme a los gansos junto al arroyo, pero eran más cínicos que los caballos. Me monté en el Subaru de Dalva, lo arranqué y puse la radio, aunque el olor a ella me hizo un nudo en la garganta. Escuché atentamente a un agente del condado de la zona hablar sobre los precios del grano y del ganado, y eso ayudó. Luego empezó con un canto fúnebre sobre las ejecuciones hipotecarias en las granjas y cambié de emisora; me detuve en una de *country* con toda su insoportable carga sentimental. Terminé conformándome con la radio pública y una dosis de Brahms soporífero, y empecé a repetir en voz alta ciertas cosas que me gustaban, una panacea del psiquiatra: el primer año de mi matrimonio, mi hija, ciertos pájaros, el ajo, el burdeos, las bailarinas exóticas, el mar cuando no está picado, las pelis de Gary Cooper, las pelis de John Ford, las pelis de John Huston, los catálogos de Victoria's Secret, el *cassoulet*, Stravinski, los vídeos de ZZ Top (cuando la chavala sale del coche viejo), la ciudad de Nueva York los sábados por la tarde, números nuevos de la *American Scholar* y la *American History* en el correo, el río Liffey al amanecer, Patrick

Kavanaught, la Tate Gallery, Cheyne Walk… Y en ésas volví al trabajo, olvidándome de la cena por el momento. ¡Quiero un chotacabras de mascota!

21 de octubre de 1890

Nos pintaron de blanco y bailamos día y noche hasta que no pudimos movernos más y luego descansamos, nos levantamos y bailamos de nuevo aunque el día se oscureció con vientos fuertes y aguanieve…

No es lo que necesito ahora: Northridge durante el declive del movimiento de la Danza de los Espíritus. Lo dejaré para una mañana luminosa y despejada, no para una noche solitaria. Aparté los diarios y leí dos textos complementarios: *Indios, burócratas y la tierra*, de Carlson, y *La Ley de Dawes y la asignación de las tierras indias*, de D. S. Otis.

A las nueve, cuando empezó a oscurecer, regresé a la casa y metí el faisán en el horno. Pensé que era seguro tomarme una copa, aunque el primer sorbo me hizo preguntarme si Karen aparecería o no. La chavala era un cara o cruz: dicen que una polla dura no tiene conciencia, pero la polla de un investigador es una cosa tímida llena de interrogantes, culpa, ironías. Mis esfuerzos por mantener una distancia con respecto a mi material estaban perdiendo pie. Los investigadores trabajan en bibliotecas por algo. Una serie de estudios sobre el Holocausto ha demostrado con toda claridad que aquello constituyó la sucesión de acontecimientos más atroz en la historia de la humanidad. Sin embargo, dudo que alguno de los autores o investigadores de esos estudios hubiese montado su chiringuito en Buchenwald, Belsen o Treblinka para redactarlos. En aquel sitio me encontraba demasiado en el meollo

261

de la cuestión. Visualicé un apartamento sobre un agradable *pub* de Dublín, con los dos baúles de diarios seguros bajo la cama o, de vetárseme eso, dos baúles con copias del material, si fuese admisible. El problema, claro, era que lo leído hasta el momento me había intimidado; se trataba de un relato demasiado duro y conmovedor, y veía perfectamente cómo se iban a ajustar las partes malas a la métrica del conjunto. Si los nazis hubieran ganado la guerra, al final al Holocausto le habrían puesto música, del mismo modo que nuestra sangrienta caminata victoriosa hacia el oeste aparece en las películas acompañada de miles de violines y timbales.

Acababa de empezar a cagarme en todo y a lloriquear internamente por el burdeos encerrado en el sótano, cuando el coche de Karen entró virando bajo la luz del patio. Fui hasta la puerta de la caseta del agua con un calambre en el estómago y el corazón a mil. Desde las sombras me dijo que no quería entrar, que si podíamos ir a la barraca. Parecía revolucionada e inquieta, y me costó seguirle el paso al cruzar el redil. Cuando abrí la puerta pude oler a *schnapps* y a hojas chamuscadas de marihuana. Bajo la luz vi que estaba húmeda y que llevaba una falda sobre un bañador. Parecía en cierto modo más alta, con los ojos relucientes y el habla algo atrancada. Me dio un sobre con una risita sonora.

—Me las ha hecho mi amiga Carla con la Polaroid de su padre. Primero nos hemos tenido que tomar unas copas, y ahora nos estábamos bañando, así que tengo prisa, porque he quedado con mi novio y no quiero que piense que estoy por ahí en el coche con otro…

Las fotos eran una picana para el nervio del cogote, una fantasía masturbatoria, un caramelito: imágenes torpes pero explosivas de Karen en sujetador y medias, con diversos trajes de baño, y tres desnudos integrales. Karen fijó la mirada más allá de mi hombro y continuó con la cháchara:

—Así que espero que estén bien, aunque no sean demasiado profesionales. —Las lancé al escritorio y me giré hacia ella—. A decir verdad, esto que llevo es un traje de baño…

Se bajó la falda y se ajustó el bañador por la entrepierna y el culo. Se quedó quieta, y luego sonrió un poco groseramente ante mi mirada de desesperación.

—Casi me pareció que me lo ibas a comer hoy en la sala de estar. Dios mío, pensé, este tío va en serio. Soy fiel a mi novio, aunque a lo mejor no pasa nada por hacer lo otro. —Se bajó los tirantes por los hombros y se quitó el bañador—. Así que no intentes metérmela, machote.

Se me echó desnuda a los brazos, bajó una mano y me abrió la cremallera. Me desabroché el cinturón y el botón, y el pantalón cayó al suelo.

—Pero ¡si estás más que listo!

Fui dando bandazos con ella hacia la cama. Allí se sentó en el borde y se metió todo lo que le cupo de mí en la boca abierta de par en par. Caí junto a ella y me pasó una pierna y un muslo por encima de la cara, colocándome su sexo con mucha energía en plena cara. Di lo mejor de mí en el poco tiempo que se me concedió, y noté cómo desaparecía rápidamente el efecto refrescante que había dejado el traje de baño. Y entonces me corrí con total vehemencia. De inmediato, se incorporó de un salto y cogió mi almohada para limpiarse con delicadeza la boca y la barbilla y luego volver a colocarla sobre mi salchicha roja y basculante.

—Siempre se os queda cara de tontos —me dijo, y se vistió con rapidez—. Siento no poder quedarme. Ya nos vemos. Ve contándome.

Y se fue. Hay quien lo llama sexo. Una punzada de angina y visión borrosa. El coche arranca y se oye la gravilla, los tímpanos aún irrigados de sangre. Creo que con treinta y nueve estoy ya viejo para este tipo de cosas. ¿Por qué no me tiro delante de un coche en marcha? Me sentía como si me hubiesen estampado algo en la cara, cosa que era técnicamente cierta. Me quedé tumbado allí hasta que logré enfocar el techo, esperando recobrar el flujo de oxígeno y cierta sabiduría pospecado original. Me sentía solo sin Dalva, pero no creía que a ella le ocurriese lo mismo conmigo, donde fuera que estuviese. Alargué el brazo por encima de mi cabeza y cogí un diario del montón, pensando: «Cuando llegué a Cartago, a mi alrededor bullía un caldero de amores ilícitos». Pobre san Agustín. ¿Quién iba a adivinar, o a molestarse en adivinar, que el investigador medio está tan lleno de dramas personales como esos actores cándidos y rastreros de las telenovelas de la tarde?

Mes de febrero de 1871

Llevo encerrado por culpa del clima tres días ya, una ventisca aterradora que encierra el cielo y la tierra con un mismo blanco sólido y cegador. No recibo visitas desde principios de enero, cuando Perro Macho se pasó con una pata de uapití. En ese momento discutimos sobre cómo su pueblo se guía hasta cierto punto por sus sueños. Hablamos al respecto durante varios días y le dije que según mi experiencia he observado que tengo sueños más activos con luna creciente que menguante. Me creyó, pero me dijo que se lo consultaría al chamán que hace más de cinco años me ayudó a seguir con vida y que el verano pasado me preguntó por qué caminaba tanto en mitad de la noche. Sabía que no era probable que me observaran, así que me desconcertó su afirmación. En aquel entonces le pregunté cómo podría deshacerme de mis pesadillas recurrentes con la guerra, sobre todo una provocada por haber estado cerca de unos caballos que estallaron por los aires, cubriéndome con los remolinos de sus entrañas. Me había quedado sordo durante una semana pero en mi sordera alcanzaba a oír los gritos de los caballos. Cuando tenía esa pesadilla me despertaba y me obligaba a cantar una canción. Me dijo que cavara un hoyo pequeño y encendiese dentro un fuego. Luego tenía que dormir junto al hoyo hasta que llegase el mal sueño, cosa que ocurriría rápido. Cuando me despertase debía «cazar» la pesadilla en el hoyo donde ardería, luego ahogar el fuego y entonces soñaría con tierra, y el mal sueño nunca volvería a mí. Me estuve pensando seguir o no el consejo durante varias semanas, preguntándome si habría que considerarlo no cristiano. Era agosto entonces y con la luna creciente de nuevo me cubrieron las tripas de los caballos y lloré por aquellas criaturas. Recé en vano y tuve miedo de dormirme otra vez. Entonces hice lo que me aconsejó el chamán desafiando a la ciencia y a mi religión y la pesadilla se fue y los caballos de mis sueños se transfiguraron en las criaturas más bellas.

Llevo cinco años sin tener ni una sola manzana ni un converso al que enseñar. Perro Macho y algunos de sus amigos me escucharían si les leyese la Biblia, pero prefieren pasajes sobre la guerra. Dicen que ante todo les gusta cazar, danzar, luchar, hacer el amor y comer. También les encanta oír este pasaje de Nahúm:

*¡Ay de ti, ciudad sanguinaria, que estás llena de
mentira y acumulas rapiña!
Chasquidos de látigo, estrépito de ruedas, caballos al
galope, carros que saltan,
caballería a la carga, flamear de espadas, relampagueo
de lanzas; multitud de heridos, montones de muertos,
cadáveres incontables en los que todos tropiezan.*

Uno de los amigos de Perro Macho, un guerrero hosco llamado Siete Cuchillos, me canta la canción de una batalla
que sé que es la Masacre de Fetterman de diciembre de
1866, cuando Caballo Loco usó la táctica del señuelo para
atraer a ochenta soldados desde el Fuerte Phil Kearny hasta
su muerte. Me han enseñado cabelleras de esa batalla y las
he inspeccionado educadamente por temor a ofender.

Mi relato de invierno se está repitiendo y me causa muchas
dudas. Quizá con los sioux haya elegido a la tribu equivocada a la que ayudar. Un viejo misionero con el que hablé el
verano pasado en Omaha dice que los arikaras que estuvieron en cierto momento en Nebraska y a quienes los sioux
expulsaron eran excelentes agricultores. Según los cálculos
actuales, esos arikaras han desarrollado catorce variedades
de maíz, y muchas de judías, y han pinchado árboles más
viejos para sacar azúcar líquido como en el este pinchan
los arces. En esa reunión de misioneros nos habló un tal
reverendo Dillsworth, que ha pasado años en Arizona y el
norte de México. Sugirió que nuestros sioux quizá fuesen
tan nulos como los apaches en términos de la conversión
a Cristo. No me importa mucho ese hombre, así que no
me desalentaron demasiado sus insinuaciones. Sí hizo una

exposición inteligente sobre el avance de los jesuitas papistas con muchas tribus indias del suroeste. Esos jesuitas no es que conviertan, dijo, sino que añaden otra capa de pintura católica a lo que ya hay. Nosotros pensamos que es deshonesto pero no estoy seguro. De hecho, es complicado convencer a los sioux de la singularidad del domingo cuando en sus creencias todos los días de la semana son domingo. Perro Macho se burlaba de mí diciendo que si ayunara tres días y tres noches en la cima de un monte que él conoce en las Black Mountains abandonaría mis ideas del domingo. Tiene un humor a menudo chabacano y dijo que si no le hacía el amor a una mujer en domingo ella se iría con otro.

He pedido diez mil injertos de árboles frutales a Monroe, Michigan, por diez céntimos la pieza. ¡Mis árboles serán fuertes en número y sobrevivirán! Tendré una primavera ajetreada y ahora que mi puerta tiembla por la intensidad de la tormenta anhelo poner las manos sobre la tierra cálida.

Era casi medianoche cuando me acordé de mi faisán guisado, lo que significaba que el ave se había estado cocinando casi tres veces más de lo que debía. Ese último desastre supuso un guantazo en la cara menos agradable que el anterior. Una carrera rápida hasta la casa podría evitar un minuto de sobrecocción. Me puse en pie, me estiré y traté de fingir que no veía la docena de fotos encabezada por una confrontación directa entre el objetivo y el pubis. Sentí una comezón en la entrepierna. Como muchos hombres de letras, he leído profusamente sobre los antojos de la lujuria, una línea de investigación igual de confusa que la historia de Italia. Es una experiencia de la que no se aprende, como la muerte, sólo que mucho más cómica. Me había dado cuenta de los esfuerzos por ignorar o ahogar este problema en Irlanda. De un modo muchísimo más positivo que el sexo o el faisán, me rondaba la convicción de que los diarios iban a granjearme fama como historiador; por supuesto, no la «fama» propagada por los medios, sino un camino sólidamente marcado que bien podría resultar en la titularidad de una cátedra cuando tuviese cuarenta y cinco años.

En la cocina, mi sensación de bienestar vivió una renovación por partida doble. Dalva llamó desde su cabaña en Buffalo Gap y sonaba bastante contenta y enérgica para esas horas tan tardías. ¿Me había contado Frieda que había una botella de burdeos sorpresa para mí en la panera? Nop, como dicen por ahí, claro que no. Las cosas me irían mejor si tratase de ser un poco más encantador con Frieda. Le hablé emocionado sobre los avances en mi trabajo, cosa que le agradó. Estaba encantada de que me hubiese «instalado», y entonces me preguntó cómo había ido la entrevista de Karen. Respiré profundamente para evitar que la voz se me tornase en un gritito tenso de culpabilidad.

—Ni fu ni fa. No se ha generado la energía suficiente para que la situación resultara enervante.

—He hablado con Naomi y me he enterado de que te vas a hacer agente de modelos. ¿Es un trabajo paralelo o un ascenso?

—Vete a tomar por culo, cariño.

Me sentía demasiado bien para molestarme en defenderme. Soltó una buena carcajada.

—Volveré mañana o pasado. Sólo recuerda que no escucharé el balazo que te metan. Te echo de menos.

—Yo también te echo de menos.

Cuando oí el teléfono colgar empecé a reflexionar sobre la sinceridad del humor de frontera: esos relatos folclóricos de la vida en nuestro estado más primitivo. «Bueno, cuando Fulanito le pateó la cabeza, el canalla ese se puso a escupir dientes, y todos soltamos la guita en el bar satisfechos de ver que el día terminaba bien, que se hacía justicia. El tipo aprendió a no ponerle matas de erizo a ningún vaquero bajo su silla Two Dot». Esa clase de cosas.

El segundo motivo de emoción fue que el faisán no se había echado a perder del todo, y el burdeos de la panera era un Latour del 49, un vino notable, cuyo regalo humedeció mis indignos ojos. Aquél era el tipo de vida de granja a la que podría acostumbrarme. El vino me entristeció un poco al pensar que no me permitirían mirar los papeles del abuelo, ya que aparentemente él era mucho menos austero que su padre. Aquella casa y aquel vino revelaban el derrochador que yo anhelaba ser. El faisán se había quedado excesivamente suelto y se fue desmenuzando conforme lo sacaba de la olla, pero el caldo tenía un sabor intenso y me lo comí hasta dejar sólo los huesos. Ya que no soy precisamente un cazador nato, pretendía pedirle al viejo Lundquist que me cazara algunos de esos bichos. Eché mano de la botella de Latour en mitad de un ensueño sin sentido pero feliz en torno a mi primer año de matrimonio. Como reacción contra mí y contra una serie de años difíciles, ella había logrado desarrollar un mecanismo de supervivencia que funcionaba como un reloj, y al final no le quedó otra que desecharme como a un apéndice vestigial.

Justo antes del amanecer se produjo una terrible conmoción entre los gansos, una furia de graznidos y aleteos. Estuve a

269

punto de salir a mirar pero no tenía linterna, y mis extravagancias no iban a amparar esta vez ninguna incursión sin luz. Me sentía confuso por un sueño que había sido maravilloso al principio, cuando Dalva y mi hija, Laurel, iban cabalgando por la pradera sobre unos caballos espléndidos teñidos de dorado, pero al salir a buscarlas vi que tenían las caras de unas ancianas indias y parecían pacanas sin cáscara. Si mi hija es tan vieja, yo debo de estar muerto, pensé, y entonces los gansos me despertaron. No se me ocurrió encender la luz, así que me quedé otra media hora allí tumbado hasta que pude ver la habitación con claridad. Miré por la ventana de atrás al oeste y allí, sobre un montículo de tierra rodeado por bardanas, había un coyote comiéndose un ganso, con el hocico rojo ensangrentado. El animal vio mi movimiento en la ventana y desapareció entre la maleza con los restos del ganso. Pese a lo triste y alarmante, esperaba que el ganso muerto fuese el líder problemático. En ese momento Frieda aparcó en el patio y entró en la casa a hacerme el desayuno. Me puse los vaqueros para salir a inspeccionar la mañana y cualquier otra carnicería entre los gansos. Conté trece, aunque el número era irrelevante, dado que de entrada no sabía cuántos había. Me agradó comprobar que los gansos se mostraban muchísimo más amables. El líder arrogante había sobrevivido y condujo la bandada hacia mí, todos tratando en apariencia de explicarme el hecho terrible que había acontecido. Me emocioné un poco y sentí una invocación para darles mi primera charla a los gansos, en la que les dije que construiría un refugio, un adosado en el que pasarían la noche para dormir bien y seguros frente a los depredadores. Me incliné y les hice el signo de la bendición. Tenía intención de echar un ojo en el granero que no había visitado aún y buscar allí materiales para la jaula. Era imposible no sentirme agradado por mi progreso con los animales. Les dediqué un saludo cordial a los caballos y entré en la casa.

—Si andas por aquí descalzo vas a coger el tétanos seguro —me saludó Frieda desde los fogones.

Vi que me estaba haciendo un desayuno bajo en calorías y en colesterol, con una loncha bien gorda de beicon, patatas fritas y una tortilla gigante. También vi que tenía los ojos rojos, como de haber llorado. Deseé poder disfrutar del desayuno sin recibir ninguna explicación para esa tristeza recién instalada. Fingí estar escuchando con atención la primera palabra del día de Paul Harvey, buenas nuevas de una ciudad de Iowa en la que hacían trabajar a los desempleados barriendo las calles y lavando los coches del aparcamiento de los tribunales.

—Ven y come si no quieres que se te enfríe —me bramó Frieda, pese a estar a sólo unos metros de mí.

Tuve la sensación de que estaba cargándose de valor. Fui a coger el tabasco y recibí el típico: «Esa cosa se te va a comer las tripas».

—¿Te has dado cuenta de que mi padre es un poco bobo? —empezó a decir.

—Pero buena gente.

Quería relajarla, porque veía cómo le temblaba toda la cara.

—Tengo cincuenta y siete años, y para más joven no voy a ir. Mi novio, Gus, quiere casarse conmigo, pero no está seguro de ser capaz de aguantar a mi padre por casa. Gus siempre ha sido un jornalero, y en el fondo pienso que quizá quiera nuestra granja más que a mí. Es sólo que no sé si voy a ser capaz de meter a papá en la granja esa que el condado tiene como residencia…

271

La pobre mujer se tapó la cara con las manos. Sus hombros enormes empezaron a agitarse mientras yo permitía que una mosca aterrizase en mi último bocado de tortilla.

—¿Gus es de buena familia?

Intenté ganar tiempo con esa pregunta estúpida.

—Es un tipo trabajador y ya está. Toca el banjo los sábados por la noche. Tiene sesenta y dos años, aunque parece algo más joven. Cuando papá se vaya no quiero quedarme sola. Necesito a alguien a quien cuidar.

—Usa tu fuerza para enfrentarte a esto, preciosa. Dile a Gus que la granja es tuya y que sus condiciones son inadmisibles. Si no acepta a tu padre, dile a Gus que se vaya a tomar viento.

Se limpió las lágrimas en mi pañuelo. Mi consejo pareció ponerla firme.

—Es lo que me ha dicho Dalva. El hijo de puta está metiendo presión. Ya me debe treinta y cinco pavos. ¡A lo mejor sólo está poniéndome a prueba!

Corrió hasta el teléfono y aproveché para escapar. Me sentí fuerte ante el escritorio y decidí localizar a la esposa que Northridge había mencionado, con la idea de que pudiera ser Aase, de la familia sueca a la que Northridge había ayudado a buscar un hogar. Murmuré una oración sin palabras a los dioses de la investigación para no confundirme en mi trabajo, ¡y después de una hora de revolver papeles descubrí que estaba en lo cierto!

20 de mayo de 1876

He estado de mal humor ya que me he visto obligado a cabalgar cinco días al suroeste hasta el peñasco Scotts para reunirme con el nuevo director de las misiones, un reverendo porcuno de Cincinnati que no sabe montar a caballo, ni son de su agrado los carruajes, así que nunca lo vas a encontrar a más de una manzana del ferrocarril. Nuestra reunión dura media hora corta. Me habla de los rumores sobre que me he «pasado» a los indios por mi negativa a construir la iglesia más simple. Respondo que debo enseñarles a cultivar alimentos antes de atreverme a construir una iglesia cuando la madera escasea tanto. Le explico que los sioux son en cualquier caso nómadas y que sería difícil ubicar una iglesia. Me ha contado que sabía de buena tinta por el Gobierno que al año siguiente a los sioux los iban a llevar a la parte sur del Territorio Dakota para confinarlos allí. Esa noticia me impactó muchísimo ya que desafía todos los tratados anteriores. Él opina que los sioux se están muriendo tan rápido por nuestras enfermedades (hambre incluida), que debería ocuparme más de salvar almas que de la agricultura. Luego me advierte que soy el último de la iglesia en estar suelto con los peores de los sioux, y que los hermanos rezan por mi seguridad con poca confianza. Le agradezco sus oraciones y me retiro para escapar de su abatida unción.

Me sorprendo a mí mismo en la tienda de telas comprando regalos, lento en reconocer otra intención en mí más allá de salir airoso de ese estúpido lugar. Recuerdo a Jensen, a su esposa, a dos hijos y a una hija llamada Aase. Si cabalgo dos días en dirección opuesta, espero encontrarlos donde los ayudé a asentarse el año pasado por esta época. En mi primer campamento nocturno me avergüenza ver el montón de regalos, ya que no parece propio de mi carácter, aunque he hecho innumerables intercambios con los sioux. ¿Y si no están allí, se han trasladado al este o al oeste por desesperación o hambre? Sorbo un poco de whisky tras mis oraciones nocturnas y admito que mi corazón desea ver a la niña otra vez. Sonrío al pensar que es primavera y que soy un pretendiente envejecido de treinta y tres años cabalgando por la pradera para ver a una joven dama con la que no he intercambiado más que unas pocas palabras. Pienso que no llevo ningún espejo y no estoy seguro de mi aspecto. Perro Macho me contó que el chamán le había dicho que los espejos son malos ya que son los demás quienes deben vernos y no estamos para perder tiempo en mirarnos a nosotros mismos.

Utilizo el telescopio para observar a los Jensen a lo lejos por la tarde. El padre y los hijos están en un campo con una yunta de bueyes recogiendo las piedras grandes y colocándolas en un trineo de carga. Les he pedido a mis amigos entre los sioux que no hagan daño a esta gente ni le roben los animales. La madre está trabajando en un huerto. Veo una vaca y gallinas. La casita está hecha de adobe y madera y la granja es, en conjunto, extraordinaria, para haberla levantado en un año. Miro fijamente hasta que se me humedece el ojo, pero no veo a la niña. A lo mejor se ha casado con otro, ya que diecisiete años es una edad casadera entre estos colonos inmigrantes.

El padre se alegra de verme, y también está confundido y avergonzado. Me agradeció haber registrado su parcela y me preguntó cómo había logrado añadir dos secciones más a nombre de sus hijos. Le expliqué que el agente del Gobierno era buen tipo y que le había pagado una buena cena. La tierra tan alejada de la cabeza del ferrocarril no se

274

considera valiosa para el negocio, y los especuladores no conocen la presencia de manantiales allí. Jensen aparta la vista y me dice que usaron la pepita de oro para comprar una yunta de bueyes, gallinas, cerdos y suministros de alimentos. Un oso grande apareció el octubre pasado y se llevó los cerdos. Jensen me dijo que sabía que el regalo era para la hija, pero entonces le hice callar y le aclaré que también yo estaba en el negocio y que le llevaría injertos de frutas. No le confieso que no tengo familia y que sólo cuento con algunos conocidos más allá de los sioux.

Estamos junto al huerto, el padre y la madre, los dos hijos y yo. Miro las flores nuevas de semillas traídas de Suecia, pero mi cabeza y mi corazón se preguntan si la niña sigue allí. Levanto la vista de las flores y Aase está junto a la puerta mirando a lo lejos, más allá de mí, con las manos en la cintura. No estoy seguro de cómo proceder pero los demás parecen saber mejor que yo por qué he pasado a visitarlos. Reúno coraje y me acerco a ella, me quito el sombrero y me inclino. Le ofrezco la mano y ella la coge y hace una reverencia. Le digo lo que me alegra verla y lo a menudo que he pensado en ella. Aase me dice lo mismo a mí y sonreímos. Nos alejamos del resto caminando hasta un manantial entre los álamos. Tiene un encanto sin igual pero no parece disfrutar de buena salud. Le pregunto si está bien y con la cabeza me responde que no. Dice que se ha pasado el invierno entero estudiando inglés y que, de repente, yo he aparecido para hablar con ella, así que hablamos de todo menos de su enfermedad. Mis esperanzas están bien fundadas y noto que el corazón me arrastra hacia ella y al final le beso la mano.

Disfrutamos de una buena cena fuera, ya que esas casas de adobe improvisadas no tienen suficiente luz. Todos los colonos anhelan el momento en el que puedan permitirse construir una casa con estructura. Se quedan bastante atónitos con mis regalos, y al día siguiente me entero de que mi comportamiento supone una propuesta de matrimonio en su país. Cojo una botella de buen whisky de mi alforja, y Aase, su madre y los dos hermanos entran en la casa. Me quedo largo rato mirando a lo lejos durante el atardecer con Jensen. Al final habla y es para darme las razones de por qué no debería casarme con su hija. Dice que en su país los caballeros no se casan con las campesinas. Le respondo que no estamos en su país sino en Estados Unidos, donde los hombres y las mujeres se casan con quien desean. Entonces me explica que su amada hija está muy enferma y no vivirá mucho. Le cuesta pronunciar la palabra «tuberculosis» y empieza a llorar. Siento como si me hubiese caído de un caballo, pero le digo que sé que está enferma y que podría ayudarla llevándola a médicos de Omaha o Chicago. Se recompone y me pide que pase un día con ella para estar seguro y luego me marche varias semanas a pensarlo. Asegura que no soportaría la infelicidad de su hija si pretendo casarme con ella y luego cambio de idea y me marcho. Le cuento que construiré una casa a unas horas de allí, en el río Loup, para que ella no esté lejos de su familia. No hablamos más, pero nos tomamos otro whisky y luego nos lavamos en el manantial para irnos a la cama. En la casa me han montado un camastro junto a la cama de Aase, como es costumbre en su país, supuse. Cuando se apagó la última vela Aase alargó la mano y la entrelazó con la mía.

No soy osado si digo que el día siguiente fue el mejor de mi vida y que no me atrevo a esperar disfrutar de otro igual. Nos marchamos temprano en una mañana espléndida con un pícnic que su madre nos había preparado y caminamos lentamente, diría que paseamos más bien, por el arroyo hacia el norte. Las primeras horas hice de profesor de escuela, descubriéndole los nombres de pájaros y flores. Aase conocía los hábitos de los pájaros pero no sus nombres. Encontramos la madriguera de un tejón y me dijo el nombre sueco del tejón. Me contó que en invierno su hermano había disparado a un ciervo y se le habían presentado dos sioux. El hermano se asustó pero los sioux le enseñaron a despellejar a la bestia y lo ayudaron a llevarla a la casa en sus caballos. Uno de los indios fue especialmente amable, le faltaba una oreja y hablaba inglés. Le conté que era el joven Sam Boca de Arroyo, el primer sioux salvaje que yo había conocido, y que el viejo caballo que montaba se lo había regalado yo diez años antes. A lo largo de los años, cuando nos encontrábamos, le enseñaba algo de inglés. Había perdido la oreja en una pelea con un cheyene cuando todavía era bastante joven. Le dije que es uno de los predilectos del gran jefe Caballo Loco. Aase se cansaba fácilmente así que colocamos la manta en el suelo y montamos el pícnic junto al arroyo en una arboleda de áceres negundos y álamos. Se quedó dormida y la miré fijamente durante una hora. Cuando empezó a moverse fingí estar dormido y entonces me besó. La rodeé con el brazo y nos tumbamos allí sin hablar durante mucho rato, simplemente mirando el sol bajar y motear las hojas de color verde claro en los árboles. Era casi mediodía y todos los pájaros de la tierra estaban callados y nuestra música eran nuestros corazones y respiraciones.

Levanté la vista ante un ruido para ver a Lundquist entrando en el patio con su vieja camioneta. Sólo habían pasado quince minutos desde que se había marchado Frieda, así que supuse que había estado acechando en la carretera, oculto en una arboleda, para gorronear una cerveza. Sinceramente, no me importó la interrupción de la historia de Northridge y Aase, por la obvia razón de que sabía cómo terminaba. Lundquist, entretanto, estaba comprobando que faltaba un ganso. ¿Cómo se habría dado cuenta, me pregunté, si yo ni siquiera se lo había mencionado a Frieda? Echó un vistazo a la barraca bastante esperanzado. Seguro que, de encontrarme muerto, cogería una cerveza fría antes de informar a nadie. El famoso terrier, Roscoe, estaba rascando mi puerta. Lo dejé entrar y le corté un trozo de salami Manganaro Genoa; se lanzó sobre él y me gruñó en agradecimiento. Eran casi las once de la mañana, una hora nada indecente para una cerveza, así que cogí dos y salí a encontrarme con mi sabio amigo, que llevaba su idéntico atuendo vaquero, sucio, abotonado hasta el cuello.

—Era Preciosa —dijo mientras cogía la cerveza con gesto serio—. La madre de todos. El ganso más viejo del condado.

Me enseñó las huellas del coyote en la tierra húmeda junto al arroyo, a las que Roscoe dedicó una salvaje muestra de enfado. Decidí en ese momento no admitir que había oído el ataque y no había actuado por cobardía.

—Creo que deberíamos construir una jaula para que los gansos duerman dentro —me ofrecí.

—No si la señorita Dalva no nos dice que lo hagamos.

278

Estaba imitando claramente a un criado negro de la televisión.

—Chorradas. Asumo toda la responsabilidad. ¿Tienen que morir más gansos porque Dalva esté en las malditas montañas con algún novio? Yo digo que no, ni por asomo, joder. ¡Los gansos no van a morir! —Lundquist era un buen bebedor y ya se había terminado la cerveza—. Montaré la parrilla y nos prepararemos una pequeña barbacoa que podamos atender mientras trabajamos, ¿de acuerdo? Para ir sobre seguro, nos tomaremos una cerveza sólo cada media hora.

—¿Contando desde cuándo? ¿Desde ésta? —preguntó sabiamente mientras agitaba la lata vacía.

Me puse un poco cruel e hice una pausa de fingida pesadumbre, mientras me planteaba intercambiar unas cuantas cervezas por algo de información que consideraba crucial.

—¿Quién es Duane Caballo de Piedra? He visto la lápida en el cementerio.

—Era un maldito piel roja que se cayó muerto en el porche un buen día. Teníamos que enterrarlo en algún sitio. Si yo fuera tú, no iría al cementerio de la familia. No es un maldito espectáculo. ¿Entre qué clase de gente te has criado?

Lundquist se apresuró hacia su camioneta lleno de resentimiento y yo caí en la indignidad de seguirlo. Había estado cometiendo el error de pensar que la gente sencilla del campo era de verdad sencilla.

Trabajamos mucho durante una hora construyendo la jaula y no bebimos tantas cervezas. Lundquist mostró una gran inventiva con los materiales que encontramos en el granero, y yo, por lo general, me limité a observarlo mientras me ocupaba del pollo en la barbacoa. No tenía muy claro si a Lundquist le gustaría el pollo, pero preparé mi salsa de «lujuria y violencia», famosa entre mis amigos por renovar el vigor los sábados tras una semana deprimente dando clases. Antes de comer, sin embargo, tuvimos un momento bastante tenso cuando tratamos de convencer a los gansos de que sólo pensábamos en lo que más les convenía: se negaban a dejarse guiar hacia el interior de la jaula y, de hecho, se pusieron peleones, aunque no con Lundquist. Al final, el viejo se tumbó en la jaula con un montoncito de maíz molido en el pecho y empezó a arrullar, cloquear y resoplar por la nariz, cosa a la que los gansos no pudieron resistirse. Me dedicó una sonrisa de triunfo desde el otro lado de la tela metálica.

Nos comimos el pollo directamente de la parrilla y no nos sobresaltamos al ver a Frieda irrumpir en el patio: éramos dos tipos trabajadores y libres de críticas. Lundquist le contó que la madre gansa había muerto.

—Ya no era joven, precisamente —respondió Frieda.

La hija se agenció un muslo bien sazonado de la parrilla —me alegré de haber cocinado dos pollos— y lo calificó de «buena mercancía». Al preguntarle, me explicó que después de su año desafortunado con el vasco se había enrolado en el cuerpo de mujeres del Ejército y la habían destinado un tiempo a El Paso, Texas, donde no le tenían miedo a la salsa picante. A continuación, me agradeció mi consejo sobre cómo lidiar con Gus.

—Ese comemierda se subió a la parra hasta que le di un ultimátum.

—Frieda nunca decía palabrotas hasta que volvió a casa del Ejército. Perdió su fe allí, aunque aprendió a ponerse bien firme. Eso era lo que decía su madre. Gus siempre ha sido un buen tipo, pero se gastó el dinero en ropa y coches y ahora no tiene ni una hectárea —explicó Lundquist.

Frieda se marchó tras engullir otro muslo y media pechuga. Le dijo a su padre que se fuese a casa pronto a echar una siesta y le dio un beso en la coronilla. Le tiró de la oreja a Roscoe y el perro gruñó amenazante, protegiendo su provisión de huesos de pollo.

—Duane era tan bueno con la pala como Paul. En tiempos de Paul teníamos un tiro de caballos de carga que trajeron desde Inglaterra y una zanjadora, pero a él le gustaba cavar a mano. En 1938, gané la competición de tiro y arrastre en la feria estatal. Le estreché la mano al gobernador, tal y como te lo cuento. Duane inventaba historias. Me dijo que había nacido en una cueva de Arizona y que su padre disparó a Kit Carson[25] en la cabeza. ¿Sería verdad?

Asentí para animarlo a seguir haciendo revelaciones. Estábamos tumbados bajo la puerta trasera de su vieja Studebaker para taparnos el sol. No me atreví a probar con otra pregunta.

—Duane se parecía bastante al padre de Dalva. Era un chaval duro. Los *quarterbacks* esos aprendieron a no molestarle. Estaba fuerte como se ve a Billy Conn en las fotos. Los dos lo estaban. Voy a enseñarte un sitio si mantienes la boca cerrada.

Acepté y seguí a Lundquist hasta el granero. Buscó el interruptor de la luz y subimos por una escalera a la enorme zona de almacenamiento de arriba, donde había una serie de carruajes y trineos, además de una variedad tremenda de arneses colgados de vigas. Lundquist me explicó que ninguno de esos arneses se había usado desde 1950, pero que los mantenía

---

[25] Christopher Houston Carson (1809-1868) fue un agente de fronteras estadounidense, además de trampero, guía de colonos, agente indio y oficial del Ejército. Estuvo presente en numerosos acontecimientos clave de su época (vivió entre varias tribus, luchó en el levantamiento de California contra el dominio mexicano y en la Guerra de Secesión, etcétera). Murió en el Fuerte Lyon, Colorado, de una aneurisma.

a punto porque «nunca se sabe». En la esquina más alejada de la luz había un montón grande y cuadrado de pacas de heno apoyadas en alto sobre maderas. Yo estaba distraído, observando las golondrinas revolotear arriba, y entonces Lundquist desapareció. Fue una broma desconcertante y esperé unos minutos antes de llamarlo a voces. Su respuesta me llegó amortiguada, en apariencia procedente del interior de las pacas de heno. Entonces abrió hacia arriba un trozo de arpillera al que había pegada una alfombrilla de heno. Entré con cierta inquietud, como si estuviese a punto de caer en una inocentada. Estaba todo completamente a oscuras; era evidente que habían sellado o tapado los huecos en las ranuras del granero. Oí a Lundquist tantear con una bisagra o un pestillo, y a continuación nos cubrió la brillante luz del sol. Levanté la vista, grité y me agaché: pensé que me caía encima un peñasco blanco, pero el peñasco resultó ser un enorme cráneo blanco de búfalo suspendido de una viga. Alargué la mano y lo hice girar, y luego me senté en el taburete de ordeñar, que era el único otro objeto en aquel lugar. Había unas vistas preciosas al oeste, aunque el brillo del sol sobre el cráneo me tenía deslumbrado.

—Un día de invierno, J. W. me dijo que buscara a Duane, y no había manera de encontrarlo. Así que la perra Sonia me lleva a las escaleras. Y nada. Y la subo por las escaleras y me trae hasta aquí y se mete corriendo dentro. Duane se pone a hacer unos ruidos de fantasma y yo me muero de miedo. Éste era el lugar que tenía Duane para los rituales de los muertos durante el invierno. Tenía otros sitios para otros momentos, pero éste era para los meses malos.

—¿Decía él que era su sitio para rituales?

—Es lo que acabo de decirte. Me parece que hay un *schnapps* esperándome.

Lundquist aguardó en la puerta de tela metálica de la barraca, sin querer entrar, por razones que no explicó. Le pasé un *schnapps* triple, además de una cuña de salami para Roscoe, que había regresado de su misión de enterramiento de huesos de pollo mugrientos.

Después de que se marcharan, me di una ducha y me puse con mi trabajo. Hojeé rápidamente las fotos de Karen metidas en un sobre de papel manila y escribí una nota breve para Ted. Me lo pensé mejor y me quedé una de las fotos como recuerdo de una campaña estratégica, aunque no del todo satisfactoria, en territorio extranjero; la imagen era en cualquier caso impropia para todo aquel que no fuese un joven decidido a seguir el camino de la masturbación: una foto de espaldas de ella, de pie, apoyada en el poste de una cama, ligeramente inclinada, frente a un póster de Sting. El culo de todos los culos, dijo el señor Culo. Ya basta, y a esconderla entre las páginas de la obra seminal de John D. Hicks, *La revuelta populista*.

Elegí tres volúmenes de 1874 con la esperanza de no pasearme entre el amor y la muerte. El amor podía enredarme en uno de mis conjuros y la muerte lo haría con toda seguridad. *Timor mortis conturbat me.* En eso Northridge no mantenía ninguna distancia investigadora, y sus pieles rojas habían empezado a atraparme a mí también. Sentí una envidia remota de un amigo que se había pasado los últimos diez años escribiendo una historia anodina sobre las actividades de las Naciones Unidas en el Caribe. Siempre estaba bronceado.

19-25 de julio de 1874

He hecho un largo viaje subiendo hasta cerca del río Belle Fourche para escapar de una plaga enorme de saltamontes y del humo de los incendios de la pradera. He tenido la

283

mente atribulada por la pérdida de fe y la condena que ha supuesto para los sioux la exterminación del búfalo. He escrito al presidente, a muchos senadores, también al general Terry, pero ninguno se ha dignado responder en todo un año. Con pocas excepciones he aprendido que los políticos están para comprarlos. Mateo dijo: «Echan cargas pesadas e insoportables sobre los hombros de los demás, pero ellos no están dispuestos a mover ni siquiera un dedo para llevarlas […]. ¡Ay de vosotros, maestros de la ley y fariseos hipócritas, que recorréis tierra y mar en busca de un prosélito y, cuando lo habéis conseguido, hacéis de él un modelo de maldad dos veces peor que vosotros mismos!».

Escrito eso tuve que envolver el libro en tela para protegerlo, ya que el cielo se abrió con lluvia y bramaron los truenos. Había hecho un refugio de lona para el sol y me senté ahí encantado con el enorme poder de la tormenta, comiendo fresas silvestres que había recogido por la mañana. En cierto modo me alarmó ver a un indio sentado sobre un peñasco río arriba a unos cientos de metros. O bien acababa de llegar o antes lo había confundido con una roca, ya que estuve mirando en esa dirección. Al amanecer había oído un uapití haciendo su llamada río arriba y confié en que la lluvia hubiese borrado mi olor para que esa grandiosa criatura hiciese su aparición. Saludé al indio con la mano y se acercó con un paso nada acelerado por la tormenta. Extendí una manta de montura, le preparé una taza de té y le ofrecí fresas. Era impresionante por sus modos, más que por su tamaño o su semblante feroz. Me dijo que me había observado el día anterior y se lo había contado a los blancos que estaba guiando, quienes querían invitarme a cenar.

Le respondí que sabía que venían de camino desde hacía unos días porque me lo había dicho Toro Menudo. Asintió complacido al escuchar la mención a Toro Menudo, que es el hermano pequeño de Caballo Loco. Entonces añadí que Toro Sentado estaba acampado cerca del cerro Bear con cinco mil guerreros y que sería sensato evitar esa zona. Era consciente de ello, pero de todos modos parecía no estar impresionado y ser agradable. Se llama Una Puñalada, un jefe solitario que ha perdido a casi todo su pueblo por las enfermedades que les hemos llevado.

Cuando la tormenta amainó, sobre las cuatro de la tarde, cabalgamos una hora al norte hasta un campamento grande. Había siete compañías completas de la caballería bajo el mando del renombrado G. A. Custer. Una Puñalada me llevó hasta la tienda del capitán William Ludlow, que es el jefe de ingenieros del Ejército estadounidense, un caballero educado de Cornwall, Inglaterra. También allí estaban el profesor y geógrafo N. H. Winchell y el investigador de asuntos indios George Bird Grinnell. Al principio sentí vergüenza ante aquella compañía augusta, ya que no había hablado con hombres de esa talla intelectual desde que me había marchado de Cornell doce años antes. Sus preguntas eran incansables y directas, pero civilizadas. Tomamos whisky y una cena exquisita que incluyó empanadas hechas con grosellas y cerezas silvestres y arándanos. El señor Grinnell deseaba saber por qué había visto él hileras e hileras de cráneos de búfalos pintados con colores estridentes. Le respondí que algunos chamanes sioux desean traer al búfalo de vuelta de la muerte. Le aseguré al señor Grinnell que le enviaría algunos especímenes fósiles interesantes, ya que el avance de su marcha es demasiado rápido para permitir una investigación científica adecuada. El teniente coronel Custer se pasó a saludarnos, aunque no pareció agradarle del todo verme, como si mi presencia en las Black Mountains disminuyese el drama de su expedición. Ese hombre es un poco misterioso. Le falta algo, pero al mismo tiempo tiene algo más que otros hombres. Me recordó a un actor dramático brillante que representó el papel de Otelo en Cornell. Los sioux son inequívocos en el respeto que le tienen. Estuvo a punto de llamarme entrometido y también preguntó por los movimientos de los sioux. Repetí lo que le había contado al guía, que Toro Sentado estaba cerca del cerro Bear con cinco mil guerreros y el ánimo entre los sioux era el de evitar un encuentro. Custer me preguntó si estaba completamente seguro de esa información y le dije que no tenía por costumbre inventar. Se marchó ofendido, y cuando se había alejado bien, Ludlow, Winchell y Grinnell se estuvieron riendo a gusto de esa farsa de modales. Yo estaba cansado y un poco disgustado con todo, así que Ludlow me sirvió un poco más de whisky antes de irme a la cama. Él opina, y así lo dirá en su informe al Gobierno, que las Black Mountains deben seguir siendo territorio exclusivo de los sioux, a los que han llevado de un lado a otro de forma tan incesante. Por darnos las buenas noches con una nota agradable, Ludlow me habló de unas vistas. «La cima del Harney se veía desde lo alto de un monte elevado y desnudo, y el sol se acababa de poner, así que a los pocos minutos vimos recompensado nuestro recorrido a caballo de ocho kilómetros. La luna estaba saliendo sobre el lomo sur del Harney, enmascarada por nubes densas. Se vio primero un parche de brillante llamarada roja, como un fuego reluciente, y poco después otro tan alejado del primero que era difícil conectar los dos. Una parte del disco lunar se hizo visible de repente, y el origen de la llama se aclaró. Mientras duró la visión fue soberbia. La masa de la luna parecía enorme y de color rojo sangre, con sólo unas partes visibles en la superficie, mientras que las nubes por encima y a la izquierda, coloreadas por la llama, se asemejaban al humo que sale de una conflagración inmensa. La luna pronto se hundió por completo entre las nubes y bajo un cielo que se oscurecía con rapidez volvimos al campamento».

¡Una ópera de Wagner de las praderas! Tenía que escribirle corriendo una nota a mi catedrático, que investigaba los movimientos militares de la época. Le pasaría una copia de esta parte del diario: ¡una descripción nueva y desconocida de Custer le serviría para ponerse una medalla!

Di un respingo al oír una voz en la puerta. Era Naomi, pero no había sentido el coche llegar. Me miró extrañada y me dijo que me echase un vistazo en el espejo: me había quemado con el sol haciendo la barbacoa de la jaula para los gansos, y mi costumbre de toquetearme la nariz mientras trabajaba me la dejaba en carne viva, cuando no acababa manchada de tinta. Mientras me lavaba para tomarnos un martini me dio una serie de noticias. Dalva regresaría a la mañana siguiente. ¿Me acordaba de que tenía que dar una charla en el Rotary al día siguiente? (No). ¿Quería ayuda para preparar algo de cena? Su joven amigo el naturalista había llamado desde Minneapolis para decir que había recibido más financiación y se preguntaba si Naomi estaría dispuesta a ser su ayudante remunerada. Salí corriendo del baño para darle un abrazo, porque pude detectar el regocijo en su voz ante la idea de ese trabajo. Tuve que recordarle que sólo llevaba dos semanas jubilada y ya había un nuevo empleo llamando a su puerta. Entonces, de la nada, le pregunté por qué Northridge se casó con Aase si se estaba muriendo de tuberculosis.

—Ya te dije que no pude leer los diarios, aunque esa parte sí la conozco porque el hermano de Aase, Jon, el que mató el ciervo con el que lo ayudaron los sioux, era mi abuelo. El abuelo de Dalva hizo que John Wesley y Paul leyesen los diarios cuando eran jóvenes. Así que un día, a finales de octubre, John Wesley estaba por nuestra zona cazando faisanes y llegó a nuestro patio en un descapotable Ford nuevo con tres ingleses. Era un domingo luminoso y despejado de finales de verano. Ya sabes que por entonces la Depresión estaba coleando y nosotros nos limitábamos a sobrevivir, aunque nunca habíamos asumido ningún préstamo bancario. Mis padres y John Wesley, que tenía veinte años entonces, se sentaron y hablaron de lo que se sabía sobre los viejos tiempos. Yo tenía diecisiete años y estaba en mi último curso del instituto. Era muy tímida. John Wesley comentó que le parecía extraño que no hubiese habido contacto alguno entre las familias durante sesenta años. Entonces mi padre se avergonzó, porque dijo que había seguido a los Northridge por los periódicos, y John Wesley se echó a reír. El año anterior su padre le había dado un puñetazo a un senador estadounidense en una cena en Omaha porque el senador había insultado a su propia esposa en público. Entonces John Wesley les preguntó a mis padres si podía darme una vuelta en su coche, y le dijeron que sí. Yo apenas hablé, y cuando me trajo de vuelta no pensé que volvería a verlo ni por asomo. Me contó que había pasado un año en Cornell, pero que odiaba la universidad porque quería ser granjero. No me recordaba en nada a ningún granjero que hubiese visto antes, así que aquello me sorprendió. Unos días después llegó un paquete con un espejo de mano incrustado en marfil. En una nota me decía que en ese momento deseaba ser el espejo que me devolviese mi reflejo. Lo recuerdo con total claridad porque el tiempo había cambiado y estaban cayendo las primeras nieves. Yo estaba sentada a la mesa de la cocina con mis padres, escuchando al locutor Gabriel Heatter en la radio. A todos nos impactó el regalo. Cada pocos días llegaba otro paquete con otra nota. Y así empezó todo.

De pronto, Naomi salió, un poco abrumada. Quise que continuara hablando, pero se negó, incluso bajo el acicate de los martinis bien cargados que preparé cuando entramos a cenar. Decidimos que aún hacía demasiado calor a primera hora de la noche para comer mucho, así que improvisé un picoteo con los productos llegados por mensajería. Me sentía orgulloso de mi frugalidad hasta que recordé que me había pimplado un pollo entero para el almuerzo.

—Te acuerdas de todo lo que te ha pasado en la vida como si fuese ayer, ¿verdad?

Naomi empezó a responderme, pero entonces se quedó callada durante un minuto o así, sonrió y comenzó a nombrarme a todos los estudiantes a quienes había dado clase desde 1948. También admitió ser capaz de nombrar a los más de cuatrocientos pájaros de su lista de avistamientos.

—Es agradable conocer a alguien que no padezca bloqueos. Apuesto a que nunca has ido a un loquero.

—Una vez, hace muchos años, en Lincoln. Y hablo con mi marido un poco todos los días.

—Estoy seguro de que eso es inocuo, siempre que él no te responda.

—Lo hace. El psiquiatra me dijo que no pasaba nada, si lo mantenía restringido y no interfería en el resto de mi vida, así que todas las tardes, a última hora, antes de que oscurezca, me siento en el balancín del porche y charlamos un rato.

—¿En invierno también?

Al imaginar la escena había sentido escalofríos.

—En invierno me abrigo. John Wesley siempre ha sido discreto. Por ejemplo, nunca me ha dicho quién era el padre del niño de Dalva. Me aseguró que los muertos no lo saben todo, pero yo sigo sin creerlo. Seguro que lo sabe. —Se dio cuenta de la incomodidad que eso me estaba provocando y se echó a reír—. Vamos a dar un paseo.

Nos subimos al coche y nos dirigimos al norte por la carretera de gravilla, al mismo lugar al que Dalva había ido a nadar. Caminamos menos de dos kilómetros por la ribera y nos detuvimos cuando Naomi señaló un nido enorme en un pino. Me dio los prismáticos y me dijo que había una garza azulada posada sobre sus huevos. Estaba oscuro cuando volvimos al coche. El agua hacía que el aire oliese de maravilla, aunque la noche todavía estaba demasiado calurosa.

—Tú haz lo que quieras, pero yo me voy a dar un bañito.

La luna no había salido y me daba miedo, pero esta vez impulsivamente me desvestí y la seguí hasta el río. Nos cogimos de la mano para avanzar contra la leve corriente y nos sentamos en el lecho arenoso con el agua hasta el pecho.

—¿Cómo dice él que es la muerte?

No pude evitar preguntarle lo obvio.

—No me lo ha especificado, pero me contó que era una sorpresa agradable. Todos recibimos lo que merecemos.

—No creo que eso fuese una sorpresa agradable —dije un poco taciturno.

—En realidad, no eres malo.

Me rodeó por el cuello y me abrazó. Cuando sus pechos me apretaron el hombro tuve una erección instantánea. Dios mío, si podría ser mi madre, pensé. Entonces me dijo que era hora de irnos, y nos ayudamos a levantarnos el uno al otro. No pude evitar abrazarla. Naomi se quedó quieta un segundo, sintiéndome contra su vientre.

—No estaría bien. Dalva vendrá a casa mañana.

Se alejó, y me encantó el sonido de su risa fuerte y clara en la oscuridad.

Después de que Naomi me dejara en casa, regresé al trabajo y me sentí un poco confuso y rodeado de misterio; esto último no era algo habitual para mí. Se trataba de la extrañísima sensación de que la vida era, de hecho, más grande e impresionante de lo que yo había supuesto. Sabía que esa sensación desaparecería por la mañana, y pretendía deleitarme en ella todo lo posible. Era un momento perfecto para comprobar el avance de mis amantes, Northridge y la hermosa Aase.

27 de mayo-7 de junio de 1876

He estado demasiado ocupado para dedicarme al diario hasta que este día lluvioso nos ha dado un respiro. Tras dejar a los Jensen volví a caballo al cerro Scotts, que me pareció un lugar mucho más bonito gracias a mi nueva felicidad. Contraté a un noruego y a sus tres ayudantes por un precio desorbitado para que viniesen conmigo y construyésemos una buena cabaña en poco tiempo. Compré muebles y comida para sobrevivir, además de muchos productos para un banquete de bodas, y por impulso también un vestido blanco de novia para mi Aase. Hablé con mi amigo el agente del Gobierno, Spaeth, que prometió venir a la boda, y encontré a un viejo pastor luterano dispuesto a hacer el viaje por un precio considerable. Spaeth me cuenta que después de la boda se va a mudar de vuelta a Kansas para ganar algo de dinero y estar en un sitio, Lawrence, donde pueda encontrar buenos libros que leer. Mando una carta y un mensaje de telégrafo a mi socio comerciante cuáquero en Chicago para que busque a los mejores médicos, pues llegaremos allí a las pocas semanas en nuestro viaje de bodas. Estamos todos listos para marchar a la mañana siguiente cuando recuerdo que necesito un traje y debo sobornar también a un sastre para que me mida y mande a alguien con el paquete.

De vuelta en la bifurcación norte del Loup. Me alegra ver que el noruego y su cuadrilla se levantan con las primeras luces y trabajan duro. Cabalgo en busca de mis amigos sioux a su campamento de verano para invitarlos a mi boda y me quedo consternado al ver que sólo hay unos pocos de los ancianos y tres niños tullidos a su cuidado. Uno de los ancianos es el chamán que conozco desde hace diez años y cuyo nombre no se me permite escribir. Me cuenta que todos mis amigos se han ido a la guerra en el Oeste: Árbol Blanco, Perro Macho, Toro Menudo, Sam Boca de Arroyo y miles más guiados por Caballo Loco. Esperan encontrarse con otros grupos de sioux (tetones, lakotas, miniconjous), el general Custer y cualquiera que quiera luchar en Wyoming y Montana. Pasé el día y la noche con el anciano, que está medio paralítico y tiene las articulaciones inflamadas. Me cuenta que es su verano número ochenta y seis, lo que significa que nació sobre 1790. Habla mucho y lentamente sobre la gloria y el declive de los sioux e insiste en que sus observaciones y sueños le dicen que el final está cerca para su pueblo. En honor a mi nombre me da un collar de zarpas de tejón, y me advierte que debo llevarlo pegado al cuerpo, pues en los años venideros estaré en el mayor de los peligros a causa de mis esfuerzos por ayudar a los sioux.

Le digo adiós con la primera luz del día y salgo a caballo, sintiéndome melancólico pese al buen tiempo. Cuestiono mis logros, que son pocos. Cabalgo a todas partes para cuidar de mis árboles en docenas de ubicaciones y he tratado de ofrecer el Evangelio a los sioux de palabra y de ejemplo. Les digo que todos los blancos no son el demonio y parecen saberlo, aunque les han robado casi todas sus tierras. Los sioux saben también que los blancos de varios fuertes, soldados y civiles por igual, me consideran un lunático. Eso no les perturba, aunque bromean con el asunto, ya que tienen otra noción de lo que es un lunático. Árbol Blanco me dijo que yo llevaba el tiempo suficiente ya por allí para empezar a tener sueños y visiones. He intentado decirles que sólo tendré la visión que Cristo me ha dado, pero me responden que ya le han oído lo mismo a todo tipo de ladrones y timadores. Desde hace un tiempo opino que el anticristo es la avaricia.

En la cabaña me animo cuando los noruegos dicen que terminarán cuatro días antes de lo prometido. Estoy desesperado por ver a Aase y me vuelco en el trabajo duro de la cabaña para agotarme. La tarde en que los noruegos están recogiendo para marcharse, el hermano de Aase, Jon, aparece y me dice que puedo ir al día siguiente si quiero. Su hermana no se siente bien y Jensen ha cedido en nuestro tiempo de espera. Jon me ayuda a colocar los muebles en la casa, cargamos la carreta y salimos para la boda.

Era más de medianoche y yo no estaba para bodas, sobre todo pensando en resultados inciertos. Me serví la última y ansié contar con algo menos elevado en lo que ocupar la cabeza: una revista, la televisión, una excursión al bar. Tenía allí el coche, pero no estaba seguro de saber llegar a la ciudad y, de lograrlo, tampoco sabía si la Lazy Daze Tavern seguiría abierta. Apagué mis ansias de mirar la fotografía de Karen. Por la mañana me daría tiempo de sobra, antes de que Naomi me recogiese, de redactar unas notas para mi charla en el Rotary. En cualquier caso, tenía preparados un montón de chismes, enjundias y ocurrencias sacados todos del número 102 de la *American History*. No podía evitar la tentación de hacerles caerse de culo recurriendo a la historia oculta tras la historia. Como nota de cautela, era consciente de que los tipos de la ciudad podían estar al acecho de otra de mis meteduras de pata, y no quería darles el gusto.

Oí el graznido de un solo ganso y corrí fuera sin pensar. Los gansos estaban todos apiñados contra la jaula, pero no dentro, con la mirada fija en la oscuridad en una única dirección, donde aparentemente acechaba su condena, observándonos. Salí deprisa hacia la caseta del agua en busca de la comida de los gansos, pero no la encontré. Le birlé a Frieda un saco de su alijo de fritos de maíz que guardaba en la cocina, salí de nuevo corriendo, vertí el contenido en la jaula y logré empujarlos y camelarlos para que entraran en aquel lugar seguro. El último en meterse se me apoyó en la pierna un momento, quizá dándome las gracias. La bonita sensación que me regaló esa pobre ave reemplazó a otra última copa, y me quedé dormido pensando en una bendita nada. A punto estuve de gritar a la oscuridad: «¡Que te den por culo, coyote!», pero me lo pensé mejor.

A las once de la mañana estoy vestido con mi traje de luces, un antitorero con pantalones de franela grises, botas de trabajo, chaqueta de *tweed* en acabado Harris y mi única camisa de J. Press. El día está fresco y oscuro, con lluvia y un viento fuerte del norte. El cambio de tiempo es estimulante, ya que me recuerda a mi casa en la zona de la bahía. Repaso algunas notas mientras espero a que Naomi me recoja. Me había mosqueado un poco al ver que Frieda no había aparecido, pero entonces recordé que el miércoles era su día libre. De pronto caí en que había transcurrido mi primera semana entera en Nebraska y me había instalado bastante bien.

Antes, después de hacerme el café (y tras haber liberado a mis agradecidos gansos), me había sentado a la gran mesa de Northridge y había sacado los volúmenes de Edward Curtis como lectura de desayuno. Al abrir el primer infolio vi una nota: «Dalva y Ruth. Lavaos las manos. Os quiero. El abuelo». Una nota vieja y simple, frágil por el paso del tiempo, aunque me sentí momentáneamente abrumado por su soledad; al mismo tiempo, sin embargo, supe en un sentido más profundo que yo estaba totalmente fuera de juego. A largo plazo, y a corto, el amor es un tema más complicado que el sexo. O que la historia. Empecé a pasar las fotos: Barriga de Oso, el jefe arakira, me devolvía la mirada con su túnica de oso pardo, una imagen con una magnificencia tan singular que me llevé el café a la ventana para contemplar la lluvia. Aquella gente merodeaba en otros tiempos por esta zona, pensé, mirando cómo el viento empujaba el columpio vacío. Cuando Dalva regresara me comportaría con más nobleza. Quizá soy como el sol, que permite que las nubes vulgares e infectas cubran su belleza. O no.

Volví con Barriga de Oso y pensé que los ojos de mi padre tenían parte de ese mismo carácter. Quizá fuese el empeño de la fuerza física adquirida tras cuarenta años en una acería, o el tiempo pasado en las islas Truk y Guadalcanal durante la Segunda Guerra Mundial. Hojeé las láminas y me detuve en la del jefe de la tribu crow, Dos Silbidos, con un cuervo posado en la cabeza. Yo había hecho mi trabajo de grado en Notre Dame sobre Edward Curtis y nunca había descubierto por qué ese hombre tenía un cuervo posado en la cabeza. Probablemente, Curtis tampoco llegase a saberlo, porque después de treinta y tres años de trabajo de campo sacando fotos a los indios se volvió loco y lo metieron en un manicomio. Cuando le permitieron salir bajó al viejo México a buscar oro, con una falta de confianza a la hora de recuperarse que caracterizó el comportamiento de muchos grandes hombres: acerquémonos al borde y saltemos otra vez.

Naomi me sacó de repente de aquel bosque encantado. Estaba ligeramente irritada con Dalva, que había viajado en el viejo descapotable y por eso se había retrasado con la lluvia. Entre mis parientes, me había percatado de que, aunque una mujer tuviese sesenta años y su madre ochenta, a la de sesenta siempre la tratarían como a una niña.

—En la vida entenderé por qué has aceptado hacer esto.

Se echó a reír y pasó con ganas las ruedas del coche por los charcos grandes de la carretera de gravilla.

—Me pareció una obligación. Es decir, Dalva dio a entender que era un honor.

Los charcos me hicieron pensar en un baño de barro. Sentí la misma agitación en mis entrañas que cuando alguien te dice que no tienes buen aspecto.

—Esta niña se pasa la vida haciendo inocentadas. Eso sí, no las hace con maldad. Aunque diría que ya lo has sufrido en tus carnes. Los del Rotary son capaces de ponérselo difícil a los forasteros. Les gusta meter el dedo, aunque sin llegar a ser crueles.

—Me siento tentado a pedirte que pares el coche, pero en realidad puedo soportar cualquier cosa, salvo un linchamiento en masa. Supongo que servirán alcohol.

—Pues no. Nadie bebe por aquí con el almuerzo. —Dejó que el alcance de ese dato me llevase al pánico, y luego echó mano al bolso y sacó dos botellitas de alcohol de las de los aviones—. Una ahora y otra para una excursión al baño más tarde.

—Te debo un millón de dólares.

—Sólo dura una hora. Más o menos el mismo tiempo que tardan en sacarte un diente.

Se le escapó una sonrisa. Yo no tenía ni idea de lo que, en realidad, hacían en esas organizaciones, porque para mí suelen ser sólo letreritos en las carreteras al entrar en ciudades pequeñas: Rotary, Kiwanis, Cámara de Comercio, Caballeros de Colón, Masones, Leones, Legión Americana, Veteranos de Guerras Extranjeras, Alces, Águilas y Uapitíes. Eso es todo lo que se me ocurría. ¿Por qué no había osos?

Más tarde, en la Lazy Daze Tavern, esa hora me pareció equivalente a un combate de quince asaltos. El gran salón de atrás del Lena's Café estaba lleno hasta la bandera. Me había imaginado —y se demostró que estaba en lo cierto— que perderse, emborracharse en público, naufragar un poco con Lundquist —y todo protagonizado por una persona ostensiblemente prominente— ayudaría a reunir a una multitud. También había quedado claro que los Northridge constituían un feudo único en la zona, y todo el mundo siente una curiosidad perenne por los ricos.

El primer impacto fue ver a Karen de camarera en la mesa principal. En realidad, los nervios no me dejaban ver bien nada, pero allí estaba ella, clara como el día, guiñándome un ojo. El mar de rostros de las mesas largas constituía una mezcla uniforme de tonos rojizos y blancos: quienes tenían un trabajo al aire libre frente a quienes se empleaban en tiendas y oficinas. El maestro de ceremonias era un comerciante de equipos agrícolas, grande y joven, llamado Bill. Me dio una palmada en la espalda y me susurró: «Ustedes los del Este siempre nos traen un montón de paparruchas». Le dije que yo era del Oeste, cosa que no pareció registrar. He aquí un *sketch* de esta película casera:

Todos en pie cantando «America the Beautiful»[26], seguida por su propio himno, «Rotary».

R O T A R Y es como se deletrea Rotary;
R O T A R Y se conoce por mar y tierra; etc.

---

[26] Canción compuesta en 1893, con letra de Katharine Lee Bates, que se ha convertido en el segundo himno patriótico más importante del país, después del oficial.

Me dieron un libro de cantos, pero no tenía ánimos para eso. Me percaté de que, aparte de Lena y de las camareras, Naomi era la única mujer entre la concurrencia. Se trataba de un club de machos; sin ninguna duda, en la feminista San Francisco las damas se habrían cebado con ellos. Debo admitir que advertí una cantidad enorme de inescrutable buena voluntad, aunque se percibía la sensación subyacente de que es mejor no romper las reglas, escritas o no, de los lugareños.

No escuché la presentación que me hicieron porque estaba observando a Karen repartir cuencos de lechuga iceberg cubierta por una guarnición rosácea. La muchacha atraía un montón de miradas furtivas de admiración. Yo ya le había «hecho ojitos» a Karen, como dicen los ingeniosos franceses. De repente, toda la sala se levantó y bramó: «¡Hola, Michael!». Fue estruendoso y se me soltó la barriga un poco. Se sentaron todos y se me quedaron mirando; mi confusión les divertía. El bueno de Bill me hizo un gesto para que empezase.

Comencé con un comentario ocurrente: que la historia confía en inventar razones para lo que ya hemos hecho. Ninguna reacción. Continué hablando de las tesis sobre la frontera de Turner, Charles Beard, Bernard De Voto, Henry Adams, Brooks Adams, la teoría del adversario de Toynbee y demás. Ninguna reacción. El sudor me goteaba por el pecho y los muslos. Mierda, pensé, mejor me pongo dramático. Mi primera salva real fue decir que todo el desplazamiento hacia el oeste entre la Guerra de Secesión y el cambio de siglo fue un sistema piramidal horrible concebido por los magnates del caucho de los ferrocarriles y un Congreso estadounidense en su mayoría corrupto. El público se anima, y eso me incita a ir aún más allá. La Guerra de Secesión fue tan cruel porque la frontera estaba muerta y todos los paletos, instigados por la adrenalina homicida, estaban ansiosos por entrar en batalla. Murmullos entre la multitud. Los colonos salieron a estafar y a robar la tierra de los indios reconocida en los tratados, bajo la protección de un Gobierno ebrio de poder, dinero y alcohol. Cuando los colonos necesitaron más combustible para su avaricia, utilizaron la cristiandad y la idea de que los indios no estaban usando la tierra. Si tu vecino se marcha de su tierra en barbecho, quédate con ella. Vi a Naomi fruncir el ceño al fondo de la sala, pero no había ningún sitio adonde ir llegados a ese punto. La historia nos juzga por cómo nos hemos comportado en la victoria. Añadí un montón de cháchara apocalíptica sobre cómo hemos extendido esta conducta general de cerdos canallas a nuestra actual política exterior, y luego me senté ante un aplauso generoso pero cortés. Seguía teniendo el atril a mano, así que me serví la segunda botellita de alcohol en el vaso de agua y me lo bebí de un trago. Bill, el maestro de ceremonias, se dio cuenta y parpadeó. Todos los demás habían empezado a comer, y yo me puse con mi pollo tradicional *à la king*. Bill me preguntó si estaba dispuesto a «sortear» algunas preguntas, así que me volvieron a sudar los pies. Un tipo bobalicón de traje azul claro levantó la mano.

—Una cosa que no me gusta de la historia es que no se ocupa del futuro… —Hubo quejas por ese *non sequitur* y el hombre se aturulló—. Lo que no entiendo es: ¿dónde se suponía que iban a meterse todos esos colonos?

Admití que era una buena pregunta, pero expliqué que yo estaba describiendo lo que había ocurrido, no lo que se suponía que podría haber ocurrido. Un hombre con ropa bastante elegante (el único abogado de la ciudad, y también fiscal) trató de pillarme con una pregunta sobre el problema agrícola en

1887. Dije que cuando un granjero de Nebraska vende una fanega de trigo por veinticinco céntimos menos el transporte, y el intermediario de Chicago o Nueva York obtiene un dólar y medio, se demuestra que los tiempos no cambian. Eso provocó un agradable aplauso. Hubo una serie de preguntas necias antes de que los ánimos se oscureciesen con una cuestión sobre Jimmy Carter, a quien traté de defender, y luego una pregunta cebo sobre América Central, Nicaragua en concreto. Respondí: «¿Por qué hemos de preocuparnos por un país que sólo tiene cinco ascensores?». Aquello provocó una confusión masiva. ¿Sólo cinco ascensores en todo el país? ¿Estaba yo seguro? Sí, había estado allí. Por supuesto, era mentira: en realidad había sacado la información de un número de la *Rolling Stone* de mi hija. ¿No decía el presidente que los comunistas estaban a sólo un día de camino de Texas? Repliqué que cómo un ejército a pie de treinta mil rojos iba a apañárselas frente a tres millones de cazadores de ciervos de Texas armados hasta los dientes. Eso me granjeó un aplauso sustancioso. La última pregunta fue estúpidamente conmovedora, y la planteó el hombre más viejo del público.

—Para muchos de nuestros padres, el viejo Northridge estuvo en el lado equivocado de las Guerras Indias. ¿Qué dice usted a eso? Con mis disculpas a Naomi, aquí presente, que de todos modos es una Jensen, alguna gente piensa que el primer Northridge era un auténtico lunático. Y si cree usted que esos sioux borrachos eran tan maravillosos, ¿por qué no sube a Pine Ridge y prueba a vivir con ellos? Sea como sea, no puede luchar contra la historia.

Hubo una cantidad moderada de vítores, y tuve la leve sensación de que «sioux borrachos» era un desprecio hacia mi propio comportamiento en aquel local.

Me saqué un truco retórico y me puse de espaldas a la multitud para poner en orden mis ideas. La visión de una hamburguesa con aros de cebolla y una cerveza fría pasó ante mis ojos. Permanecí así hasta que sentí su nerviosismo agudizarse, de algún modo a la manera en la que el gran Nijinsky se había convertido en una estatua humana.

—Por supuesto que no se puede luchar contra la historia, pero ocasionalmente los hombres con conciencia sí ayudan a hacer historia. Desde luego, la historia ni se combate ni se hace dándonos palmaditas en el culo unos a otros durante almuerzos de negocios, ni mediante la práctica consagrada de comprar barato y vender caro. En cualquier caso, ¿no se había convertido Northridge en todo lo que ustedes quieren realmente? Me refiero a ser rico, bastante rico, desesperantemente rico. ¿Cómo se comportarían ustedes si, acompañados por sus parientes, se hubiesen pasado los últimos cien años en un arrabal rural, en un árido campo de concentración? Nunca he dicho que los sioux fuesen cristianos de los de Cristo en lágrimas. Estoy diciendo que la historia nos enseña que los antepasados que tuvieron ustedes se comportaron como cientos de miles de pequeños nazis acaparadores que estuviesen barriendo Europa. Eso es todo. Ustedes ganaron la guerra. No se preocupen. Nunca he ido a Pine Ridge. Iré si ustedes me llevan. Compraré una caja de whisky y montaremos una fiesta y mientras pueden ustedes darles un sermón a los indios sobre cómo se están comportando, y recriminarles esa actitud estilo Leon Spinks pero en plan piel roja…

Me estaba encendiendo mucho, de modo que Bill, el maestro de ceremonias, pospuso rápidamente la reunión como respuesta a una oleada de quejas y resoplidos. En resumen: mi último interrogador, el anciano, era un pastor metodista jubilado, un ciudadano ilustre, un padre de la ciudad, ese tipo de cosas. Naomi me sacó de allí lo más rápido que pudo, no sin algún apretón de manos esporádico y la alegría de unos cuantos de los más jóvenes. También hubo algunos tipos mayores que me dieron palmadas en la espalda y se rieron a carcajadas como si yo fuese un gran monologuista.

Me fui directo a la Lazy Daze Tavern, seguido por Naomi y el editor y propietario del periódico, que quería aclarar algunos detalles de mi entrevista con Karen. Mientras salía del Lena's Café, Karen, que había estado por allí con otras cuantas camareras, me dedicó otro guiño de triunfo. Por algún motivo pensé en la canción de Gene Pitney «Town Without Pity»[27]. Esa muchachita seguro que era capaz de cambiar los ánimos de la tarde, si eso hubiera sido posible. En su lugar, mi consuelo fueron un whisky doble inmediato y una cerveza. Naomi y el editor entraron detrás de mí riéndose. La idea de que Dalva me la hubiese jugado con todo aquello era una lanza en mi costado.

—Eres la noticia más importante desde que quedamos segundos en la liga de baloncesto estatal hace tres años —me dijo el editor.

Alcé la vista más allá de su hombro, hacia los tipos de la ciudad reunidos en la acera a la puerta del Lena's Café, que miraban al bar, enfrente, con una malevolencia evidente. ¡Volved a las cajas registradoras, panda de rastreros!, pensé. Y, sin embargo, curiosamente, hubo suficientes sonrisas para dejarme claro que la frontera seguía divirtiéndose ante un buen desastre, como siempre. Naomi dijo una cosa curiosa: «¡Después

---

[27] Canción muy conocida que habla sobre los sinsabores para la juventud enamorada que vive en una ciudad sin compasión.

de cuarenta años viviendo cerca de esta comunidad nunca había visitado el bar!». Estaba mal visto entre los profesores de escuela. Si querían beber en público, había un restaurante con salón en una ciudad a sesenta y cuatro kilómetros al este. El editor, un chaval más joven formado en Lincoln, dijo que los viernes por la tarde acudían coches cargados de profesores, que se emborrachaban y engullían filetes de un kilo. Era una idea atractiva.

—Karen me ha contado que vas a ayudarla a hacerse modelo —me soltó el editor, con un guiño ridículo y un codo en mis costillas.

Vuelvo a la seguridad del bosque de Sherwood, o algo así, aunque Dalva está más cerca de lady Marian de lo que yo lo estoy de Robin Hood, supongo. Cuando entramos, Dalva estaba de pie junto a la mesa de la cocina, con un cuenco de cereales que había dejado a medias —quién iba a decirlo—, mirando fijamente por la ventana. Me acerqué a ella en busca del abrazo que anhelaba y creía que merecía, y no fui capaz de contenerme cuando se giró, con aspecto de absoluta fatiga y demacración.

—Dios santo, parece que te hayas tirado a todo un destacamento de la caballería estadounidense.

—Por favor, cállate, Michael. —Evitó mi abrazo y se acercó a su madre—. Rachel ha muerto. Me dijo por teléfono que estaba enferma, pero no que se estuviese muriendo.

A esas alturas estaba llorando y Naomi trataba de consolarla. La cara me ardía del bochorno. Dalva se me acercó mientras yo trataba de escabullirme por la puerta, me cogió del brazo y me besó en la mejilla.

—Necesito dormir un rato.

Le dije que sentía que Rachel hubiese muerto y me marché. Fuera, en la seguridad emocional de la barraca, pensé de pronto que no sabía quién era Rachel. Recordé un pasaje de Northridge en el que un grupo de jóvenes guerreros sioux estaban practicando un juego o rito que habían aprendido de una «sociedad mágica» de los cheyenes. Los guerreros se ponían en círculo y disparaban flechas de caza hacia arriba, al aire, y luego esperaban sin temor a ver si alguien resultaba herido o moría cuando cayesen, una práctica ostensiblemente religiosa en su esencia. Me quité el atuendo de conferenciante, sudado y en un estado lamentable, y me metí en la ducha para limpiarme de mis últimas dos flechas: mi charla en el Rotary y mi comentario a Dalva.

Al salir de la ducha, me puse el traje de granjero como un actor que desea sentirse otro. Le eché un ojo a mi recuento de palabras y páginas y calculé que había revisado más o menos el diez por ciento de los diarios entre 1865 y 1877. No había tocado el baúl guardado aún en la caja fuerte del banco, que continuaba a partir de esa fecha. Cogí el segundo y último volumen de 1877: un año escaso en cuanto a diarios; continué desde la página que había marcado, en un pasaje en el que Northridge describía su sueño con Aase muerta, y la muerte de su amigo Árbol Blanco a causa de una paliza.

28 de agosto de 1877

Es curioso que mi sueño con Aase, en el que se me metía en el cuerpo, me haya aliviado de tanto sufrimiento por el duelo esta semana pasada. Un sueño te despierta de otro y es como si pudieras ver el mundo más a fondo y con más detalle. No estoy seguro de lo que ha ocurrido aquí. Deduzco que cada doliente de un ser querido está sumido en la idea de su singularidad. Este pensamiento me recuerda al ganso salvaje que disparé para cenar un día en Missouri, no lejos del Fuerte Pierre. El compañero del ganso estuvo recorriendo la zona dos días y trasladé el campamento para deshacerme de aquella visión melancólica. Sam Boca de Arroyo me aseguró que ese fenómeno se da también en los lobos. He pasado un año en el que mi alma ha estado enterrada con el cuerpo de Aase y no resultaba útil para la gente a la que acudía a ayudar en situaciones de gran peligro. Aunque han pasado doce años, el recuerdo de nuestra guerra sigue siendo lo bastante violento y fresco para que mi pena desee mantenerse alejada de la suya...

Northridge se está refiriendo en este momento a los extraordinarios últimos seis meses de «libertad» para los sioux y otras tribus de las Grandes Llanuras: ganaron contra Reynolds en el río Powder, ganaron otra vez bajo el mando de Caballo Loco en el arroyo Rosebud, y contra Custer en el Little Big Horn; después de eso, llegó el horror de la derrota en Slim Buttes, Bull Knife, la Batalla de Lame Deer y el asesinato de los jefes sioux en el Fuerte Keogh. Esos seis meses permitieron a los guerreros revivir su gloria, y también experimentar el destino aciago que sus líderes habían previsto muchos años atrás. No les quedaba mucho que esperar tras la rendición del último grupo de oglalas liderado por Caballo Loco, otros seis meses después, en el Fuerte Robinson.

29 de agosto – 5 de septiembre de 1877

Me despierto mucho antes de que sea de día, consciente por fin de mi obligación para con mi hermano muerto, Árbol

Blanco: él había visto un abedul en un sueño, pero nunca en la realidad. Debo buscar a su viuda, que se llama Ave Menuda o Tímida; su nombre en sioux significa «un pájaro que se posa deliberadamente en una rama y contempla todas las actividades del hombre con sospecha y distracción».

He recogido todo para salir a media mañana y digo mis oraciones bajo el roble donde Aase murió hace un año. Al arrodillarme como me arrodillé entonces, la veo en el catre que hice cuando quiso pasar los días fuera, al aire libre, envuelta en una manta pese al calor del sol. Hablábamos y yo le leía la Biblia y los sonetos de Shakespeare que más le gustaban. Ese día me perturbó que Aase viese un pájaro grande que yo no podía ver, así que al menos admití que lo veía para aliviar su preocupación. Me dijo que el pájaro traía el trueno. No había nubes y bajé al manantial a por otra jarra de agua fría. Cuando volví me echó los brazos y nos abrazamos y sentí su último aliento en mi oreja. Me quedé allí con ella hasta primera hora de la noche, cuando llegaron, de hecho, los rayos y los truenos. Dejé que la lluvia cayese sobre nosotros, la primera lluvia en un mes, hasta que estuvimos húmedos y bautizados de nuevo y entonces metí su cuerpo en la cabaña.

Hice el camino hasta el Fuerte Robinson, que normalmente son tres días, en menos de dos. Por motivos que no tengo claros siento pánico y me he enganchado a la pierna un revólver que le compré a un hombre temeroso que me encontré en el camino y se dirigía de vuelta al este. Dijo que en el Fuerte Robinson hay un ambiente desagradable, de desesperación, porque todos los sioux van a tener que marcharse de Nebraska y subir al Missouri, adonde no quieren ir. Cree que va a haber una gran batalla y le aseguro que no hay más sioux libres para combatir. Dice que envió a su familia a North Platte desde su cabaña y su rancho cerca de Buffalo Gap en junio, pues no quería que los salvajes les cortasen las cabelleras. Le cuento que conozco la zona bien y le aparece un destello en la mirada cuando se ofrece a venderme su parcela de tierra por cien dólares. Me enseña la escritura y hago la compra y se marcha al galope por si yo pretendía cambiar de opinión.

En el Fuerte Robinson los sioux están acampados unos kilómetros al sur del cuartel general en el arroyo, pero me dicen que no se me permite visitarlos. Cuando protesto me arrestan y me llevan a la pequeña empalizada y prisión. Por una gran e inverosímil coincidencia el teniente al cargo es mi viejo amigo de Cornell, cuyo padre cuáquero el verano pasado me contó que estaba sirviendo en el Oeste. Despacha a los hombres que me arrestaron y salimos. Me pide que no cuente que no sirvió a su país en la Guerra Civil. Lo miro como si lo creyese estúpido, y le digo que me da vergüenza haber aceptado oro por ocupar su lugar y que el secreto está a salvo conmigo. Le explico mi obligación para con la viuda de Árbol Blanco y envía a dos hombres a buscarla. Me cuenta que no le agradan nada mis actividades entre los sioux, a quienes él seguirá ayudando a aniquilar, pero se siente de algún modo obligado por nuestra vieja amistad. A Ave Menuda la traen aún manchada con la ceniza del duelo y nos ordenan seguir nuestro camino, aunque antes conseguí que el teniente me diese una carta de salvoconducto. Como hay otras personas a la vista no me estrecha la mano cuando nos separamos.

8 de septiembre de 1877

He llevado a Ave Menuda hasta Buffalo Gap, un viaje de dos días a caballo, donde adquirí la cabaña y la finca, que están en unas condiciones decentes. Ave Menuda me había rogado que regresara al Fuerte Robinson a por su madre, que no se encuentra bien. Prefería no hacerlo, pero el recuerdo de mi propia madre cuando estaba enferma me espolea a cumplir mi deber.

Mi compañero de clase, el teniente, no se alegra de verme de nuevo y huele a whisky. En la cárcel hace calor, y está llena de moscas. Mira unos papeles y dice que la madre de Ave Menuda ha muerto hace poco de cólera. No le creo pero no tengo nada a lo que recurrir. Me señala un punto grande oscurecido en el suelo cubierto de moscas y dice que allí fue donde murió Caballo Loco la noche anterior tras intentar escapar. Cumpliendo órdenes, lo mató con la bayoneta otro indio. Luce una sonrisa mientras ofrece sus condolencias. Empiezo a marearme y me arrodillo y toco el suelo humedecido por la sangre. Rezo una oración y me dice que me vaya. Dos guardias me escoltan hasta fuera con mi caballo. Unos dos kilómetros al sur veo el campamento sioux y cabalgo hacia allí aunque hay gritos y disparos, directamente contra mí o al aire, no lo sé. Busco caras conocidas entre los dolientes y Sam Boca de Arroyo me dice que es cierto. Veo a Gusano, a Chal Negro, a Perro Macho y a Toca las Nubes pero no me acerco a ellos. Todos los sioux han de trasladarse al Missouri de inmediato. Dos niños corren hacia nosotros para advertirme que el destacamento está montando cerca de la empalizada, quizá para venir a arrestarme. Me monto

309

en el caballo y atravieso el campamento sioux al sur tan rápido como puedo, agradecido de ir en mi mejor caballo y de que el día empiece a oscurecer. Describo un círculo al oeste, luego al norte hacia el arroyo Warbonnet, y descubro que la persecución va a durar poco. Al caer la noche siento la cobardía en mi corazón por no haber sacado el revólver y haber disparado a ese tipo. Antes de dormir descubro que no puedo pedir perdón por ese impulso, por muy contrario que sea a mi fe menguante.

Me descubro con la mirada fija en el techo, como arrepentido momentáneamente de saber leer. Había pasado tanto tiempo desde que había leído a Mari Sandoz y a otros historiadores que me costaba recordar quién era Toca las Nubes. Comprobé un texto de referencia y descubrí que ese hombre de nombre curioso era el chamán en cuyos brazos había muerto Caballo Loco. A Perro Macho le permitieron visitar a su amigo durante los últimos momentos de su vida. Me aparté de la mesa, con la sensación de que me observaban, y me encontré a los gansos en la puerta de tela metálica esperando su cena. Quizá albergasen la esperanza de comer otra bolsa de fritos de Frieda. Mi esposa y mi hija habían compartido el afecto de un caniche enano, un canalla, que tenía predilección por los hígados de pollo fritos. Aquel chucho se cagó en mi zapato y le di una cucharadita de tabasco como castigo. El perro hizo una voltereta pequeña y precisa en el aire y me pidió más salsa picante.

Caminé hacia la casa, seguido por los gansos, justo cuando Dalva salía por la puerta con un balde de comida. Las aves corrieron hasta ella con su peculiar trote tambaleante. ¿Cómo iba yo a entender el pasado si no podía comprender a los

310

gansos?, pensé. Dalva parecía descansada e iba muy elegante con un vestido de verano azul claro y unas sandalias.

—¿Puedo hacerlo yo? Estoy intentando entablar contacto con las criaturas terrestres.

Me dio el balde y lancé puñados de grano por el patio con desenfado.

—Espero que hayas disfrutado del almuerzo en el club. Naomi me ha contado que ha salido bien, pero que te has puesto algo irascible.

Lo dijo casi con timidez y con una seriedad impropia, y luego empezó a temblar con una risa contenida. Me tiré al suelo imitando a una niña que lo ha pasado mal en el baile de graduación, dando patadas y estremeciéndome. Los gansos comían, acostumbrados a mi comportamiento. Dalva siguió riéndose, y luego se echó en el cenador de las parras en busca de apoyo. Me arrastré y le mordí el pie.

—Algún día en algún momento en algún lugar de este jodido mundo me vengaré —les dije a los dedos de sus pies.

Dalva me sirvió una copa en la sala de estar, una copa de persona mayor, pues había decidido que me había esforzado mucho en el trabajo. Se sorprendió de que no hubiese ido a la ciudad, salvo con Lundquist el sábado y con Naomi ese mediodía. Me dijo que me iba a llevar a un evento de caballos en el recinto de ferias al día siguiente. Admití que había pensado en ir a la ciudad, pero que no sabía el camino, y eso la interrumpió. Si conduces al norte das con el río, me dijo, y si vas al sur llegas a la ciudad, porque es el único sitio al que van las carreteras por aquí. Aquélla era una información sorprendente. Me puse entonces un poco maniático, describiendo mi trabajo de la tarde y preguntándome si debería pasar de inmediato al segundo baúl de diarios para coger perspectiva.

—Iban a mandar a Caballo Loco a Tortugas Secas —me contó—. Es una antigua prisión en un fuerte a unos ciento diez kilómetros de Cayo Hueso, en el golfo de México. Cuesta imaginar a un guerrero sioux en el mar.

Se puso un poco taciturna y me dijo que me arreglase para la cena. El chico naturalista de Naomi, Nelse, había vuelto y Naomi quería que fuésemos a cenar, pero Dalva no estaba con ánimos de pasar la noche con alguien desconocido. Iríamos a la ciudad de al lado a comer un filete y, con suerte, al motel, pero no quise tentar a la fortuna planteando la cuestión. Mientras me vestía empecé a pensar en Caballo Loco en el trópico, y luego me saqué el tema de la cabeza con una mirada zafia a la foto de Karen.

Fuimos en el Subaru de Dalva escuchando la música alegre de Bob Wills y los Texas Playboys. Detestaba el *country*, pero lo que Dalva llamaba «*swing* de Texas» me parecía distinto y nos relajó los ánimos. La mayor parte del territorio de Nebraska es el Oeste puro y duro; nos paramos en el arcén para observar a cuatro vaqueros arrear el ganado por una carretera de gravilla: dos de los hombres iban a caballo y los otros dos en motos. Los vaqueros se han aficionado a llevar gorras de béisbol, aunque por la noche vuelven al sombrero Stetson. Tenía tantísima hambre que le pedí a Dalva que me describiese la carta. Me respondió con un acento afectado de Sand Hills, arrastrando las palabras:

—Pues tiene usted ternera preparada de múltiples formas, y variedades de gelatinas de bote, y la patata envuelta en papel de plata que puede ser de ayer, y esas bebidas grandes que tanto le gustan.

—¿Y el vino?

—¡Sólo bebidas con azúcares añadidos!

No eran más que las ocho de la tarde y seguía habiendo luz, pero la gente fornida ya estaba bailando al ritmo de la banda, Leon Tadulsky y los Riverboat Seven, cuyos miembros llevaban sombreros de paja, algunos, y de vaquero, el resto. Pedimos una mesa lo más lejos posible de la banda y unas bebidas tamaño extragigante. Varias personas saludaron a Dalva con la mano, pero nadie se acercó a la mesa. Dudo de si alguien la habrá considerado alguna vez una persona cercana. Los Tadulsky estaban tocando una mezcla extraña de *swing* de Glenn Miller, polcas y *country* del Oeste. Las parejas daban unos bocados a la comida y luego se levantaban a bailar, regresaban a por los platos y repetían el proceso. Todo el mundo en la sala —un lugar similar a un granero— comía filetes o ternera asada sobre bandejas metálicas calientes. Definitivamente, aquello no era Santa Mónica. Había una mesa larga de vaqueros con sus mujeres o novias, y los hombres no se quitaban los sombreros ni para bailar ni para comer. Los rancheros y tipos de negocios llevaban ropa informal, pero se distinguían unos de otros porque los rancheros tenían los brazos y la cara quemados o bronceados. Estábamos sentados bastante cerca del mostrador de ensaladas, con su ubicuo protector de plexiglás: cuencos con gelatinas de todos los colores del arcoíris, requesón, encurtidos, ensalada de judías, y casi todo intacto. Dalva pidió un corte princesa de la cadera mientras que yo elegí el corte rey de bistec de un kilo, diseñado para el hombre que de verdad «cree en la ternera». Yo en realidad no creía, pero un bromista dijo una vez que la mejor guarnición es el hambre. Dalva me pilló dando golpecitos con los dedos y articulando la letra de lo que la banda estaba tocando: «Beer Barrel Polka» («En el cielo no hay cerveza, por eso nos la bebemos aquí»). Le pareció divertido y le respondí que cuando

313

te crías en una ciudad del acero en el valle de Ohio ésa es la música que oye tu gente. Me agarró por el brazo y salimos a la pista en un abrir y cerrar de ojos, meneando el esqueleto de un modo que dejó atónitos a los lugareños. La banda tocó varias polcas seguidas para que no parásemos, y aunque tenía miedo por el pálpito salvaje de mi corazón me encantó hacer algo admirado por todos. Seguimos hasta medianoche, mezclando el baile con la comida y la bebida, y confieso que nunca me había sentido tan auténticamente estadounidense desde los Boy Scouts. El último baile de la noche fue una versión del «Mood Indigo» de los Mills Brothers, que bailé con los restos de mi filete guardados en la chaqueta. Al final de la canción hicimos una reverencia y nos besamos con descaro.

Fuera, el aire nocturno nos pareció maravilloso, porque estábamos empapados en sudor. En el coche volvimos a besarnos y se me puso dura a rabiar; Dalva le dio un par de tientos durante el camino de cien metros hasta el motel. Hicimos el amor por primera vez con la ropa medio puesta y sin darnos antes una ducha. Cuando entró en el baño, encendí la televisión y me sorprendió encontrar un canal de pelis guarras patrocinado por el motel. Me puse a comerme los restos de filete y llamé a Dalva, que entró desnuda recién salida de la ducha. «Dios mío», dijo.

Nos quedamos dormidos con esa carta de ajuste no del todo afortunada, y los dos nos despertamos a las tres de la mañana con la boca seca. Apagué la televisión mientras Dalva dejaba correr el agua hasta que saliese fría; luego nos peleamos para sacar los habituales vasos de plástico envueltos en plásticos, a cuyo creador habría que obligar a comer platos extremadamente salados en cantidad. Nos miramos absurdamente en el espejo para mantener el buen humor, poniéndonos caretos el uno al otro y tirando las aspirinas por el suelo. Pisé el hueso del filete al meterme en la cama y luego hicimos el amor otra vez.

Aquél fue un día de esos en los que, como dicen, debería haberme «atrincherado» en la cama, en la seguridad de aquel motel lejano. La violencia ciega de Estados Unidos me dio de pleno, y sin que yo tuviese la más mínima premonición. Hacía un día nublado y frío cuando Dalva me sacó a rastras de la cama, ofreciéndome una taza de café grande de poliestireno, una camisa nueva y unos calzones que había sacado de mi maleta. Lo había planeado todo. Ni la camisa ni los calzones eran míos, pero eran de excelente calidad.

Salimos hacia la ciudad, al espectáculo de caballos, o venta de caballos, o lo que fuese, no estoy seguro. Había suficientes caballos en aquel recinto de ferias lluvioso para que la cosa durase toda una vida. Dalva señaló un puesto de refrescos donde podría quedarme inconsciente a base de café, y luego me abandonó para ir a mirar caballos con ojos de compradora. ¿Es que cuatro caballos no son suficientes? No le pregunté a nadie en particular. En el puesto de refrescos pedí café y me di cuenta con satisfacción de que estaban metiendo cervezas a enfriar. Esta gente son los mongoles o los cosacos de las Grandes Llanuras, pensé, sin parar de esquivar a los caballos que giraban, iban hacia atrás, daban embestidas y hacían cabriolas. Una serie de hombres me saludó con un «Buenos días, profesor», lo que me dio una sensación de pertenencia al lugar.

A decir verdad, no lo vi venir en ningún momento. Un hombre increíblemente grande se me acercó y lo reconocí como el tipo de la cuadrilla que me levantó para subirme al caballo el día en que me perdí, y que me invitó a una copa el sábado que pasé en la ciudad con Lundquist. Estaba esforzándome por recordar su nombre cuando vino directo hacia mí, bajó los ojos para mirarme y me enseñó la foto de un desnudo de Karen.

—Es guapa, ¿eh? —le dije, preguntándome qué estaba haciendo aquel patán gigante con la foto.

—¡Mi Karen! —gritó, agarrándome el brazo y retorciéndomelo.

El brazo me hizo un ruido seco horrible, un chasquido, y pareció desencajárseme del cuerpo para quedar colgado por su cuenta. Luego el tipo me arreó un golpe potente en la mejilla y me caí de culo. Dios mío, ¿es que no se va a terminar nunca?, pensé, mientras le veía la bota preparada para patearme. Entonces otros hombres empezaron a gritar y varios vaqueros lo tumbaron. El mundo se me fue volviendo rojo, y cuando movía la mandíbula se oía un sonido chirriante y desagradable. El color rojo era cada vez más oscuro mientras los hombres se iban inclinando sobre mí. Llegó Dalva y me agarró.

—Dios santo, Michael, ¿qué has hecho ahora?

A continuación me desmayé y caí en un sueño doloroso, tan colorido como todas las gelatinas de Nebraska.

LIBRO III
CAMINO A CASA

DALVA

15 DE JUNIO DE 1986, NEBRASKA

Hubo un momento peculiar —bastante inquietante, de hecho— en la sala de espera de urgencias. Inmediatamente después de que se llevaran a Michael, Naomi se giró hacia mí y bajé la vista, mirando al suelo, a punto del desmayo. Me agarró del brazo y salimos con paso rápido del hospital por una puerta trasera. Tuve una sensación verdaderamente opresiva de *déjà-vu*: la última vez que habíamos estado en un hospital juntas fue cuando había dado a luz a mi hijo en Tucson, treinta años antes. Era algo que no íbamos a comentar, así que simplemente nos quedamos allí unos minutos tratando de dejar que nuestro mundo recuperase su forma adecuada. Por fin fuimos capaces de hacer algunos planes y regresamos dentro a pedir un taxi para mí. Naomi se quedaría en el hospital de momento, mientras yo iba al despacho del abogado a comentar la situación, dos opciones igual de deprimentes para última hora de una tarde de junio. Pensé irritada que había perdido la oportunidad de comprar la yegua que había andado buscando.

Habíamos ido hasta Omaha en un avión de evacuación médica tras un viaje largo en ambulancia hasta North Platte, donde decidieron que la mandíbula de Michael requeriría la atención de un especialista. Tenía el brazo izquierdo roto y dislocado, pero el carácter de esas heridas era menor en comparación con la fractura de la mandíbula.

Justo después de la batalla en el recinto de ferias, el sheriff y el fiscal se reunieron conmigo en la consulta del médico, donde Michael estaba tumbado en una mesa con muy mal aspecto. El médico se estaba ocupando con cuidado de comprobar si había otras complicaciones aparte de los huesos rotos. Debatí las cuestiones legales provisionales con el sheriff y el fiscal, que le habían tomado declaración a Pete Olafson, el padre de Karen, en la cárcel. ¿Me opondría de algún modo a que lo soltasen, ya que era viernes y no habría ningún juez disponible hasta el lunes? Dije que no tenía nada que objetar, porque había ido a la escuela con Pete y, además, aquél no era el tipo de delito que podría repetirse. Había otros problemas espinosos: a Karen le faltaba una semana para cumplir los dieciocho y legalmente era menor. Negaba rotundamente haberse acostado con Michael y aseguraba que él no le había sacado la foto que su madre encontró en su habitación, aunque sí que se la había hecho por petición de Michael. Las simpatías de aquellos hombres para con el lugareño eran comprensibles pese a la gravedad de las heridas de Michael. El fiscal me enseñó la foto en cuestión, que resultó particularmente banal en la consulta de un médico. Tenían una actitud rayana en la condescendencia, y entonces les dije que estaba segura de que los gastos originados por la recuperación de Michael supondrían la bancarrota de la parte culpable. Se lanzaron una mirada tipo el Gordo y el Flaco y el sheriff dijo: «Lo mismo se lo andaba buscando». Respondí que él no estaba en posición de decidir eso, y añadí que seguramente no quisieran despedirse de la granja de Olafson a costa de presentar de forma apresurada cargos contra mi invitado. Esa amenaza velada no era tanto un farol como una pequeña treta para ganar tiempo. No muy lejos en mi memoria, recordé a un profesor titular de Lengua Inglesa de mi época en la Universidad de Minnesota al que despidieron por «bajeza moral» (niñas verdaderamente menores). Por supuesto, quería asegurarme de que las noticias sobre la última aventura de Michael no llegasen a su jefe en California.

En el taxi de camino al abogado, reconsideré mi implicación con ese desgraciado hijo de puta. Sencillamente, en cierto sentido clásico, Michael no sabía hacer mejor las cosas. La idea de que un hombre o una mujer pudiera ser mordazmente brillante en un campo y un desastre grotesco en otro apenas se limitaba a la profesión académica. La mayoría de la gente brillante y capacitada que había conocido a lo largo de mi vida había decidido enterrar asuntos que, en realidad, estaban aún demasiado vivos.

En el despacho del abogado me sorprendió ver lo viejos que se habían hecho los socios principales: todos los que me saludaron y habían conocido a mi abuelo, a mi padre, a Paul y al resto de nosotros parecían próximos a la jubilación. Me pusieron a cargo de un joven áspero, ya que me aseguraron que él se ocupaba de los problemas «complicados» para el bufete. Sin duda, estaba preparado: a Pete Olafson lo habían arrestado por agresión tres veces en veinticinco años, aunque siempre se habían retirado los cargos. A Michael lo habían acusado de hurto mayor (libros raros) estando en Notre Dame y se habían retirado los cargos, además de tener tres condenas por conducir borracho mientras estaba en la escuela de posgrado de Wisconsin, y había estado ingresado en atención psiquiátrica seis semanas en Seattle, aunque los detalles de ese ingreso no estaban disponibles. El abogado dijo que se personaría el lunes por la mañana y recomendó llegar a un acuerdo por el cual se terminasen retirando los posibles cargos contra ambas partes. Estuvo hablando por teléfono y la chica en cuestión había admitido ante el fiscal hacía una hora que Michael y ella habían hecho un «sesenta y nueve», cosa que, por supuesto, era un delito, sobre todo porque ella no tenía aún los dieciocho. Por sí solo era un hecho insignificante, porque la muchacha además tenía una firme reputación de promiscua, demostrable ante el tribunal. El abogado pretendía hacer ver que Michael se había «caído de un caballo» y el seguro se haría cargo de la mayoría de los gastos médicos. ¿Estaba yo de acuerdo con el plan? Si no, podíamos meter al señor Olafson al menos un año en la cárcel, pero algún tipo de cargo le caería a Michael, y posiblemente eso interfiriese en su empleo. Naturalmente, claro, acepté el acuerdo, y le aseguré que Michael firmaría cualquier cosa con tal efecto.

En el hotel pensé que no había nada mejor que pasar una hora en un bufete de abogados para necesitar darse una ducha y tomarse una copa, dos cosas que hice. Mientras me estaba bebiendo la copa, llamó Naomi desde el hospital para decir que la operación iba a ser a última hora de la tarde, para lo que faltaba muy poco. Estaban algo preocupados por la tensión alta de Michael, evidencia de un consumo elevado de tabaco, y por un daño menor en el perfil sanguíneo provocado por el alcohol. No obstante, el cirujano era optimista y le dijo a Naomi que el paciente saldría bien, salvo por el inconveniente de tener la boca cerrada con alambres durante dos meses. Michael pasaría en el hospital entre diez días y dos semanas, y sobreviviría sin problemas con una dieta líquida de fácil elaboración. Pese a lo desagradable de la situación, la boca alambrada y la dieta tenían un punto bastante divertido. Naomi tardaría una hora en llegar al hotel. Para evitar complicaciones, le había asegurado sin más al personal del hospital que era la exmujer de Michael, había firmado todos los papeles necesarios y había extendido un cheque a cuenta del Fondo de Viajes de la Asociación Nacional del Rifle, cosa que encontró divertida. El seguro de Michael lo cubría todo; el cheque adicional era para cubrir un tipo de habitación especialmente «encantadora» que los hospitales modernos ponían a disposición de quienes podían permitírselo. Le dije a Naomi por teléfono que ese desgraciado se merecía estar en el sótano.

Aquella noche en la cena, Naomi me preguntó por qué me había puesto ahora en contra de Michael cuando, dada mi experiencia, debería haberme percatado de sus defectos desde el principio. ¿Y por qué, si no fue por pura simpatía, lo había elegido para ver los documentos? Le respondí que no quería a un investigador aburrido que redactase una obra erudita y aburrida sin más. La primera pregunta resultaba más complicada de contestar; Michael me estaba agotando y, aunque el incidente más reciente era horrible, sentía un alivio culpable por no tener que tratar con él durante unas semanas. Naomi me dijo que estaría viajando bastante aquí y allá con el joven para trabajar en el proyecto, y que por qué no llevábamos a Michael a su casa durante la convalecencia para que Frieda cuidase de él.

En ese momento, una lágrima real cayó en mi copa de vino blanco y no pude terminarme la cena. Pedí un brandi gigante, alargué el brazo y puse la mano encima de la de Naomi.

—¿Estás segura?

—Siempre he estado algo sola, y siempre he disfrutado con un poco de mal comportamiento. Tú has visto demasiado y yo he visto muy poco. Estoy segura de que tu padre se habría divertido con Michael.

—¿Vas a contárselo?

Sabía desde hacía mucho tiempo que Naomi tenía charlas imaginarias con mi padre.

—Claro. Nunca le he ocultado nada. He tenido unos cuantos novios a lo largo de los años y nunca he evitado contárselo.

—Siempre he pensado que creías que podía vernos.

—No, eso sería demasiado mediocre. Los muertos sólo perciben y entienden nuestros sentimientos. Al menos, eso es lo que he llegado a creer. Son infinitamente abiertos de mente.

Me pasé un buen rato con la mirada fija en ella, como si ya no entendiese el término «madre» y mucho menos el de «hija».

—¿Crees que mi hijo está vivo?

Tuve que preguntárselo, aunque sentí una punzada instantánea de arrepentimiento.

—Creo que tú piensas que sí —me dijo con bastante brusquedad—. Me doy cuenta, además, de que estás pensando en buscarlo, aunque probablemente no lo admitas delante de mí. No te voy a decir que esté mal, pero creo que sería cosa de él buscarte, si así lo desea. Eso y lo de tu padre fueron las dos tragedias que salpicaron nuestras vidas. No estabas preparada para ser madre aunque hubiese habido un padre al que encontrar. Al final supe quién era, cuando pusiste la tumba para Duane en 1972, y lloré por ti durante semanas y no podía decirte nada. Pensaba: mi pobrecita Dalva, su único esposo, un sioux loco y muerto como el mío. Estoy segura de que no lo sabías, pero estaba orgullosa de tu valentía por querer que su tumba estuviese junto a la de tu padre: eso significaba que debiste de amarlo igual.

Para entonces, las dos estábamos llorando, y seguro que las demás personas del comedor del hotel se sintieron un poco incómodas por nuestra culpa. Cuando nos levantamos para marcharnos, el *maître* se acercó corriendo y con un acento muy marcado nos explicó que el cirujano había llamado para decir que la operación había ido bien y que «todo el mundo» estaba vivo. Su pronunciación de «todo el mundo» fue tan histriónica que tuvimos que reírnos, cosa que acrecentó la confusión.

Por la mañana temprano, de camino al aeropuerto, paramos en el hospital. Un amigo de mi madre, un comerciante de equipos agrícolas llamado Bill Mercer, venía en su avioneta Cessna a recogernos. Estaba deseosa de hacer ese viaje porque me encantaba volar cerca del suelo. Las dependencias de Michael resultaron asemejarse a una habitación agradable bastante provinciana, aunque recargada de cachemir. Michael tenía un periódico reciente delante de la cara y no nos oyó entrar. Le habían puesto una escayola ligera en el brazo izquierdo, desde la palma de la mano hasta el hombro. Dije «Hola» y soltamos un grito ahogado, impactadas, cuando dejó caer el periódico. Tenía la cara como una ciruela demasiado madura y un ojo cerrado por completo. Escribió una nota rápidamente: «Estos figuras han hecho el trabajo de cuchilla desde dentro para evitar dañar mi belleza. ¿Ha habido alguna vez ciruela tan hermosa?». Le cogí la mano que tenía libre y se la besé involuntariamente. Cerró el ojo bueno y luego me dio una nota que ya tenía preparada, con una lista de cosas y libros que necesitaba, añadiendo que «por el amor de Dios» metiese de nuevo los diarios en la caja fuerte del banco, de momento. Al final de la nota ponía: «Lo siento muchísimo. Ahórrame la vergüenza y déjame solo, aunque no te olvides de recogerme dentro de dos semanas. Antes de irte, dime que me perdonas, si es posible». Le di la nota a Naomi y le besé la frente. Naomi le dio un beso y entonces entró una enfermera bastante guapa con una sonrisa. Era imposible no verla como una posible víctima de Michael en algún sentido u otro. La enfermera le llevó una pajita de plástico y un vasito de papel a los labios. Dijo que era un tranquilizante líquido para compensar la falta de elementos, como la comida sólida, la nicotina y el alcohol. Michael nos hizo el signo de la paz y nos marchamos.

Volamos rumbo al noroeste adentrándonos en la mañana con el sol detrás, y una vez que nos alejamos bien de Omaha y pasamos Columbus, descendimos y seguimos el río North Loup. Naomi iba delante con Bill y, en cuanto fue educado hacerlo, me quité los cascos y el micro, porque no quería hablar ni que me hablasen. Bill estaba repleto de cotilleos sobre el gran acontecimiento, incluido el dato irónico de que la entrevista de Karen a Michael había salido el día anterior en el semanario. La opinión de la ciudad estaba dividida, aunque muchos consideraban excesivo el castigo por «ya sabéis qué», cosa que parecía ser de dominio público. Oí la risa nerviosa de Bill en los auriculares ante el eufemismo usado para lo que los hombres en momentos jocosos llaman «comer coños» y «chupar pollas». Entonces Bill empezó a burlarse de Naomi por su nuevo trabajo, que incluía excursiones de acampada con un joven. Fue en ese instante cuando decidí que había tenido bastantes insinuaciones sexuales a tres mil pies de altura.

Lo que deseaba era estar sola, y podía ver que había miles de posibilidades abajo, en la tierra verde y verdeante. Se me dibujó una sonrisilla al recordar a un poeta que nos visitó en la universidad y citó a Charles Olson con voz de barítono profético: «Asumo que el espacio es el elemento clave de Estados

326

Unidos». En una reunión después de su lectura, el poeta se había pasado más de una hora seduciéndome verbalmente sin saber que yo ya había decidido hacer el amor con él. La esposa de un profesor ayudante se lo llevó cuando elevó demasiado el tono de su discurso hacia mí. Se parecía a Michael, sólo que en una versión peor, y me pregunté si esa afición por los hombres excéntricos me venía de haberme criado en Nebraska y en latitudes más propias de caballos. El poeta apareció a la mañana siguiente en el apartamento que yo compartía con Charlene y retomó su discurso, pero me lo llevé corriendo a mi habitación. Charlene estaba en esos momentos ocupada con un hombre de negocios de Minneapolis. Años después, vi al mismo poeta trajinando en un bar de Greenwich Village, deplorablemente inflado por el alcohol y lo que fuese que se estuviera metiendo por entonces. No me acerqué a él.

Cuando aterrizamos me despedí de Naomi, que se iba con Nelse al condado de Sheridan. Yo todavía no lo había conocido, aunque no sentía curiosidad por nadie en esos momentos. En el camino de vuelta a la granja empecé a preguntarme si mi vida se estaba desinflando, o simplemente ajustándose. Si dos niños más dejaban el distrito escolar en septiembre, no tendría trabajo.

En el correo había una factura enorme por la reparación del coche de Michael en Denver. Extendí un cheque sin enfadarme en absoluto. Tenía otra carta, sin remitente, que era una torpe nota de disculpa de Pete Olafson. Su abogado no lo habría aprobado, aunque probablemente no tuviese abogado, razón suficiente para llegar a un acuerdo. «Resumiendo, te digo que no pretendía pegarle a tu amigo tan fuerte. Sólo lo agarré del brazo y me encendí. Pensé que quién era ese tío que quería ver imágenes de niñas desnudas. Un revés económico más y nos hundiremos, eso por descontado. Mi vida está en tus manos. Normalmente, cuando le pegas a un tío se echa a rodar con los golpes y nadie sale herido. Si estás dispuesta a ser comprensiva, te herraré los caballos gratis durante diez años. Nunca debería haber dejado ese negocio. Mi mujer se pasa llorando día y noche. Tu amigo, Pete O.».

Por lo general, los padres van media década por detrás de la edad real de sus hijas. Pete siempre había sido un matón y un patán, aunque también un herrador de primera. Su esposa, que estaba en la clase de Ruth, era una neurótica retorcida, el tipo de mujer que da una inmerecida fama de chiflados a los escandinavos. Qué desesperanza, pensé. Era demasiado fácil confundirse con el concepto de personalidad, así que fui a la caseta del agua a buscar en un baúl de aperos las alforjas que me habían hecho unos años antes en San Antonio. Al ver el North Loup desde la avioneta, me acordé de un zanjón cerca del Niobrara que no había visitado desde que era niña, y pretendía cabalgar hasta allí esa tarde. Sin embargo, antes tenía la obligación de escribirle a Paul para contarle que Rachel había muerto, y enviarle una foto que ella quería que mi tío tuviese, en la que aparecían los dos juntos hacía mucho tiempo, en Buffalo Gap. Me dio la impresión de que en la imagen se apreciaba la presencia invisible de mi padre, y rápidamente la metí en el sobre, preguntándome si la foto la habría sacado él o el abuelo. Rachel estaba encantadora, pero Paul nunca parecía cómodo con sombrero de vaquero, e incluso con una pala en la mano tenía un aspecto melancólico y estudioso. Paul me contó que, después de que su madre muriese en Omaha a principios de mayo, vino a la granja, empezó a cavar zanjas de riego y no paró hasta septiembre, cuando llegó el momento de regresar a la escuela. El abuelo y Wesley iban con los caballos a verlo, pero Paul no les hablaba. Se preparaba su propia comida en un hornillo en la barraca.

Hacia mitad de la tarde, había ensillado el caballo y me dirigía al zanjón. En el último momento metí una tela aislante y un saco de verano por si decidía pasar la noche allí. Después de media hora, el mundo del que estaba cansada había desaparecido, y lo único que echaba de menos era tener conmigo uno o dos perros. Naomi había mencionado que un amigo de Ainsworth tenía una camada de cruce entre labrador y airedale, el perro ideal para un rancho. Le dije que me lo pensaría, pero que quería asegurarme de que la escuela abriría en septiembre.

Cabalgaba a mi yegua Peach por un sendero en el lado sur del Niobrara. A ese animal le encantaba el agua, y la dejé nadar unos minutos, empapándome hasta la parte superior de los muslos. Aquello no surtió efecto, así que la até, le quité la silla y las alforjas, y luego me quité yo la ropa. Encontramos un tramo más profundo —en junio todavía había agua de sobra— y nos lo pasamos de maravilla revolviéndonos juntas por el agua. La yegua se alarmó con los piscardos y los miró fijamente con las orejas en punta, como habría hecho un cachorro. Bañarse con caballos: dejé que mi mente se remontase a los mejores ratos de la tarde en los cayos, el agua azul y brillante entre los manglares, nadando con Duane y el bayo con el empuje de la marea, el blanco de las cicatrices en torno a las heridas curadas de metralla y balas, como si la zona interior se hubiese retraído ante la incursión del metal.

Me sequé al sol mientras Peach rodaba por una hondonada polvorienta que debió de haber sido una antigua charca de búfalos. Tras mi conversación con Naomi en el comedor del hotel, me había planteado tratar de hablar con Duane como hacía ella con mi padre, pero no me atreví. Pensé en la inquietud de Michael ante la idea de enviar a Caballo Loco a Tortugas Secas; Michael pasaba mucho tiempo tratando inútilmente de eludir la dimensión humana, fingiendo la distancia emocional de un cirujano. Me pregunté cómo iba a aguantar ante la demencia de algunos de los volúmenes del segundo arcón, aunque había una diferencia enorme entre estar metido en el movimiento de la Danza de los Espíritus y escribir al respecto. Quizá fuese demasiado peculiar y vergonzoso, demasiado único para poder imaginárselo. Michael parecía extraer un curioso orgullo del hecho de no conocer en realidad a ningún indio, más allá del tiempo que había pasado con el estudiante nez percé, y sin embargo tenía una imagen de sí mismo que demandaba constante protección, hasta un nivel inverosímil. Cuando le hablaba de una novela o de una película en concreto que me había gustado, rechazaba la idea porque, según decía, le sacaría de sí mismo.

Me vestí y volví a montar a Peach, cabalgando todo lo rápido que la yegua me permitió durante una hora, hasta descubrir que el zanjón ya no existía. Lo habían drenado, rellenado con tierra y modelado para formar lo que quedaba de un maizal (sin plantar ese año porque el país tenía el doble de maíz del que necesitaba). Aunque a veces había que ayudarlos, a los granjeros siempre se les había dado muy bien cortarse sus propias cabezas. Cerniéndose invisible en el aire, justo por encima del terreno, estaba el delicioso montículo de álamos, mimbres y bayas silvestres, con las nubes de pájaros que se apareaban y anidaban allí.

Regresé sobre mis pasos y crucé el río en dirección al pequeño cañón de paredes verticales, el favorito del abuelo, Paul, Duane, y mío propio. Sentí algo más que un ligero temor en el corazón, pero el cañón en miniatura estaba intacto; si acaso, los árboles y arbustos eran más densos y el agua subterránea generaba un manantial más profuso. Me senté en la roca plana, me comí la mitad de un bocadillo y bebí té helado de un termo. Me resultaba de lo más curioso cerrar los ojos y darme cuenta de que el bocadillo sabía como los de Bleecker Street y Washington Square a finales de los sesenta. Si querías un buen bocadillo, tenías que ir a Nueva York o encargar los ingredientes.

Noté un temblor mental allí sentada en la roca, como si me estuviesen visitando de nuevo las emociones que había sentido ahí mismo el verano después de tener a mi hijo, tanto las buenas como las malas. Naomi había estado envasando tomates. Dejé estar las cosas, pechos grandes y todo incluido. Los sitios nuevos y los viejos provocan emociones espontáneas. Hubo un momento en el que hice un estudio de todas ellas. El abuelo no llegaría más allá de su volumen de William James, fundador de la psicología funcional, y ése fue el libro con el que yo empecé. Durante un curso avanzado de posgrado en psicología anormal en Minnesota, cinco de nosotros hicimos un viaje de una semana por hospitales estatales con nuestro audaz y joven profesor de Nueva York. En una de las instituciones conocimos a un interno, un chippewa de mediana edad de la reserva de Red Lake, en el condado de Rainy River. El guía del hospital nos aseguró que el chippewa era un esquizofrénico incurable, pero cuando nos quedamos a solas con él, el profesor, un tipo apasionante y judío, determinó que el chippewa era un chamán al que habían ingresado por el empeño de los típicos imbéciles malintencionados de la Oficina de Asuntos Indios. Al chamán lo habían cogido mientras pasaba un año dedicado a ser árboles y piedras, y lo habían echado. Durante los primeros años en el hospital, había respondido a su confinamiento convirtiéndose en un río. Estábamos todos sentados fuera, en un césped junto a algunos parterres de flores. Nos dijo que observáramos de cerca cómo se tumbaba y se ponía su «traje de corriente de agua». El profesor nos explicó después que ése era un tipo específico de hipnosis de grupo, pero el chippewa pareció convertirse en agua de verdad. Aquello nos perturbó muchísimo a todos, salvo al profesor, a quien le resultó interesante. Después de un año de esfuerzo coordinado, consiguió sacar al chippewa de la institución, fingiendo que quería hacerle más estudios. Nadie es legítimamente esquizofrénico si es capaz de desconectarse de una realidad consensuada y regresar a ella a voluntad. Sin embargo, el chamán era bastante infeliz en Minneapolis, así que desapareció. Más adelante, me encontré al profesor en una cafetería y me contó que el hombre había adoptado una bandada de cuervos que se alimentaba en los hielos del Mississippi congelado, y que probablemente se hubiese marchado con ellos. Ninguno de los dos parecía estar seguro de si iba en serio.

Peach se quedó con la mirada fija, tembló y luego salió espantada desde una formación rocosa más allá de la cima del cañón en la que yo me encontraba. Estaba segura de que se trataba de una cascabel, pero no me molesté en levantarme para mirar. En el aeropuerto de Omaha esa mañana, el hombre del tiempo había dicho que un frente frío bajaría de Alberta a última hora de la tarde, lo que significaba que las cascabeles buscarían cobijo y el cañón era un buen sitio para dormir. Cepillé a Peach y le di algo de avena de las alforjas. No hacía falta manearla, ya que la había entrenado desde potrilla hacía unos veranos y le gustaba quedarse cerca del humano más próximo, lo que en realidad no constituía peculiaridad alguna.

También le gustaba el perro de Lundquist, Roscoe, y los dos jugaban a pillarse. La yegua me siguió cañón abajo hasta los marjales del río donde estuve recogiendo leña, y estudió todos mis movimientos. Di varios viajes porque casi había decidido quedarme a pasar la noche. Seguí los ojos de Peach hasta un álamo enorme junto al río donde se había congregado una bandada de cuervos, que obviamente estaban comentando nuestra presencia.

Dos semanas atrás, al despertarme de mi noche en el desierto, me había preparado una cafetera, que me tomé sentada con las piernas cruzadas en el catre. El amanecer era radiante, con el sol levantándose sobre las montañas Sauceda, y me pregunté por qué no hacía aquello más a menudo, aunque había disfrutado de cientos de amaneceres solitarios así en mi vida. A la hora ya hacía calor, por lo que atravesé la reserva Pápago, y luego fui al sur, hacia Sasabe, desviándome en la carretera del cañón Arivaca hacia Nogales, a Patagonia, y bajando al valle de San Rafael, donde Paul pasaba entonces gran parte del tiempo. Tuve todo el día la cabeza sumida en la época posterior al suicidio de Duane quince años antes, no de un modo grotesco, pero algo en mi estado de ánimo hizo que los recuerdos de la noche anterior continuasen su curso natural.

Me habían llevado de vuelta a mi habitación en el Pier House, donde pasé el día entero sentada, recibiendo la visita de la policía, un representante del Ejército (a causa de mi pensión de guerra), el forense que dudaba de que pudiesen encontrar el cuerpo, un oficial de la Guardia Costera que también dudaba de que encontrasen el cuerpo alguna vez, un reportero obtuso del periódico local *Citizen* de Cayo Hueso, y un joven inteligente del *Herald* de Miami que también había estado en Vietnam. Un sioux a caballo suicidándose en el mar se consideraba algo digno de noticia: nunca me dejaron leer el artículo, que titularon «Réquiem por un guerrero». Al reportero del *Herald* le faltaba el brazo izquierdo, y al verlo acabé llorando. Era como si con ese brazo inexistente supiera que Duane se había ido de la tierra y estaba enterrado en la pradera infinita del océano. Fue el único día de mi vida en el que me llamaron «señora Caballo de Piedra». Cada media hora o así, intentaba contactar con Paul, porque no quería preocupar a Naomi. Cuando lo conseguí y le conté la historia, Paul me dijo que me quedase quieta, que vendría a por mí. Quizá sea pretencioso y no importe, pero en mi testamento he exigido que en mi lápida diga «Dalva Caballo de Piedra», y que mis cenizas se esparzan en el océano, en la Corriente del Golfo, junto al Cayo Big Pine. Me reuniré con él en el gran río oceánico.

En vez de llevarme al rancho de Arizona, Paul había decidido que era mejor idea ir a su casa de campo, cerca de Loreto, en la península de Baja California. Más tarde me explicó que no le parecía que la muerte de un esposo debiera superarse en la misma zona donde se había perdido a un hijo. Para mí, con treinta años, Loreto tuvo las mismas características sobrenaturales que Arizona tanto tiempo atrás, con unos hinchados quince años.

Más tarde, en mi cañón, pensé que había llegado al rancho de Paul dos semanas antes a esa misma hora. Paul había ampliado la casa de estuco, el establo y las perreras desde mi anterior visita un año antes. Emilia estaba allí, además de una mujer más joven llamada Luisa, con una hija de unos cinco años, y una mujer mayor, Margaret, quizá de unos sesenta y tantos, más o menos la edad de Paul. Era una antropóloga jubilada de la Universidad de Luisiana. En la cena, Paul y ella explicaron que se habían conocido en Florencia en 1949 y habían tenido una aventura, pese a la presencia del esposo de Margaret, historiador del arte, que estaba metido de lleno en su trabajo en los Uffizi. Tuve la sensación, no del todo cómoda, de que estaba en presencia de tres generaciones de amantes de Paul. La gentileza y el sentido del humor de mi tío eran tan encantadores que a nadie parecía importarle aquello, y en un momento dado las tres mujeres se pusieron a hablar sobre los maridos que tenían entonces. Yo estaba cansada de la carretera y había tomado varias copas, pero me quedé despierta hasta tarde escuchando y haciendo preguntas. Paul se fue primero a la cama, después de decirnos que no podíamos hablar de él en su ausencia, lo que significaba, por supuesto, que lo haríamos. Margaret quería saber cosas de mi abuelo porque Paul nunca hablaba mucho de cómo se había criado, salvo para decir que unos cien años de agricultura intensiva habían convertido Nebraska en un lugar sin encanto, con la vasta pradera por completo desecada. De algún modo lo admití como cierto, aunque, ¿qué estado, incluidos Arizona y Luisiana, no había intentado estrujarse a sí mismo hasta desgraciarse con tal de sacar un último dólar? Les conté que, hasta bien entrados los veinte años, el padre de Paul había tenido intención de ser pintor, pero su querencia por el arte no había sobrevivido a la Primera Guerra Mundial. La teoría de Paul era que su padre se había esforzado desesperadamente por ser artista, lo habían rechazado en la exposición Armory Show de 1913, se había marchado a la guerra con una depresión y había regresado comprensiblemente curtido. En su estado de fatiga y trauma posbélico, el padre de Paul se había sentido moral y creativamente en bancarrota y nunca volvió a coger un pincel. Todas las energías que le había dedicado al arte fueron directas a los caballos y a sacar dinero comprando, intercambiando y vendiendo grandes propiedades de tierras, además de inmuebles comerciales en Chicago, Omaha, Lincoln y Rapid City. Paul sentía que sus padres eran totalmente incompatibles entre sí, y después del nacimiento de los dos hijos, su padre evitó Omaha, y por el contrario pasaba el tiempo en la granja o en Texas y Arizona. Con la muerte de Wesley, sencillamente su padre se retiró, aunque Paul creía que el principal motivo había sido tratar de hacer de padre para Ruth y para mí.

Consideré que esa breve explicación bastaba y resistí a ulteriores indagaciones por parte de Margaret sobre el tema del dinero, salvo para decir que no me sentía apenas responsable ni de los talentos ni de las carencias de mis antepasados. Me pareció cómico que las tres mujeres empezaran a mostrar una curiosidad insistente sobre por qué no me había casado. Si en el momento te cabreas, lo más fácil para acabar con el asunto es decir que eres lesbiana. Eso crea un aura magnífica de vergüenza instantánea y retractación. En su lugar, recurrí a la idea de Michael de que la gente cambia por completo cada siete años y el proceso de adaptación suponía demasiado esfuerzo para mí. Sólo Paul y Rachel sabían que había estado casada menos de un día, además de Bobby y su esposa bahameña, Grace.

Paul me despertó al amanecer con una taza de café para salir a dar un paseo a caballo. Por la ventana vi dos caballos ensillados, además de un grupo de perros correteando alrededor, emocionados. Salí de la cama con prisas, sin acordarme de que estaba desnuda. Paul me guiñó un ojo mientras se escabullía por la puerta, y me dijo que esperaba que no me guardase todo aquello para mí sola. Le respondí que intentaba no hacerlo, pero que el éxito en ese ámbito resultaba difícil de medir.

Tras una hora cabalgando, mi caballo se quedó cojo por un golpe con una piedra en la «ranilla» del casco. Paul silbó a los setters ingleses para que ajustasen su distancia al nuevo paso lento, ya que nos dirigíamos a casa a pie. Estábamos en las estribaciones entre el riachuelo Mowry y el arroyo Cherry, al borde de la llanura del valle Meadow. Paul conocía a dos jóvenes naturalistas de la Universidad de Arizona que habían pasado un tiempo en la zona registrando informes y buscando al lobo mexicano. Paul había indagado por su cuenta durante tres meses y había visto uno en el crepúsculo, cerca de Lochiel, en la frontera. Al sur de allí, en Sonora, el terreno era enorme y capaz de nutrir un resurgimiento de ese mamífero. Al suroeste pudimos ver el sol salir sobre las Huachucas, visión un tanto arruinada por la enorme instalación del Ministerio de Defensa que había allí, incluida una cueva con Dios sabe qué. O arruinada al menos para mí: la impenetrable religión privada de Paul no permitía que elementos ordinarios como el Ministerio de Defensa lo perturbasen. Incluso su incapacidad para dormir más allá de unas pocas horas al día escapaba desde hacía mucho a sus preocupaciones. Hasta donde he sido capaz de dilucidar, los aspectos centrales de su ética eran más bien unas nociones rígidas de generosidad y responsabilidad. Eras responsable, en el sentido más estricto, de todos los momentos que pasabas con vida, aunque nunca me quedó claro ante quién tenías esa responsabilidad; desde luego, nunca había visto sus expedientes, pero sabía que apoyaba y educaba a personas jóvenes, en su mayoría huérfanos de Loreto, Agua Prieta, Tucson, Mulege y otros sitios que yo no conocía. Si eras rico, debías dar parte de tu dinero y de tu persona; si eras pobre, con tu persona bastaría. Paul era el hombre más profundamente idiosincrásico y solitario que yo había conocido. Parte de sus creencias consistía en no atribuirse méritos ni sacar conclusiones. En una ocasión, le pregunté por la considerable cantidad de libros de carácter religioso que guardaba en su biblioteca, muchos de ellos fechados en las guardas a finales de los cuarenta. Me dijo que entonces fue cuando descubrió que era estéril y necesitó un poco de lo que llamaba «consolación». Sentía que su abuelo había sido «prácticamente» un gran hombre hasta que se convirtió en un asesino. Le agradaba bastante que el nombre Northridge fuese a desaparecer porque ya habían hecho lo suficiente «por y en contra del» mundo, y un nombre en cualquier caso era una artificialidad patrilineal. Pasaba muchísimo tiempo solo —o «junto al fuego», como él decía— porque de otro modo no le podría ser de utilidad a nadie. Deseaba ofrecer su claridad, no su confusión. Ésas eran en gran parte conclusiones mías, ya que Paul era demasiado modesto para expresarse doctrinariamente. Años antes, siendo yo una estudiante de posgrado apasionada, lo había acusado de ser sufí, taoísta, budista zen, cristiano y quizá obsesivo-compulsivo de carácter sexual, una cosa detrás de la otra. Paul se había limitado a elogiarme por mis lecturas, y a preguntarme por Charlene, a quien yo había llevado una vez de vacaciones; sin embargo, más tarde sí me diría que en su opinión las personas no son nada, salvo hasta donde ellas mismas crean que lo son. Me había parecido ver a Charlene salir a escondidas de la habitación de Paul, pero nunca le pregunté a mi amiga. Paul le había dado lo que él llamaba una «beca» para ir a París después de que se graduase en la Universidad de Minnesota.

El camino a casa nos llevó casi tres horas, bien entrado el calor de la mañana. Nos desviamos por un arroyo para llegar a una poza entre las rocas que todavía tenía agua en mayo. La poza la alimentaba sólo el hilillo de un manantial, una filtración nada más, aunque lo suficiente para que la zona estuviese frondosa y verde. Había huellas de pecarías por todas partes, y una bandada de codornices desérticas salió ahuyentada a escasos quince metros de distancia; su nítido aleteo rebotó en las paredes del cañón. Los dos teníamos mucha hambre e hicimos un pacto para no hablar de comida mientras mirábamos cómo bebían los caballos y luego los perros, que se fueron revolcando por turnos en un charquito de barro.

Paul había estado intentando encontrarle a Ruth un hombre apropiado; habían cenado dos veces la semana anterior, y Ruth bajaría esa misma noche. Paul había conocido al tendero y creía que no eran nada compatibles porque se parecían demasiado: unos gemelos callados y bastante melancólicos. El vecino de Paul era un ranchero inteligente, aunque inepto y con poco éxito, y Paul tenía grandes esperanzas en la presentación que había planeado. Su razonamiento era que Ruth tenía dinero de sobra, y al divorciarse de una mujer rica ese hombre había recibido un rancho que no podía permitirse mantener. El hombre era un magnífico aprendiz de arqueólogo, entre toda una serie de fascinaciones silvestres. Paul y él habían hecho varias excursiones a la barranca del Cobre y a toda la zona de Tarahumara.

—¿Y qué pasa conmigo? Ese tipo pinta bastante bien.

—Yo lo llevaré a casa, y ya os arregláis entre vosotras las damas. Tiene dos hijos adolescentes bastante terribles de quienes la madre pasa por completo, aunque están fuera estudiando.

El resto del camino a casa desde el manantial lo pasamos hablando de una inclinación hacia tendencias maniaco-depresivas que, aunque apagada, corría por la familia y que él consideraba distintivamente genética. Creía que persistir en un intenso nivel de consciencia conllevaba ser susceptible a curiosas formas de enfermedad mental. Según Paul, el hijo de Ted y Ruth, Bradley, por entonces metido en la Academia de las Fuerzas Aéreas, estaba abocado a sufrir algún día un colapso grave. Paul era el único miembro de la familia por el que Bradley se interesaba; incluso a la gentil Naomi la veía como a otra «hermana débil».

Después del almuerzo y de una siesta breve, salí al estudio de Paul a buscar el diario que habíamos llevado los dos durante el mes que pasamos en Baja California después del suicidio de Duane. Nunca antes lo había leído y, por algún motivo, aquélla era la primera vez que me sentía plenamente capaz de hacerlo. Me planteé la idea de pedirle a Paul o a Ruth que consultara el registro de nacimientos de Tucson por mí, pero al final la descarté. Quizá erróneamente, confiaba en que Michael sabría cómo proceder.

Los diarios resultaron ser una sorpresa y un placer, aunque algunos fragmentos eran un poco aterradores. Los únicos aspectos terapéuticos estaban implícitos más que explícitos: largos paseos a la luz del día antes de que llegara el calor pleno, y por la tarde noche cuando remitía; comentarios sobre el avance de las clases de inglés gratuitas (Paul ofreció mis servicios voluntarios) que impartía a un par de docenas de lugareños todas las tardes a las tres; mis esfuerzos por convertirme en una buena cocinera de verdad bajo el tutelaje de la cocinera de Paul, una mujer frágil y menuda llamada Epiphania que no podía pesar más de treinta kilos; y, por último, los comentarios de la insomne golpeada por la pena. Todos los pasajes, salvo los últimos, los escribimos durante la hora antes de cenar, mientras tomábamos unas copas, que consistían en combinados de ron o tequila y fruta.

PAUL

El tercer día la veo capaz ya de recorrer toda la habitación con la mirada. Esta mañana ha levantado los ojos de los pies con más frecuencia mientras caminábamos. Le he dado una charla ambulante sobre Cortés —con su mar homónimo a nuestro lado mientras paseábamos— que ayer habría resultado inútil. La historia permite a tan sólo unos pocos hombres violar y matar figurativamente a un millón de vírgenes, revivirlas y violarlas una y otra vez, todo en nombre de Dios y de España.

DALVA

En algún sitio mi hijo tiene quince años. He empezado a dar clases de inglés hoy a un grupo variopinto, cuyas edades van desde los siete años que tiene un pillo callejero hasta los setenta y tres del capitán jubilado de un pesquero, con el inverosímil nombre de Felipe Sullivan. Se trata de un proyecto antiguo y nada exitoso de Paul, y tengo un montón de libros de texto viejos, encuadernados en rústica, publicados por la Universidad de Michigan para la enseñanza del inglés como lengua extranjera. El plan consiste en la enseñanza por repetición de frases concretas partiendo de la suposición de que el lenguaje, con la comprensión de frases suficientes, cae por su propio peso, aunque quizá no en esta vida.

De noche, tarde: creo oír a Duane respirar fuera, en la ventana. La música de la cantina que hay en la playa paró hace una hora. Un viejo siguió cantando una ranchera con voz áspera y un estribillo que decía «dos amigos, dos caballos, dos pistolas». La canción no tiene un final feliz. Alguien, quizá un asesino sentimental, debió de pagarle al hombre

341

para que repitiera la canción. Pensé que la respiración era de un merodeador, pero no me imagino a nadie librándose de los chuchos de Paul. Susurro: «Duane, ¿eres tú?». El sonido de la respiración aumenta. Repito la pregunta en sioux y la respiración se hace más fuerte. Empecé a llorar, y luego salí al porche iluminado por la luna. Paul está allí sentado mirando un grupo enorme de delfines a escasos cincuenta metros de la playa que nadan lentamente en la superficie y respiran hondo. Es todo tan grandioso que empiezo a temblar. Después de una media hora, se adentran nadando en el mar, entrecruzándose en el brillo de la luz de la luna sobre el agua. Volvemos a la cama sin hablar.

PAUL

El neurofisiólogo C. S. Sherrington dijo: «El cerebro es un telar encantado: teje un patrón que se disuelve, un patrón siempre significativo, aunque nunca perdurable, una armonía cambiante de subpatrones». ¡Parece una frase escrita por alguien que viviese en el agua! El sexto día aquí, Dalva asegura que su amado no podía haber hecho otra cosa y que no lo imaginaba conectado a máquinas para seguir con vida en un hospital de veteranos. Está escribiéndole una carta a una mujer de Los Ángeles en nombre del capitán Felipe Sullivan. No le he contado que he escrito alrededor de una docena de cartas así para Felipe desde que, en 1956, conoció a la mujer y a su esposo, que habían contratado una excursión en el barco de alquiler de Felipe. Ella nunca respondió y Felipe terminó diciéndome que a mis palabras les faltaba el necesario toque romántico, aunque yo lo citaba a él directamente. «Oh, vuelve a mí, flor amada del norte», etcétera. Dalva y Felipe están sentados a una mesa plegable en el porche luchando con los sentimientos de él mientras el sol se pone tras la sierra de la Giganta. Dalva se ha dejado puesto su menudo traje de baño, y Felipe mueve rápidamente sus ojos de perro viejo por las piernas de ella, para luego fijarlos en la hacienda, temeroso porque lo estoy observando. Ahora Dalva se está riendo y repite en voz alta una frase oportuna: «Nosotros, los hombres de mar, somos ballenas de amor que se sumergen profundamente, peces gallo que acarician la orilla en primavera, tiburones hermosos que nunca se cansan de la batalla del amor», etcétera. A estas alturas, Dalva ve a los lugareños como individuos y se está aprendiendo sus nombres. Ya no se para a mitad de las frases y ha empezado a preguntar cómo se llaman ciertas montañas, y también qué tipo de pescado se está comiendo, qué clase de cruces son los chuchos y quién es mi actual novia.

DALVA

He encontrado un tubo y unas aletas en un armario, pero he descubierto que no puedo usarlos, porque me puse a pensar en el fondo del mar como en un almacén de cadáveres. A él no lo tuve nunca para mí sola, salvo únicamente aquella tarde y parte de una noche, además de aquel otro breve momento hace tanto tiempo. He leído bastante sobre el suicidio para saber que en ciertos casos las condiciones de vida se hacen insostenibles. De haber regresado a Nebraska o a Dakota del Sur, me habría llamado y nos habríamos casado ante su insistencia por el tema de la paga; luego habría cabalgado por la pradera, lejos, por la noche, con su viejo bayo y habría hecho lo mismo. Me descubro esperanzada en que el capitán Sullivan obtenga una respuesta. Hoy me ha reconocido que no le ha llegado ninguna después de dieciséis años. Ese amor suyo se basó en un solo beso que se dieron en su galera mientras el esposo batallaba con un mero, lo que me hace reflexionar sobre la profundidad del carácter irracional que implica el amor. Como soy forastera y hablo español, varias jóvenes de unos trece años han recurrido a mí en busca de consejo. Sus problemas son problemas de amor. He hablado con el novio de una de ellas: un vaquero del interior que era tan canalla, engreído, asilvestrado y sucio que me pregunté qué locura habría llevado a esa muchacha a querer entregarse a él. Siento curiosidad por los detalles médicos del auténtico «dolor de corazón», que se reduce un poco en intensidad cada día que pasa.

PAUL

Dalva ha dicho algo en nuestro paseo de esta mañana que me ha recordado la naturaleza del anhelo. La niebla era algo densa y oíamos los leones marinos rugir, y Dalva suponía que estaban llamando a compañeros ausentes, un rugido como hueco barriendo la superficie del agua, un ruido tan grandioso que daban ganas de inclinarse ante él. Recordé el único viaje de verdad maravilloso que hicimos con padre. John Wesley y yo éramos poco más que adolescentes, y madre estaba todavía bastante sana, aunque ya mostraba los primeros indicios de desintegración por las drogas y el alcohol, una combinación nada novedosa. Papá había decidido que debíamos hacer una excursión para ver la zona de Konza, la última pradera de hierbas altas que quedaba en Kansas. Era junio, y recuerdo el morado denso y expansivo de las pulsatilas mezclado con el amarillo de las varas de oro. Estábamos en plena Gran Depresión y en cierto modo me avergonzaba nuestro Packard, aunque a papá y a John Wesley no parecía importarles. Vi a papá darles algo de dinero a un hombre y a su gran familia que estaban en una gasolinera con la camioneta rota. Wesley le preguntó por qué lo había hecho y él le respondió bruscamente: «Sólo un estúpido no daría dinero». La gente suele olvidar que algunos de nosotros atravesamos la Depresión y salimos ilesos. No acampábamos muy bien sin Lundquist ocupándose de los flecos sueltos. Papá se emborrachó con unos comerciantes de caballos en Great Bend y John Wesley y yo hablamos con una prostituta de verdad a la puerta del hotel. Al día siguiente hizo calor y papá durmió en el asiento de atrás, dejándonos conducir a los dos, aunque apenas sabíamos hacerlo y pisábamos bien el acelerador. Cuando llegamos a la pradera virgen de hierbas altas, con su grama azulada más corta y los tallos azules que crecían hasta cuatro metros de altura, papá se zambulló allí, con nosotros a remolque. Al poco nos habíamos perdido, y seguimos así un par de horas. Al final, papá y Wesley me subieron a hombros de papá y vi a lo lejos una camioneta agrícola. Cuando por fin salimos bien parados, bebimos agua y nos dimos un baño en un enorme estanque que servía de bebedero con agua fría y limpia, y papá empezó a reírse. Nosotros nos reímos también, y rodamos y nos dimos patadas por el suelo con los calzoncillos mojados. Después dijo que siempre se había preguntado cómo los colonos se perdían en la pradera y que ya lo había averiguado. Cuando las cosas empezaron a ir mal, pensaba en ese día con mucha añoranza. Las tardes calurosas de verano en Omaha, le leía Dickens a mi madre, muy enferma, mientras papá y John Wesley estaban a

345

cientos de kilómetros al noroeste, en la granja. Era como si hubiésemos elegido bando y no se pudiese hacer nada al respecto.

Apenas había terminado ese pasaje cuando Paul salió y vino a su estudio. Eran las cinco de la tarde y me traía un margarita frío en una copa grande de brandi. Hablamos sobre los últimos días en Loreto y el pícnic escolar que Paul organizó para mis alumnos, una cosa de tarde-noche-madrugada con un grupo dispar, cerveza, tequila, gambas y langostas, lechón y *cabrito*, y un barril de *menudo*[28] para terminar. Paul me contó que cuando va a Loreto los lugareños todavía le hablan de la fiesta, catorce años después.

Paul buscó en un archivador, encontró un sobre y me lo dio. Me dijo que no era demasiado importante, pero que su idea había sido enviármelo mientras yo estaba en Brasil a mediados de los setenta. Su amigo Douglas y él lo habían escrito para que pudiese recordar la zona de Loreto tal y como la había conocido durante mi recuperación, no como estaba desde hacía unos años. Douglas me había mostrado el Cabeza Prieta y le pregunté a Paul por él. Me contó que estaba ocupado impresionando a gente normal y que acababa de irse al norte con su familia a pasar el verano entre los osos grizzly. Douglas era otra víctima viva de nuestra última guerra, pero, al contrario que Duane, tenía el tipo de inteligencia funcional y alfabetizada que le daba la perspectiva suficiente para mantenerse vivo.

Ruth apareció un minuto antes de la cena. Llegaba tarde porque había estado leyendo un libro titulado *Sueños árticos* y se había dejado llevar; el libro debía de ser fascinante, y es

---

[28] Tanto *menudo* como *cabrito*, en español en el original.

que Ruth era uno de esos seres excesivamente puntuales que llegan a todas partes antes de la hora. Cuando éramos niñas y me proponía que saliéramos a montar a las ocho y cuarto de la mañana, se refería a las ocho y cuarto en punto. Supongo que yo soy lo opuesto: las fechas y las cifras siempre han sido una abstracción para mí.

A Ruth resultó gustarle bastante el vecino de Paul, Fred, el ranchero divorciado. Mi reacción ante él fue de indiferencia tras una charla de media hora: llevaba colonia de más, y su atuendo informal de ranchero tenía un corte demasiado preciso y no parecía muy cómodo, el tipo de ropa que llevaría un director ejecutivo en una excursión en carreta durante una convención de la empresa a las afueras de Phoenix. Era terriblemente brillante y culto, pero carecía de «muescas», esos rasgos únicos del carácter que busco yo en los hombres. Me imaginé que se comía las rosquillas con tenedor y que doblaba los calzoncillos. Sentir esa veta de irascibilidad me recordó algo que me había dicho mi amigo el ginecólogo de Santa Mónica: que yo era demasiado «autotélica», es decir, que sólo hacía cosas por y para sí mismas, sin ningún «plan de juego» global. Al menos con Fred no había bordes contra los que hacerse daño: se había cuidado tan bien que probablemente envejeciese y muriese en un solo minuto cuando le llegase la hora. En contraste con tales observaciones, que significaban más bien que me había quedado demasiado tiempo en el sur de California, Paul y Fred estaban teniendo una interesante discusión sobre las Guerras Apaches, en las que al final se necesitaron cinco mil batallones del Ejército estadounidense para capturar a los últimos siete apaches. Entonces Fred comenzó a dar un semidiscurso, supuse que por mor de Ruth, sobre «la libertad y los misterios heráldicos del desierto», y sobre cómo «había que conservar la herencia de libertad que representaba esa tierra salvaje». Paul se puso un poco irritable, quizá de un modo imperceptible para los demás, pero me di cuenta por la forma peculiar en la que empezaron a brillarle los ojos. Mantuvo la voz queda, cosa que siempre sirve para que la gente preste más atención.

—No puedes hacer que el desierto represente una libertad que deberías haber creado para ti mismo en tu habitación o tu salón. Ése es el aspecto tan indolente que esconden casi todos los escritos sobre la naturaleza. En el mundo natural, la gente suele desprenderse de sus quejas insignificantes y desorbitadas, para luego recuperarlas cuando se ha disipado la novedad pura y dura. Destruimos la naturaleza al hacerla representar algo que no es, porque ese algo siempre puede pasar de moda. Para el adicto al todoterreno o para las empresas mineras, petroleras y madereras, la libertad siempre ha significado una licencia plena para hacer lo que se les antoje, mientras que «herencia» es una palabra transmitida por los políticos para evocar una virtud que no pueden ni recordar. La única herencia identificable relacionada con nuestro uso de la tierra es su agotamiento.

—¿Estás intentando decirme que te sientes igual de libre en el váter que cuando estábamos en la barranca del Cobre?

Fred tenía un toque rosáceo en los lóbulos de las orejas que confió en rebajar con ese comentario ocurrente.

—Sí, me siento igual de libre (y que conste que ese término es tuyo, no mío), aunque naturalmente el entusiasmo no es el mismo. Cuando llegas por primera vez al desierto, y sospecho que ocurre igual con cualquier zona salvaje, no es más que un desierto, un cúmulo de todos los detalles y las opiniones que has ido recopilando sobre los desiertos. Luego lo estudias y caminas y acampas en el desierto durante años, como hemos hecho los dos, y se convierte, como tú mismo has dicho, en algo heráldico, misterioso, increíble, lleno de auras y espíritus, con las voces de quienes han vivido allí hablando desde todos los petroglifos y cascotes de cerámica. En ese momento, debes dejar que el desierto vuelva a ser el desierto, o poco a poco te cegarás ante todo ello. Por supuesto, en un nivel metafórico, el desierto es una prisión insondablemente intrincada, y es comprensible que desees jugar con ese hecho comparándolo con tu propia vida. Al no dejar que los lugares sean ellos mismos les estamos mostrando nuestro desprecio. Los enterramos en sentimiento, y entonces los ahogamos hasta la muerte de un modo u otro. Puedo arruinar el desierto y el Museo de Arte Moderno de Nueva York por igual, poniendo sobre ellos una carga insufrible de distinciones que no permita contemplar la flora ni la fauna, o los cuadros. A los niños se les suele dar mejor encontrar setas y puntas de flecha porque no saben, o no quieren, llevar esa carga.

Hizo una pausa ligeramente avergonzado, y seguidamente salió afanoso hacia la cocina a por otra botella de vino. Sentí una admiración muy concreta por Fred, porque actuaba como si acabase de escuchar algo fascinante, cosa que pensé que nos había pasado a todos. Paul estaba arrepentido de verdad por su discurso.

—Este borgoña es un poco sofisticado para la carne seca de Henry, pero pocas veces veo a mis dos sobrinas juntas. A lo mejor estoy desarrollando Alzheimer. La semana pasada me senté en una roca en el arroyo Sycamore y se me fueron cinco horas. Si aquí mi Daisy no hubiese empezado a ladrar de hambre, a lo mejor seguiría allí.

Acarició a la hembra de labrador rubia que tenía junto a la silla y le dio un trozo exquisito de carne.

—Quizá uno de tus espíritus abandonados te retuviese allí —le dije.

—Probablemente. Cuando eres viejo tiendes a quedarte en un sitio si te gusta. Vi a una muchacha en el museo de Nogales el otro día y eso me inquietó. Era muy guapa y estaba seguro de haberla visto en Tucson en 1949. Ruth, ¿por qué no tocas algo taciturno y sentimental?

Ruth le dio a Fred una palmadita amistosa, se levantó y fue hasta el piano con una sonrisa estrafalaria muy poco típica de ella. Empezó imitando un clavecín, saltó a una polca y luego pasó al Debussy que sabía que era el favorito de Paul. Por su parte, Paul se echó a reír, cerró los ojos y luego sonrió. Cuando lo miré no pude evitar preguntarme qué tipo de hombre habría terminado siendo mi padre.

Dormí mal y me levanté justo antes de hacerse de día para irme a Nebraska. En mis sueños me habían perseguido por todo el desierto, y al final había escapado a las tierras altas cerca del rancho de Paul, donde mis perseguidores invisibles me habían atrapado en el manantial que había visitado con Paul el día antes. Me sentí aliviada cuando el sonido del primer gallo los espantó.

Vi la lucecita de un fogón y había café hecho. Con el primer rayo de luz distinguí la silueta de Paul a la mesa, fuera, en el balconcito que había pegado a la cocina. Los pájaros estaban muy ruidosos y los gallos, abajo en el valle, sonaban como si tratasen de luchar contra los pájaros silvestres por hacer ruido puro. Ahora no está de moda, pero hay algo adorable y absurdo en la actitud de los gallos, en el carácter cómico e indómito de su caminar.

Pasamos una media hora agradable y luego nos despedimos. Paul pensaba subir de visita, quizá a finales de julio o en agosto, en parte para echarle una mano a Michael. Se rió ligeramente al mencionar el nombre de Michael, y aseguró que le veía un toque a Petrushka en el carácter. Paul quería enseñarme algunas cosas del sótano de la casa y me preguntó si sabía que estaban allí. Le dije que sí, pero que el abuelo me había pedido que esperase hasta ese verano para echar un vistazo. Paul había querido asegurarse por si la «espichaba», porque estaban tan bien escondidas que de otro modo nadie las encontraría.

Mi viaje al norte fue maravilloso porque había hecho ese camino muchas veces, así que fui anticipándome encantada a mis sitios favoritos. Me desvié en Lordsburd hacia Silver City y la salida de Caballo en la ruta 25, y llegué a Socorro por la noche para registrarme en el motel de mala muerte que tanto me gustaba. Recorrí unos kilómetros al sur hasta el pueblo de San Antonio para ir a cenar a un café que había descubierto con Charlene veinticinco años antes. Estaba cerca de la reserva de aves Bosque del Apache, que a Naomi le encantaba. Durante la cena saqué el sobre de Paul y Douglas.

Querida Mujer de Mundo:
He aquí algunas notas de dos hombres completamente irresponsables que estudian cosas que no darían ni para pagarte una copa. ¡Vuelve, pequeña Sheba!

REGIÓN DE LORETO
En la vasta playa de arena de Loreto, incluso yendo en dirección norte, el ojo se ve arrastrado hacia el sur por la costa

cada vez más escarpada, y hacia las islas medio a la deriva, a lo lejos, más allá de Isla Carmen hasta llegar a Monserato, la que tiene forma de tortuga, y aún más lejos, hasta Isla Catalina. En la calma del alba, las islas y los cabos se desplazan en el mar como espejismos, haciendo que el paisaje real sea imposible de distinguir ni tan siquiera a menos de un kilómetro de la costa. Los colores cubren un espectro más amplio que el Pacífico, el rosa y el malva del amanecer se tornan púrpura y luego surgen más tonos de dorado y carmesí al anochecer. A lo largo de la costa sur, la sierra de la Giganta domina el paisaje; hay borregos cimarrones y ciervos y pumas en esas montañas escarpadas, y en las rocas, pinturas misteriosas de un color ocre hemático, realizadas por indios antiguos en un saliente de granito a cinco o seis metros de altura, con figuras y animales a tamaño natural y más grandes, como estampadas por gigantes adoradores de Matisse.

Si las montañas son intimidantes (un muro de roca desnuda y erosionada que se alza a lo largo de una escarpadura hasta los cuatrocientos cincuenta metros de altura quizá, sin nada de agua en absoluto), las islas al este resultan tentadoras, y cuesta resistirse a inspeccionarlas por mar. No tanto Carmen, la más grande; Monserato, aunque baja, tiene costas rocosas y oro de piratas enterrado en algún lugar entre las burseras (árboles elefante), los torotes, las chollas y los cactus erizo. A mediodía la calma temprana queda sustituida por una brisa leve y el agua picada. Aunque no esté en tu ruta, debes ir a Catalina, famosa sobre todo por una especie de cascabel silenciosa, que no se encuentra en ningún otro sitio. Lo cierto es que todo ser vivo en estas islas tiene algo de único al haber evolucionado en cimas volcánicas que se hunden en las aguas para llenar la falla de

San Andrés, que se deslizó violentamente creando el mar de Cortés hace unos quince millones de años. Al sur de aquí, el melanismo ha prevalecido en una especie de liebre que vive entre andesitas grises y una vegetación escabrosa, también única. En Catalina, los cactus erizo alcanzan los tres metros y no hay nada que se asemeje a otra cosa conocida. Lo único familiar son las cabras asilvestradas que liberaron los balleneros en el siglo XIX con la esperanza de tener carne fresca en el futuro.

Por todas partes hay pájaros, gaviotas de tres especies, charranes y bobos, especialmente en torno a montes submarinos y bancos de arenques atravesados por delfines, que podrás ver lanzándose a por morralla a kilómetro y medio. A lo largo de las costas, pelícanos pardos y cormoranes se posan en las rocas y los cabos.

En estas aguas abiertas verás mantas rayas, la más grande de unos cuatro metros y medio, saltando quizá para desalojar a los parásitos, y peces martillo examinando el barco. Otros residentes son los rorcuales, y antes de que el mar se pique pasan los delfines. A veces se avistan peces gallo, jureles o atunes del tamaño del diamante de un campo de béisbol atacando a la morralla, acompañados por los pájaros que caen en picado y terminan manchando la superficie del océano de grasa.

Bajo el agua, la masa de bichos vivientes es pasmosa. Las surgencias abundan en plancton, haciendo que el mar sea un poco más turbio que el Caribe cristalino. Por alguna de estas islas verás nadar peces ballesta, peces loro, agujones, meros de diversos tipos; y más de cerca, escorpiones, peces globo y gobios, y montones de peces más pequeños por todas partes. A tres metros de un acantilado de Catalina se ve un banco de jureles en abril, más allá de las espinas de diez centímetros de los erizos de mar que cubren la roca a la que te aferras con el oleaje. Para comer allí hay cabrillas y lubinas negras. Las bahías de arena las surcan rayas águila de metro y medio de envergadura, tan numerosas en un metro de agua que apenas encontrarás hueco para ponerte en pie entre ellas; más al fondo hay rayas eléctricas marrones con un punto en el lomo y rayas más pequeñas próximas a la orilla. Las anguilas de jardín ondean como briznas de hierba que creciesen en el fondo marino arenoso. Entre las rocas hay morenas, algunas moteadas, que parecen aterradoras al cogerlas en mar abierto. Cinco kilómetros al sur de los jureles está la mejor zona del golfo para ver langostas espinosas, con aguas poco profundas.

Por la noche se quema madera de deriva, que suele soltar llamas verdes y rojas o naranjas por los restos de metales elementales, porque la bursera y el palo verde endémicos de la zona son malos para leña. Durante las noches largas de la luna nueva del invierno podrás conocer las constelaciones como nunca antes, empezando por el gran cuadrado de Pegaso y despertándote cada tres horas para identificar las nuevas que surgen en el reloj celestial desde el este hasta que Sagitario se desvanece con la luz del amanecer. En una cuevecita en el lateral de una llanura inundable, docenas de escorpiones negros de diez centímetros se aparean combativos bajo la luz de la linterna. La especie única de cascabel es agresiva para los niveles de Arizona, y agita la cola con su cascabel mudo bajo un ficus endémico enorme cuyas grandes hojas verdes parecen fuera de lugar junto a la selva de cactus de pitayas dulces y amargas, cubiertos por una telaraña espesa de parras secas en las pendientes de arriba; de cerca, las hebras vivas de las parras que se enlazan con las espinas de la pitaya dulce tienen unas florecitas blancas con forma de campana.

Hacia el norte de Loreto la costa es apacible, con calas separadas por cabos e islotes rocosos. Hay palmas en las llanuras inundables más grandes y alguna ranchería. A veces verás burros salvajes en la playa y en calas protegidas; en bancos de arena seguros, cortados por las olas, duermen manadas de leones marinos cuyo jaleo puede mantenerte despierta a tres kilómetros de distancia con luna llena. Hay almejas y mejillones casi en cualquier parte, aunque especialmente en los manglares ricos en marisco y pargo, huachinango al mojo de ajo asado sobre raíces de marismo, que pescan las garzas y las garcetas nocturnas de cresta verde y negra; el canto de la reinita del manglar es nítido una vez que ves un ejemplar piar; por suerte, los machos más alejados son los que cantan. Las ostras no abundan tanto como antes, aunque las playas están cubiertas por conchas de ostras aladas pescadas por buscadores de perlas del siglo XIX.

Al llegar a la boca de la bahía Concepción ocurre lo mismo con las almejas amarillas y los cangrejos del Pacífico. Esta zona intermareal fue famosa en un tiempo por los bivalvos con forma de cuerno de pólvora, cuyo pie comido crudo con salsa picante de tomate es un manjar. Con respecto a excursiones anteriores, a lo mejor notas la mengua de peces vela grandes, peces espada y corvinas, aunque el golfo aún transmite la misma sensación que quizá diese Nebraska en 1870: seguía habiendo muchísimos.

El océano puede estar revuelto, a veces durante días en invierno y primavera, aunque los grandes chubascos son en verano. Salvo por algunas mañanas sueltas, siempre corre brisa, importante en verano cuando las nubes de jejenes y mosquitos se ciernen sobre playas y manglares.

Al caminar por las playas verás pejerreyes en primavera o a finales de invierno, unos días antes de las grandes mareas de la luna llena, y morralla atravesada por peces gallos en el rompeolas a unos metros de la costa. Los diminutos gasterópodos, las almejas de varias especies y las conchas de los cauris requieren mirar a ras del suelo. Algunas playas están cubiertas por conchas rosas de *murex*. En las mañanas calmadas de marzo, una fina línea de kril quizá aparezca en la marca de la marea alta. Parientes más grandes, como la gamba del Pacífico de quince centímetros, nadan junto al barco en aguas profundas y se esconden bajo los muelles. Por la noche siempre podrás ver la fosforescencia de los dinoflagelados en las olas, floreciendo de forma estacional como mareas rojas. En las orillas e islas rocosas, la manera más fácil de viajar suele ser cuando hay marea baja en los bancos de arena cortados por las olas bajo acantilados y cabos, teniendo cuidado de no quedarse atrapado bajo salientes pronunciados al subir la marea...

Peach me acaricia con el hocico. Truena en crujidos prolongados. Estoy nadando en tierra firme. Alargo la mano hacia la lluvia y le toco el hocico empapado. Dios mío, si estoy mojada. La lluvia acaba de empezar porque la hoguera aún sisea. «Conocerlo es amarlo»[29], cantaban hace mucho. «¡*Tunkasila, mato pehin wan*!». «¡Oh, abuelo oso, he aquí algo de tu pelo!».

---

[29] Se refiere a la canción «To Know Him is to Love Him», compuesta por Phil Spector, quien se inspiró en la inscripción de la lápida de su padre. Se convirtió en todo un éxito.

Eran palabras de un juego infantil, y las últimas que le oí decir a Rachel. Luego cogió la Wanagi Canku, la Carretera de los Espíritus. ¿Conduciré tan lejos para ir a alimentar a su espíritu?, me preguntó. Por supuesto. Entonces se quedará por allí un año. Mi perro huyó y se lo comieron los coyotes, así que sabía que me iba a morir, me dijo. Te llamé y aquí estás. ¿Podrías traer a mi hermana mayor Mujer Tierra Azul? Así que fui hasta Pine Ridge y la recogí, y luego a un médico joven y agradable que dijo que no había ningún problema terrible, sólo que se estaba muriendo. Se había encontrado casos así antes. Tronaba tan fuerte que me incorporé y Peach se alegró. Rachel me dijo que el espíritu de Duane se había convertido parte en caballo y parte en pez, un pez que respiraba por el lomo. Qué manera tan bonita de llamarla, la Carretera de los Espíritus.

El fuego se había debilitado demasiado para hacer café. Me sorprendió ver que eran las diez de la mañana en el reloj de viaje que llevaba en la alforja. Había permanecido despierta y pensando hasta que oí el primer pájaro. La parte violenta de la tormenta estaba pasando y se instaló una lluvia intensa, tanto que no me dejaba ver el río. Recogí las cosas en mitad de un charco que me llegaba por el tobillo y le di a Peach unos puñados de avena. La yegua quería salir pitando de allí. Siempre me he preguntado qué piensan los caballos y los perros que son los truenos. Los gatos de las granjas, como siempre, fingen que se aburren. Bajé la barbilla y dejé que Peach me llevase al trote de vuelta a casa, un camino de una hora, mientras me preguntaba qué día era. Antes de que Paul me hubiese dado un beso de despedida, apostó a que Fred llamaría a Ruth a Tucson a mediodía. Paul no había pretendido reprender a Fred la noche antes, pero creía que no era posible detectar el espíritu o el alma de un paisaje buscándolo a conciencia, como si fuese un Santo Grial que hubiese que adquirir y codiciar. Ese tipo de avaricia espiritual parecía producir vida como una pesadilla lineal: adquirir, seguir adelante y adquirir más. Tras aprender lo que realmente hay en algún paisaje, ciudades incluidas, quizá se pudiera percibir por fin el carácter de la vida espiritual de ese lugar. Paul no estaba preparado para burlarse del esfuerzo humano diciendo que la naturaleza de Sonora tuviese más virtudes que Florencia. Recordé haber leído que a Gerónimo le había dado igual la Exposición Universal de Nueva York, y luego tuvo que acudir como visitante cautivo al que llevaron encadenado[30].

Me he pasado los últimos tres días en cama con un poco de fiebre y un mal resfriado, y no me ha importado nada. Ya me ha ocurrido antes; una ligera enfermedad se convierte en un alivio bienvenido, mitigado un poco, en este caso, por otro problema semilegal: el novio de Frieda, Gus, le ha dado un puñetazo y Frieda no es capaz de decidirse a presentar cargos. Le da vergüenza aparecer en público con un ojo morado y se va a perder las dos últimas noches del torneo de pinacle. Me ha mandado a Lundquist con una olla de la mejor sopa de pollo del mundo, a excepción quizá de la preparada por un magnate conocido de Ted que tiene un club privado en Hollywood. Aunque es un local en el que puedes comer lo que quieras y

---

[30] Al líder apache Gerónimo lo habían apresado en 1886 y, tras un periodo de confinamiento, lo trasladaron a una reserva de Oklahoma. Junto con otros indios, fue obligado a participar en 1904 en la Exposición Universal de San Luis como parte de la «Villa India», un montaje en el que, a modo de zoológico, los blancos pretendían mostrar el modo de vida indio.

beber los vinos más exquisitos, no deja de ser peculiar lo reconfortante de esa sopa en mitad de Los Ángeles.

Esta mañana he visto a Lundquist dar de comer a los gansos bajo la atenta mirada de su perro Roscoe. He acercado una mecedora Kennedy a la ventana y llevo mi bata favorita de hace veinte años. Roscoe se pone un poco irritable cuando Lundquist se sienta, como siempre hace, a acariciar los gansos. Cuando ha entrado en la cocina con el correo lo he llamado para que subiera y charláramos un rato. Lundquist es siempre un poco formal y empieza con la misma pregunta desde que me alcanza la memoria: «¿Y cómo está mi chiquita hoy, eh?». Me ha dado una carta bastante gruesa de Michael, por quien se siente profundamente apenado, como añadido a la reciente situación entre Gus y Frieda. Lundquist cree que si Michael y Frieda leyesen las enseñanzas de Swedenborg no serían susceptibles a los «frutos del mal» personificados en Karen y Gus. Me cuenta que cuando tenía dieciséis años la abuela de Karen trató de seducirlo después de una fiesta de la trilla que había durado toda la noche, «ni a cinco kilómetros de donde estamos». El hecho de que eso ocurriera hace setenta años no altera su idea de que la lujuria pueda estar instalada en esa familia.

Todos los acontecimientos dominantes en la vida de Lundquist podrían haber ocurrido esta misma mañana por lo vívidos que son para él. El abuelo, John Wesley, y su propia esposa sólo están ausentes, no muertos. Hace unos siete años, en julio también, lo mandé a Livingston, Montana, con un remolque de caballos. Yo acudí en avión desde Los Ángeles y compré una potra de un semental famoso, King Benjamin, que estaba en un rancho por la carretera de Deep Creek. Había dos potras en venta y me llevó toda la tarde decidirme. Estaba tomando té helado con el dueño y su encantadora esposa en la casa del rancho, repleta de libros y con las paredes cubiertas de paisajes impresionantes. Oímos una voz a través de la ventana con mosquitera y descubrimos a Lundquist hablando con los tres perros del rancho sobre Nebraska, como explicándoles por qué estaba él allí. El dueño y su esposa se quedaron atónitos porque los perros eran poco manejables y estaban ahí sentados en fila, atentos, escuchando a un extraño. En el viaje de dos días de vuelta a Nebraska le pregunté por aquello y me dijo que fue un acto normal de cortesía, ya que se había dado cuenta de que los perros tenían mucha curiosidad por saber qué estábamos haciendo allí. Decidí dejar pasar por el momento el problema del idioma en la comunicación, pero Lundquist continuó hablando y dijo que nunca había conocido ningún animal que no supiera si una persona tenía el corazón bien puesto. Los seres humanos podrían desarrollar esa capacidad entre ellos sólo con estudiar las obras de Emanuel Swedenborg.

Antes de que Lundquist se marchase, me he percatado de que estaba ansioso por conocer el contenido de la carta de Michael, así que la he abierto, y le he mentido piadosamente diciendo que Michael estaba bien y le mandaba recuerdos. He añadido además que podía coger un botellín de cerveza al salir, cosa que le ha iluminado el rostro de una manera que podría calificarse de radiante.

—Un solo botellín de cerveza puede provocar un torrente de pensamientos geniales —me ha comentado, sin ironía, mientras me decía adiós con la mano.

La carta de Michael me ha tenido meciéndome junto a la ventana bastante tiempo. He sentido una punzada de añoranza por volver a Santa Mónica y trabajar con jóvenes trastornados. En los sesenta y principios de los setenta era muy novedoso decir que cierta gente problemática «merecía el viaje». La carta tenía el osado título de «Condiciones de vida durante los años de la peste» y la caligrafía era extrañamente uniforme y legible, cosa que atribuí a su desintoxicación involuntaria.

Mi muy querida D.:

Todos conocemos el final pero ¿qué ocurre en medio? Esta mañana he pensado que el caos del que he intentado sacarme a mí mismo todos estos años ¡es en realidad mi vida! Una fosa séptica circadiana en la que todos los días son lunes por la mañana. La época de inundaciones primaverales durante la que mi padre y yo nos pasábamos la mitad de la noche achicando agua lodosa del sótano hasta que un tío mejor posicionado nos regaló una bomba Briggs-Stratton con motor. Tu beso de perdón significó técnicamente el mundo entero para mí dos días después, el lunes, cuando de verdad me desperté. La tarde estaba muy avanzada y tenía hambre, sed y dolor. Alargué la mano al timbre y luego dudé, tratando de recordar si había sentido antes esas tres cosas a la vez —hambre, sed y dolor—, sin contar las resacas autoinfligidas. Esa aguda situación gestáltica de sensaciones abrió una puertecita al exterior, como la puertecita de un reloj de cuco, donde era yo quien salía fuera disparado para ver las más breves instantáneas del mundo. Pensé en Northridge, Aase, los sioux, los pobres colonos perdidos en el mar de hierba. Pensé en su hambre, su sed, su dolor. Pensé en Caballo Loco en la plataforma funeraria, en sus brazos rodeando a su hija una noche gélida y ventosa de marzo. Pensé en Aase ardiendo de fiebre sobre un camastro bajo el árbol a mediodía, y en Northridge sentado junto a su cuerpo bajo la lluvia. En la increíble amargura física que implicaba todo aquello. Seguí absteniéndome de pulsar el timbre sobre la almohada. Recordé a mi padre llegando a casa del turno de noche en la fábrica de acero justo cuando yo me levantaba para ir al colegio. Me sentaba allí a jugar con el cuenco de cereales mientras él se tomaba dos pintas de cerveza y se comía un plato enorme, una vulgaridad que me ofendía. Yo era un esteta, un joven admirador de James Joyce y Scott Fitzgerald, y me molestaba mucho tener que ir a mi clase de undécimo curso oliendo a chucrut y cerdo, o a lo que fuese el montón colosal de porquería que se estuviese comiendo mi padre. Una mañana le vi las cejas y el pelo chamuscados y una mano vendada por completo. No estaba comiendo, pero había una botella de whisky en la mesa y estaba llorando. Mi madre se había sentado a su lado y le frotaba la cabeza y los brazos. Había estallado un horno y habían muerto dos amigos suyos; yo los conocía de verlos jugar al herrón los sábados, y a veces venían a casa con sus mujeres a echar unas partidas de *euchre*. Entré al baño, me miré en el espejo y traté de averiguar qué emociones sentía. Odiaba el hule de la mesa, el linóleo del suelo, el calendario de la empresa de carbón en la pared, el viaje de Navidad para ver a la familia en Mullens, Virginia Occidental, que era aún más pobre que nosotros. Odiaba las historias de la Segunda Guerra Mundial que me habían encantado de más pequeño. Supongo que parte del problema era que vivíamos en la frontera del distrito escolar y que yo era un niño pobre en el instituto de los ricos, en vez de estar con los niños de la fábrica, con los míos. Me quedaba asombrado cuando iba a cenar a casa de un amigo ¡y sus padres comían pollo frito con cuchillo y tenedor! En cualquier caso, yo era un mocoso despreciable y quejica, y quizá aún lo sea en algunos aspectos.

Al final pulsé el timbre y conseguí mi agua, mi Demerol y mi dieta líquida. El café no es demasiado interesante tomado con una pajita de cristal. El cuco volvió a su reloj hermético y vio cinco horas de noticias en el canal de informativos, pero la puertecita no se cerró bien y seguí siendo inusualmente consciente del hambre, la sed y el dolor que estaba viviendo. Pese a estar drogado como un mono sentía ese mundo de hambre, sed y dolor. Según un burócrata muy cachondo con corbata de rayas, cientos de millones de personas podrían morir de SIDA en el mundo en los próximos diez años. Pensé en mi hija, Laurel, y en su generación intentando ser unos románticos keatsianos enfundados de arriba abajo en gomas preventivas. Vi amplios reportajes sobre maltrato de mujeres, maltrato de niños, hambruna generalizada, la epidemia del suicidio adolescente. Había actualizaciones frecuentes en las noticias sobre todo lo horrible que estaba ocurriendo en el mundo: es la primera vez en la historia que llegamos a conocer todas las malas noticias a la vez.

En resumen: ya conocía el principio y el fin y eso era aparentemente lo que había en medio, en crudo. Me he olvidado de la proliferación nuclear, sobre la que un experto en armas dijo que dentro de diez años todos los países del mundo con un presupuesto igual o superior al del estado de Arkansas tendrían capacidad nuclear. *Nel mezzo del cammin di nostra vita*, etcétera. Probablemente cite mal. Hiervo por dentro ante la idea de echarle mano al segundo baúl de diarios de Northridge, porque todo lo de antes me hace pensar que éste es el primer trabajo con sentido de mi vida.

Continuará.

Con amor, Michael

P. D. Las enfermeras son muy agradables pero lerdas. He aprendido a dejarles notas sencillas. La enfermera Sally me preguntó cómo me había hecho las heridas y le escribí: «Dejé a mi salchicha ser la batuta que dirigiese la orquesta», ¡y tuve que explicárselo de mil maneras!

La carta se me cayó sin querer de la mano cansada. Observaba por la ventana a un grupo de reses hereford sin cuernos, que estaban comiendo sin más, haciendo pausas para mirarse entre ellas, como hace el ganado. Me había emocionado con los comentarios de Michael sobre los diarios y sobre su padre, pero resultaba un poco agotador ver a un hombre de treinta y nueve años descubriendo el sufrimiento de los demás. Ése era el mayor problema cuando había que instruir a un trabajador social recién contratado: el sufrimiento parece tener una dimensión mayor que los placeres compensatorios. Cogí el trozo de papel que Naomi me había dado con el número de teléfono del tipo que vendía los cachorros. Era el hermano de una de sus amigas y tenía un nombre que me resultaba en cierto modo familiar: Sam Boca de Arroyo. A los pocos minutos recordé que así se llamaba uno de los amigos oglalas de Northridge. El Oeste estaba lleno de gente que era un poco de esto y un poco de aquello, y probablemente ese hombre no tuviese más de sioux que yo con mi octava parte. No existe el concepto «medio indio»: o eres indio o no lo eres, según una combinación de sangre y predilección. Llamé antes de saber lo que estaba haciendo, pero no obtuve respuesta. Los rancheros no pasan en casa las tardes de mediados de junio. Entonces llamé por impulso a Andrew, a casa de Ted, y le rogué que se cogiese unos días, fuese a Tucson y buscase algún rastro de mi hijo. Andrew percibió la congestión y el pánico en mi voz y después de unos cumplidos vacíos aceptó. Joder, si me daba la gana pensaba ir con el coche a algún sitio y comprar ganado de verdad, con denominación o no, unos cabestros para cortes, unos cuantos perros, algunas familias con hijos para que se mudaran a la zona y pudiese dar clases en la escuela, un amante por el que estuviese loca, un coche que volase, un billete de avión o lo que fuera. Pretendía hacer algo más que mecerme resfriada junto a la ventana.

Traté de calmarme con una ducha y una copa, que me cayó como una piedra en el estómago vacío, pero no consiguió ningún efecto soporífero. Me preparé un filete veteado con una grasa deliciosa aunque supuestamente nada sana. Salí, les limpié los cascos a los caballos y los acicalé, y luego espanté a los gansos para que se metieran en la jaula que había costado dos pollos y una caja de cervezas construir. En un plano indefinido, Michael, Lundquist y Roscoe formaban un trío perfecto.

La cabeza y el corazón dejaron de palpitarme en la barraca cuando me senté ante el escritorio y miré hacia fuera, a la hierba verde y lozana y al lampazo que cubría el antiguo montón de estiércol. La ventana se había quedado abierta y los papeles y los libros aún estaban húmedos por la tormenta caída durante mi noche en el cañón. Los diarios permanecían intactos en su baúl, que arrastré hasta la puerta para acordarme de devolverlo al banco. Ignoraba el efecto que causaría sobre Michael el contenido del segundo baúl, pero, por supuesto, yo no era historiadora. El verano después de Loreto, dediqué los meses de junio, julio y la primera mitad de agosto a poner los papeles en orden, y luego recorrí el estado y partes de Dakota del Sur visitando muchos de los primeros emplazamientos de Northridge. Rachel estuvo una semana viajando conmigo: le encantaba el viejo descapotable porque se parecía más a un caballo. Utilizaba una palabra oglala, *Hanblecheyapi*, un rito de lamento, para describir un periodo en el que has expresado toda tu angustia y entonces percibes una nueva visión de la vida para continuar.

Agité los papeles más mojados de Michael para secarlos y salió una foto de Karen, una imagen desnuda de espaldas con la cabeza vuelta y una sonrisa de lo más estúpida. Me reí a carcajadas, pensando en la impresión que se llevaría la madre. Desde luego, Karen tenía una figura espléndida, y mi actitud crítica hacia Michael se atemperó en cierto modo al recordar a un chaval de la Universidad de Minnesota que era atleta, nadador, y con quien hice el amor sólo porque estaba bueno. Me sorprendió descubrir que tenía las piernas y el pecho depilados para reducir la resistencia y aumentar la velocidad en el agua. Metí la foto en un sobre y lo cerré por si Frieda se ponía a fisgar mientras limpiaba.

La foto de Karen me hizo mirarme las manos, que, sin ninguna sorpresa, estaban envejeciendo. Naomi me había contado que la agenda se le estaba llenando de gente muerta, un pensamiento tan lacónico que resultaba admirable. Yo había pasado el tiempo suficiente en Nueva York y Los Ángeles para saber que Karen podría convertirse fácilmente en modelo de bañadores o de lencería, una alternativa bastante realista frente a la posibilidad de ser una más entre los cientos de miles de licenciados en Humanidades. Ese tipo de atractivo no es nada democrático, aunque tampoco lo son un coeficiente de inteligencia astronómico, la capacidad atlética innata ni el talento creativo. Naomi había hablado con un amigo, el agente del condado para asuntos agrícolas, sobre un puesto vacante en caso de que cerrasen la escuela rural. Ella me consideraba ideal para el empleo, que iba a financiar el Gobierno federal:

asistencia psicológica para granjeros en bancarrota y sus familias. «Dios mío», le había respondido, y se echó a reír. Yo había trabajado siempre; en mi pasado nada me había preparado para comportarme como una persona rica, una persona notoria sin oficio, cuyas bajezas haya visto todo el mundo en vivo, o en las revistas o en la televisión. Además, me habían enseñado que hacer juicios rencorosos de una misma era un vicio protestante que nunca servía de nada. Hiciste todo lo que pudiste y te apañaste con eso. Un resumen de mi existencia, repetitiva y fatua, se me pasó por la cabeza como un zumbido al recordar la última evaluación que me hizo mi superior: «Una trabajadora intensa, eficaz y afable sin ninguna capacidad de liderazgo en especial». Muy acertado. Lo que se considera liderazgo implica una capacidad de lidiar con situaciones excesivamente comprometidas, y yo soy adicta sin remedio a los colores primarios y al enfoque directo. Los bosquejos necesarios que implica decirle a la gente qué hacer requieren un don especial. Trabajé tres veranos en la universidad y en la escuela de posgrado como empleada temporal del Ministerio del Interior en un proyecto de control de lampreas que consistía en un viaje anual de tres meses para acampar entre las corrientes que alimentaban el lago Superior y el lago Michigan; ese empleo me lo había conseguido el primo de Naomi, Warren, con quien me quedé cuando estaba embarazada. Gracias a mi poco valiosa titulación de máster, fui una terapeuta nada eficaz en una clínica famosa de Minneapolis para ricos adictos al alcohol y a las drogas: era demasiado joven para comprender lo profundas que pueden ser esas heridas y, básicamente, no empatizaba con los problemas de los ricos porque estábamos a finales de los sesenta. Me mudé a Nueva York, una ciudad que me encantaba, aunque no así mi trabajo en una revista de moda poco prestigiosa, que me sirvió para aburrirme perennemente de la ropa de diseño. Después de eso, llegaron los dos años con el director de documentales, que acabaron, como expliqué antes, con mi viaje a Cayo Hueso. Tras recuperarme, probé de nuevo en el Este y, gracias a la influencia de un amigo de Naomi, un representante estadounidense, me convertí en «ayudante de ayudante» de un enlace para la Organización de Estados Americanos; en el fondo, era una chica de los recados entre Nueva York y Washington. Parecía tenerle una aversión genética a la política, aunque a decir verdad nuestra influencia en América Central y del Sur nunca ha estado nada bien. En una fiesta en la Embajada de Costa Rica conocí a un diplomático brasileño que me doblaba en edad y de quien me quedé prendada. Me dijo que quería casarse conmigo y me invitó al carnaval. Después de aguantar sus frecuentes ausencias alojada en un hotel espléndido de Ipanema, lo vi con su esposa en una fiesta a la que yo había asistido con un actor estadounidense a quien conocí en el hotel. En el enfrentamiento los dos actuamos muy mal, pero a nadie pareció importarle, ni siquiera a su esposa. Tras ese sofisticado baño de barro regresé a casa otro verano más, y luego acepté un empleo como trabajadora social en Escanaba, Michigan. Dos años en la Península Superior fueron más que suficientes, así que me mudé a Santa Mónica por sugerencia del actor que había conocido en Brasil. Pasamos un mes de derroche consumiendo cocaína hasta que nos separamos. Después de una semana de comer muchísimo, sufrir insomnio y hacer ejercicio diario, me recuperé y conseguí un trabajo con adolescentes que tenían problemas de alcohol o drogas o habían intentado suicidarse. No disponían ni del lenguaje ni del conjunto de percepciones necesarios para lidiar con el mundo que les habíamos dejado.

Ese lenguaje era más complicado de enseñar que el inglés que les daba a los pobres de Loreto o Baja California. Todo eso ha ido sumando hasta conformar una carrera espléndidamente mediocre, si bien una vida bastante interesante. Por desgracia, pocas mujeres tienen auténticas carreras profesionales, aunque la mayoría de los hombres trabaja en algo que no le gusta.

Cogí el baúl y lo arrastré hasta la casa para guardarlo allí bien, porque era ya tarde y el banco estaba cerrado. Resultaba un gesto absurdo en una zona remota donde no se cometían delitos (salvo palizas a mujeres, sodomía y algún desfalco), pero se lo había prometido a Michael. Conseguí hablar por teléfono con Sam Boca de Arroyo sobre los cachorros y quedé en ir a mediodía, porque en otro momento no iba a encontrarlo en el rancho. Estaría detrás, en la caravana del capataz, me dijo, con una pronunciación lenta de Sand Hills que me recordó a la de Duane. El perro suponía quedarme, tuviese trabajo o no. A continuación, llamé a Ruth, que había estado pasando tiempo con Fred, en Tucson y en el rancho de él cerca de Patagonia. Le pregunté si Fred doblaba los calzoncillos antes de que hicieran el amor, y hubo una pausa larga antes de que me respondiese que sí y soltara unas risitas. Añadió que era «en cierto modo metronómico», así que supuse que Paul estaba fracasando como casamentero. Ruth me dijo que había recibido una carta dulce y conciliadora de su cura desde Costa Rica, en la que le rogaba que bajase a hacerle una visita. Se preguntaba por qué la idea la «estimulaba» y admití no haber sido capaz siquiera de empezar a dilucidar esa cuestión. Quizá todo dependiese de un cúmulo o de una variedad de «señales» sexuales que ninguno de nosotros percibía en un nivel consciente. Sí sabía que nunca en mi vida me habían seducido, aunque por supuesto había fingido haberme «derretido» delante de algún hombre, como se suele decir.

Salí y me senté en el columpio del neumático, percibiendo el olor a podrido de las últimas lilas del año. De niña, el cementerio oculto entre ellas era uno de mis lugares secretos preferidos, sobre todo cuando los cenadores se llenaban con el ruido de las abejas, que mi padre me había dicho que eran pájaros diminutos. Noté un aturdimiento, casi como si pudiese sentir las manos de mi padre en la espalda, empujándome más y más alto una tarde de verano. Naomi habría llevado a Ruth a pasear con el poni en esa época feliz después de la guerra. Oigo grillos, ranas del arroyo, un chotacabras, el lastimero buenas noches del gorrión gorgiblanco.

En nuestro viaje en el descapotable, Rachel había llevado un pañuelo rosa descolorido para protegerse el pelo del viento. Estábamos cerca de Kadoka bebiendo café de un termo, de camino a las Badlands a ver un lugar al que Rachel había ido de niña. Le pregunté si había conocido al chamán Uapití Negro, pues yo había vuelto a leer hacía poco el libro de Neihardt[31], por primera vez después de salir de la universidad. Me corrigió y me dijo que un «chamán» era un *pejuta wicasa*, la forma en sioux de decir «médico», «curandero», alguien que asistía a enfermos y a heridos. Uapití Negro, a quien ella había conocido poco, era un *wichasa wakan*, un hombre sagrado que tuvo su primera visión a los nueve años. Rachel no volvió a verlo tras marcharse a Denver y hacerse puta durante

---

[31] Se trata de la obra de John Neihardt *Black Elk Speaks* (1932), en la que el autor recoge una narración ampliada de las visiones del chamán lakota Uapití Negro. En español se ha publicado bajo el título *Alce Negro habla*. (Pero no debería confundirse un *elk* con un *moose*, o un uapití con un alce; el nombre de este chamán se ha traducido de varias maneras).

la guerra, aunque había oído que cuando Uapití Negro tenía ochenta años largos, otro sioux y él ganaron algún dinero recogiendo patatas en Nebraska. En aquel momento no pude creer que se permitiese que ese gran hombre terminara su vida en un patatal de Nebraska, pero luego comprobé la información de Rachel y descubrí que era cierto. Mientras me balanceaba adelante y atrás en el columpio, pensé que ese dato sería duro de digerir para ciertos amantes de la sabiduría de los pieles rojas, aficionados a los objetos exóticos indios, coleccionistas de piezas y propietarios de inmensos collares de turquesas, aunque sabía con seguridad que Uapití Negro no sentiría disgusto alguno por tener que recoger patatas. Era un trabajo.

Permanecí en el columpio hasta que no podía ya ver al otro lado del patio. Haber estudiado todas las permutaciones de la química cerebral y sus efectos conductuales no te excluye de ser víctima de ellos, si bien una víctima informada. Noté una sensación vacía y estremecedora al admitir que había vuelto a casa e iba a quedarme. Me giré y miré la luz que se había quedado encendida a la izquierda, en la cocina: un cuadrado amarillo que brillaba en los arbustos de madreselva dispuestos en torno al porche. Aquélla era mi casa. Ya no estaba allí de visita. Viajaría donde quisiera, pero esa casa, que no podía evitar considerar «la del abuelo», había pasado a ser mía treinta años después de su muerte, momento en el que sólo fue mía por título.

Entré para plantearme tímidamente algunos cambios, aunque sabía que serían menores y sólo afectarían a la cocina y a la pintura para iluminar el ambiente, más bien sombrío. Abrí la puerta y encendí la luz del sótano con intención de mirar en el almacén secreto. A lo largo de los años, tratantes y conservadores de museos me habían sondeado considerables veces sobre la colección del abuelo. Yo los remitía al bufete de abogados, que respondía a tal efecto que la colección la había comprado un particular que deseaba mantenerse en el anonimato. Era un poco estúpido que Paul y yo conserváramos ese secreto para nosotros, aunque el almacén supuestamente guardaba otras cosas. Resultaba curioso que el abuelo me hubiese pedido que esperase a tener cuarenta y cinco años, infiriendo que el contenido no era del todo agradable, cosa que yo ya sabía por los diarios. Me di la vuelta y miré las pinturas, pensando que en Nueva York, Chicago, Los Ángeles y quizá algunas otras ciudades necesitarían, sin duda, un sistema de seguridad. Un ladrón de Nebraska a lo mejor birlaba un Remington, o un Charlie Russell por intuición, pero Sheeler, Marin, Burchfield, incluso Sargent, estarían fuera de su conocimiento. Paul decía que no había sabido con precisión lo que había allí hasta que vino a casa para el funeral de mi padre. En cualquier caso, el declive y la muerte de la civilización sioux tal y como Northridge la había conocido tenían un regusto inconsolable. Pensé en el pañuelo rosa y barato de Rachel, luego apagué la luz del sótano y cerré la puerta. El teléfono me sacó de mi ensueño con un sobresalto: era Naomi, llena de noticias sobre pájaros y bestias. Se alegró de saber que me iba a comprar un perro.

La noche no fue amable conmigo. La brisa había vuelto y soplaba hacia el sur, y la oscuridad era más cálida de lo que lo había sido el día. Los caballos estaban inquietos y salí dos veces en la noche a comprobar si se encontraban bien. Los gansos se mostraban molestos y supuse que el coyote se había dejado ver por el redil. Fue una de esas noches en las que tus percepciones son mucho mayores de lo que quieres consentir; en vez de tener una sucesión de pensamientos ociosos que terminan en el sueño te ves desequilibrada, casi castigada, por imágenes con toda la lógica de una nevisca en la mente. Los últimos momentos antes del sueño fueron como siguen: en el recinto ferial, al inclinarme junto a Michael, la mandíbula le hizo un sonido audible, le rechinó. «¿Qué he hecho?», preguntó, y la mandíbula se quedó cogida en el «qué», de manera que la pregunta se emborronó antes de que los ojos le parpadeasen y se le cerraran. Mi amante de Brasil me masturbaba con un puñado de flores. Yo veía el reflejo del mar en un espejo al fondo de la habitación. La ambulancia pasó por un edificio gris grande a las afueras de la ciudad, propiedad de mi familia, que en otro momento había sido el Grange Hall, la sede del gremio de agricultores. Los granjeros y su lucha desesperada en las décadas de 1880 y 1890 contra el poder de los ferrocarriles. Así que la Cámara de Comercio decidió que la ciudad sólo podía soportar un motel con dos habitaciones que nadie quería construir. El colegio utilizaba la planta baja del edificio Grange como almacén. La parte de arriba estaba llena de muebles antiguos de oficina y chismes de varios edificios de la ciudad que habían sido por defecto propiedad del abuelo durante la Depresión. Pensábamos que teníamos la única llave de la planta de arriba, pero el verano pasado estuvimos buscando una mesa rinconera de mármol y una caja de fotografías antiguas de Butcher y descubrimos que alguien había montado un nidito de amor en una sala interior. Habíamos pasado años sin subir allí. La ventana de esa sala estaba tapada con tablones, y había una cama con una colcha bonita, una radio, algunas revistas y libros en rústica sobre una mesita de noche, tres toallas y un cenicero con colillas, algunas manchadas de carmín. Naomi y yo nos quedamos estupefactas, luego nos hizo gracia, y después no supimos bien qué pensar. ¿Quiénes podrían ser los amantes? Un número de la revista *McCall's*, una novela rosa de Barbara Cartland y dos libros de Elmore Leonards en el suelo. En la sala se notaba la presencia de los amantes, y aunque era nuestro edificio sentimos que estábamos invadiendo su privacidad. Las fundas de las almohadas estaban limpias y planchadas. Nos quedamos un minuto o dos en silencio escuchando el viento contra el tejado de latón. El aroma de la mujer era de lavanda, casi indetectable.

Por la mañana me quedé remoloneando media hora para esperar a que pasara una tormenta menor. Me alegré al ver la dirección que llevaba porque eso significaba que podría seguirla hacia Ainsworth: tenía su encanto ir detrás de una borrasca por la mañana temprano, con el sol a la espalda brillando en los cúmulos enturbiados y en los estratocúmulos.

Durante la primera media hora sobre el asfalto húmedo y reluciente sólo adelanté a un coche y me crucé con otro que venía por el carril contrario. Reduje un poco la velocidad cuando empecé a acercarme demasiado a la tormenta, entrando en una zona de vientos racheados que desvelaban los reversos pálidos de las hojas en los setos y las hileras de árboles: estaba justo en la cola de la tormenta, así que cuando aflojé el acelerador el mundo quedó calmo, y los pájaros fueron surgiendo sin alterar aún el silencio. Escuché en la radio un informe muy triste sobre ganado y grano y una de esas canciones igual de tristes y quejosas del *country* hecho por urbanitas que se han apropiado del estilo. Puse una cinta de Patsy Cline que borró de inmediato el mal gusto de lo anterior, justo cuando giraba para incorporarme a la carretera, la ruta 20, que había recorrido cuando el abuelo me había recogido en Chadron tras mi búsqueda de Duane. Noté como si se me espesara el alma bajo el pecho, así que cambié la cinta por una pieza de cámara de la Pro Musica Antiqua. Me divertía esa pequeña batalla contra el sentimiento, y también algo que Lundquist había dicho a este respecto: que estaba bien tener tiempo y relojes, porque de otro modo todo ocurriría a la vez.

En Ainsworth le di de nuevo alcance a la tormenta y paré a repostar gasolina, tomar café y pedir indicaciones más precisas. Me ayudaron dos adolescentes con unas chaquetas de la FFA empapadas. Cuando volvía al coche en mitad del viento tempestuoso y la lluvia, y los chavales pensaron que no podía oírlos, escuché a uno decir algo obsceno pero halagador sobre mi cuerpo: «Vaya culo. Me fliparía follármelo». Tuve el impulso errante de acercarme y decirles que tenía edad de sobra para ser su madre, aunque, a decir verdad, eso nunca había estado sobre el tapete. Un alma sabia dijo que los adultos no son más que niños deteriorados.

La puerta de acceso al rancho era nueva y absurdamente impresionante, aunque también había un letrero muy grande y nuevo de SE VENDE de una inmobiliaria de ámbito nacional. Ambas eran señales de un error de cálculo en alguna exención tributaria, quizá a cargo de alguien metido en el negocio petrolero, dado que por entonces esa gente parecía ser la única que compraba ranchos grandes. Apenas se habían construido ranchos de gran tamaño desde la Segunda Guerra Mundial, y la mayoría de los existentes se cimentaba en pensiones ferroviarias previas al cambio de siglo, o en el pico de prosperidad de la Primera Guerra Mundial.

Recorrí el camino de entrada a la vivienda, una carretera de asfalto de kilómetro y medio —otra cosa absurda— junto a un arroyo, con el aire endulzado por los álamos. La casa había sido en otros tiempos una granja normal y corriente de Nebraska, pero para entonces la habían sometido a una elaborada reforma y la habían vaciado: las dependencias estaban pintadas de manera uniforme y había un estanque con un bote de remos hundido, aún atado a un embarcadero. La cantidad enorme de corrales sin bretes era indicio de un negocio bien caro de caballos. Rodeé el estanque por una vía de dos carriles que llevaba hasta una caravana acoplada sin más contra la ladera de un monte, con una camioneta aparcada al lado. Me recibieron un airedale macho grande y grisáceo y una hembra de labrador negra que salió meneándose de debajo de los escalones de la caravana. El airedale saltó hasta apoyar las patas en la ventanilla abierta del coche y mirarme. Esperé a que se le ablandaran los ojos para salir, ya que quería dejarlo hacer su trabajo. Le di la vuelta a la caravana para encontrar a Sam Boca de Arroyo cambiándole una rueda a un remolque para caballos. Había un corral pequeño con un tres cuartos de milla de buen aspecto, dos yeguas y un capón. El airedale le ladró a Sam para anunciarle mi presencia, algo de lo que sin duda él ya se había percatado, pero o era tímido o era del tipo de hombres al que le gusta acabar su trabajo antes de empezar a charlar, o las dos cosas. Cuando se puso en pie y le tendí la mano me pareció que podría tener desde treinta y cinco hasta cincuenta años, aunque supuse que sería de mi edad. Medía poco más de metro ochenta, era delgado pero ancho de pecho, con unos brazos que parecían alargados por haber trabajado demasiado. Tenía la nariz torcida, como mal colocada tras una fractura, el pelo negro como el carbón bajo una gorra de una tienda de piensos, y los ojos remotos aunque levemente amistosos. Era una persona inusualmente oscura y como abatida por las inclemencias del tiempo, y tenía un trazo de rabia en sus gestos.

—Estuve en la venta de caballos. ¿Cómo sigue tu amigo?

—Pintaba mal al principio, pero está bien. Le han tenido que alambrar la mandíbula para juntársela.

—Ese Pete ha sido siempre un matón. El otoño pasado vi cómo le daban lo suyo en Broken Bow. —Hizo una pausa y miró a la casa del rancho con resignación. Si hubiese estado hablando con otro hombre habría dicho «le daban de hostias», pero los pocos vaqueros que quedaban conservaban ciertos aires de elegancia—. Aunque suene raro, mi hermano y yo competimos en lazo contra ti y el indio ese hace años. El muchacho tenía un bayo precioso.

—Me acuerdo. Hacía demasiado calor. Ganasteis vosotros y nosotros quedamos terceros.

Me ruboricé ante el recuerdo, y seguí los ojos del hombre hacia la casa vacía del rancho.

—Al año siguiente tú y esa otra muchacha ganasteis el concurso de polca en la feria. Lo recuerdo. ¿Qué le pasó al indio? Era un auténtico vaquero.

—Murió en la guerra. Bueno, después de la guerra, por las heridas.

—Lo de siempre. Yo también estuve un año, y que me parta un rayo si entiendo alguna vez a qué vino todo aquello. Tu madre llamó a mi hermana anoche tarde y dice que tengo que obligarte a que te lleves el perro.

—Quiere que me quede en casa. He estado fuera mucho tiempo.

—A mí no me pareces de Nebraska más que a medias. Si te hubieses quedado aquí, serías muchísimo más grande. Esas señoras no hacen más que cebar a la gente.

—Espero que eso sea un cumplido.

—Supongo.

Lo seguí y entramos en la caravana. Me contó que tenía que dejar al cachorro dentro mientras trabajaba, pero que le apenaría verlo marchar. Aunque Naomi le había dicho que yo quería una hembra, aquél era el último cachorro que le quedaba, un macho de diez semanas. El perro estaba debajo de la mesa de formica de la cocina, encerrado en una jaula metálica. Era oscuro, pero yo sabía que el airedale que llevaba dentro le aclararía la panza; tenía la cabeza grande, con pelo grisáceo de terrier, y unos ojos reservados. Cuando se abrió la jaula salió disparado escapando del agarre de Sam, y corrió a toda velocidad por la caravana, haciendo carambolas por los muebles, hasta que se detuvo un momento para mear en el sofá.

—No es demasiado listo, pero entusiasta, un rato —me dijo Sam mientras arrinconaba al cachorro en un butacón.

—¿Cuánto quieres por él?

No era una pregunta fácil de hacer allí.

—Unos diez centavos. Ésta no es la clase de animal que se vende como un caballo. Además, Naomi y mi hermana han averiguado que somos primos políticos en séptimo grado, parientes lejanos, vaya.

El teléfono sonó y Sam me dio el cachorro, que gruñó y forcejeó furioso, y de repente se puso a dormir en mi regazo.

Se decía que, salvo los recién llegados (después de la Segunda Guerra Mundial), toda la gente que llevaba un rancho en los dos tercios occidentales de Nebraska se conocía entre sí o sabían los unos de la existencia de los otros, aunque tampoco es que en total sumasen muchos. Se habían agrupado por intereses comunes como el ganado, el trigo y los caballos, y sospeché que aquello podía aplicarse por igual a cualquiera de los estados escasamente poblados del Oeste. Naomi me había aconsejado que le ofreciese a Sam una botella de whisky, así que me había llevado una. Me dijo que Sam había tenido una racha de mala suerte, como así probaban las frases sueltas que llegué a escuchar. Sam terminó con un: «Lo único que puedo decir es que siento que esto haya pasado». No comenté nada porque se le había tensado el rostro y se quedó mirando de reojo por la ventanita sucia de atrás. Salió de la caravana y esperé unos minutos antes de poner el cachorro a un lado y seguirlo. Me pregunté qué hacía un telescopio Questar de los caros en la encimera de la cocina, pero no iba a indagar.

Sam estaba ensillando el capón y una yegua y me hizo gestos para que ajustase los estribos en el capón yo misma. El airedale y el labrador andaban dando vueltas y persiguiéndose el uno al otro, emocionados por la salida. Quise preguntarle por qué no tenía un heeler azul, el perro típico de los vaqueros de rodeo, pero pensé que no estaría con ganas de conversar. Sam subió al caballo con el movimiento único y fluido tan admirable de la gente que vive con esos animales.

Cabalgamos sin hablar una hora entera antes de parar a descansar, y fue entonces cuando se dio cuenta de que la hembra de labrador, que aún no había recuperado la forma después de parir, había forzado demasiado la máquina. Era un rancho imponente, y por cómo estaban dispuestas las vallas supuse que estábamos en la linde noreste. Algunas hierbas endémicas habían vuelto a crecer por la falta de uso del campo, y las quebradas secas y el lecho del arroyo estaban llenos de flores silvestres. Todo lucía engañosamente lozano y verdeante en aquel mes de junio, como un preludio grácil al embrujo seco que siempre llegaba. No pude más que imaginarme a Northridge, y luego a los sioux, que habían sido propietarios de todo aquello sin pensar en la palabra «propiedad».

Sam se bajó de la yegua y dobló hacia arriba un tramo de alambrada oxidada, que enganchó a una rama de álamo. Yo até el capón y me acerqué a la ribera del arroyo, donde el airedale estaba excavando un hoyo grande por motivos desconocidos. La hembra de labrador estaba tirada en el arroyo panza abajo, refrescándose las mamas aún alargadas por la cría. Me quité las botas y los calcetines y metí los pies en el agua fresca y lodosa. Sin las lluvias recientes no habría sido más que un hilillo de agua.

—No está mal el terreno, ¿eh?

Sam se puso junto a mí, mirándome los pies.

—Si no tuviese uno propio, lo compraría.

Sabía que era un comentario desafortunado, pero se me escapó.

—Debe de estar bien poder decir esas cosas.

Pese a usar un tono de voz bastante suave, la puñalada estaba ahí.

—No quería que sonara a eso. Sólo digo que es un sitio precioso.

Aquel comentario fue tan soso que no hizo más que enredar el embrollo.

—Hace años tuve una mujer con tantas ganas de tener un rancho que se largó con un ranchero. De todos modos, para

380

entonces estábamos bastante cansados el uno del otro. Era una de esas reinas de los rodeos, y yo estaba en el circuito haciendo de todo, aunque lo que mejor se me daba eran los caballos salvajes ensillados. Ahora me he enterado de que tiene su propia pista de tenis y veinte pares de botas Lucchese.

No se me ocurría nada que decir. Es raro que un vaquero tenga un rancho en propiedad, incluso aunque se convierta en vaquero principal o capataz. Eso era así. Me sentía tan mal que no lograba respirar con tranquilidad, lo que significaba que aquel tipo me caía muy bien y que no quería equivocarme con mis palabras.

—¿Adónde te irás ahora?

Fue la pregunta más inocente que se me ocurrió.

—Me han hecho una buena oferta en Texas, pero como vuelva a ver a un empresario del petróleo, lo mismo le pego un tiro por hijo de puta. Tengo un hermano con un negocio de vacas y cabestros cerca de Hardin, Montana, y quizá me vaya con él.

Hice las suficientes preguntas acertadas para que el enfado de Sam se disipase, por el momento. Dado que nunca me había criado con un padre malhumorado, ése era un aspecto de los hombres que no sabía cómo manejar o afrontar. Tras abandonar el circuito de rodeos, Sam había puesto en marcha tres negocios distintos de caballos para gente rica: los dos primeros le ocuparon cuatro años cada uno, y el último, cinco. Todos habían acabado con pérdidas, subastas y un caos general y nada concluyente, del que se suponía que se debía ocupar él antes de recibir el dudoso pago indemnizatorio. Sospeché que Sam sabía más sobre problemas fiscales, planes de depreciación y el declive de los precios del petróleo de lo que admitía, aunque ésos no eran temas de conversación para el encantador lecho de un arroyo una tarde de junio. La situación se relajó cuando nos pusimos a charlar sobre líneas de cría, y me contó la historia de su viaje a Lexington, Kentucky, donde lo había mandado su último jefe a investigar el negocio de los pura sangre. Para entonces se había tumbado junto a mí, apoyado en un codo y masticando una brizna de hierba. Le pregunté por el telescopio Questar y me dijo que la mujer del dueño se lo había regalado, aunque sin explicarle cómo usarlo. Le respondí que yo le enseñaría a utilizarlo y eso le encantó. Justo antes de levantarse puso la mano sobre la mía un momento.

—Volvamos y ocupémonos de esa botella de whisky —me dijo—. Por supuesto, no tienes por qué contribuir, pero yo estoy con ánimo de cinco copas.

A la tarde siguiente, temprano, cuando salí por la puerta con el coche, le dije al cachorro que estaba mordisqueando un trozo de arnés: «Bueno, creo que me he echado novio». Me dolía la cabeza del bourbon y estaba cansadísima, pero por lo demás me sentía relajada y feliz. Se me vino a la cabeza el chiste verde de «sudar a caballo y acostarse mojado». Cuando volvimos del paseo, en la caravana hacía mucho calor y los dos nos mostramos bastante nerviosos y excesivamente educados. Mientras Sam preparaba las copas, me enjuagué las manos y la cara en el lavabo y las moscas pegadas a la ventana parecían zumbarme en los oídos. Estábamos de pie junto a la encimera y empecé a explicarle el funcionamiento del telescopio con voz agitada; le dije que al anochecer podíamos colocarlo en el capó del coche para que tuviese estabilidad y contemplar las estrellas. Me sonrojé y aparté la vista, pues eso significaba que me estaba ofreciendo a pasar allí la noche antes de que él me lo pidiese. Sam lo comprendió y trató de sacarme del aprieto con una broma.

—Suena bien. No estoy muy puesto en el universo. Queda muy lejos de pagar facturas.

Brindamos con los vasos llenos hasta arriba y bebí todo lo que pude.

—Ésta por los caballos y los perros —dije, y luego le pasé un dedo por dos cicatrices en zigzag que tenía en la mano.

—Se supone que hay que apagar la empacadora de heno antes de arreglarla —me explicó.

Nos quedamos mirando los caballos por la ventana, como si fuesen una novedad y no acabásemos de montarlos. La cara le brillaba por el sudor y sentí mi propio sudor cayéndome entre los pechos. Lo obvio era salir y tomar el aire. Me puso una mano en la cintura y no hizo falta más. Nos abrazamos como si pretendiéramos aplastarnos las costillas, y a continuación nos besamos y tiré mi copa al suelo. Nos embestimos contra la mesa mientras nos quitábamos la ropa y nos abríamos paso hasta el sofá. Perturbamos el sueño del cachorro, que empezó a protestar y a aullar, pero eso no nos interrumpió lo más mínimo. Hicimos el amor en el sofá, y fue extraño y rápido, y al terminar nos quedamos allí tumbados con los corazones palpitando fuerte, tratando de recuperar el aliento, oyendo el cachorro.

—Esa música de perro le altera el humor a cualquiera.

Se puso en pie desnudo, cogió el cachorro y lo sacó fuera, desde donde oí cerrarse la puerta del remolque para caballos. Cuando regresó, me miró en el sofá, sonrió y empezamos a reírnos mientras Sam trataba de dibujarse algo con el sudor del pecho. Luego bajamos al estanque y nos dimos un baño refrescante, hablamos un rato e hicimos el amor sobre unas toallas pequeñas, y seguidamente nos bañamos de nuevo. Sam se acordó del cachorro y subió corriendo el monte para dejarlo salir. Nos sentamos en el embarcadero y lo observamos cazar ranas con sus padres. La hembra de labrador se comía las ranas que atrapaba el airedale. Era ya última hora de la tarde, así que nos vestimos y nos fuimos a un bar de carretera a treinta kilómetros. Gracias a Dios, tenía aire acondicionado, y bailamos canciones de la gramola, jugamos al billar, cenamos y volvimos a bailar. Cuando regresamos nos quedamos dormidos sin más con el ventilador quejándose junto a la ventana, e hicimos el amor resacosos con la primera luz del día, para luego volver a dormirnos hasta media mañana.

Fue durante el desayuno cuando me alteré bastante. Sam estaba friendo beicon en el hornillo con los vaqueros puestos y sin camiseta, mientras yo admiraba todos los músculos de su espalda, que eran funcionales, más que adquiridos con ejercicio. Tenía una cicatriz pálida con forma de media luna en el hombro, que según me contó era el resultado de una operación tras caerse contra una valla en el rodeo de Big Timber. Se me cortó la respiración y miré por toda la caravana pensando: Dios mío, ¿estoy con Duane? Debía haber caído antes en todas las similitudes, pero quizá no quise. Salí fuera, sintiéndome desnuda en sujetador y vaqueros, mientras trataba de recuperar el aliento. Pensé: antes muerta que dejar que esto me detenga. No voy a consentir que esto me pare, porque este tío me gusta. Me merezco a este hombre durante el tiempo que sea. No me importa una mierda si se parece a Duane, vive en una puñetera caravana y huele a caballo. Lo oí salir y me giré hacia donde estaba, de pie en el porche.

—¿Estás bien, cariño? —me preguntó con delicadeza.

—Sí. Estaba pensando en una cosa, nada más.

Subí los escalones del porche y me dio un abrazo. Trató de bromear para que sonriera.

—Tiene gracia, pero en aquella feria mientras bailabas con aquel vestido corto yo estaba delante de ti y pensé en hacer todo esto. Y aquí estoy ahora.

—Yo os vi a todos los capullos de Ainsworth, allí de pie, pero debo reconocer que no planeé nada así.

El camino a casa fue agradable, aunque el cachorro me dio más de un problema, hasta que paré junto a un campo grande sin vallar y estuve correteando tras él, y los dos nos cansamos. A continuación, se quedó dormido y yo puse en orden mis planes, cosa sencilla, porque habíamos quedado en vernos pasada una semana. Pese a nuestra edad, flotaba en el aire la típica inquietud de los nuevos amantes sobre qué hacer a continuación, en caso de hacer algo. Puedes quedarte ahí y dejar que el tiempo solucione las cosas, pero a lo mejor el tiempo hace un mal trabajo. Lo había convencido sin mucho esfuerzo para que se mudase temporalmente a la cabaña de Buffalo Gap mientras se pensaba si aceptar el trabajo en Texas o irse a Montana. Sinceramente, esperaba que no hiciera ninguna de las dos cosas, pero me disuadí a mí misma de adelantar demasiado los acontecimientos. Con cuarenta y cinco años todos tenemos miedo a morir por agotamiento. Traté de recordar sin éxito un verso de Rilke que había leído en la universidad: cómo los amantes tratan de soportarse el uno al otro hasta que no queda nada de ellos, salvo un tipo peculiar de enfermedad emocional.

Cogí un desvío hacia Elsmere y Purdum, donde la carretera cruzaba el North Loup. No muy lejos de ese cruce,

Northridge y Aase habían pasado los últimos días de ella. Visité aquel lugar el verano después de la muerte de Duane, cuando la ubicación y el recuerdo de Aase significaban muchísimo para mí. Leí y releí los pasajes del diario que hablaban de ella y de su deseo inimaginable de vivir, o eso me pareció en su momento:

Está tan flaca ahora que, bien entrada la noche, mientras la rodeo con los brazos, es como si sintiera que se está trayendo de vuelta a la niña pequeña que fue una vez. Sus energías a primera hora de la mañana son animadas y si el tiempo es fresco nos sentamos junto al fuego con nuestras tazas de té y el diccionario, aunque no es seguro ya que avancemos más allá de la A. Ayer, mientras estábamos fuera en el camastro, descubrió mi treta cuando quise pasar por encima «agonía» y me dijo con su voz leve y nítida como una campana: «La agonía es la lucha previa a la muerte. Lo leí cuando fuiste a por agua». Su fe y su creencia en Dios y en Su Hijo son tan francas que avergüenzan al teólogo que llevo dentro. Para Aase, Dios es tangible como el cielo sobre nuestras cabezas y la tierra bajo nuestros pies, o la luna llena y roja que vimos salir como quemada por un fuego de la pradera. Se parece a los sioux devotos que hablan con los espíritus tan a las claras que no hay duda de que ellos les escuchan. Esta mañana, antes de que se hiciera de día, Aase estaba delirando y vomitó sangre, y cuando encendí una vela tocó la sangre con el índice y lo puso a la luz como si estuviese estudiando la vida misma. Le di opio, avivé el fuego y añadí más madera, y luego la mecí en mi regazo delante del fuego hasta el amanecer. Siempre se despierta cuando los pájaros empiezan a cantar, aunque es probable que una mañana pronto no se despierte ya. Su favorito es el sonido aflautado del turpial y se entusiasmó bastante cuando le dije que cuentan que esos pájaros migran a América del Sur al llegar el otoño. Imagina que al morir su espíritu podrá migrar por toda la tierra para ver lugares por los que no deja de sentir curiosidad. Le he asegurado que Dios es justo y que así será. En el baúl que trajo consigo al casarnos hay una muñeca que conserva desde la infancia y para la que ha bordado muchos vestiditos preciosos. Quiere que me case otra vez y les dé esa muñeca a mis hijos, ya que su mayor dolor es no habernos dado descendencia. Cuando la luz entró en la cabaña y los pájaros empezaron a cantar, los ojos azul claro de Aase se abrieron y miró a los míos para decir todo lo que permanece en silencio en nuestro interior y tocó la lágrima que me caía por la mejilla con el índice manchado de sangre seca.

Transcurrida una hora desde mi regreso a casa, Lundquist ya había abierto un acceso entre el comedor y la cocina para que pudiese enseñar al cachorro a hacer allí sus necesidades sobre unos periódicos. Frieda estaba sentada frente a mí a la mesa mientras yo leía el correo, bastante disgustada ante la idea de tener un cachorro haciéndose «popó» por toda su cocina. Le dije que se tomara unos días libres y que a su regreso se iría a cuidar de Michael a casa de Naomi. Su principal cotilleo fue que esa mañana un fotógrafo japonés y una mujer grande y alta con un vestido morado se habían presentado y le habían sacado como mil «estampitas» a Karen Olafson, y la ciudad entera estaba «que ardía».

—Pobre profesor Michael, que ha terminado con la cabeza rota por tratar de ayudar a esa furcia. Ella consigue la fama y él una jaqueca. Debería plantarle a esa niña una demanda por un millón de dólares. Por el amor de Dios, si lo mismo hasta se hace «conejita».

Mientras Frieda cotorreaba, separé las facturas de las cartas de Michael y Paul y de una postal de Naomi con matasellos de Chadron. Estaba esperando a que Frieda y Lundquist se marchasen para llamar a Andrew; el viejo se había sentado en un rincón, en el suelo, con el cachorro en el regazo y admirando la portezuela que había construido, mientras que Roscoe observaba a través de la ventana del porche. Roscoe había decidido que el cachorro era suyo y no quería que el resto de nosotros estuviésemos cerca de su nueva posesión. Como no piqué el cebo de Karen, Frieda empezó a hablar de los Cornhuskers, el equipo de fútbol de la Universidad de Nebraska, que es la pasión principal del estado. Uno de los regalos que nuestra familia le hacía siempre por Navidad a Frieda eran dos abonos para la temporada en asientos de primera, que conseguía el bufete de Omaha. Sólo Dios sabe lo que su amiga Marge y ella hacían durante esos fines de semana de partido en Lincoln. Yo nunca estaba por allí en otoño, pero, según Naomi, Frieda y Marge regresaban los domingos para el arrastre. En opinión de Frieda, la broma más pesada de la naturaleza era que los hombres fuesen en su mayoría unos tirillas y no se pareciesen a los «grandotes Cornhuskers».

El teléfono sonó y Frieda respondió con el usual «Voy a ver si quiere hablar con usted». Era Sam, así que cogí la llamada arriba. De inmediato le noté en la voz que reculaba, pero lo pasé por alto fingiendo que no me había dado cuenta. Sam creía que no podía quedarse en mi cabaña si no hacía algo a cambio, así que le dije que mandaría llevar algo de madera para que ampliase y reparase el corral. Eso lo dejó satisfecho y su voz sonó más cálida al decir «Te echo de menos». Por la noche, tarde, después de que hubiésemos bebido más que demasiado, me había dicho que siempre había querido ir a Nueva York porque cuando era niño sus padres lo habían llevado a O'Neill a ver *Lazos humanos*. Aquello me había parecido gracioso, pero él hablaba totalmente en serio, y admitió que nunca había estado al este de Lexington, Kentucky. No le interesaban los perritos calientes y su madre le había dicho que según la *Reader's Digest* en Nueva York comían tres millones de perritos al día. Le aseguré que eran de mejor calidad que los que se vendían en los rodeos, tintados de rojo, y eso pareció aliviarlo durante la borrachera.

Naomi había incorporado dos pájaros más a su lista y Nelse había sacado fotos para demostrarlo. Regresarían al cabo de unos diez días. Paul escribía para preguntar si mediados de julio era una fecha adecuada para que Franco y él vinieran de visita, ya que querían ir a ver dos escuelas en Colorado. Incluía una nota de agradecimiento de Franco por «salvarlo» de una vida que describía brevemente. Me sentí avergonzada, en parte porque sabía que él era un rescatado entre mil, y me había pasado demasiados años al otro lado de la frontera de la tristeza —a duras penas, de hecho— para equiparar el rescate con la cura.

La nota de Michael consistía en una respuesta afortunadamente breve a una carta que yo le había escrito. Admitía que la convalecencia en casa de Naomi bajo los cuidados de Frieda era una buena idea, si le prometía ir de visita. También aceptaría cualquier capitulación de principios para evitar una acusación y un juicio por el tema de Karen y la mandíbula fracturada. Últimamente se sentía mejor, pero algo «vacío» por la pérdida de sus hábitos y de los circuitos cortos de los que dependía y que eran una fuente de energía para él. Con todo, no obstante, la experiencia le había dado un «indicio de mortalidad» que lo había arrojado a una cierta nada; era como si el mundo se hubiese quedado no sólo demasiado callado, sino que, además, se hubiese hecho demasiado grande. Una psicóloga bastante guapa del hospital le había dicho que aquélla era una «oportunidad espléndida» para dejar de beber. Había citado a alguien, Michael no recordaba a quién, que decía que «no puedes hacer algo que no sepas si sigues haciendo lo que sabes». Michael se mostraba mordaz ante nuestra obsesión contemporánea con el psicologismo repelente, aunque se preguntaba si eso capacitaba para algo. Anticipándose a la visita de su hija Laurel, le había escrito para decirle que se había caído de un caballo. Me agradecía haberle mandado dos libros, *Mujeres del Oeste*, de Luchetti y Olwell y *Solomon D. Butcher: Fotografías del sueño americano*, de Carter. Ninguno de los dos habrían sido soportables con la resaca típica, me decía, y le habían hecho ampliar en cierto modo sus simpatías, más allá de los indios, hacia todos los implicados en el fraude financiero del desplazamiento al oeste: la inimaginable desolación de quedar varado en el condado Cheyene durante la sequía de 1887 con esposa e hijos, las muertes por agotamiento y malnutrición. Terminaba admitiendo una obsesión con una enfermera rolliza que hasta entonces se había negado a darle una botella de whisky, aunque él había subido su oferta a cien dólares.

Frieda me llamó desde abajo para despedirse. Miré por la ventana mientras se marchaba y luego bajé de nuevo a la cocina. Lundquist seguía en el rincón con el cachorro en el regazo.

—Este animal es pariente de Sonia. Se lo veo en los ojos.

Se refería a una airedale del abuelo que era la preferida indiscutible. No parecía plausible, aunque podía ser verdad, dado que algunos cachorros de Sonia llegaron a la zona de Ainsworth. Le serví a Lundquist un chupito de whisky y le di un botellín de cerveza del frigorífico. Ambas cosas desaparecieron en un momento. Había dejado que el cachorro le mordiese el abrigo vaquero y fue complicado coger al perrillo para que Lundquist se pudiese ir.

En cuanto se marchó, sentí que se me secaba la boca y se me revolvía el cuerpo. Fingí interés hacia la idea de que era el solsticio de verano, por lo general, el día del año más crucial para mí, mucho más que Navidad y Año Nuevo. Había llegado el momento de llamar a Andrew, y mi temor más profundo y mudo era que mi hijo estuviese muerto. La mayoría de la gente consideraría un poco pretencioso por mi parte hablar de «mi hijo», cuando me había limitado a hacer el amor, llevarlo en el vientre y dar a luz, y todo el trabajo de madre en realidad lo había hecho otra persona. De todos modos, era consciente de que me encontraba más allá de toda racionalidad, por encima o por debajo de ella, e involuntariamente había pensado tanto en el tema que se había quedado reducido a un nudo, a un bulto de carbón bajo mi pecho. Me enjuagué la cara con agua fría y luego marqué el número de Andrew lo más rápido que pude. Por suerte, no se demoró.

—Omaha. Se crió en Omaha. El padre está muerto, la madre vive. Se quedó bastante impresionada, pero está dispuesta a hablar contigo, aunque sólo en términos de lo más generales y en persona. El niño está vivo. Sé que ése era tu mayor miedo.

—¿Cómo lo has descubierto todo?

Tuve que repetirlo porque era incapaz de alzar la voz más allá de un suspiro.

—Llamé a tu tío Paul. Tu abuelo lo organizó todo, y Paul se ocupó del tema legal en Tucson. El padre adoptivo era socio de un bufete con el que tu abuelo trataba en Omaha. Supongo que quería seguirle el rastro al niño, pero entonces fue cuando murió. Paul te lo habría contado si le hubieses preguntado, aunque esperaba no tener que hacerlo.

—No estoy segura de lo que quieres decir.

El corazón me latía hasta el punto de marearme.

—Este tipo de cosas no suelen salir bien. El niño podría haber estado muerto, o lisiado, o estar loco o resentido. No está muerto ni lisiado, pero lo demás no lo sé. La madre cree que soy un detective privado y no me contó mucho. Puedes verla mañana, o ya esperar dos semanas, porque se va a Maryland a visitar a su hermana. Yo me ocupo de organizarlo.

—Por favor, sí… Gracias.

Fue todo lo que alcancé a decir. No podía respirar bien y el estómago empezó a darme punzadas. Me acurruqué y me quedé mirando por la ventana a las copas de los arces azucareros que se movían levemente con la brisa. Me puse a respirar siguiendo el patrón de una cigarra que distinguí del resto y eso me ayudó. Allí tumbada me pregunté qué aspecto tendría, dónde estaría en ese preciso momento y si nos conoceríamos alguna vez, si me detestaría por haberlo abandonado, independientemente de que no me hubiesen dado elección. Corté esa línea de pensamiento poco antes de ponerme a gritar abriendo el agua fría en el lavabo del baño de arriba y metiendo la cara debajo. Notaba una sensación insoportable de densidad y congestión.

Encerré al cachorro en la cocina, salí y ensillé a Peach. La yegua estaba más que preparada y dio unas vueltas, dispersando a los gansos. Me dirigí al oeste; hice que Peach fuese calentándose antes de dejarla pasar al galope, que notaba que era el ritmo que la yegua necesitaba llevar. Bordeamos los campos de alfalfa y seguimos las huellas viejas de tractores y animales de caza entre la alfalfa y los cortavientos. Íbamos bastante rápido, así que tuve que entrecerrar los ojos; los insectos que me daban en la cara me picaban. En un tramo despejado de cuatrocientos metros dejé a la yegua ir a su aire y cuando la frené a galope sostenido me di cuenta de que me había puesto a gritar mientras el viento me golpeaba los oídos. A tomar por culo el mundo que no me daba ni padre ni hijo. Ni marido. Era mucho más que autocompasión, espero, y cuando seguí chillando los ojos de Peach se volvieron hacia atrás para ver si era por su culpa. Me incliné hacia delante hasta que puse la cara junto a la de la yegua. Supongo que le gritaba a Dios, no reclamando mi singularidad en la pena, sino reclamando lo que era yo misma. El dolor me subía del estómago al corazón y a la garganta, llegándome hasta la cabeza para volver a bajar y hacer de nuevo el circuito. Alondras y chorlitejos se escabullían sobre la hierba delante de nosotras, y reduje la marcha, pasando los dedos por los flancos sudorosos de la yegua. Nos abrimos paso por el último cortavientos delante del cenagal. El camino estaba lleno de totoras frondosas y había tordos alirrojos meciéndose en las puntas de las briznas. ¿Qué tipo de mundo de mierda es éste?, les pregunté. Peach se estremeció al oler el agua, y cuando llegamos al arroyo y a la poza solté las riendas y la dejé ir en esa dirección, cosa que hizo dando un salto imponente hasta zambullirse. Era el lecho del arroyo del que me había sacado Charlene cuando quise quedarme allí. Describimos un círculo; luego subimos a la orilla más alejada, cerca del lugar del tipi de Duane y los cráneos de coyotes y ciervos colgados. Salté de la yegua y le quité la silla a Peach para que pudiera echar a rodar por la tierra como tanto le gustaba. El sol del final de la tarde era cálido, así que me quité la ropa, la estrujé, le escurrí el agua y la colgué de un árbol. Tirité un poco; luego, sin motivo, rodé por la arena y la tierra. Me puse en pie riéndome mientras Peach me miraba, y después me tiré de nuevo y volví a rodar por la arena. Era tan maravilloso que me pregunté por qué no lo había hecho nunca antes. Seguí rodando y rodando y bajé a la orilla de vuelta al agua. Peach estuvo corriendo por la ribera y luego dio un salto maravilloso al arroyo. Estamos hechas unas crías, pensé.

Cuando me tumbé a lo ancho y a lo largo en la manta húmeda con olor a caballo, me di cuenta de que me había desaparecido el dolor de estómago, y con él se habían ido también el dolor bajo el pecho, y el de la garganta y el de la cabeza. Rodé para ponerme bocabajo y me quedé mirando unas hormigas. Varias veces a lo largo de mi vida me habían contado, o había oído, cuánto pagaban los hombres por las putas, prostitutas o mujerzuelas, como se las quiera llamar, así que pensé cuánto pagaría por tener allí a Sam. Como dicen los subastadores, sería la «puja ganadora».

Con los ojos justo por encima del nivel del suelo, miré más arriba de las piedras situadas fuera del círculo del tipi hasta los túmulos del matorral. Un ornitólogo le había preguntado a Naomi si podía llevar allí a un amigo arqueólogo con la idea de despejar y excavar los túmulos. Ella le dijo que no: ya se habían abierto suficientes túmulos. Estando al norte en el cañón de Chelly, un navajo le había contado a Naomi que una gente de la universidad había desenterrado a su abuela, muerta hacía sólo unos años. Esos túmulos no eran sioux, quienes habían llegado a la zona en tiempos de Colón, atraídos hacia el oeste por el pueblo del bosque, los ojibwas. Cuando mi padre me los enseñó iba montada en una yegua baya pequeña, y él, en un capón grande y negro. Yo debía de tener casi ocho años. Fue poco antes de que mi padre se marchara con olor a hamamelis en la barbilla. Me dijo que aquél era el mejor sitio del mundo para acampar, y que cuando Naomi y él se casaron montaban la tienda las noches de verano y veían estrellas fugaces: «Mira, una». «Y otra por allí». Papá asustaba a Naomi antes de dormirse dirigiendo unas palabras en sioux a los túmulos del matorral, fingiendo preguntarles a los guerreros muertos por sus grandes cacerías del búfalo. Duane tenía ese cráneo en el granero. Había dejado entrar a Sonia entre las pacas de heno con él. Lo veo mirando al oeste, preguntándose cómo sería su vida; luego, como todos nosotros, lo descubrió. Levanté la vista y había un pájaro que no reconocí en el asta. Memoricé sus marcas negras y amarillas, deduciendo que al ser tan pequeño y frágil debía de pertenecer a los parúlidos. Me miró. Era una criatura prójima, pensé. Peach estaba echándose una siesta de pie. Dormité hasta que oí el primer mosquito del atardecer, y entonces me puse la ropa húmeda, ensillé a Peach y emprendí el camino a casa.

Me acordaba del acceso al club de campo Happy Hollow por alguna visita durante mi infancia, quizá justo después de la Segunda Guerra Mundial, en el primer viaje que hice a Omaha con mis padres. El jardín estaba diseñado a base de setos, iguales a las ovejas esquiladas que llevaban los de 4-H a las ferias, y la sensación era de estar de vuelta en Connecticut o el condado de Bucks, incluso por lo absurdo de los nombres. Por lo general, las personas que sacaron dinero en el desplazamiento al oeste fueron yanquis de origen.

Me sentía incómodamente frágil, algo que me resultaba tan extraño como un ataque de gripe o una intoxicación alimentaria. Aquello me recordaba mi convalecencia en el hospital de Marquette previa al viaje a Arizona; desde que me desperté antes del amanecer lo había intentado todo para deshacerme del vértigo, que era tan sólo una forma de impotencia. La oración muda que ese mismo día iba a recibir respuesta —descubrir qué le pasó a mi hijo— se expandió y pareció llenarme todas las células del cuerpo. Incluso consulté un libro clásico sobre la ansiedad que había estudiado en la escuela de posgrado, pero las palabras se tornaban turbias, borrosas, sin sentido. Justo después de las primeras luces cabalgué con Peach una hora. Sin embargo, el paseo, en vez de frenar el barrido del recuerdo, lo azuzó; me di la vuelta al salir de una hondonada por detrás de la iglesia metodista rural, y eso sólo sirvió para recordarme la charla sobre el pecado que recibí el verano después de tener al niño. Estuve tentada de convertirme en cristiana «de última hora», de arrojarme ante el altar en súplica como han hecho innumerables millones de mujeres por sus hijos, pero sabía que la iglesia estaba cerrada. Además, lo que recordaba de la Biblia era su lección central sobre la aterradora fragilidad de la vida.

Lo único que al final me ayudó a matar el tiempo antes de salir hacia Omaha fue sentarme en un tocón de álamo en un campo de manzanos silvestres en flor tras el granero. Estaba cerca del arroyo y los gansos me siguieron, y se acurrucaron a dormitar sobre la hierba gris como enormes huevos blancos. Empecé a respirar lentamente y cedí a mis pensamientos en vez de luchar contra ellos, lo que ayudó a que se disiparan: «Él no es lo que queda de Duane. Espero que no se parezca a mi padre. Es totalmente plausible que yo no le importe nada, dadas las condiciones de su vida. Quizá su madre adoptiva no me diga nada esta tarde. Esto no significa que lo vaya a ver alguna vez, sólo que sabré algo de él. Tiene que bastarme saber que no está muerto y enterarme de que no es infeliz. Quizá fuese mejor que no supiera nunca que existo, pero no quiero que sea así. Ay, Dios, es el único hijo que he tenido, pero también mi padre es el único padre que tendré. Ay, padre, estés donde estés. Abuelo. Soy lo bastante fuerte, pero no para esto. La vida ha pasado, por favor, decídmelo. El abuelo contaba que el año en que nació, 1886, se registró el verano más cálido seguido por el invierno más frío, así que las ovejas del oeste murieron y el ganado hambriento se comió la lana de las ovejas y murió con ellas. En el coche dijo que fuera valiente, que la tierra es lo único que perdura. Eso es cierto, pero yo soy una mujer sentada en un tocón. Quiero querer a mi hijo, o al menos tocarle el brazo y saludarlo».

Una ventana del salón la iluminaba desde atrás, así que cuando entré el reflejo del sol me impidió verle los rasgos con claridad. Se puso en pie, hizo unas señas y un camarero me llevó hasta ella. Al estrecharle la mano, se la noté fina, en los huesos, igual de fina que la voz, que acompañaba a un habla ligeramente confusa.

—Dios mío, pero si te habría reconocido en cualquier parte. No debes de venir a menudo a Omaha. Creí verte en el hospital la semana pasada, fui a visitar a un amigo. ¿Estuviste allí? Me dije que tenías que ser tú por fuerza, aunque todo aquello pasó hace treinta años.

Asentí, incapaz de encontrar la voz. Era extremadamente delgada, llevaba una ropa preciosa y calculé que tenía sesenta y pocos. Resultaba evidente que a lo largo de su vida había tenido sus más y sus menos con la bebida, pero mostraba una mirada amable.

—Me estoy tomando un manhattan, porque esto es un poco estresante. ¿Te pido uno? Estoy desconcertada, confundida. No tengo noticias de él muy a menudo, quizá una o dos veces al año, pero me dijo que te había visto en Santa Mónica, y también en Nebraska el verano pasado. Cuando me llamó en Navidad, me contó que iba a volver a verte este verano. Así que cuando ese hombre llamó en tu nombre no supe qué pensar. Siempre ha sido un poco mentirosillo, pero me describió cómo eras.

Me noté la respiración agitada y apenas podía hablar.

—Si me ha visto, nunca se ha presentado. ¿Tienes una foto?

De inmediato me pareció una pregunta equivocada.

—Ay, no, Dios mío. He ido a un psicólogo esta mañana, el que me ayudó cuando mi marido murió. Me ha dicho que la decisión es del muchacho. Por supuesto, ahora que sabes su apellido puedes encontrarlo, obviamente, con todos los recursos que tienes, aunque no sería lo correcto. O eso dicen.

—No lo haría. Lo entiendo. Pero es normal que me pregunte cómo es.

—Claro. Déjame que me lo piense. No hay manera de prepararse para esto, ¿verdad? Tu abuelo era un hombre que intimidaba mucho. Le teníamos miedo, aunque la adopción fue legal. Mi marido no era más que un socio júnior del bufete. Tu abuelo pidió que el niño se llamase John. Aceptamos y ése es su nombre legal, aunque nos molestaba mucho y nunca lo usamos. Vimos a tu abuelo una vez más, el agosto antes de que muriese. Fue en una cena que dio un socio sénior a la que nos invitaron y nos indicaron que llevásemos al bebé. Mi marido estaba prácticamente resignado, pero esa noche se llevó a las mil maravillas con tu abuelo. Mi marido era de una familia pobre de Moorhead, Minnesota, y muy probablemente lo mató el trabajo. Tu abuelo entró en una habitación para ver al bebé y lo besó en la frente. Le dijo algo en un idioma extraño; sospecho que era indio, porque me contaron que tu abuelo era medio indio. A las pocas semanas, a mi marido lo nombraron socio de pleno derecho, el más joven en serlo. No sé por qué te estoy contando esto, porque lo que quieres es oír cosas del muchacho. Teníamos treinta y pocos años y creíamos que no éramos fértiles, pero después de la adopción tuvimos dos hijas propias. Una vive aquí en Omaha y la otra en Maryland. Supongo que eso pasa a veces. Así que fue todo maravilloso para nosotros. Para serte sincera, el niño siempre ha sido bastante terco y sólo le ha ido bien en los estudios en contadas ocasiones. Fue mejor estudiante en la universidad. Pero era amable con sus hermanas y un atleta de primera, lo que significó mucho para su padre y es muy importante por aquí, quizá demasiado. Durante sus dos últimos cursos en el instituto, lo dejamos trabajar en un rancho para turistas de Wyoming, y nunca tuvimos un control real sobre él después de aquello. Le habíamos contado que era adoptado, porque se supone que hay que hacerlo, aunque no estoy segura de que fuese lo correcto. Tu abuelo nos ayudó dejándole una paga modesta para cuando cumpliese dieciocho. Con mis hijas todo fue muy fácil, pero él siempre andaba metido en algún lío. Aunque supongo que hay muchísimos hijos así.

Se quedó callada y le hizo señas con la mano a un conocido que se estaba acercando para que se marchase, señalando el reloj. Parecía estar esperando que le hicieses preguntas.

—Sé que no tengo ningún derecho sobre este asunto. Tan sólo querría saber qué ha sido de su vida.

Para entonces me sentía como si alguien me hubiese clavado una estaca en el cráneo. Me había llegado la copa, pero sabía que no ayudaría.

—Bueno, cuando ese hombre llamó, al principio me negué a hablar con él, pero entonces me dijo que era el único hijo que habías tenido. Eso me hizo recordar el hospital y lo encantadora que me pareciste cuando te vi en la habitación y pensé: ¿cómo le vamos a quitar el hijo a esta chiquilla? Luego entendí que nadie es dueño de un niño, sólo los crías. Cada cual es dueño de uno mismo. Me sigo preguntando por qué me contó que te había visto. Muchos de nuestros amigos han pensado siempre que era un arrogante y un descarado, pero simplemente era bastante reservado con los temas que le importaban de verdad. A lo mejor, después de buscarte y encontrarte, le pudo la timidez y no te dijo nada. Debió de ser eso.

—¿Cuando llame de nuevo le dirás que quiero conocerlo con toda mi alma?

Me había echado a llorar por pura frustración.

—Claro que lo haré. Ay, Dios mío, qué cabrón puede llegar a ser... Aunque no con cosas así. Probablemente pensara que a lo mejor no querías conocerlo. —Entonces empezó a llorar ella y se bebió la copa de un trago—. Qué cosa tan horrible para ti.

—Por favor, cuéntame algo más de él. Te estoy muy agradecida.

Me sequé los ojos y sentí un alivio muy concreto al pensar: Dios mío, sí que me estaba buscando, y me encontró, aunque no me dijera nada. Se dijo para sí: ésa es mi madre.

—Fue a varias universidades... —Trató de aclararse la voz—. Primero iba a ser veterinario, luego biólogo, luego ranchero. Después del rancho para turistas empezó a interesarse por los caballos, pero no por temas de equitación. Comenzó por Macalester, la escuela de su padre, luego fue a Lincoln, después al estado de Michigan a estudiar ganadería. Era complicado seguirle la pista. Se metió en problemas en México por resistencia a la autoridad, pero su padre lo sacó de aquello, aunque nos costó caro. Su padre murió hace cinco años, y justo antes había usado su influencia política para conseguir meterlo en los Cuerpos de Paz en Guatemala. Pero lo echaron de los Cuerpos de Paz, y recibí una postal desde Alaska. La última vez que me llamó estaba en Seattle. Su padre fue muy estricto y ortodoxo con las niñas, pero nunca se mostró duro con John, aunque nunca lo llamábamos así. Iba a decirte: tienes que conocerlo, porque en realidad no soy capaz de describírtelo. Y aunque suena gracioso, sé que no lo es.

Empecé a elaborar otra pregunta, pero quedó claro que no podía preguntar nada más que no nos pusiera las cosas aún más difíciles a las dos. Aquél era el tipo de silencio que duele en los oídos. Alargó el brazo desde el otro lado de la mesa y puso la mano sobre la mía. Tenía dos de los nudillos inflamados por la artritis y me pilló mirándoselos.

—Solía ganar los campeonatos femeninos de golf y ahora no puedo ni coger un palo, pero estoy enseñando a mi nieta. La vida es un puñetero asco, ¿eh? Todo lo que nos consuela nos lo pueden arrebatar, pero ¿cómo voy a decirte yo eso a ti? Volverá a llamarme algún día y le rogaré que vaya a verte; no, lo obligaré. Le diré: ve a verla o me pegaré un tiro. Te lo prometo. Pero ahora tienes que decirme quién era el padre. Siempre me lo he preguntado.

—Era un sioux mestizo llamado Duane Caballo de Piedra. Estaba enamorada de él, pero murió hace mucho tiempo.

Las dos respiramos todo lo profundamente que pudimos y nos dijimos adiós.

Me encontraba ya a ciento sesenta kilómetros de Omaha en mi viaje de vuelta a casa cuando me acordé de que no había ido a ver a Michael. Había pasado bastante cerca del Centro Médico Universitario de Nebraska y simplemente no se me había ocurrido. Me absolví a mí misma de la negligencia recordando que me había dicho que no quería visitas y, en todo caso, Frieda iría a recogerlo dos días después.

La última de las cinco horas del trayecto a casa la hice en la oscuridad. Me sentía adormilada y hambrienta, con toda la angustia del día disipada y sustituida por la fe, no muy bien fundada, de que algún día lo vería. Incluso conduje más lento de lo habitual, como para ser así más cauta en mi espera de ese día que llegaría. La madre adoptiva no era el tipo de persona que me hubiese gustado de entrada en un plano social —quizá la habría tachado de irritable y arrogante—, pero para el final de nuestro encuentro me pareció hasta cierto punto maravillosa. No había contado nada de sí misma más allá de que era la mujer de un abogado y madre de tres niños, aunque yo tampoco había hablado de mí. Sentí curiosidad por su pasado. Mis pensamientos derivaron hacia mi amigo ginecólogo, que me había contado que su primera mujer había sido una chica de compañía. Ella lo había ayudado a completar los estudios de medicina y la residencia, y el malogrado matrimonio había sido idea de él.

De vuelta en casa limpié un poco y jugué con el cachorro, me preparé una copa y llamé a Sam a la cabaña de Buffalo Gap. Fue reconfortante a esas horas oír su voz ligera y juguetona. Me dijo que Naomi y su joven amigo científico, Nelse, se habían pasado por allí y habían cenado juntos. Naomi iba a marcharse unos días a casa, pero Nelse, que había sido «medio vaquero», iba a quedarse para ayudarlo a construir un conjunto de corrales, aparte de volver a calafatear y barnizar la cabaña. Me vi de pronto casi rogándole que se quedase allí un tiempo y prometiéndole que iría en unos días, una vez hubiese instalado a Michael. Me dijo que no me preocupase, que le gustaba el sitio tanto que se quedaría unas pocas semanas o lo que hiciera falta para ganarse su «manutención».

Me tumbé en el sofá de la sala de estar, demasiado cansada para comer, y miré el correo. Había una carta de Michael, que confié en que no fuese a confundirme más, aunque había muy pocas posibilidades de que nada pudiese afectarme de alguna manera significativa después del día que había pasado. Venía pensando en la letra de una canción que había sonado por la radio mientras giraba con el coche para acceder a la casa. Era de Neil Young y decía algo sobre ser un «minero para un corazón de oro». Había escuchado esa canción una docena de veces a lo largo de los años y siempre me había hecho sentir incómoda. Hasta que no entré con el coche en el patio no caí en que era la canción que había sonado una y otra vez la primera noche que pasé en Cayo Hueso. La música tenía un tono lastimero tan imponderable que, comprensiblemente, me la quité de la cabeza obligada.

Mi más querida D.:

Me han dicho que me estoy curando bien, aunque más del cuerpo que de la mente. En estos momentos no es adecuado ponerse a reparar la cabeza. La senescencia de mi salud mental podría impedir mi inmersión total en la demencia de la historia. Ahora tengo una meta, al contrario que cuando perdí a mi amada esposa, pues entonces fui sencillamente

403

demasiado estúpido para buscar ayuda, por miedo a perderme el drama personal de una locura que era, en definitiva, más bien literaria en comparación con la de la historia.

Apenas ha salido el sol y me he puesto a recordar una noche que estábamos sentados en tu balcón de Santa Mónica. Me habías contado que tu abuelo había nacido en un tipi cerca de la cima del Harney, en Dakota del Sur, en 1886, y que su propio padre se había vuelto básicamente loco más o menos por esa época, hasta el invierno de 1891, cuando trasladó a su familia adonde vivís ahora. Me dijiste que fue la Ley de Dawes lo que lo llevó al límite. He estado leyendo *La Ley de Dawes y la asignación de las tierras indias*, de D. S. Otis, reeditado por Prucha. No te aburriré con los detalles, pero quería que supieras algunas de mis ideas al respecto.

Northridge fue un testigo del crepúsculo de los dioses, y al lado de eso los constructos wagnerianos son tonterías ridículas. Estuvo justo allí cuando todo quedó a oscuras, completamente a oscuras. Vivió entre gente que hablaba con Dios y que creía que «Dios» le respondía a través de la boquilla de la propia tierra. Por supuesto, no hay necesidad de romantizar a los sioux ni a ninguna otra tribu. Bajo el prisma de la historia, resulta aparente que las tribus quedaron todas destruidas porque eran «malas para los negocios». Como es natural, éramos y somos estadounidenses para nosotros mismos, pero para ellos fuimos perfectos «alemanes», y obviamente ellos se sintieron en gran parte igual que los polacos o los franceses más adelante, frente a la horda de conquistadores teutones. Los indios eran bastante decorativos en la guerra. Quizá se aplicase el principio, en cierto modo newtoniano, de que una nación en guerra tiende a permanecer en guerra, y después de nuestra persecución «civil» los indios cayeron víctimas de una operación de limpieza, el mismo tipo de cosas que luego intentamos hacer en Corea y en Vietnam, y que actualmente se están probando en América Central. Toda la maquinaria estaba allí, la habían dejado después de la Guerra de Secesión, así que, ¿por qué no usarla? Verdaderamente, éste es el fatalismo de una especie primitiva.

Lo arisco de esta nota no es intencionado. Para serte sincero, te he sido infiel con una enfermera de nombre poco elegante: Debbie. Es de Iowa y me trajo un litro de consomé de carne casero con mucho ajo (siguiendo mi receta), sin duda lo mejor que ha pasado nunca por una pajita de hospital. ¡La barriga me ha bajado tanto que por primera vez, que yo recuerde, me veo la salchicha cuando estoy de pie! Sigue siendo poco atractiva, pero útil. ¿Te ha dicho alguna vez alguien que eres un poco siniestra? No es que no puedas ser buena o agradable, pero siempre me has dado un poco de miedo, y sospecho que todos tus otros amigos varones han sentido lo mismo. Te lo digo porque sin el alcohol estoy soñando un montón y siempre apareces como una presencia algo salvaje y depredadora en mis sueños. ¡La cultura no nos prepara para las leonas! Te veo pronto, amor,

Michael

P. D. Saluda a los gansos de mi parte.

El último párrafo me hizo gracia. En la universidad, Charlene y yo ideamos algo que comenzó como un juego. Un sábado por la tarde empezamos a negarnos a actuar como papel de tornasol para los ánimos de los hombres que conocíamos, y nos pasamos unos meses llevando un diario con sus reacciones. Durante un tiempo nos consideraban «brujas gemelas», y los escogidos fueron pocos en realidad, en su mayoría, el típico chico de los recados, tímido, estudioso y en cierto modo masoquista. Luego, aunque sólo estábamos en segundo curso, empezamos a salir con pintores y escritores que eran estudiantes de posgrado y no consideraban ofensivo nuestro comportamiento. Sospecho que ninguna de nosotras ha abandonado del todo este juego y a eso era a lo que se refería Michael. A Charlene le encantaba jugar a ser la abeja reina, mientras que a mí me interesaba más la idea de que la coloración protectora que enseñan a usar a las niñas parecía funcionar más bien en su contra. Las dos nos sentimos pioneras, y aunque no teníamos talento artístico, creíamos estar a la vanguardia de nuevas emociones.

Frieda llamó a las seis de la mañana para decir que no podía venir a trabajar. La noche anterior habían llevado a Lundquist a la clínica de la zona, un sitio de cinco camas destinado a enfermedades menores que había financiado en parte nuestra familia. Lundquist tenía una infección de orina y después de ponerle un catéter y meterlo en la cama había desaparecido. Frieda se había pasado casi toda la noche despierta buscándolo con los ayudantes del sheriff y lo habían encontrado durmiendo con Roscoe en la caseta del perro, que era una estructura estupenda y amplia, con una veleta y una pajarera en el tejado. Temiéndole a la muerte, Lundquist había recorrido a pie y de noche los veinticuatro kilómetros campo a traviesa hasta su casa. Les había demostrado a los ayudantes y al médico que podía mear, que había sido lo problemático. ¿Me importaba echarle un ojo esa noche, que ella tenía que irse a Omaha a sacar a Michael del hospital a la mañana siguiente? Claro que no, le dije, ansiosa por pasar tiempo a solas con el viejo.

Cuando salí de la cama tenía los músculos doloridos, como si me hubiese pasado el día anterior caminando o entre rejas, o me hubiese caído de un caballo. Eran poco más de las seis y hacía una mañana fresca y despejada. Peach estaba mirando a mi ventana desde el corral y la llamé, lo que la hizo empezar a moverse en círculos, molestando a los gansos. Me puse los vaqueros y un jersey y bajé para encontrarme con los gorgoritos del cachorro, ya despierto, a quien saqué y vi echar a correr hacia la jaula de los gansos, donde se sentó perplejo. Puse la cafetera y deseé que Naomi estuviese allí para hablar del día anterior. Salí y paseé por la hierba cubierta de rocío con los pies descalzos, preguntándome si mi hijo habría entrado con el coche hasta el redil mientras yo no estaba allí, o me habría visto por la calle en la ciudad, en la tienda, caminando por la playa en Santa Mónica. O en el British Pub entre Ocean Avenue y Second Street. Me pillé a mí misma a contrapié cuando, en retrospectiva, esperé haberme comportado bien mientras me observaba.

Puse al cachorro —que se iba a llamar Ted, lo tenía decidido— en la vieja perrera junto al granero, y a continuación di un paseo con Peach por el camino de entrada a la casa, de algo menos de un kilómetro, sin ensillarla, aunque me arrepentí cuando la espantó un faisán que salió volando. A mi excuñado le encantaba comentar que un caballo podía costarte diez mil dólares para luego salir a dar un paseo con él y morirte tan sólo porque explotara por el camino una bolsa de patatas vacía de diez céntimos. Yo le decía —admitiendo que era cierto— que a la gente, a los gatos y a los caballos les gustaba imaginar las amenazas por adelantado y reaccionar a peligros imaginarios. Lo recordé cuando el faisán salió agitado entre la maleza y me aferré como pude a Peach con

407

el deseo de seguir viva. Estaría más alerta y sería menos temeraria.

Fui hasta el Lena's Café en el coche y entré por la puerta de atrás para buscar a Lena en la cocina. Me abrazó cuando se enteró de la noticia de que había alguna posibilidad de que viese a mi hijo, o a mi «niño», como ella dijo. Después de decir «niño» nos miramos durante un momento y se echó a reír. Seguimos hablando mientras Lena preparaba una docena de comandas de desayuno a la vez en los fogones. Empezaba la jornada a las cuatro de la mañana y cerraba después del almuerzo. No había negocios de paso y la gente cenaba en casa, salvo en ocasiones especiales que justificasen un trayecto largo en coche. Charlene quería que Lena se jubilase, pero para ella ese café era su vida, y con sesenta años largos continuaba en busca del novio perfecto. Le gustaba enseñar un premio enmarcado, firmado por un antiguo gobernador, que designaba el suyo como el mejor filete de pollo frito del gran estado de Nebraska. En la amplia zona entre Nueva York y California la gente es excesivamente dada a concederse trofeos y premios.

Karen entró en la cocina con un remilgado uniforme azul para recoger un pedido. Se sorprendió al verme y se puso coloradísima. Miró el ventilador situado sobre los fogones con una curiosidad estudiada. Lena fue lo bastante amable para sacar la comanda de Karen a la sala.

—Supongo que no puedo decir nada más que siento lo que ha pasado —empezó.

—No tienes ni el diez por ciento de la culpa. Él debería saber mejor dónde se mete.

—¿Está bien? Papá tiene su temperamento. Le expliqué que nunca lo había hecho con él…

Le pedí que no siguiera y le dije que confiaba en que todo se solucionase bien. Le di la vuelta a un montón de patatas fritas que parecía a punto de quemarse, palpando el mango de madera de la espátula grande, que se había gastado amoldándose al agarre de Lena. Karen me contó que estaba «en ascuas» porque esa tarde sabría si la agencia se la llevaba a Los Ángeles para hacer otra sesión de prueba o quizá firmar un contrato. Viéndola sospeché que la respuesta sería afirmativa. Le dije que me tuviese al tanto de todo y que avisaría a Ted para que le echase un ojo. Fue un gesto amigable; en realidad, nadie podía protegerla, aunque le noté una vena de la maldad de su padre que la ayudaría. Todo lo que Ted podía hacer era determinar hasta qué punto se iban a aprovechar de ella al principio: las modelos tendían a preferir la fácil confianza de los roqueros y los camellos. Karen me dio las gracias y Lena regresó para decir que el sheriff necesitaba hablar conmigo. Había visto mi coche en el callejón; se me había olvidado que en una ciudad pequeña todos los coches llevan la marca de sus dueños.

El sheriff y uno de los ayudantes se pusieron en pie cuando me acerqué. Los dos parecían cansados por la correría de Lundquist. El ayudante creía que Lundquist había desperdiciado su carrera y que podría haberse «forrado» construyendo casetas de perro para la gente rica. Su comida estaba casi oculta bajo una capa de kétchup. El sheriff me dio unos documentos para que Michael los firmase, y dijo que se alegraba de que el asunto hubiese acabado con todo el mundo ileso, un eufemismo al que decidí no responder. Todos los cubiertos de la sala habían dejado de hacer ruido y no pude evitar dedicarles una sonrisa a los trabajadores pausados ante sus gachas.

Pasé diez minutos de pie a la espera de que abriese el banco, en la puerta, deseando haber comido algo en el café. Bajo el aire fresco de la mañana todavía notaba el olor de la cocina en el jersey. Estaba en el lado oeste, al sol, y me quedé mirando las sombras estilo Edward Hopper del lado este de la calle. Saludé con la mano a un hombre ya mayor que estaba abriendo la ferretería; lo recordaba en sus años de madurez, cuando ayudaba al abuelo a entrenar perros de caza con codornices criadas en gallineros. La calle tenía menos vida cada año y todos los escaparates necesitaban un remozado y alguna reparación. No había habido un año verdaderamente bueno para los granjeros desde el embargo del grano, siete años atrás, y el negocio de las terneras era víctima del cambio en los hábitos alimentarios y de las malas políticas en el comercio exterior. Pensé de pronto que quizá la viese convertirse en una ciudad fantasma a lo largo de mi vida, aunque ya antes habían venido malos tiempos. Se veían muy pocos coches nuevos por la zona, e incluso la torre de agua necesitaba una capa de pintura. Lena decía que, de los dieciocho estudiantes de último curso que se graduaban ese año, sólo dos se quedarían en la ciudad, y uno de ellos era medio retrasado. UPS iba a abrir una sede en el condado y había trescientas solicitudes. Omaha y Lincoln ofrecían oportunidades de trabajo para las personas competentes, pero a la gente le costaba aceptar que el valor de sus tierras, o de sus casas en la ciudad, se había hundido hasta la mitad.

El banco abrió y saqué el segundo baúl; fingí tener mucho que hacer para evitar una socialización que habría implicado conversar sobre lo difícil de esos tiempos. Ya no conocía lo suficiente a nadie en el lugar para que me pidiesen préstamos, pero era consciente de que Naomi sí se había ofrecido en cierto modo. Sospecho que la gente rica tiende a vivir junta en complejos comunitarios para evitar esos préstamos sin

410

garantías, y la conciencia herida al ver a amigos y conocidos recorrer el lento camino a la insolvencia. En las comunidades agrícolas los vecinos suelen apoyarse unos en otros mucho más allá de la desesperación. Me había dado cuenta repetidas veces de que en las calles había menos niños jugando que antes; al salir ese día de la ciudad con el coche y pasar por el campo de béisbol, vi que, como no había niños suficientes para hacer dos equipos, se habían conformado con algunas niñas.

Unas horas después, en el balancín del porche de Naomi, me di cuenta de hasta qué punto me había desequilibrado lo acontecido en Omaha. Empezó a picarme la piel y se me secó la boca. Nada volvería a ser lo mismo, aunque tampoco quería que lo fuese, como si resultara imposible conservar nada más allá de ese momento, salvo las cosas vitales. Sólo los mitos perduran, me había dicho mi profesor, porque los mitos son vitales. No había pensado mucho en ello. ¿Qué significaba que tuviese cuarenta y cinco años y hubiese sido estéril dos tercios de mi vida? Había hablado de eso con Paul en México, pero sabía que, de todos modos, después de perder al primero, no habría tenido más. En el diamante del campo de béisbol, un niño golpeó la pelota, que permaneció en el aire desde que empezó a jugarse el partido. Siempre hay un primer caballo, normalmente un poni. Un primer perro. Un primer amante, real o muchas veces imaginado. En aquellos momentos, en el porche, me parecía que había demasiado oxígeno en el aire verde de junio, y mi hijo había recorrido sin duda esa carretera, quizá asomándose por la puerta de tela metálica para ver a Naomi allí sentada hablando con el muerto por la noche. Todo aquello había adquirido unas dimensiones demasiado grandes para ser comprensible, no era algo destinado a entenderse, más allá de apreciar lo ingente de su alcance, como si fuésemos partículas de nuestro propio universo, cada uno de nosotros una parte de una constelación más íntima. La distancia desde el porche hasta los tres cuervos que dormían en un álamo muerto de la carretera era infinita. Como también lo eran padre, madre, hijo e hija, amado, caballo y perro. Estaba en el porche, era una tarde calurosa de junio, y ante mí había cientos de tardes de junio en las que aquí mismo las muchachas sioux habían buscado huevos de pájaros, las hembras de búfalo habían parido, habían rondado los coyotes y, mucho antes de todo eso —en la prehistoria, nos cuentan—, los cóndores, con una envergadura de nueve metros, habían remoloneado en las aguas termales de las colinas, en el curso del Niobrara.

De vuelta en la casa, examiné otra vez la sala de música y los elaborados arreglos que Frieda había dispuesto para el nuevo estudio de Michael, con todas las cosas de la barraca trasladadas allí, incluida la foto desnuda de Karen asomando en la Biblia de Gideon en mitad de la mesa. No le arruiné la pequeña broma, sobre todo porque tenía bastante gracia. En la cocina, Frieda había surtido el frigorífico, y había recetas de caldos y purés en la encimera, además de una caja con una versión de potitos para adultos.

Pensé en abrir el segundo baúl de diarios, pero en vez de eso me senté encima. Mi turno había llegado hacía años y a esas alturas aquello era ya tarea de Michael. Sentí un poco de pena por él. Todo aquel sufrimiento había aliviado el mío en su momento, y me había ayudado a explicarme el carácter de mi familia. Las imágenes revoloteaban por mi cabeza, enfocándose durante un instante para luego pasar a otras: la Biblia, árboles frutales, búfalos, Aase, Perro Macho y Caballo Loco, Sam Boca de Arroyo sin una oreja, un campo de huesos de búfalo amontonados; todo con honestidad plena: un diario de trabajo, de amor y de pena que se convertía en un diario de locura y de hambre que se transformaría en un diario de la locura inducida en parte por las drogas, porque en esa época de la Danza de los Espíritus el peyote había ido subiendo, de tribu en tribu, hasta llegar a los lakotas. Después de Wounded Knee, Northridge había visto mucho más allá, y a través, de lo que ahora llamamos con cierto aire banal «el fondo de las cosas». Nuestro mundo está tan ahogado en sufrimiento que supongo que significaba algo más que una relación de sangre, un ancestro.

Cogí prestado un pollo de la granja que había en el congelador de Naomi y me fui a casa. Estaba un poco desesperada por hacer algo tan ordinario como prepararle una cena al viejo Lundquist. También tuve la tentación, dado que mi vida se había convertido en algo involuntariamente osado, de visitar la habitación del subsótano y quitarme eso de encima. Por los diarios y por Paul sabía en gran medida lo que había allí, pero también me di cuenta de que era crucial resolverlo todo viéndolo con mis propios ojos.

Cuando entré con el coche en el patio, Lundquist estaba sentado en un taburete de ordeñar a la sombra, con la puerta abierta del granero, el cachorro en el regazo y Roscoe a sus pies. Salí del coche y me acerqué en silencio, porque el cachorro y él estaban dormidos, aunque Roscoe, siempre alerta, me enseñó los dientes, y luego gruñó suavemente en reconocimiento al ronquido de su amo. El cachorro se despertó y se retorció para salir del regazo de Lundquist, lo que sobresaltó al viejo.

—Frieda me ha traído. Una vez os hice de canguro a las dos y os llevé a nadar. Nunca he vuelto a salir a nadar. ¿Te acuerdas? Ruth quería que atrapase una rata almizclera y la llevase a casa. Os dije que no podíais domesticar a una rata almizclera. Se pasean por el lecho del agua comiendo algas. Podría tomarme una cerveza porque anoche me fui a casa andando. Probablemente ya lo sepas. Todos los muertos que conozco han muerto en el hospital, así que le vi sentido a marcharme a casa. Tuve que darme la vuelta en el gran maizal de Swanson porque llegaron las nubes y no tenía estrellas que me indicaran el camino. Frieda había cerrado la puerta así que me fui a dormir con Roscoe. Y también por eso podría tomarme una cerveza.

Le di la razón al instante y me dirigí a la casa, aunque primero Lundquist quería mostrarme cómo le había enseñado al cachorro a no molestar a los gansos, y viceversa. Puso al cachorro en el suelo junto a un ganso y de inmediato se marcharon en direcciones opuestas. Le pregunté cómo, por el amor de Dios, lo había conseguido tan rápido.

—Les he dado a los dos un pellizco y luego los he puesto a pensar el uno en el otro, de cerca.

Avanzó tambaleándose hacia la casa como si esa explicación lo justificase todo, esperándome ante la puerta de la caseta del agua con una reverencia. Se puso un dedo en la lengua.

—Seca como una piedra —me dijo.

Fijó la vista en el pollo a medio congelar que llevaba yo en las manos, como si lo reconociese sin las plumas. Y quizá fuera así, porque pertenecía a su pollada.

Después de su chupito y su cerveza, traté de hacer que se tumbara en el sofá de la sala de estar mientras yo preparaba la cena, pero se negó. Suponía una ofensa hacia su noción de propiedad, fresquísima en su memoria con el sentido que mi abuelo le daba. Agarró el cojín del cachorro del rincón de la cocina, salió al patio delantero y allí se acurrucó bajo el árbol y el columpio del neumático, llamando a silbidos a los perros para que se uniesen a él. Al verlo por la ventana de la cocina quise que viviera eternamente. Naomi me había dicho que siempre se había rumoreado que Lundquist había sido bastante mujeriego, tenor en la iglesia y en las fiestas, y gran bailarín. Como amanuense del abuelo, había remolcado caballos y perros por todo el territorio, aunque nunca me había hablado de esos viajes por miedo a violar la confianza del abuelo, daba igual que hubiese muerto hacía tanto tiempo. En un álbum familiar, había una foto hecha en Kansas City en los años treinta en la que aparecía Lundquist con las correas de tres ponis de polo, admirado por una joven que parecía una versión rubia de Joan Crawford. En la imagen lucía acicalado y musculoso, con pantalones de montar; al contemplar en esos momentos el frágil bulto que conformaba su cuerpo bajo el árbol, con los dos perros en el pecho y el estómago, admiré profundamente cómo había envejecido.

Le serví el pollo y unos bollos en el comedor, con una vela y vino blanco. Recitó una bendición bastante larga en sueco en la que reconocí mi nombre tres veces, aunque se resistió a mis preguntas al respecto. Resulta inquietante cuando sabes que alguien está rezando por ti. Examinó el burdeos blanco y me dijo que había bebido el mismo tipo de vino en el Brown Palace de Denver con el abuelo «en aquellos tiempos». La orquesta de Glenn Miller había estado tocando y todos habían bailado hasta muy tarde.

—¿Quiénes eran las señoras? —le pregunté, en gran parte para ver su reacción.

—¡Eso no te lo voy a decir! —Tosió en la servilleta, tratando de parecer serio, aunque le vi la alegría en los ojos—. Eran unas jóvenes exquisitas pero no puedo decir que fuesen de las que acuden a la iglesia. —Siempre me llenaba hasta arriba la copa antes de servirse él—. La semana después de que el señor J. W. muriese, mi mujer me tiró las ropas de viajar. Me dijo: «Se te han acabado los días de caprichitos, pez gordo». No me importó lo más mínimo. Se volvió loca con esa religión de entremetidos, pero nunca la dejé sacarme de quicio. En su lecho de muerte me confesó que sentía haber limitado nuestros afectos al primer sábado del mes. —Se ruborizó al reconocerlo—. El vino suelta la lengua mucho más que la cerveza. —Hizo una pausa y se puso serio—. He estado pensando en una cosa y creo que debo decírtela. Estoy bastante seguro de haber visto a Duane en el bar hace unos cuantos sábados. Aunque cuando me paré a pensarlo, me dije que debería ser mayor.

—Era mi hijo, seguro. Lo de mi hijo lo sabes. Me han dicho que me ha estado buscando.

Asintió como reconociéndolo.

—Hubo alguien por aquí después de que llegara el profesor. Roscoe y yo lo seguimos hasta la mitad del camino de entrada y entre los árboles, hasta la casa y la barraca, y luego de vuelta a la carretera. No dije nada porque pensé que a lo mejor tenías otro amigo especial.

—Si vuelves a verlo, ¿le dirás que venga a verme?

—Claro que sí. Lo traeré directo en la Studebaker, puñetas. Ya has esperado suficiente.

Me di cuenta de que se estaba preguntando si querría terminarme el vino, así que se lo vacié en la copa, y sugerí a continuación que echásemos un ojo en el subsótano. Lo noté bastante calmado, y afirmó que sólo iría hasta la puerta de entrada a la bodega para las verduras. Eso era lo más lejos que había llegado con el abuelo cuando habían empacado todos los objetos indios en 1950, después de que mi padre muriese. No pasaría de ahí porque era cristiano y aquel sitio le daba miedo.

—A lo mejor deberíamos tomarnos un brandi antes —pensé en voz alta.

Me sonrió como si le hubiese leído el pensamiento. Se puso en pie y encendió dos linternas Coleman que cogió de la caja de la escalera. Al servir el brandi me tembló un poco la mano y Lundquist se dio cuenta. Vi que estaba alarmado por lo que pretendíamos hacer. Echó un vistazo por la ventana, donde una brisa fresca levantaba las cortinas y se escuchaba el sonido de los truenos al este. A lo largo de los años me había percatado de que la calidad de la gramática de Lundquist variaba según la formalidad de la ocasión. Mejoraba en situaciones que podían tener algo que ver con mi abuelo, a quien le encantaba lo que él consideraba el «lenguaje del rey». Si tu forma de hablar era mala, así lo era también tu pensamiento. Bajo esas ideas mías sobre el lenguaje, que eran bastante aproximativas, se encontraba un eslogan de Ted, una frase de Montaigne, traducida del latín y un tanto adaptada, que Ted usaba como lema personal y profesional; pese a que no recordaba la versión en latín, la intención era clara: «El mundo se tambalea presa de una embriaguez natural».

—Espero que no te asusten las serpientes negras. Viven en la bodega y se comen los ratones de campo que bajan al sótano en noviembre, cuando llega el frío. No sé de qué se alimentan el resto del año. Frieda dice que se comen sus propias crías. Yo pienso que salen y entran por donde está la caseta del agua. ¿Crees que se comen los bebés serpiente para seguir vivas?

Por el sonido, reconocí que el coche que estaba entrando en el redil del granero era el de Naomi. Lundquist me miró con un alivio que compartí.

—Esto es una cosa que hay que hacer a mediodía. El hombre del saco nunca atrapa a nadie a mediodía.

Lundquist volvió apresurado a la cocina para calmar al cachorro y a Roscoe, que se pusieron a montar jaleo al entrar Naomi.

—He estado llamando, pero nada. Mira.

Naomi levantó el cachorro y el cable del teléfono mordisqueado. El teléfono de arriba lo había desconectado yo por la mañana, después de la llamada de Frieda. Naomi estaba muy bronceada y curtida, más delgada, pero bastante nerviosa. Calentó unas sobras mientras hablaba sobre el avance de la investigación con Nelse, incluida la idoneidad de ciertas tierras para su adquisición por parte de The Nature Conservancy. Nelse iba a regresar a Minneapolis una semana y luego retomarían el proyecto. Naomi se había pasado los dos últimos días en Buffalo Gap organizando datos mientras ayudaba a Sam con mi corral. Observó mi reacción al mencionar a Sam; Naomi era amiga de su hermana mayor, profesora también, desde hacía años. Le echó un vistazo a la mesa del comedor donde estaba Lundquist sentado delante de las linternas encendidas.

—Uno de los gansos ha desaparecido. Íbamos a salir a buscarlo —mentí.

—¿Es verdad que a veces las serpientes negras se comen sus propias crías? —preguntó Lundquist mientras apagaba las linternas, ajeno a mi mentira piadosa.

—No lo sé, pero es fácil descubrirlo. Vosotros dos habéis estado bebiendo.

Naomi se echó a reír y le dio una palmadita a Lundquist cuando el viejo fue a salir por la puerta, seguido por Roscoe y el cachorro. Lo observamos desde la cocina bajo la luz del patio hasta que llegó a la barraca. Naomi empezó a hablar sobre los planes que había hecho años antes de construir una cabañita cerca de la poza bautismal, junto al arroyo. En su momento me había dicho que esperaba que no me importase que la cabaña estuviera en «mis tierras». Me gustaba burlarme de ella con el tema de la propiedad, y también diciéndole que la cabaña le permitiría observar pájaros las veinticuatro horas del día, porque le iba a comprar una mira nocturna militar que utilizaba la luz de las estrellas y la fosforescencia del ambiente. Así podría ver dormir a los pájaros. Recordé cuando volví de mi último año en la Universidad de Minnesota con una cita de William Blake en la cabeza: «Si tan sólo pudieras comprender que el más pequeño de los pájaros que surca el aire es un mundo inmenso de deleites inaccesibles a nuestros cinco sentidos». Esa idea la había llenado de entusiasmo, y aún lo hace, me dijo. Me pregunté vagamente si estaría flirteando con su joven amigo, porque se comportaba de un modo no del todo propio de ella. Se le notaba en la rapidez de sus gestos: algo tan sutil que sólo un marido o una hija lo habrían percibido.

Después de que Naomi se marchase, entré en la sala de estar, abrí la caja fuerte y saqué el sobre. Me senté en el sofá con el sobre en el regazo y la mirada fija arriba, en el paisaje marino de John Marin que a Lundquist tanto le gustaba; él nunca había visto el mar y ese cuadro se asemejaba a cómo era el océano en su mente. La nota era sucinta, una suerte de amonestación, en gran medida.

15 de mayo de 1956

Mi muy querida Dalva:

Estoy poniendo todos mis asuntos en orden, y por eso recibes esta breve carta de un hombre muerto. No pretendo caer mañana, pero siento que éste será mi último verano. Sólo los insensibles no saben por dónde les sopla el viento.

Debe de ser ya 1986. ¡Qué raro me suena eso! Como sé que eres curiosa, y como le he pedido a Paul que te anime a hacerlo, probablemente hayas leído los diarios de mi padre, así que el contenido del subsótano no es ningún misterio para ti. Sin embargo, impacta un poco al verlo. La intención de mi padre y la mía propia era proteger esos objetos frente a los ladrones de tumbas, los vendedores de baratijas y otros hombres despreciables que le arrebataron al pueblo de mi madre sus sacramentos físicos. Imagínate una casa budista en Oriente con vestiduras, rosarios y piezas de altar colgadas de las paredes, y que a sus dueños los hayan asesinado recientemente. Las otras «cosas» son obvias.

No quiero que esto suponga una carga real para ti, así que, a lo mejor, en algún momento quieres cederlo todo a un museo con un contrato de protección que asegure que no se venda nada. Hay tres saquitos medicinales que debes devolver a las tribus, que son sus propietarias legítimas, suponiendo que encuentres almas dignas de recibirlos. A lo mejor quieres enterrar lo que queda de los restos tú misma, o con la ayuda de Paul o la de tu hijo. Supongo que os buscaréis algún día. Si tuviese la fe de mi padre, rezaría para que fuera así. Aparte de mis hijos, o quizá más, tú has sido el broche de oro de mi vida. Ahora me he alejado tanto por la Carretera de los Espíritus que no puedo verte,

420

pero aun así te mando un beso y un abrazo. Nos queríamos muchísimo.

El abuelo

Me fui a la cama tranquilizándome con la idea de que me ocuparía del problema al día siguiente, a mediodía; me hizo gracia pensar que iba a aceptar la recomendación de Lundquist sobre el momento más oportuno para hacerlo. Me senté en la mecedora junto a la ventana con las luces apagadas, observando una tormenta enorme no muy lejos, al oeste. Fue un alivio ver que el viento iba en contra y no dirigiría la tormenta en mi dirección, así que podría verla navegar lentamente hacia el norte, con los rayos resplandecientes golpeando el horizonte en forma de raíces de árboles, un sistema arterial, deltas de ríos vistos desde el aire, mientras la luz azul me brillaba en la barriga destapada. Era tan imponente que me aparté, me metí en la cama y me puse de cara a la pared opuesta, donde la luz reflejada se asemejaba a un bombardeo de artillería en una peli bélica. Me vino a la mente un recuerdo desagradable que no había revivido en años: papá me pegó en el culo porque perseguí a Ruth con una serpiente negra que atrapé y se me enroscó en el brazo. «Es un brazalete», le dije, «y voy a llevar este brazalete negro a la escuela dominical y te lo voy a meter en el piano, así que ten cuidado». Y me azotó, porque papá me dijo que el mundo ya era lo bastante aterrador sin tener que asustar a nadie adrede. Les tendrá miedo a las serpientes para siempre (aunque luego no ha sido así). Solté las mismas lágrimas que en el hospital, cuando me desperté y estaba desgarrada por el bebé y siguieron sacándome líquido. Olía a cloroformo o a yodo, y notaba la sal de las lágrimas en la garganta como si fuesen agua con sal. Salí y entré del sueño y del ensueño una y otra vez, pesadillas quizá, que recordaban y recuperaban otras pesadillas: el lobo muerto que llevé en la camioneta por una carretera de gravilla cerca de Baudette en Minnesota regresó mientras dormía y se me metió en la boca hasta llenarme el cuerpo. Cabalgué hasta el río en un cuervo enorme con riendas de plata. Se puso a beber de un banco de arena. Cuando vinieron a por mí, me salieron plumas del cuerpo entre sacudidas, y eché a volar y pude verlos abajo. El viejo Sam Boca de Arroyo, no éste —no tenía oreja y la mejilla era como piel curtida—, me estaba enseñando a ser una boca de arroyo como aquella que vi cuando era joven, junto a la olla de hierro en el Missouri. Yo era un aguilucho pálido, viejo y suave, atrapado entre los edificios de Nueva York, y el médico me ayudó a salir. En el desierto, el coyote y la cobra se me metieron en la columna vertebral para formar parte de mi espinazo y mi cráneo. Demasiados animales para un solo cuerpo. El anciano estaba tratando de darme sabiduría, pero en vez de eso me lo follé. Todo ese llanto químico en algún punto cerca de mi corazón. ¿Quién está ahí llorando?

Fuera, junto a la ventana, alguien grita: «¡Dalva Dalva Dalva!». Se ha hecho de día y está lloviendo levemente. Es Lundquist, que se gira para dejar de mirarme los pechos desnudos, que noto duros, y por algún motivo estoy mojada. «Estabas chillando», me dice. «Era un sueño», le contesto, el cachorro y Roscoe saltan contra la casa. «¿Puedo irme a casa?». Le digo que sí y mete el cachorro en la caseta. Se echa a Roscoe al hombro y lo veo alejarse, sin despertarme del todo.

En la ducha pensé: hostias, se ha acabado la noche. ¿Qué era lo que iba a contarle yo a un médico? ¿Y por qué todos esos animales llegaban uno detrás del otro? El lobo había aparecido más de diez años antes. Mientras me preparaba el desayuno, seguía grogui a causa de los sueños, así que decidí adiestrar a Nick, mi capón cuarto de milla, que se había asilvestrado por pura dejadez. Al principio le fue bien, pero luego decidió que sólo iba a hacer ochos hacia la izquierda, no hacia la derecha. Michael se había dado cuenta de que Nick se espantaba ante el olor del alcohol, pero yo no olía así. Trabajé con él hasta que estuvo empapado en sudor, y entonces lo dejé. Cuando le quité la silla me mordió el culo y le pegué tan fuerte que me torcí el pulgar. Estaba sudando y me puse a adiestrarlo con la cuerda, gritándole. En esta ocasión, se comportó perfectamente, mirándome como si se preguntase cuál era el problema. Volví a ensillarlo, pero siguió sin hacer los ochos hacia la derecha. Lo llevé a su sitio porque no me veía con fuerzas para hacer ese trabajo en esos momentos. Yo no soy así. Será mejor que coja fuerzas. Lo único que he conseguido ha sido un bocado en el culo con la marca de los dientes de un caballo. Entré y preparé la mochila.

Michael no tenía tan buena pinta como él pensaba. Estaba pálido y flácido, aunque me dedicó una sonrisa luminosa cuando entré por la puerta trasera de la cocina de Naomi. Llevaba ropa de la que yo le había comprado en San Francisco, recién lavada y planchada. Pese a que la inflamación había remitido, los moratones continuaban allí, y tenía el brazo izquierdo escayolado y en cabestrillo. Se inclinó para saludar al cachorro, que había aprendido a imitar el gruñido de Roscoe. Michael le ofreció un hueso sobrante de la olla sopera de Naomi y eso los hizo amigos fácilmente. Miró hacia la puerta, deseoso de hablar conmigo en privado, aunque antes ayudó a Naomi a echar algo de sopa en la licuadora con una mueca de resignación.

Naomi parecía triste y preocupada, así que le di un beso en la mejilla. Señaló una carta del superintendente del condado que había abierta sobre la mesa. Supuse que la escuela rural iba a cerrar, cosa que resultó ser cierta; de todos modos, seguía existiendo la oferta para asistir a familias de granjeros en bancarrota, trabajando con la oficina del agente del condado para asuntos agrícolas. Por impulso, fui hasta el teléfono y acepté, en parte para tranquilizar a Naomi, pero sobre todo porque estaba más que harta de la mera incertidumbre. La fantasía de reactivar mi granja quizá apareciese por el horizonte, aunque en aquel momento no podía ser más inoportuna. Hacerlo equivaldría a situarme para Sam en la categoría de «gente rica» que juega al rancho decorativo, por mucho que yo hubiese nacido allí. Le hice un gesto con la mano a Naomi y me fui a la sala de música acompañada por Michael.

Resultó que Frieda había logrado sacar a Michael del hospital la noche antes, ya tarde, y habían recorrido la mitad del camino a casa hasta parar en un motel, con habitaciones separadas por insistencia de ella. Michael había estado trabajando mucho desde mitad de la mañana, así que había varios diarios abiertos sobre la mesa, además de una lista de preguntas escritas a mano con una letra que se había hecho pequeña y estrecha. Sin mi formación, la hora que pasamos allí me habría llevado a traspasar el límite del desquiciamiento. El periodo mínimo de recuperación para un alcohólico es de al menos seis semanas, y después de diez días Michael rayaba en lo delirante. La granja de Naomi no era el sitio para recuperarse, pero se trataba de una decisión en la que yo no pretendía interferir, ni en un modo ni en otro. La primera pregunta que tenía escrita Michael me produjo una suerte de escozor y le hablé lentamente, como si me dirigiese a alguien retrasado.

—Northridge se me apareció unos minutos en la habitación del hospital en un sueño. Tenía un agujero de bala en la cabeza. ¿Cómo murió?

—Murió en casa, en la cama, en 1910, tres días después de que falleciese su esposa.

—Los diarios se paran unos días después de su regreso a la granja en febrero, tras la masacre de Wounded Knee. ¿Hay más?

—Hay uno más, sobre el que tendré que hablar con Paul cuando venga en julio. Probablemente puedas verlo cuando llegues al final.

—¡Eso no es justo, joder!

Empezó a sudarle la frente y sentí cierta empatía al atisbar su pánico. Estábamos a unos metros de distancia en aquel escritorio grande, pero me llegaba su olor agrio.

—Cálmate. Voy a estar fuera unos días, quizá una semana. A lo mejor puedo hablar con Paul por teléfono. Hay un montón de dinero de por medio, y podría estar poniéndome en peligro físico.

Se trataba de un asunto que, en mi estado de confusión, no había logrado afrontar. Si decidía darle los materiales a un museo, podría sacar sin más las «otras cosas» del diario con una navaja y deshacerme de ellas por mi cuenta. Y entonces Michael podría terminar su trabajo. Lo que no hacía falta a esas alturas era una compasión de abuela que consiente sólo por no ver la desesperación del crío.

—¡Ya veo que no confías en mí!

Para entonces escribía con trazos más gruesos.

—Haz el favor de espabilar tu memoria reciente. Has sido un enorme grano en el culo. De todos modos, admiro la dirección a la que tu conciencia y tu intelecto te han llevado. Ten paciencia.

—Pareces agotada. Estás fría y distante. No entiendo nada.

—He descubierto que mi hijo está vivo y que me ha visto varias veces, pero no sé quién es. Estoy esperando y es muy duro esperar después de tanto tiempo.

Se quedó estupefacto y alargó la mano en busca de la mía, que apretó contra su frente. Naomi entró para decirnos que fuéramos a almorzar, y cuando llegamos a la mesa había una copita de vino en cada sitio. Michael de inmediato se bebió la suya con una pajita de cristal, y luego metió la pajita en la sopa licuada con una sonrisa.

—¿Le sirvo más? —me preguntó Naomi, pero Michael negó con la cabeza e hizo un gesto de escribir, para indicar que pretendía trabajar.

Fuera, junto al coche, Naomi me contó que Ruth había intentado llamarme la noche anterior. Se había marchado a Costa Rica esa mañana y vendría de visita a la vuelta, la semana siguiente. Pensé que Naomi seguía actuando de un modo un poco extraño, pero había recobrado el humor, y también yo recuperé el mío cuando hablamos de Ruth, que iba a reunirse con su cura en un centro vacacional de lujo junto al mar, convencidos de las pocas probabilidades de encontrarse allí a alguien que lo conociese.

—¿Va a intentar quedarse embarazada?

—No lo creo. Ha estado pasando muchos ratos con Paul y ha aceptado ocuparse de algunos de sus proyectos con huérfanos cuando él falte. Me gusta la ambición que tenéis las dos. Todos estos años viendo mundo y os agenciáis a un cura y a un vaquero.

Se echó a reír con muchas ganas, apoyándose en el coche. No lo hacía a menudo, pero cuando se reía así contagiaba a cualquiera. Armamos tanto ruido que Michael salió corriendo al porche y nos observó perplejo al otro lado de la tela metálica.

—Es sólo una broma —le grité.

Sin duda, era una manera de verlo, pensé.

El problema con el oeste de Nebraska es que sólo existe un camino para llegar a la mayoría de los sitios. Cualquier otra ruta habría añadido horas al viaje a Buffalo Gap. Eso supone tener que soportar todo lo que pensaras durante el camino en otras ocasiones, como si esos pensamientos previos estuviesen colgados de los postes de teléfono y el tendido eléctrico; incluso las fantasías sexuales del pasado lejano pueden estar esperando en lechos de arroyos y zanjas, en los cruces de pueblos deshabitados, cuyo nombre no anuncia nada más que eso, un nombre, y el recuerdo de lo que estuvieras haciendo y pensando las otras veces que pasaste por allí. Sin embargo, el alcance del pasado depende de la disponibilidad de tu mente, y yo había empezado a gobernarme a mí misma, consciente como era de haber estado reproduciendo efectos en vez de generar algo nuevo. Parecía que hubiese tomado mi decisión, gradual como fue, de volver a casa, y esperaba eliminar con eso el resto de consideraciones, salvo mi llamada de teléfono a Andrew.

Pensé asimismo que a Michael lo conocía bien desde hacía poco más de dos meses, y el único sentimiento al verlo ese día había sido el arrepentimiento. Me asombré ante la hondura de mi melancolía en Santa Mónica, que me llevó a aceptar la idea de que ese brillante descerebrado encontraría a mi hijo a cambio de nuestra historia. Aquello era lo bastante estúpido para reírme de mí misma en el coche, aunque ¿de qué me valía ver las cosas con la misma lucidez de Paul? Quizá inconscientemente había elegido a Michael para desembarazarme de todo ello. La idea de haber cometido un error enorme me hizo poner la radio, pero era la hora de las noticias y la angustia del mundo se convirtió rápidamente en un sustituto confuso de la mía propia, así que la apagué. Las preguntas se hicieron más sesgadas, pasando a implicar a la conciencia y a la historia, cribándose hasta quedar en la mezquindad de pensar que la historia de Northridge se convirtiese en una mera medalla para la triste pechera académica de Michael.

En Chadron opté por coger una ruta más larga y conduje hasta Crawford, luego al norte hasta la 71, pasando por los parques nacionales de Oglala y Buffalo Gap. Me felicité por refrenarme y no repetir la visita al Fuerte Robinson: según tu nivel de conocimientos históricos y tus nociones éticas, aquella zona podía ser el equivalente sioux al gueto de Varsovia. La rabia le puso plomo a mi pie sobre el acelerador y adelanté a tres autocaravanas con matrícula de Iowa, saliéndome por el arcén izquierdo para evitar un coche que venía en sentido contrario. Los conductores agitaron los puños y me pitaron antes de continuar. Me quedé atascada en la zanja, así que utilicé la tracción en las cuatro ruedas y fui derrapando hasta que regresé al arcén. El corazón me iba a mil y me faltaba el aire; tuve que parar y salir del coche, y caminé lo más rápido que pude hasta el océano de hierba, donde me senté oculta de la carretera. Todo lo que acababa de ocurrir desapareció de manera abrupta en la densidad de aquel verdor: «Lo que estoy tratando de hacer es cambiar a un amante muerto por un hijo vivo. A lo mejor añado un padre muerto al amante muerto, y también sus almas, que he guardado en el sótano. Aunque no llegue a ver a mi hijo, debo renunciar a los otros. El mundo que me rodea, el mundo de la gente, parece inmenso y sólido, pero es más frágil que los huevos de alondra o faisán, huevos de mujer, el último pálpito de un ser humano. Estoy loca. ¿Por qué no lo hice hace mucho? Tengo cuarenta y cinco años y sigo guardando en el vientre a una niña llorona. Todavía sigo en brazos de hombres muertos: primero mi padre y luego Duane. Para eso bien podría haber quemado la jodida casa. Vea o no vea a mi hijo, él es, al menos, una obsesión viviente».

Cuando llegué a la cabaña, Sam se mantuvo a diez metros, retraído. Me enseñó el corral nuevo y hermoso con un orgullo bien velado, esa timidez lacónica del vaquero con la que estaba familiarizada desde niña. Una vez acabado el corral, había empezado a quitar con un cepillo metálico el barniz descascarillado de los maderos de la cabaña para prepararlos para un revestimiento nuevo. Cuando la timidez continuó tras las dos copas previas a la cena empecé a preocuparme.

—¿Pasa algo?

Estaba impaciente después de haber decidido tantas cosas esa tarde, o de al menos haberme acercado a una zona tan crítica. Mi alivio me recordaba al de pacientes con los que había trabajado el día después de salir con éxito de un tratamiento de choque.

—Creo que debería decir que es a ti a quien le pasa algo. Te comportas como si estuvieses enferma.

Me mosqueé, pero no sabía qué hacer. Me serví una tercera copa y le acerqué la botella. Se encogió de hombros e hizo lo propio. Entramos en un territorio neutral hablando sobre el estado de la cabaña, los caballos y el precio del heno, pues el verano anunciaba ya la sequía. Me dijo que nunca había entendido cómo Omaha podía recibir un metro cúbico de lluvia, mientras la frontera occidental se teñía de marrón con sólo doscientos centímetros cúbicos. El whisky había comenzado a relajarnos cuando me espetó que esperaba que empezara a sentirme mejor. El estómago y las articulaciones se me fueron soltando cuando dijo que tanto su madre como su hermana pequeña siempre habían tenido «problemas nerviosos», así que sabía que era algo real, como quien se rompe una pierna. Seguí negándome a soltarlo todo y le di una explicación con voz afectada, plana. Le conté que me había enterado de que el hijo que me obligaron a dar en adopción me estaba buscando, que era algo que llevaba esperando todos esos años.

—Diría que eso pide a gritos una celebración. No deberías ser demasiado complicada de encontrar, por el amor de Dios. ¿Todo eso ha pasado desde la semana pasada?

Asentí y para entonces se me estaban llenando los ojos de lágrimas. Rodeó la mesa y se me acercó, me levantó y se sentó conmigo en el regazo. Dijo que por ese tipo de cosas me merecía la pena tener novio. Yo no soy de la clase de gente que se sienta en los regazos de nadie, pero en aquel momento me pareció bien. Fue algo maravillosamente ordinario, como si hubiese hecho contacto humano después de una larga ausencia. No me preguntó nada en absoluto: simplemente se quedó ahí sentado, conmigo en el regazo. Luego hicimos el amor y nos preparamos la cena. Me contó una historia que trató de hacer graciosa. Cuando era niño, con nueve años, le robaron el caballo, que había estado pastando con otra docena de animales. Era una espléndida yegua castaña. Veinte años después, su padre, moribundo en un hospital de veteranos, le había dicho: «Sam, ya es hora de dejar de pensar en recuperar esa yegua».

Nos llevó tres días barnizar la cabaña. Era el tipo de trabajo machacón y repetitivo, similar al cuidado de un huerto, que permitía al mundo de mi cabeza recobrar su forma. Yo me ocupé de las partes para las que se necesitaba la escalera, dado que Sam se mareaba con facilidad, y cualquier cosa más alta que un caballo quedaba fuera de debate. No le gustaba admitirlo, pero una vez que bajaba la guardia salían algunas otras confesiones, normalmente graciosas: mientras que otros soldados de permiso disfrutaban de los salones de masaje en Saigón, él hacía turismo, porque sin querer le había oído a su padre una historia sobre la Segunda Guerra Mundial, según la cual las mujeres japonesas eran capaces de engatusar a un hombre hasta el punto de tener que desengancharlos quirúrgicamente. Al enterarse de mi formación, me preguntó por el origen de esa fobia. Le conté que mi experiencia me había permitido constatar que, por lo general, los hombres se preocupan más por sus pollas que por sus trabajos. Bajé la vista desde la escalera y vi como su piel se ruborizaba bajo el bronceado.

La tercera tarde, a última hora, mientras estaba recogiendo para marcharse a la mañana siguiente, tuvimos una pelea. Se había pasado una hora entera bajo el sol limpiando afanoso las brochas, mientras yo había abogado por tirarlas. No me contuve a tiempo y las brochas se convirtieron rápidamente en un tema de dinero. El grado de resentimiento de Sam era comprensible, dadas sus experiencias en el negocio de los caballos, pero yo quería que fuera capaz de verme bajo una luz distinta. Estaba sentada en el mismo sofá sobre el que el abuelo había dormitado mientras Rachel lo observaba. ¿Dónde habría

431

hecho mi padre el amor con ella? En los montes, en algún sitio. Sam hablaba o discutía dándome la espalda, cosa que, sinceramente, me jodió mucho. Naomi me había contado que el banco le quitó el rancho a la familia de Sam durante la Depresión y me di cuenta de que, independientemente de lo que estuviese diciendo él, ése era el hecho abrumador que alimentaba su ira, y que había limitado su vida a la de un capataz.

—Si te das la vuelta, verás que yo no soy el banco ni tus acreedores ni ninguno de los capullos para los que has trabajado. Si quieres verte como una víctima, es cosa tuya, pero podría contarte algunas historias crudas de verdad, porque me he pasado los últimos siete años trabajando con ellas.

Sam tenía la mano sobre un trozo de cuarzo que había en la repisa de la chimenea. De repente, se giró y arrojó aquel trozo pesado todo lo fuerte que pudo hasta el otro lado de la cabaña. Le asestó un golpe perfecto a la olla de hierro, llena de chili, que estaba en los fogones, detonando el contenido por los hornillos y las paredes. Inmediatamente después se arrepintió del aspaviento, y se cubrió la cara cuando nos acercamos a ver los daños.

—Estoy en la ruina. Vas a tener que comprar algo de cenar —me dijo.

—Te metí algo de dinero en la cartera cuando estabas en la ducha. Y también en la guantera de la camioneta. Llené el depósito de la camioneta y el auxiliar con doscientos litros de combustible y fui a la tienda esta mañana.

—Me estás comprando, ¿no?

Me rodeó los hombros con el brazo y pasó un dedo por el chili esparcido en los fogones. Lo probó y le dio el visto bueno.

—No, yo sólo alquilo. A nuestro jornalero, Lundquist, le gusta decir que todo hombre necesita llevar cambio en el bolsillo.

432

—Correcto. Si empiezo otra vez con esta mierda, dime que me vaya.

Nos fuimos a Hot Springs a cenar y luego al norte, hasta el pico de Harney, para ver la luna salir. Estaba casi llena, y unas nubes de calor que vi al este me recordaron un pasaje de los diarios de Northridge. Salí de la camioneta y me alejé del calor del motor, hasta que estaba a varios cientos de metros, subiendo por una pradera en pendiente donde aparecían los primeros árboles. Monte abajo vi a Sam encenderse un cigarro. A mitad de la subida, el Harney lucía bañado por la luna, alzándose, y al mirar de cerca se veía la luz bajando lentamente por la montaña. Sentí la mente tan despejada que temblé por dentro. Le había dicho a Sam que iba a asistir al Festival Cuervo en agosto y que me encontraría con él en Hardin o en Billings, Montana. De momento al menos, vernos cada mes o dos meses era todo lo que se podía forzar la máquina.

Me marché al amanecer, a la vez que él. Cuando me hube alejado, bajé el visor para protegerme del sol junto al horizonte y la mitad del dinero que le había dado se me cayó en el regazo junto con una nota. «No soy tan caro, cariño. Sam», era todo lo que decía. Hasta ahí era lo más lejos que se podía llegar por la vía rápida, y después de tan sólo un mes, Santa Mónica se había convertido en una imagen imprecisa de árboles y mar.

Mientras cruzaba el condado de Cherry por su única carretera, me paró un ayudante del sheriff por ir a ciento veinte, y me dijo que matriculase el coche en Nebraska si iba a vivir allí. Acepté y no me multó. Era un hombre muy grande, con muchas cicatrices: me pregunté con cuántos sioux borrachos llegados de Rosebud se habría peleado.

433

Llegué a la granja a mediodía, a la hora pretendida. Caminé por el redil para sacarme el viaje de las extremidades, y luego fui hacia la casa, a la caja de la escalera, donde encendí dos linternas. Dentro de la jaula de vinos, tiré con fuerza y la última balda larga, muy pesada, se desplazó hasta dejar a la vista la puerta frontal de la bodega. Levanté la puerta y la sujeté a un gancho que había en la balda. La bodega tenía seis metros de largo y quizá uno de profundidad, y la habían diseñado para almacenar patatas, coles, nabos y demás durante el invierno. La luz de las dos linternas reveló la puerta del lado oeste, además de un amasijo de serpientes negras; la más grande levantó la cabeza al aire y se movió hacia la luz como si fuese una guardiana. Le susurré y bajé la mano para dejar que me la oliera. Se quedó quieta y luego se dio la vuelta. Me adentré y la vibración de mis pies sobre el suelo de la bodega perturbó a las serpientes, que empezaron a deslizarse frenéticas mientras yo me abría camino hacia la puerta. No me asustan las serpientes, pero aquello estaba poniendo a prueba mi bravura. En la puerta, la más grande se me enroscó en la bota y me costó trabajo sacármela. Abrí la puerta y la cerré rápido detrás de mí para que ninguna pudiera seguirme, antes de bajar los escalones fríos de piedra hasta la otra puerta. Saber en gran medida qué esperar, y moverme rápido, ayudó a disminuir lo que habría sido un miedo normal por lo que estaba haciendo. Mi único sentimiento irracional era que, de algún modo, con aquel acto estaba liberando las almas de Duane y de mi padre.

La sala era amplia, quizá de seis metros por nueve, y para mi sorpresa estaba aireada, ventilada por una chimenea que, a través de la pared que separaba el dormitorio de la sala de estar, llegaba hasta el tejado. Había una mesa con un tablón de roble sobre la que reposaban dos lámparas. Las encendí y fijé la mirada: en el extremo oeste del banco estaban sentados el esqueleto del teniente, y los del sargento y el soldado, todavía con los uniformes de caballería; en la frente del teniente se veía el enorme agujero del 44 de Northridge. A lo largo del flanco norte, en unos camastros de madera, descansaban cinco guerreros con sus ropas de gala, amigos de Northridge, que en la diáspora desearon que sus restos estuviesen a salvo de los ladrones de tumbas. Pese a lo compulsivo del diario, la identidad de esos guerreros seguía siendo secreta, aunque Paul decía que estaba seguro de que su padre la conocía. El resto de la habitación estaba lleno de objetos señalados y etiquetados, pertenecientes a tribus de la gran cuenca: briznas de cálamo aromático entrelazadas, cuellos de piel de nutria, bandas de piel de puma, pieles de tejón del clan de Northridge, polisones de la tribu cuervo hechos de plumas de águila y halcón, cráneos de búfalo pintados, correas para la muñeca de zorro norteño, collares de garras de oso, sonajeros de tortuga, sombreros de armiño con cuernos, colas de armiño enrolladas, palos de guerra y saquitos medicinales, pieles de búfalo pintadas, un águila real en cuya caja torácica encajaba la cabeza de un hombre sagrado cuervo, sombreros de cuernos de búfalo, cuervos enteros, lanzas cubiertas por piel de nutria, arcos ceremoniales envueltos en piel de cascabel, fajas de puma, cinturones de piel de oso, pieles de perro, un tocado de oso grizzly con orejas y dos garras, pieles de lobo y coyote, tocados de piel de lechuza, pieles de comadreja, un cuchillo con el mango hecho con la garra de un oso grizzly y silbatos de hueso, pieles completas de oso para los

435

danzantes, máscaras enormes de cabezas de búfalo, tocados de piel de lobo con dientes, sonajeros de efigie de serpientes, sonajeros de espolones…

Pasé allí una hora entera sentada, como quien ora sin palabras, sin pensar en nada salvo en lo que estaba viendo. Mi padre y Duane parecían estar conmigo, y luego se alejaron, como lo hizo la niña llorona que había sentido dentro de mi pecho. Se fue por una ventana de arriba, donde se sentó a mirar la mañana de verano, el descenso de la luna. Entonces oí un llanto o un quejido a lo lejos, detrás de mí. Era Lundquist llamándome, Dalva, Dalva, Dalva… Apagué las lámparas de aceite y salí con un temblor que me subía por el espinazo y me atravesaba las costillas.

Lundquist se había pasado por casa y le preocupó que me hubiesen «tragado» cuando llegó a la puerta frontal de la bodega y vio la entrada al subsótano cerrada. Respiraba muy rápido y estaba apiñado contra el rincón del estante de vinos, asegurando que todas las serpientes de la bodega habían ido hasta la puerta frontal para impedirle que me salvara. Lo cerré todo y lo ayudé a subir las escaleras, donde el sol brillaba con fuerza a través de la ventana de la cocina. Yo seguía temblando y sentía que el cuerpo se me empababa en sudor. Podría jurar que notaba un vacío en el pecho, donde había estado la niña llorona. La «realidad» de la cocina me pareció más nítida que nunca, y cuando me enjuagué la cara en el fregadero, el pelo ya lo tenía húmedo por el sudor. Le di una cerveza a Lundquist y nos sentamos a la mesa de la cocina. Se terminó la cerveza tan rápido que asentí hacia el frigorífico, dándole permiso para tomarse otra. Se parecía muy poco al Lundquist de hacía cinco noches, que había vuelto a maravillarme con los recovecos de su personalidad. Empezó a divagar lentamente por el verano de 1930, cuando Paul y el pequeño John tenían siete u ocho años. John W. mandó bajar a tres hombres y a una mujer sioux desde el vecino Keyapaha, quienes levantaron un tipi grande en el patio delantero para mostrarles a los niños los orígenes de parte de su sangre. Lundquist sonrió al decir que él era el único «blanco puro» allí. Se desvió del tema contando cómo John W. solía burlarse de él a cuenta de un número de la *National Geographic* en el que aparecían los ancestros de Lundquist con pieles de animales y cuernos grandes en la cabeza, aunque eso fue antes de que conocieran a Jesucristo. En cualquier caso, cuando se hizo de noche Lundquist había recogido leña para los sioux, que habían encendido una hoguera grande. John W. y dos de los hombres sioux subieron del sótano, salieron por la puerta principal y danzaron vestidos de guerreros para los niños. El otro sioux tocaba un tambor, mientras la mujer mayor les explicaba a los niños lo que estaba pasando. Cuando les entraba sueño, ella los despertaba.

Al terminar su historia, Lundquist me preguntó si aquél era un secreto que debiera haberse guardado, y le respondí que no. Entonces se acordó de por qué lo habían mandado venir a la casa: el profesor Michael se sentía «bajo de ánimos» y Frieda no sabía cómo lidiar con él. Naomi se había ido y Frieda no tenía un número de teléfono donde localizarme. Lundquist se levantó de pronto y salió disparado, literalmente. Para cuando miré por la ventana estaba fuera en los pastos, de vuelta hacia casa de Naomi, con Roscoe a hombros. Mi primer impulso fue llamar, pero sabía que Frieda no sería capaz de hablar sobre el problema si Michael estaba en la cocina cuando cogiera el teléfono. Me di una ducha rápida y me vestí, percatándome de que ninguna de las fotos de la cómoda me provocaba pesadez en el pecho. Eran hombres y sonreían, todos tan muertos como yo lo estaría algún día.

Michael estaba sentado en el balancín del porche con el cachorro durmiendo en su regazo. Tenía la tablilla y el bloc junto a él y no se giró cuando salí al porche. En la cocina, una Frieda totalmente exasperada me había soltado un discurso preparado con todas las indicaciones.

—La cosa empezó cuando Naomi se marchó ayer para reunirse con su amigo en Lincoln y hacer trabajo de biblioteca. Pero, vaya, ya estaba pocho de antes. Me escribió que como no podía dormir, se pasaba la noche trabajando y el día dando vueltas por el patio con el cachorro, aunque estuvo ahí sentado tres puñeteras horas, y no consintió comerse la sopa. No quería hablar conmigo porque no lo llevaba a Denver a recoger su coche. Llamé al concesionario de su parte, y le sentó mal que hubieses pagado un riñón para que se lo arreglaran. Le dije que para ti eso no era gran cosa. Es como Gus: cuando una hace algo por esos tipos, ellos actúan como si les estuvieras agarrando los huevos demasiado fuerte. Así que esta mañana temprano, cuando lo he oído llorar, he pensado: esto ha llegado demasiado lejos para mí. Lo he llevado a rastras hasta el teléfono y hemos llamado al médico de Omaha, porque yo creía que necesitaba una medicina para los nervios como el comer. El médico ha opinado igual, y ya está.

Frieda me dio un trozo de papel con el nombre de un tranquilizante bastante fuerte. De inmediato, llamé a una farmacia de Grand Island para que pudieran mandarlo en el autobús de la tarde. El farmacéutico conocía a nuestra familia y mi pasado, así que admitió la receta sin llamar a un médico.

A continuación, salí al porche y me senté junto a él en el balancín, pensando que, de poder farfullar como siempre, quizá Michael nunca habría caído en esa depresión. Puse la mano en la cabeza del cachorro, que bostezó y siguió durmiendo. Por la mejilla de Michael caían lágrimas, así que me puse en pie y se las sequé con la blusa. Trató de sonreír y me senté y lo rodeé con el brazo, y entonces empezó a llorar en serio.

«Michael, a lo mejor estás tratando de hacer demasiadas cosas a la vez y no tienes una red adecuada por si te caes. Creo que es admirable que hayas intentado dejar de beber, pero quizá deberías esperar a poder hablar sobre ello. Cuando llegue ese momento, deberías ir a una clínica una semana o así, porque ya has demostrado que eres capaz de hacerlo. Las pastillas llegarán esta noche y quiero que te las tomes unos días, aunque no te dejen trabajar. Te llevaré a dar paseos, a pie y a caballo, y Ruth estará aquí este fin de semana. Dijiste que te caía bien. ¿Recuerdas cuando te conté que Ruth me dijo que eras sexy en un sentido guarro, europeo? Te prepararé los mejores purés del mundo…». Para entonces, me había humedecido un hombro y un pecho con sus lágrimas. «Tengo algunos somníferos por aquí que a lo mejor quieres tomarte ahora, porque estás demasiado cansado para pensar. Cuando te despiertes hablaremos otra vez».

Lo guié hasta la sala de música, donde habían colocado una cama individual junto al escritorio, a petición de Michael. Fui a por las pastillas y a por agua, y cuando volví estaba bajo las sábanas con el cachorro al lado de la cabeza, en la almohada. Se tomó las pastillas y señaló un manuscrito que estaba en el escritorio, haciéndome gestos para que lo cogiese. Le besé la frente húmeda y me pasó una mano por el muslo, hacia arriba, bajo la falda, en un gesto de cariño. Tenía los ojos de un adolescente temeroso.

Mi más querida Dalva:

Mi personalidad no parece dar buenos resultados sobrio, aunque he estado pensando que mi personalidad en realidad no cuenta en absoluto, al menos en el sentido que yo suponía. De hecho, está interfiriendo en el trabajo que tengo entre manos, ya que tanto el trabajo como la personalidad parecen querer cambiar sus dimensiones, sus periferias, momento a momento. He aumentado considerablemente mi definición de cortocircuito: si me duermo a las tres de la mañana, me despierto a las tres y cuarto ansioso por trabajar. El periodo entre mis fases maníaca y depresiva puede ser de horas, minutos, segundos, milisegundos. Debo coincidir con aquel gran hombre ruso en que ser sumamente consciente es estar enfermo. Pero no del modo en el que habría coincidido antes (¡hace dos semanas!), cuando me habría despertado rumiando asuntos de oscura trascendencia y todo era en su mayoría una distorsión, por los efectos bioquímicos del alcohol. Al contrario que tú, yo no soy muy oriental y para mí debe haber siempre algo más de lo que hago y percibo. Ahora mismo no sabría decirte qué es ni a punta de pistola. Creo que fue cuando estaba en cuarto curso y estudiábamos ciencias que le dije a la profesora que esperaba descubrir pájaros y animales nuevos, y me respondió: «Ya están todos descubiertos. Apréndete la lección y punto». Hace unos minutos llamé por teléfono a mi exmujer para oír su voz, y luego, claro, me eché a llorar porque no podía hablar con ella, y de hecho legalmente se me ha impuesto no tratar de hacerlo. Después, llamé a mi hija, Laurel, que dijo: «¿Eres tú, Bob? ¡Que te den por culo! Estoy yo sola. Déjame en paz, Bob», y eso me reportó un cierto alivio cómico.

Para serte sincero, mientras estuviste fuera encontré el diario que me estabas ocultando. Rebusqué en tu casa, una desvergüenza, lo admito. En el último momento, el diario, oculto como estaba en tu cajón de la ropa interior, estuvo casi a salvo, dado que ver todas esas bragas me dejó KO. No te voy a pedir perdón, porque no hay perdón para mi curiosidad atroz, pero, para dejarte tranquila, en mi estudio no mencionaré ninguno de los cuerpos (ocho, creo) ni objetos. Puedo hablar sobre los esfuerzos de Northridge de montar un «ferrocarril subterráneo» para guerreros perseguidos diciendo simplemente que los ocultaba en una bodega. Por supuesto, con tu permiso me gustaría incluir la espléndida historia del teniente y los dos subalternos, pero podría decir que los cuerpos los arrojaron al Niobrara. Estoy a tu merced en este asunto. En cualquier caso, cogí prestada otra vez la camioneta de Frieda y devolví el diario a su nido de algodón. Evidentemente, tuve la tentación de bajar al sótano con una palanca, pero me contuve. Otra cuestión era mi escayola, y que me dan bastante miedo estas cosas: de niño unos chiquillos católicos me cogieron y, en un alarde de proselitismo, me hicieron besar el rosario y la cruz (como los españoles obligaban a los indios de América Central y del Sur).

Y así, el contenido del segundo baúl lo leí en poco más de setenta y dos horas, casi de un tirón. Le birlé a Frieda del bolso unas cuantas pastillas para adelgazar mientras estaba en el baño. Fue lo que en las páginas de deportes describen como un último *sprint*, y temo que en el proceso me hayan salido ampollas en el cerebro. Lo que sigue son algunos pasajes clave con mis comentarios, para mostrarte cuál es mi idea actual sobre nuestro proyecto.

En ese momento, Frieda interrumpió mi lectura para pedirme la noche libre aprovechando que yo estaba en casa. Gus quería llevarla a cenar por primera vez en un año con las ganancias de una moneda antigua que había encontrado en la casa abandonada de una hacienda. Era miembro de un club de bobalicones, en su mayoría indigentes de mediana edad, llamado Buscafortunas, que viajaban por el condado con detectores de metal baratos. Llevaban camisetas de Buscafortunas que nunca les cubrían del todo las barrigas y gorras publicitarias de cerveza Olympia. Acepté la petición de Frieda, aunque le encargué que se enterase de si Lena podía venir corriendo con el medicamento de Michael y quedarse a cenar. Frieda mostraba signos evidentes de desgaste. Me dijo que Naomi estaba bien porque no se tomaba a Michael «por el lado personal», otro tributo a la capacidad de Naomi para manejar a cualquiera, salvo a un asesino en serie tipo Charlie Starkweather. Al salir, Frieda me contó que Michael le había pedido tuétano de ternera para cenar porque había leído que era bueno en los «papeles esos antiguos». Los huesos estaban en la nevera, listos para que me ocupase de ellos.

Cuando la camioneta de Frieda salió rugiendo por el camino de acceso a la casa, esparciendo como siempre la gravilla por el césped, fui a la cocina pensando en tuétano y oro, el tuétano escalfado con que se alimentaban los sioux y que los franceses aún comen. El núcleo de los huesos. Después de la expedición de Custer y Ludlow[32], las Black Mountains

---

[32] La expedición a las Black Mountains (territorio sagrado para los indios) liderada en 1874 por George Armstrong Custer, al frente del Séptimo de Caballería, y con William Ludlow

se llenaron de mineros rapaces y los sioux nunca volvieron a tener ninguna oportunidad de ser dueños de su tierra sagrada. Si hubiesen dejado de beber, a lo mejor los israelíes les habrían ayudado. Gus y sus Buscafortunas. Los suyos le dieron California a nuestro país en un suspiro. Pero hay que pensar en la libertad y en los campesinos llegados en el barco, los padres de Aase y todas las generaciones anteriores a ellos, que nunca tuvieron una sola hectárea y se las arreglaron. De repente, estaban aquí y me dieron a mi madre. Y a Aase. Sin las Aases no existiría gracia en la tierra. Y a Northridge, que no podía aceptar la más mínima injusticia, mucho menos las suyas propias.

Escalfé el tuétano y lo hice puré con un poco de ajo, puerro y unas cuantas colmenillas rehidratadas. Lo probé con la pajita de cristal del hospital de Michael: estaba bien, aunque aquello no era lo que se dice comer, un primer plato y poco más. Descongelé dos chuletas de ternera para Lena y para mí. Cuando oí a Michael llamar desde la sala de música levanté la vista al reloj de pared, incrédula al ver que sólo habían pasado dos horas y el efecto de los somníferos debería haber durado mucho más que eso.

Michael tenía la mirada fija en el techo, con la tablilla en el pecho y la cabeza del cachorro en la almohada junto a él. El animal le estaba mordiendo la escayola del brazo. Michael sostenía un mensaje con la mano que le quedaba libre: «Tengo la sensación de que nuestra aventura se ha acabado. ¿Me harás el amor una vez más?».

---

como ingeniero, tenía como objetivo buscar un emplazamiento para un fuerte, abrir una ruta hacia el suroeste e investigar las posibilidades de explotar las minas de oro. Esta acción desencadenó la fiebre del oro en la zona y supuso una nueva traición a los acuerdos sobre las tierras sagradas de los indios.

Por Dios, vaya mandanga tienes, dama de las camelias, pensé. No creí que se atreviese a preguntarme eso, aunque a lo mejor buscaba ahondar en el drama del rechazo, así que le dije: «No» y salí de la habitación. El cachorro me siguió, jugamos en el patio un rato y le di un hueso con tuétano; luego me serví una copa y regresé a mi lectura.

7 de marzo de 1886

El aire despejado es azul, frío a la luz del día. No nos queda carne en la alacena, sólo manzanas secas, colinabos y patatas que se están ablandando, acianos. Ave Menuda no quiere que me vaya de la cabaña para cazar. Ha soñado que la voy a abandonar en mitad del próximo verano en un tren, aunque nunca ha visto uno. La cabaña es su fuerte y su territorio. Dice que se siente envejecer y quiere tener un hijo. Hemos estado hablando de ello desde el noviembre pasado. Me había negado a consentir una idea así, pero ahora, en marzo, tengo menos voluntad para resistir. Me dice que es impropio de mí vivir la vida sin ser padre. ¿Quién cuidará de nosotros cuando seamos viejos?, pregunta. Cuando trato de explicarle que hay dinero en el banco en Chicago y en otros sitios veo la debilidad de mi argumento. Cómo va a comprender o poner ninguna confianza en los «bancos» del hombre blanco, o en que yo «posea» montones de tierras mucho más al este de donde estamos. Su dominio del inglés es pobre pero extremadamente contundente y se niega a discutir este tema en sioux ya que vería debilitada su posición. Me dice que al contrario que yo, ella no acepta la condena de los sioux, y añade la historia de que muchos siglos atrás los sioux se vieron empujados de los bosques a las llanuras por los chippewas. Los sioux sobrevivieron para convertirse en el más fuerte de todos los pueblos hasta que llegó el hombre blanco. ¿Cómo podrían ser fuertes otra vez los sioux si me niego a ser padre? ¿Y si mi propio padre se hubiese negado a ser padre?

23 de marzo

He tenido un sueño con mi padre, sin duda provocado por las preguntas de Ave Menuda. Por lo que sé, aunque no estoy seguro, mi padre era un carretero de Arkansas que llegó al norte a visitar a un hermano, y así conquistó a mi madre. En algún momento, mucho antes de la guerra, se hartó de guiar colonos al Oeste y se mudó al Territorio de Montana, y al noroeste de allí, y no se le vio más. Cuentan que se convirtió en un trampero solitario en las montañas, pero no hay ninguna noticia concreta de sus movimientos. Me pregunto por qué querría vivir la vida de esa manera, aunque bien es cierto que todos los hombres blancos cuestionan igualmente mi propia vida. No les he llevado ni Cristo ni agricultura a los sioux, que no desean nada de eso.

Me he despertado del sueño en el que mi padre frota su frente canosa contra la mía para darme fuerza. Va vestido con pieles de foca como las que vi en Cornell. Estoy despierto sobre un camastro delante del fuego donde he pasado meses pensando en que ella venga a taparme mientras duermo. Echo leña al fuego y cuando prende entiendo lo débil que me he vuelto estos últimos años. En octubre fui al sur, a Nebraska, con dos caballos de carga para recoger mis manzanas y descubrir allí que unos colonos ignorantes habían talado un huerto el invierno anterior para obtener leña, sin entender que eran árboles frutales. No los eché de la tierra que era mía porque unos timadores se la habían «vendido». Eran demasiado patéticos para apalearlos. Les di algo de dinero porque los hijos estaban muy flacos. Ninguno tendrá éxito en esa zona de pocas lluvias. A los sioux les robaron la tierra para nada. Delante del fuego siento una rabia que no he sentido en toda una lamentable década. He escrito muchos artículos, viajado a Washington y sobornado a congresistas y a senadores sólo para que me traicionasen. En el fuego veo que debo matar al senador Dawes. Aúllo al fuego hasta que empiezo a llorar. Me giro y ahí está Ave Menuda, sentada en la cama, mirándome. Está desnuda y baja al suelo y se sienta junto a mí. Me canta un cántico de guerra en el que se dice que debo ir a luchar o la vergüenza me devorará. Hacemos el amor hasta que quedamos exhaustos porque no nos hemos alimentado lo suficiente durante algún tiempo.

A la luz del día me marcho con el rifle bajo un frío intenso. Ave Menuda me seguirá más tarde si oye un disparo. La corteza de nieve soporta mi peso y rezo —a alguien que no conozco— por disparar a un ciervo o un uapití antes de que el sol de la tarde caliente lo suficiente para que mis pies atraviesen la nieve. Subo todo lo que puedo por el barranco arbolado, siguiendo las huellas que cuesta distinguir ya que hay una madeja reciente de nieve. Sé que debería subir más, pero me canso muy rápido porque las manzanas secas no son mucho para el cuerpo. La perspectiva de comerme uno de mis queridos caballos me perturba y entono una oración sioux que Perro Macho solía recitar cuando cazábamos. Me duermo sentado en una roca y me despierto tiritando sin control. Siento a alguien detrás de mí y me giro para susurrarle a Ave Menuda que creo que está conmigo pero es un uapití. Me vuelvo lentamente con el rifle esperando que el uapití salga huyendo pero se queda allí, así que dudo de mis sentidos y creo que estoy viendo un uapití en sueños. Disparo y cae como por un hachazo y recuerdo hacer una reverencia ante la bestia como hace Perro Macho. Levanto la vista y veo a Ave Menuda correr por la pradera donde había estado escondida...

Lena llamó para decir que tardaría una hora en salir. Seguí leyendo una larga glosa histórica de Michael, que era una astuta redacción ampliada de lo obvio: el carácter del resentimiento era apropiado, aunque un poco fuera de lugar. Pese a haberse despojado por fin de su afiliación metodista, Northridge evitó que lo expulsaran de la zona gracias a la influencia política de Grinnell y de Ludlow. Esa influencia menguó conforme Northridge pasó a ser considerado una amenaza por los agentes indios del Gobierno y el Ejército. Cuando por fin le ordenaron regresar a Nebraska y no tener más contacto con los sioux, Northridge acudió a Washington y optó por el soborno, un recurso sencillo en la época de la reconstrucción posterior a la Guerra de Secesión. Lo irónico de su malnutrición en Buffalo Gap junto a Ave Menuda era que su negocio de viveros prosperaba y se expandía. De camino a Washington, Northridge había parado en Chicago para «hacerse con un maletín de dinero para los cerdos canallas». Entretanto, en el ínterin entre la muerte de Caballo Loco en 1877 y la promulgación de la Ley de Dawes en 1887, se mantuvo ocupado dando clases, alimentando y vistiendo a los sioux disidentes que evitaban las recién creadas reservas de Dakota. Su misión se convirtió en algo lamentablemente ordinario para él: cómo convencer a la gente de que los nabos, las coles, el cerdo en salazón y la mala ternera servían para sustituir al búfalo. Northridge luchaba asimismo contra el programa del Gobierno para prohibir a los sioux realizar todas y cada una de sus danzas rituales, o reunirse en un número superior a grupos mínimos. Los pocos sioux que trataban de aprender agricultura tendían a «malgastar» la cosecha en banquetes y a regalar el grano al resto. La cuestión era que si no podían convertirlos en cristianos debían obligarlos a comportarse como providentes imitaciones.

Me percaté de que la Conferencia Mohonk era lo siguiente en el manuscrito de Michael, así que lo dejé a un lado y subí unos minutos a mi habitación. Quería cambiar de ánimo antes de hacer la cena y eso solía conseguirlo hojeando los libros de reproducciones de mis artistas favoritos, Hokusai y Caravaggio, una extraña pareja. No obstante, en esa ocasión me distrajo el póster de James Dean, tan viejo ya que tenía los bordes arrugados y raídos. A Duane, James Dean le parecía maravilloso y se había comprado una cazadora roja similar a la que Dean llevaba en *Rebelde sin causa*. Yo también lo adoraba, pese a la obvia y curiosa mezcla de fatalismo, valentía, arrogancia, ignorancia quizá. Me veía a mí misma arrastrada sin cesar a un pasado del que deseaba salir con todas mis fuerzas: hacía muy poco que había descubierto que se podía salir de allí sin olvidar, y que recordar no tenía por qué significar ahogarse. Era injusto pero divertido mirar el póster y preguntarse qué tipo de capullo habría sido de adulto. En cualquier caso, sirvió de bálsamo con respecto a la locura venidera de Northridge, y pensé en una pregunta que un indio de la tribu cree había planteado enfáticamente: «¿Qué es de las historias cuando nadie las está contando?».

La cena fue bien. Michael estuvo agradable aunque algo grogui, resignado al efecto de los tranquilizantes. Llevó su cuaderno a la mesa para hacernos preguntas. Se tomó el tuétano con la pajita y estaba fascinado con las impresiones peculiares que Lena tenía de Europa y de la vida en París de su hija Charlene. Michael me recordó a un exnovio, estudiante de posgrado, que se había quedado asombrado al ver la colección de pinturas del abuelo y me había preguntado si su lugar legítimo era un rancho de Nebraska, aunque en honor de Michael hay que decir que él sí disfrutaba cuando se destruían sus ideas preconcebidas.

Después de cenar, Lena sugirió que desbrozáramos el huerto de Naomi para que no se descuidara demasiado tiempo. Michael ayudó entreteniendo al cachorro, llevándoselo de paseo por la carretera. Mientras desbrozábamos, Lena se puso a hablar de Charlene, y casi se había hecho de noche cuando se giró hacia mí para hacerme una pregunta.

—Las niñas estuvieron hablando con un cliente la semana pasada, un tipo joven, y en ésas me acerqué a recordarles que limpiaran las mesas, y habría jurado que ese chico se parecía a Duane. ¿Crees que podría ser tu hijo?

Lavamos los platos y nos tomamos una última copa, sentadas en el porche donde Michael estaba secando al cachorro, al que había tenido que lavar después de que se revolcase sobre un conejo atropellado. Los sonidos que hacía con la mandíbula alambrada debían recordarle al cachorro a su madre. Mis esfuerzos por calmar a Lena se vieron interrumpidos por el teléfono. Era Paul para decir que Franco y él llegarían con Ruth el sábado. Se reunirían en Stapleton, y Bill, el comerciante de equipos agrícolas, bajaría a recogerlos en la avioneta. Pese a parecer una combinación complicada, Bill y Paul eran compinches de la infancia, habían planeado una vez surcar juntos los siete mares, como Bill decía. Paul iba a matricular a Franco, por deseo suyo, en una escuela de preparación militar en Colorado Springs para el otoño siguiente. Estuve a punto de protestar ante esa elección, pero lo dejé pasar para garantizar los buenos ánimos de la visita inminente. Más tarde pensé que esa elección era bastante natural: si te habían hecho tanto daño, un uniforme elegante y los rigores de la disciplina militar ofrecerían una reconfortante postura de defensa.

Lena se marchó después de hacer planes de llevar a Michael al cine la noche siguiente. Cualquiera habría pensado que lo habían invitado al Baile de Inauguración, reacción que me hizo pensar en ir rebajándole los tranquilizantes lo antes posible. Parecía un repollo ambulante con una sonrisa estampada. Lo metí en la cama como habría hecho con un niño, mientras Michael toqueteaba la vieja radio Zenith que había en la mesita de noche, sintonizando un programa de entrevistas popular pero polémico en el que el debate esa noche iba a ser la controversia de la Guerra de las Galaxias. Antes de subirme a leer en la cama, salí a ver la noche, un «fular denso de estrellas», como dijo un poeta, una Vía Láctea sedosa y compacta acompañada por el estruendo de miles de ranas bermejas llamándose entre ellas, miniaturas terrestres de esos leones marinos de Baja California de tanto tiempo atrás, una llamada a la vida tan compacta, tan impenetrable, que quizá igualase en magnitud al cielo nocturno.

17 de julio de 1886

Me siento bastante avergonzado mi quinta mañana en prisión. Las autoridades están redactando documentos que

450

cuando estén firmados asegurarán mi liberación, o eso me han dicho. Me van a llevar en tren a Albany, allí embarcaré en otro tren al oeste, y no he de bajarme en el estado de Nueva York, ni regresar allí jamás, bajo pena de reclusión. He fracasado completamente como John Brown[33] pero sin ningún muerto en mi haber, y el sueño de mi mujer no se cumplirá, y la he dejado embarazada lamentándose, pese a haberle asegurado lo contrario. Mi mujer había logrado no ver nunca un tren aunque sí había oído uno. Está viviendo con Perro Macho y su grupo, que la consoló diciéndole que mi misión era esencial para los sioux.

Me recibieron en la Conferencia Mohonk sobre la «cuestión india» con grandes muestras de amistad por parte de mis anfitriones, debido a mis esfuerzos ante el congreso y a mis artículos en las revistas *Harpers* y *McClure's*. Sin embargo, llegada la noche los participantes empezaron a rehuirme, al percatarse de que iba en serio con el plan de crear una nación india autónoma con la zona occidental de las Dakotas, las partes occidentales de Nebraska, Kansas y Oklahoma, las secciones orientales de Montana, Wyoming, Colorado, el noreste de Arizona y el noreste de Nuevo México. Da igual si es lo justo, esa gente que según dicen es la conciencia religiosa y política de nuestra nación ve el plan como una locura. Dawes no está aquí y cuentan que está de vacaciones, quizá para curarse de los rigores de sus artimañas. Éstos no son usurpadores de tierras sino hombres, me han dicho, que quieren ayudar a los indios destruyendo su

---

[33] John Brown (1800-1859) fue un famoso abolicionista estadounidense que defendió el uso de la fuerza para acabar con la esclavitud, a la vista del fracaso hasta entonces de las soluciones pacíficas. Terminó condenado a muerte y convertido en mártir de la causa abolicionista.

organización tribal con la Ley de Dawes. Me han contado que, en Mohonk, el año pasado Dawes dijo: «Cuando hayáis puesto en pie a los indios, en vez de decirles "buscaos vuestro pan o morid", cogedlos de la mano y enseñadles a ganarse ese pan de cada día». ¡Ese hombre a quien en vano yo pretendí matar para detener este horror le habría dado a cada indio una granja pequeña para cultivarla o venderla! Sin su autoridad tribal los timarán y morirán.

Pese a mi rabia me divierte descubrir el segundo día que sólo tres de los ochenta participantes hemos vivido de verdad entre indios, hecho que no nos atribuye ninguna autoridad en particular, ya que nos dicen que estamos cegados por esa contigüidad. De los otros dos hombres, uno ha trabajado como misionero agrícola con los apaches de Arizona y presenció la matanza de noventa de ellos a manos de una cuadrilla de Tucson en el cañón de Arivaca. El otro ha estado enseñando a los cheyenes a cultivar granos, y como es bastante pobre viste pieles de ante, cosa que divierte en la reunión. A los tres nos piden después de una cena dadivosa que hablemos sobre los placeres de la vida transcurrida «acampando en la naturaleza de Dios», pero nos negamos a hacerlo. Aquí en el Este, y en otros sitios, me han contado que suelen imitarse mucho las costumbres al aire libre de los indios.

Mi perdición llegó la tarde del tercer día. Me había quedado claro que no se me iba a permitir exponer mi caso, y por todas partes me evitaban y me rehuían, salvo mis dos colegas, que se habían dado a la bebida por desesperación. En un almuerzo sobre la hierba nos iban a entretener con las danzas de unos grupos de mohawks e iroquois. En otro tiempo, estos últimos habrían estado encantados de asar y devorar a sus anfitriones. Me negué a presenciar esa humillación, así que me fui a dar un paseo por el bosque junto a un lago, buscando un lugar tranquilo donde rezar para recibir orientación. Las oraciones, no obstante, se me atascaron en el buche y regresé para el discurso del invitado de la tarde, decidido a agarrar el atril. Escuché atentamente al reverendo Gates, que además era el presidente de la Universidad de Amherst, y que dijo algo como lo siguiente: «La enseñanza del Salvador está llena de ilustraciones sobre el correcto uso de la propiedad. Existe una inmensa formación moral derivada del uso de la propiedad, y a los indios les queda todo eso por aprender. Nosotros, para empezar, tenemos la necesidad plena de despertar en los indios salvajes mayores deseos y querencias más amplias. En su salvajismo nublado, el indio debe recibir el toque de alas del ángel divino del descontento. El deseo de propiedad podría convertirse en una intensa fuerza educativa. El descontento con el "tipi" y las raciones exiguas del campamento indio en invierno son necesarios para sacar a los indios de las mantas y meterlos en los pantalones: y pantalones con bolsillos, ¡y con un bolsillo ansioso por llenarse de dólares!…».

Al oír tal blasfemia me vi de repente corriendo hacia el frontal del salón. Zarandeé a aquel imbécil y lo arrojé a la multitud, y traté de empezar mi discurso pero me lo impidieron entre muchos. Se determinó que había provocado ciertos daños y que me iban a encerrar en la cárcel, de la que ahora espero mi liberación.

La casa había permanecido en silencio salvo por el sonido amortiguado de la radio de Michael, pero para entonces una tormenta leve y distante impregnaba el aire de electricidad estática y el cachorro empezó a gimotear. Bajé y apagué la radio, cogí el cachorro y atenué la luz; Michael se negaba a dormir a oscuras, para lo que me había ofrecido una docena de explicaciones, como que si se despertaba en plena oscuridad no podría saber con certeza si estaba vivo. Mecí al cachorro para que volviera a dormirse en el balancín del porche, con la sensación no tanto de estar haciéndome mayor, sino más mayor de un modo indeterminable. Se trataba de una sensación extrañamente agradable, y hasta ese momento bastante única: con cuarenta y cinco años, por fin había aceptado mi vida; una cuestión que, dada mi supuesta inteligencia, debía haber logrado antes, pero no fue el caso. De algún modo, lo estás intentando cuando ni siquiera sabes que lo estás intentando. Resulta curioso cómo la gente que cree que está ayudando a los demás —en mi propia familia, desde Northridge hasta Paul o Naomi, y yo misma— suele ser tan negligente con respecto a las realidades más ordinarias que hombres como el abuelo habrían afrontado directamente y con diligencia. Paul, por ejemplo, en su búsqueda de las abstracciones más estimulantes, o Naomi, sentada en este porche durante más de treinta y cinco años hablando con un marido muerto, mientras compartía su alegre saber con los jóvenes. Yo era una mezcla de ambos.

Los oídos se me taponaron por la baja presión en el aire, y el denso olor a maíz y a trigo me resultaba opresivo, muy distinto al de la alfalfa y los diversos árboles de mi casa, a sólo cinco kilómetros. Recordé ese tipo de clima previo a una tormenta violenta cuando era niña. La lluvia y el granizo agitados por el viento habían destrozado los cultivos del año. Nos fuimos al sótano cuando mi padre la vio llegar, justo antes del anochecer. Era un refugio subterráneo que habían preparado con dos camas, un sofá, una mesa y lámparas de aceite. Nuestro perro Sam estaba tumbado en el suelo, asustado y rígido, y Ruth y yo lo confortamos mientras mis padres jugaban al *gin rummy*. Luego mi madre nos leyó algunas historias de un libro infantil mientras la casa crujía sobre nuestras cabezas y el viento era un rugido hueco. Cuando nos despertamos todos en el silencio absoluto del día y subimos, los árboles estaban sin hojas y el trigo y el maíz, aplastados en los campos. Ruth y yo correteamos por los charcos grandes de agua sobre el césped, mientras mi padre consolaba a mi madre por su huerto destruido. Los árboles se recuperaron solos, pero junio estaba demasiado avanzado para que los cultivos se recompusieran. Mis padres se asombraron al descubrir que la tormenta había impactado sólo en una porción reducida del terreno antes de seguir hacia el noroeste.

Northridge había regresado a casa tras pagar una multa y unos daños, que sumaron una cantidad considerable cuando las autoridades descubrieron el dinero que llevaba en el maletín. Había aprendido la medida desesperada, y no muy atractiva, de que cuando las cosas se complican hasta lo imposible hay que intentar comprar el obstáculo en cuestión; medida que luego transmitió a su hijo, pese a que nunca pareció funcionar más que de forma temporal. Cuando regresó a casa se convirtió literalmente en indio, o en una versión india de sí mismo, y abrió un cuartel general en las Badlands, lejos de los rancheros, como un pequeño feudo capaz de mantener hasta cincuenta unidades montadas, incluido un ejército en miniatura con una docena de guerreros liderados por Perro Macho y Sam Boca de Arroyo. Aparte de varias visitas irritantes de su némesis oficial y antiguo amigo de Cornell, el Gobierno lo obvió, aplicando la política efectiva del abandono benigno para combatir a un hombre a quien, en cualquier caso, todo el Oeste consideraba un auténtico lunático.

El abuelo nació a finales de ese año en un tipi, el 11 de diciembre de 1886, durante la peor racha climática de la historia de la república, un hecho que siempre adoró como el discreto romántico que era. La sequía seguida por ese crudo invierno condujo literalmente a cientos de miles de granjeros de vuelta al este, abandonando gran parte del oeste de Kansas y Nebraska, aunque sólo durante un breve periodo de tiempo, y alrededor de un millón de cabezas de ganado se congelaron vivas. La Ley de Dawes entró en vigor en 1887, aunque dada la naturaleza empobrecida de la zona pasaron unos años antes de que los ocupantes de las tierras se aprovecharan plenamente de la inocencia de los indios en cuestiones de propiedad. Incluso William Tecumseh Sherman definió una reserva como «una parcela de tierra sin valor rodeada de ladrones blancos».

La letanía de Michael no contenía nada nuevo, salvo los nombres de los hijos de Oso Que Da Coces, lo que me permitió averiguar que Rachel era la bisnieta de ese indio. Oso Que Da Coces había cabalgado solo hasta Nevada, donde había conocido a Wovoka; como consecuencia de ello surgió entre los sioux el movimiento de la Danza de los Espíritus, al que se unieron Granizo de Hierro y Ben Caballo Americano, entre otros. El gran jefe Toro Sentado se mantuvo neutral respecto a la Danza de los Espíritus, aunque fue asesinado como resultado directo de la controversia. Durante ese periodo, el Gobierno buscó un mayor control sobre los sioux prohibiendo la Danza del Sol (prohibición que no se levantó hasta 1934) y también la caza de animales salvajes en las reservas, una norma tan excéntrica que sólo podía haber salido de Washington. No obstante, todo esto es de dominio público, una historia bien documentada.

El propio Northridge se hundió como un indio en su campamento de las Badlands. Perdió los puntales de su religión y de su educación, aunque continuó con el diario en sus pocos pero intermitentes periodos de lucidez. De no haber sido por su mujer y por la responsabilidad en ocasiones notoria de su hijo, seguramente habría muerto por su propia temeridad. Había vendido uno de los viveros de árboles ubicado en Omaha para mantener las unidades montadas, comprar ganado, grano y whisky.

Junio de 1889

He estado bebiendo demasiado con este calor y eso me ha llevado a temer por mi cabeza. Me he enterado de que hace años, cuando mataron a Caballo Loco, mi compañero de promoción, el teniente, ordenó que le rompieran las piernas por muchos sitios para poder embutirlo en un ataúd pequeño de madera. A lo mejor Dios me estaba diciendo ese día que le disparase y no escuché Su voz, garantizando con eso mayores indignidades.

Mi chiquillo disfruta mucho cabalgando en la silla conmigo y llora con rabia cuando no le dejamos hacerlo. Cuando matan a las reses tira de las entrañas con el resto de los niños, y eso me perturba un poco. Hasta cierto punto o grado me he convertido en lo que son los sioux en términos de costumbres y lenguaje. Pero también soy bastante dis-tinto y no se me permite olvidarlo, por mi espíritu. Mi amor por este pueblo a quien mi Gobierno y mi religión han abandonado es inmenso, aunque he empezado a temer que convertirme en sioux es una ilusión que quizá no me vaya a permitir...

Aquélla fue la primera vez en varios años que Northridge expresaba ese tipo de dudas, que en realidad eran percepciones de los límites de cuánto podía hacer él para ayudar. En efecto, se había convertido en un agente indio de dotación privada y la logística se estaba haciendo imposible. Cuando se viaja al oeste por la interestatal, al entrar en Dakota del Sur y mirar a la izquierda, a las tierras situadas entre Kadoka y Box Elder, la denominación «Badlands», o «Malas Tierras», se convierte en un eufemismo. Aun así, ese grupo que se hizo cada vez más pequeño con el calor abrasador del verano permaneció allí mientras el lugar agotaba sus opciones. El mayor de ellos sabía además que aquél era el sitio del enterramiento secreto de Caballo Loco, un lugar tan desconocido que sus huesos estaban a salvo allí, aunque se ha especulado con que al final trasladaron los restos.

Existe otra consideración que me llevó años deducir, aunque Michael se percató de ello de inmediato: los diarios tendían a conformar la conciencia de Northridge, que se hizo muchísimo más idiosincrática con el paso de los años. En 1890, había pasado veinticinco años completos «sobre el terreno», como dicen los misioneros, y su sentido del cumplimiento se había brutalizado tanto como el propio paisaje. Sus negocios secretos siempre habían aportado un matiz un tanto esquizoide, una apariencia de doble juego por la que el huérfano siempre estaba pendiente de su próximo nido. Como ejemplo obvio, los documentos sobre sus negocios demuestran que se reunió con los agentes de sus viveros, a quienes mandó llamar a Rapid City en agosto de 1889. Uno de ellos, un sueco de Illinois, se quedó tres días con Northridge y recibió el diseño y las instrucciones para la construcción de la casa actual. A causa de su secretismo inherente, a todos los carpinteros los buscaron en Galesburg, Illinois, y trabajaron con poco o ningún contacto con la población local de Nebraska.

En cualquier caso, la granja llevaba en aquel lugar más de un año antes de que Northridge se mudase a ella junto a su mujer y a su hijo para pasar allí prácticamente el resto de su vida —un poco más de veinte años— plantando árboles. En 1889, se fragmentó aún más la Gran Reserva Sioux como consecuencia de los esfuerzos del general Crook y de los ocupantes de tierras más poderosos de la zona, con la pérdida de cuatro millones y medio de hectáreas. Northridge vio que el crepúsculo se desvanecía rápidamente en la oscuridad. Para el inicio del invierno, en noviembre, Northridge estaba de vuelta en Buffalo Gap, acompañado tan sólo por Ave Menuda y su hijo. Le arrendó el pasto a un ranchero local a cambio de dos cabestros para tener carne para el invierno. Se mantuvo apartado de la amplia comunidad de rancheros con la excusa de que estaba haciendo una traducción del Nuevo Testamento al sioux. Todo el mundo consideró aquello peculiar, más que peligroso, salvo el teniente, para entonces ya teniente coronel, bajo el mando del general Miles, que era consciente —por su red de vigilancia a cargo de los «pechos metálicos», es decir, la policía sioux a sueldo del Gobierno— del poder que Northridge mantenía entre los sioux. Pese a la sensación que tenía Northridge de fracaso abismal, los sioux lo consideraban un hombre sagrado con sus muchas atribuciones: alguien que les daba de comer, que les enseñaba a cultivar cosas sin importar que las echaran a perder, y que a lo largo de los años se había convertido en un sanador capaz, aunque no dejase de ser un aprendiz.

El inicio del fin fue una visita de Oso Que Da Coces a mediados de enero de 1890.

13 de enero de 1890

Oso Que Da Coces me hizo una visita no del todo agradable esta mañana antes del amanecer. He visto a ese gran guerrero varias veces a lo largo de los años y siempre me ha parecido agradable, aunque también aterrador. En su presencia, Ave Menuda se queda casi rígida de miedo, si bien le calentó el guiso de la noche anterior y salió a la nieve a alimentar a su caballo. Cuentan que ha heredado los poderes de Caballo Loco y lleva al cuello una piedra propia de los hombres más grandes. No tiene hijos y se pone al mío en las rodillas y clava una mirada larga y dura en la muñeca de Aase como si fuese un objeto religioso similar a las muñecas kachinas traídas por los comerciantes desde el suroeste. Me habla de una visión que tuvo el 1 de enero, durante el eclipse de sol. Le hago un dibujo para explicarle por qué el sol quedó eclipsado y no le interesa ese dato científico. Va de camino a Nevada para ver al famoso chamán Wovoka, que ha ideado la Danza de los Espíritus de la que tanto se ha hablado durante años. Grinnell en una carta me ha hecho una descripción y trato de disuadir a Oso Que Da Coces de su viaje porque la danza parece un batiburrillo de cristiandad herética y creencias paiutes. Está plenamente seguro y duerme todo el día, para marcharse de noche porque le han prohibido abandonar la reserva, aunque su presencia intimida a los pechos metálicos, que evitan el contacto.

Michael y Frieda me despertaron juntos a media mañana; ninguno quiso hacerlo solo. Me había quedado dormida vestida, arrellanada con el manuscrito, parte del cual se había caído al suelo y estaba manchado de pis del cachorro. A Michael le hizo gracia, igual que ver la botella de brandi en la mesita de noche. Le cogí la bandeja del café a Frieda y los eché. Frieda también parecía un poco amodorrada tras su velada con Gus. Me quemé la boca al tomarme rápido una taza de café, me guardé el manuscrito en el bolso y salí de casa sin una despedida civilizada.

De vuelta en mi hogar, Lundquist estaba sentado en un taburete de ordeñar ante la puerta abierta del granero, limpiando por segunda vez en un mes los arneses de los caballos de carga con jabón para pieles. Los gansos lo observaban atentamente; el hecho de que los arneses no se hubieran usado en cuarenta años, y quizá no se fuesen a usar nunca más, no disminuía la minuciosidad del trabajo que Lundquist estaba haciendo. Había preparado una bromita sobre la noche de Frieda y Gus en un motel: me dijo que quizá tuviese que haber un matrimonio de penalti. Estuve de acuerdo, y me percaté entonces de que el motel lejano en el que me había alojado con Michael era sinónimo de pecado entre los mayores de la comunidad. Todos parecían saber lo de las películas «de gente en cueros», y dos amigos de Naomi habían ido al motel simplemente para ver una. Antes de poder marcharme, Lundquist me preguntó si su dolor de muelas justificaba quizá una cerveza fría.

Fue un alivio estar en casa, y recuperé las energías pese a mi sueño enmarañado. No hice caso al correo, salvo a una postal de Naomi en la que me decía que estaría en casa el viernes ya tarde —refiriéndose a esa misma noche— para prepararse de cara a la llegada de Paul y de Ruth. A su amigo y a ella les habían ofrecido la posibilidad de una beca de la National Science Foundation por su trabajo, aunque ella era reticente a aceptar.

Lundquist se tragó la cerveza en un abrir y cerrar de ojos y volvió al trabajo, tras pedir una pizca de mantequilla para Roscoe, el manjar favorito del perro. Preparé una cafetera, y salté al sofá de la sala de estar para terminar el manuscrito de Michael, consciente de que estaba ansioso por que le diese una respuesta. Yo tenía prisa porque el día exhalaba un frescor agradable y quería salir con Peach a dar un paseo largo.

Michael había escrito cosas interesantes, aunque con un toque excéntrico, sobre la «amenaza de la danza» y la ironía de que después de todos los años de Guerras Indias los colonos y el Gobierno se estuviesen fustigando casi histéricos por el hecho de que muchas tribus, aunque sobre todo los sioux, tuviesen permiso para realizar esa nueva Danza de los Espíritus. La actitud puede resumirse con un editorial publicado en el *Tribune* de Chicago en la primavera de 1890, que afirmaba: «Si el Ejército de Estados Unidos matase a mil de esos indios danzantes se acabarían los problemas». Se trataba de una manera más bien sucinta de exponer la solución, aunque fuese complicado conseguir que hubiese tantos sioux quietos en un sitio para dispararles. La cantidad máxima que el Gobierno logró manejar fueron los alrededor de trescientos sioux, hombres, mujeres y niños —eso sí, dos tercios de mujeres y niños— a los que masacraron en Wounded Knee más adelante ese año, en diciembre, una estación que los lakotas llamaban «la luna de los árboles crujientes». En todo caso, también esto es cuestión del frecuentemente obviado dominio público. No cuesta imaginar a un testigo caucásico entre cientos, quizá miles, de sioux cogiéndose de las manos y danzando lentamente en un círculo durante días seguidos, pintados de arriba abajo, pero danzando sin la compañía de tambores, en silencio bajo la lluvia, y luego a finales de noviembre con la nieve cubriendo el círculo perfecto. Wovoka les había asegurado que si continuaban danzando «la tierra se agitaría como un sonajero» y todos los guerreros y los ancestros muertos regresarían a la vida, y las grandes manadas de búfalos barrerían de nuevo las praderas.

3 de abril de 1890

Oso Que Da Coces ha regresado por la noche de su viaje a la zona de los paiutes, bastante demacrado y fatigado, aunque con prisas por volver a casa después de unas pocas horas de descanso. Lo disuadí de ello ya que su salud necesita reparación, y en privado Ave Menuda está enfadada porque lo ve como una amenaza para nuestra paz. Le digo que se ha convertido en madre primero y sioux después, aunque las dificultades de su vida lo justifican.

Más adelante esa tarde Oso Que Da Coces prepara una jarra de agua y coge una bolsa de piel de uapití y cruzamos un campo y subimos por el mismo barranco donde disparé a un uapití varios inviernos antes. Nos sentamos en unas rocas y saca de la bolsa doce cactus pequeños que reconozco de mi correspondencia con Grinnell como *Lophophora williamsii* o «peyote», su nombre común. Nos comimos esas frutas amargas como uno se comería una manzana silvestre y luego recogimos leña para una hoguera. Cuando teníamos un montón de leña de tamaño considerable empezamos a notar arcadas y nos lavamos con la jarra de agua. Pronto la planta se adueñó de la situación y yo estaba dentro del cráneo de mi madre mirando a los ojos de mi padre y por la parte de atrás de la cabeza de mi padre a la pradera. Yo era los pensamientos de mi madre y de mi padre y a lo largo de la tarde y de la noche fui un búfalo, una cascabel, un tejón bien metido en su hoyo. Fui la cloaca abierta de Andersonville y las entrañas de los caballos, fui una mujer en la ciudad de Chicago y luego, ay, estuve con mi amada Aase volando lentamente sobre los continentes y los océanos viendo ballenas y témpanos y grandes osos blancos. Entremezclados con nuestras visiones, entonamos cánticos ante el fuego, algunas canciones nuevas:

El mundo de los muertos regresa,
Sobre la tierra los veo venir,
Nuestros muertos van por delante,
Uapitíes y ciervos y manadas de búfalos detrás,
Como el Padre ha prometido.

Cerca del amanecer en mi última visión estaba con Caballo Loco y su hija y jugábamos con los juguetes de la niña en la plataforma funeraria y el cielo estaba repleto de pájaros. Me dijo que no volviera a tomar esos cactus, que me perturbaban la conciencia…

Como misionero de los metodistas wesleyanos, una secta que prohibía el baile, Northridge inició así siete meses de danzas y de ingesta de ese cactus siempre que le flaqueaban los ánimos o que lo encontraba disponible, o eso escribiría más adelante; no hay ninguna entrada en el diario hasta un mes después de Wounded Knee, cuando había viajado a su casa junto a su mujer y a su hijo. Un acontecimiento grotesco le devolvió la sensatez: al llegar, ya tarde, a la escena de la masacre de Wounded Knee acompañando a Uapití Negro y a veinte guerreros, el jefe indio le había ordenado quedarse bien alejado de los disparos. Más adelante, Northridge reflexionaría sobre el hecho de que Uapití Negro nunca perdiese el buen juicio para saber hacer lo correcto, y que no le permitiera a Northridge, enfermo de neumonía, sacrificarse de esa manera. En consecuencia, Northridge observó el cese del fuego de los rifles durante unos minutos a través del telescopio, con el que luego captó a la docena de niños pequeños, ninguno de ellos mayor de cinco años, salir como pájaros de un escondite, pensando que la batalla había acabado. Todos los niños fueron abatidos al reanudarse en ese momento el fuego, con unos disparos que se adentraban tan ligeramente en los cuerpos menudos que las balas los hacían rodar y trastabillar monte abajo hacia sus padres muertos. Tras la «batalla», Northridge fue arrestado por el Ejército durante sus desquiciados esfuerzos por unir con vendas lo que quedaba de esos niños. Lo encarcelaron, luego lo pusieron bajo asistencia médica y lo liberaron por orden del general Miles, con la condición de que no regresara a las Dakotas ni volviese a tener más contacto con los sioux.

Durante el invierno y la primavera de 1891, en el diario sólo hay entradas brevísimas, en su mayoría de naturaleza agrícola, aunque a partir de mediados de marzo algunas de las notas sobre plantaciones de árboles son un código transparente para sus otras actividades: la ocultación de jefes y guerreros huidos, incluido Oso Que Da Coces (que más tarde sería «sentenciado» a unirse al espectáculo de Buffalo Bill durante dos años, lo que incluyó la humillación de que le hiciesen un molde en el Smithsonian como espécimen perfecto de indio); y también la ocultación de objetos preciados frente a los coleccionistas y

465

al Gobierno, que había proscrito todo signo obvio de la condición india. El uso limitado del subsótano como mausoleo surgió por el miedo de los sioux a las indignidades *post mortem*: tras el asesinato de Toro Sentado, algunos empresarios le habían ofrecido al Ejército mil dólares por el cuerpo para exponerlo con fines lucrativos.

Las actividades de Northridge poco a poco llegaron a oídos de su compañero de Cornell, el teniente coronel, que para entonces comandaba las acciones de inteligencia del Ejército en la región, incluidas las Dakotas y Nebraska. No se trató de una cuestión de interés o búsqueda activos por parte de ese hombre, ya que todos los fugitivos principales habían sido capturados y no existían leyes en curso contra el almacenamiento de objetos. Los registros del Ejército y de los periódicos de la época demuestran que el teniente coronel, acompañado por un sargento y un soldado raso, se dirigía a caballo al norte, a la cabecera del ferrocarril en Valentin, para interceptar la carga de un tren con caballos nuevos destinados al Fuerte Robinson, con el fin de seleccionar las mejores monturas. La casa de Northridge se encontraba a sólo un día de camino a caballo desviándose de esa ruta, así que el teniente puso rumbo allí, quizá para echarle sal en las heridas. Exigió comida y refugio, a lo que tenía derecho por ley.

21 de junio de 1891

El bendito acontecimiento del solsticio quedó trastornado por la llegada del teniente y dos hombres. Me monta una alambicada muestra de amistad como si el pasado no existiera y procuro pensar en su padre para despertar un sentimiento de paciencia cristiana. Cuando entran en el patio al galope a última hora de la tarde mis tres suecos plantadores de árboles se asustan, al haber escapado al reclutamiento en sus tierras.

Hay un guiso bien grande en la olla de la chimenea y nos sentamos a la mesa a hablar de caballos y del tiempo, que ha sido bueno, con perspectivas halagüeñas para las cosechas. El teniente bebe whisky rápido y se va poniendo de un humor mezquino para cuando empieza a cenar. Mira a Ave Menuda, que atiende el fuego, y dice medio en broma que deberíamos conseguir una licencia de matrimonio o a ella la tendrán que mandar de vuelta a la reserva. Le digo que lo haremos. Entonces se burla un poco de John por la muñeca que lleva con él y que era de Aase. John se avergüenza y deja la muñeca en la mesa. Ave Menuda siente al diablo en la voz del hombre y se lleva a John. El hombre se pone ofensivo hasta que sus hombres sienten vergüenza de él. A ellos los obliga a que sigan bebiendo para acompañarlo. Al final coge la muñeca y sin motivo alguno la tira al fuego. Con la misma rapidez saco el 44 que tengo escondido debajo de la mesa y le pego un tiro en la cabeza. El sargento saca su arma y le disparo en el corazón. El soldado corre a la puerta y le disparo dos veces en la espalda. Ave Menuda regresa desde donde la había visto asomarse por la cocina. Me ayuda a arrastrar los cuerpos al sótano y luego hierve agua para limpiar la sangre. Salgo al redil y veo a los tres suecos de pie delante de la barraca. Nos miramos fijamente hasta que uno dice: «No he oído más que los pájaros esta noche». Vuelvo a ensillar los caballos de los tres hombres y mi propia montura y viajo al norte, cruzo el Niobrara y dejo sueltos sus caballos, rezando para que la lluvia que se está reuniendo en el cielo borre nuestras huellas. Regreso a casa.

Pasaron varios días antes de que el Ejército pusiera en marcha una partida de búsqueda y encontrara los caballos extraviados ciento sesenta kilómetros al norte, en posesión de dos criminales de poca monta que fueron ejecutados sumariamente por el asesinato de tres hombres. Sin contar los siguientes veinte años de agricultura y plantación de árboles, la historia de Northridge había acabado.

Di un paseo largo y tranquilo con Peach, viajando al este hacia la granja de Lundquist para asegurarme de que podría venir al pícnic al día siguiente. El hombre estaba tallando algo en el porche delantero y le encantó mi visita. Preparó una tetera. Había fabricado con el cuchillo un silbato para perros, inaudible al oído humano, que pretendía regalarme. Los silbatos normales para perros, me dijo, solían molestar a todos los pájaros y animales de la zona, mientras que el silbato silencioso sólo los desconcertaba un poco. Sopló vacilante el artilugio y Roscoe vino disparado desde el otro lado del patio, saltando delante del redil de los pollos. Lundquist me dijo que había estado un poco melancólico porque había pensado que no llegaría a la edad de ciento dos, lo que significaba que se perdería el milenio y la segunda venida de Cristo. Le pregunté si estaba seguro de que ésa era la fecha, y me respondió: «Nop», riéndose. En cualquier caso, estaba deseoso de ayudar a Michael con la barbacoa.

Cuando volví a montar a Peach y me alejé, recordé una noche, veranos atrás, en la que Lundquist había preguntado si lo enterrarían al borde del cementerio familiar, y yo le respondí que su parcela se podría excavar en el centro, junto a su amigo J. W.

Regresé a casa por el camino largo para que Peach se diera un baño en el río, porque de todos modos intentaba constantemente girar en esa dirección. También la dejé correr todo lo que duró el trayecto, y fue precioso, salvo porque se me estrelló en la frente un escarabajo verde de junio. Tras devolverla a su sitio, subí a la parte de arriba del granero para ver la puesta de sol desde la habitación de Duane. Me permitía el sentimentalismo de ese acto una vez cada verano, y en todas las vacaciones de Navidad, o cuando hacía frío pero estaba soleado y el brillo helado de la nieve captaba la luz deslumbrante, y el viento, cuando lo había, formaba remolinos con los copos sueltos sobre el pasto. Esa tarde fue agradable no sentir ningún peso en el corazón mientras estaba allí sentada. Había niebla suficiente en el ambiente para que el sol se pusiera con unos tonos naranjas tras el lejano cortavientos —de niña creía que allí era donde vivía el sol—, y también brisa suficiente para que el cráneo del búfalo que tenía sobre mi cabeza girase tan lentamente como si su fantasma buscase un mejor ángulo de visión.

Entré en la casa cuando era noche cerrada, calenté un recipiente congelado de sopa de pollo de Frieda, y me fui a la cama con un libro curioso sobre los leopardos de las nieves en el Tíbet, que ya había leído varias veces por la sensación de quietud que me ofrecía. A continuación, llamó Naomi para decir que había llegado y preguntar si deberíamos organizar el pícnic en su casa o en la mía. Lo dejé a su elección y ella escogió la mía, porque era más «íntima»: cuestión sólo de que no pasaban coches, al contrario que por su carretera, por donde bajaban a diario un vecino o dos. Añadió que al llegar se había encontrado a Michael y a Frieda bebiendo *schnapss* con sabor a dulce de mantequilla y echando una partida de pinacle.

Michael se había quedado dormido en la silla y Frieda lo había llevado a la cama.

Fue una de esas ocasiones en las que duermes de maravilla y cuando te despiertas formas parte del colchón y notas las extremidades pesadas y suaves, y mires donde mires todo es coherente y está bien perfilado. El mundo luce lleno de colores primarios, como si hubiese ocurrido lo improbable y Gauguin hubiera decidido pintar esa parte de Nebraska. Mis sueños habían sido ricos y variados, y con el café hojeé el infolio de Curtis en busca de una imagen que había visto durante la noche. Al no encontrarla, me encantó darme cuenta de que mi cerebro, durmiendo, había creado una fotografía totalmente nueva de Edward Curtis.

A media mañana, Frieda viró con su camioneta para entrar en el patio acompañada de Michael y Lundquist. Por la ventana pude ver que el viejo llevaba su chaqueta vaquera de siempre, además de unos pantalones de domingo con el tono azul grisáceo del zorzal robín y los zapatos negros de trabajo, impolutos. Michael y Frieda entraron los primeros en la casa con unas cajas de cartón con provisiones, mientras Lundquist sacaba de la camioneta una palangana llena de hielo y cerveza, que sin duda pesaba más de cuarenta y cinco kilos. Miró alrededor, se metió una cerveza en el bolsillo y fue al granero, y luego regresó para sacar a Roscoe de la cabina de la camioneta.

Michael y Frieda tenían los ojos un poco rojos pero estaban animados. Michael empezó a preparar una salsa barbacoa secreta, el tipo de cosas de las que los hombres suelen sentirse orgullosos aunque el resultado por lo general sea mediocre. Frieda se puso a pelar patatas para una ensalada, luego desenvolvió los pollos cortados por la mitad y lanzó una mirada grave a las aves desplumadas con esmero.

—Gracias a Dios papá se ha levantado temprano y ha matado los pájaros. Yo no tenía estómago para eso. Por culpa de la esponja esta… —Miró a Michael—… Naomi había cerrado el mueble bar, así que tuvimos que salir a por una botella de *schnapps* de dulce de mantequilla que Gus se había dejado en la camioneta. Buena muestra de lo tontos del haba que somos.

Me acerqué a los fogones y le mordí la oreja a Michael, viendo cómo se ponía colorado. Suspiró y eructó, y luego volcó una botellita de tabasco en su salsa.

—Y encima hace trampas jugando al pinacle —añadió Frieda.

Salí y ayudé a Lundquist a sacar del granero a rastras la vieja parrilla de hierro del abuelo. Igual que los arneses, la parrilla se encontraba en un estado inmaculado, y la estábamos llevando con trabajo hasta el patio delantero cuando llegó Naomi con Paul, Ruth y Luiz. Después de tanto tiempo, Luiz se mostró bastante tímido, pero ya había empezado a comportarse con lo que él imaginaba que eran modales militares. Paul fue lo bastante amable para decirme que la vida en el campo había mejorado mi aspecto en poco más de un mes. A continuación, Paul y Lundquist llevaron a Luiz a dar una vuelta por la granja, y yo entré con Naomi y Ruth, que parecía cansada después de haber pasado, admitió, una semana en el mejor hotel de Costa Rica con su sacerdote.

En la cocina probamos la salsa de Michael, que era puro fuego. Michael se sacó la pajita larga de cristal del bolsillo y salió a por una cerveza. Desde la ventana vi a Lundquist hablando atentamente con Luiz, diciéndole sin duda que era miembro de una tribu perdida de Israel. Ruth y yo empezamos a cortarles las puntas a las judías verdes mientras Naomi ayudaba a Frieda con la ensalada de patatas. Frieda escuchó nuestra conversación ante el fregadero y dijo que le sorprendía que Ruth tuviese tanta «acción» siendo tan flaca. Ruth fue lo bastante amable para decir que su amante era un fetichista de las mujeres flacas. En ese momento, el joven de Naomi llegó al patio y ella salió a saludarlo. Conducía una camioneta tan vieja como la de Lundquist, con un símbolo bastante cómico de un rayo en la puerta.

Le pregunté a Ruth qué planes tenía y se echó a reír, antes de responderme que ninguno. Quiso saber si estaba dispuesta a sumergirme ese otoño en otro universo de sufrimiento humano con mi nuevo trabajo como asistente de familias de granjeros en bancarrota. Luiz entró corriendo y me preguntó si podía montar a caballo, y le dije que sí, que Paul podía ensillarle la yegua baya. Luiz admitió que sólo había montado en burro por Sonora, pero estaba seguro de poder manejar un caballo. En la escuela a la que iba a asistir había un curso entero de monta y quería prepararse. Salió, y Ruth y yo continuamos hablando y probamos el aliño para la ensalada de patatas de Frieda. En un momento, me giré y pensé que Ruth me miraba raro, aunque no dije nada. Me quedé observando por la ventana y ahí estaban todos, de pie, junto al corral. Lundquist sacó una silla de montar del granero, mientras el joven de Naomi, Nelse, estaba en el corral revisándole los cascos a la yegua. A continuación, la sacó y cogió la silla de los brazos de Lundquist. Se quedó quieto un segundo, calmando a la yegua, y entonces me mareé un poco, como si se me hubiese inflado el corazón constriñéndome el pecho. Nunca antes lo había visto bien y, de repente, me recordó a Duane, allí en el redil helado, observando la yegua baya sin hablar. Me

472

sequé las manos en un paño de cocina y contemplé las judías verdes flotando en el agua fría. Ruth me tocó el hombro. Salí y sentí los pies sobre la hierba. Me quedé mirándolos a todos y Naomi se me acercó. Nelse le dio las riendas a Paul y vino lentamente hacia mí, y me empecé a preguntar si éramos Duane y yo misma en uno.

—Dalva, éste es tu hijo —me dijo Naomi.

—Lo sé —creo que respondí.

Y entonces los dos nos dimos la vuelta y caminamos uno junto al otro hacia el camino de acceso a la casa. Subimos por la carreterita entre los árboles durante cuatrocientos metros sin decir nada. Ni siquiera lo miré. A continuación, bajé la vista al suelo y comenté:

—Aquí es donde conocí a tu padre.

Me giré hacia él, que me evitó la mirada, como comprendiendo lo que le había dicho.

—Parece un lugar mejor que muchos otros —respondió.

Me rodeó el brazo con la mano por encima del codo, y pensé: Dios mío, esto va a matarme, aunque espero que no ahora mismo. ¿Qué vamos a hacer?

—¿Por qué no has dicho nada antes?

Por fin tuve la valentía de preguntárselo. Era un poco más pálido, y con el pelo algo más claro, pero tenía los ojos y los hombros de Duane.

—Llevas en casa sólo un mes, y no estaba seguro de que quisieras conocerme. Naomi lo descubrió hace una semana o así, mientras estábamos trabajando. Di contigo el año pasado. Y luego llamé a mi madre, a la otra, y me contó que os habíais conocido.

No me había soltado el brazo, así que lo abracé un poco rígida, con la mirada fija en la tierra, donde su padre había

473

estado sentado una tarde calurosa con una bolsa de arpillera que contenía todas sus pertenencias en este mundo.

—Naomi me contó que mi padre era el joven perfecto, aunque no necesariamente de esos que te gusta tener en el salón.

Para entonces estaba sonriendo.

—Naomi sólo intentaba cuidar de mí, pero supongo que no funcionó.

Como era normal, quería ver una foto de su padre, así que volvimos a la casa y subimos a mi habitación. Miró las imágenes sin saber bien qué decir, salvo admirar el bayo. Corrí escaleras abajo y luego volví a subir con una botella de brandi. Brindamos repetidas veces, bebiendo directamente de la botella, y hablamos durante media hora hasta que oímos música. Nos acercamos a la ventana y miramos abajo, al patio delantero: Michael estaba asando los pollos, Frieda andaba poniendo la mesa, Paul estaba de pie junto al columpio del neumático con Luiz, que acariciaba la yegua, y Naomi y Ruth estaban sentadas a la mesa de pícnic. Naomi miró hacia arriba, adonde nos encontrábamos Nelse y yo, de pie junto a la ventana. La saludamos con las manos y ella se cubrió la cara con las suyas. La música venía de Lundquist, que se paseaba por los campos de lilas, entre las tumbas, y luego de vuelta al patio, tocando su violín en miniatura, como si cantase al mismo tiempo serenatas a vivos y a muertos. Bajamos a reunirnos con ellos.

AGRADECIMIENTOS

Todas y cada una de las tergiversaciones de hechos históricos recogidas en esta obra son deliberadas. En el Libro II me burlo de una cierta tradición de la erudición académica, aún consciente de que sin ella quedaríamos a merced de las interpretaciones hechas por las fuerzas políticas, siempre interesadas y completamente erróneas. Mis fuentes han sido docenas de libros y monografías, demasiado numerosos para mencionarlos. No obstante, quisiera dar las gracias a Douglas Peacock y a Michael y Nancy Rothenberg, por su dura labor de investigación. También a Peter Matthiessen, a Tamara Plakins Thornton, de la Universidad de Yale y Cooperstown, a John Harrison, de la Universidad de Arkansas, a Bernard Fontana, de la Universidad de Arizona, a Mick Harris, de la Universidad de Kentucky, y a Bernie Rink, del Northwestern Michigan College.

ÍNDICE

D a l v a
es el primer libro de
la serie Narrativa salvaje. Compuesto en tipos Dante, se terminó de im-
primir en los talleres de KADMOS por cuenta de
ERRATA NATURAE EDITORES en marzo de 2018,
en el segundo aniversario de la última expedición de
Big Jim, que como los auténticos escritores fue hallado
literalmente con la pluma estilográfica en la mano y un
poema a medias sobre la mesa de su modesto rancho de
Sonoita Creek, en las montañas de Santa Rita, junto a uno
de los últimos arroyos permanentes de todo el sur de
Arizona, rodeado de perros, caballos y álamos, pero
también de todos los peces y aves que no pueden
encontrarse en ningún otro lugar a cientos de
kilómetros a la redonda, epicentro de
tanta vida y tantos libros.